献给

为了信念、爱和责任不懈坚持的人们!

一定找到你

海剑 著

中国书籍出版社
China Book Press

图书在版编目（CIP）数据

一定找到你 / 海剑著. -- 北京：中国书籍出版社，2024.1

ISBN 978-7-5068-9589-7

Ⅰ.①一… Ⅱ.①海… Ⅲ.①长篇小说—中国—当代 Ⅳ.①I247.5

中国国家版本馆CIP数据核字(2023)第183989号

一定找到你

海剑 著

图书策划	孟怡平
责任编辑	成晓春
责任印制	孙马飞　马芝
装帧设计	蔡立国
出版发行	中国书籍出版社
地　　址	北京市丰台区三路居路97号（邮编：100073）
电　　话	（010）52257143（总编室）　（010）52257140（发行部）
电子邮箱	eo@chinabp.com.cn
经　　销	全国新华书店
印　　刷	三河市富华印刷包装有限公司
开　　本	880毫米×1230毫米　1/32
字　　数	392千字
印　　张	15.375
版　　次	2024年1月第1版
印　　次	2024年1月第1次印刷
书　　号	ISBN 978-7-5068-9589-7
定　　价	68.00元

版权所有　翻印必究

目 录

第 1 章　祸从天降 …………… 1

第 2 章　游戏开始 …………… 17

第 3 章　神秘数字 …………… 33

第 4 章　密码破解 …………… 50

第 5 章　接近真相 …………… 66

第 6 章　重回故地 …………… 82

第 7 章　后院火起 …………… 98

第 8 章　香港寻人 …………… 113

第 9 章　曾经约定 …………… 129

第 10 章　又闻老歌 …………… 145

第 11 章　心泪有痕 …………… 161

第 12 章　我心依旧 …………… 178

第 13 章　不幸言中 …………… 194

第 14 章　找到窝点 …………… 210

第 15 章　再次扑空 …………… 226

第 16 章　虎口拔牙 …………… 243

第 17 章　心急如焚 …………… 260

第 18 章　恐吓再至 …………… 276

第 19 章　找到旧居 …………… 292

第 20 章　帮凶脱身 …………… 307

第 21 章　事出有因 …………… 323

第 22 章　如此沮丧 …………… 339

第 23 章　紫涵寻亲 …………… 355

第 24 章　瞒无可瞒 …………… 372

第 25 章　一记惊雷 …………… 388

第 26 章　与狼为邻 …………… 404

第 27 章　追根溯源 …………… 420

第 28 章　去意彷徨 …………… 437

第 29 章　晴天霹雳 …………… 453

第 30 章　诸因有果 …………… 469

第1章

祸从天降

1. 妻子准备出国

作为一个普通中产家庭的一家之主，高健从来没对自己的生活有过什么不满意。命运似乎一直对他很眷顾，他有一份不错且体面的工作，一个和睦的家庭，以及作为一个普通人所应有的对生活的乐观态度。和妻子陈楠结婚不久后，在一个被大雪点缀着的黎明，迎来了一个十分可爱的小生命，他们给女儿起名叫高雪，那是一个十分乖巧的小孩子，也如一个天使般让这个家庭的生活变得更加甜美。婚后夫妻感情很好，一直相敬如宾。

转眼间六年过去了，小雪也到了要上小学的年纪，而时光从未给这个家庭蒙上任何灰尘，就连最多事的社区中年女人们也不曾说过高健一家半句坏话。这样温馨美满的家庭自然是会让所有人羡慕的，事实上也是。家庭的成功也让高健夫妻俩的事业水涨船高，而今看来，命运女神已经给予他们以最大的幸运和眷顾了。

这天是周五，高健下班的时候给陈楠打去了电话，妻子拖着疲惫的声音说今天公司要确定最终出国深造的人选，得做最后的准备了。高健笑着安慰妻子说尽力就好了，一边已在收拾东西准备去接放学的女儿。妻子最近为争取那寥寥几个出国名额可谓煞费苦心，高健不是不心疼，只是知道她性格要强，于是也不多说什么，像每天接送女儿和买菜做饭这类任务自然落在了这个大男人身上。

挂了电话，高健瞥了一眼手机屏幕，四点半了，小雪应该刚刚放学。出门时天空暗暗的，似乎预兆着暴雨将来。高健启动汽车的时候接到了学校老师打来的电话，说有个陌生人来找过小雪，那人似乎认得高健，但学校以安全为由拒绝了那人带走小雪的请求。听到这高健心中不免嘀咕了一阵子，"不会是骗子吧？"之前他在电视中看过一个关于"迷路天使"网站的专题报道，知道最近拐卖儿童的犯罪层出不穷，作为家长，高健和陈楠对女儿的安全问题是尤为重视的，也从不肯让年幼的女儿独自出行，此次这样的事，让他心中不免有些隐忧。

接上小雪回到家的时候，天色已经很暗了，闷热的气息让人觉得十分压抑，雨还没下起来。高健捏捏小雪的鼻子轻声说："要下雨喽，下雨可去不成海洋馆啦！"女儿顿时噘起小嘴做出不悦生气的样子。高健看着女儿认真可爱的样子，只得举起双手做投降状，说妈妈有时间的话，爸爸就带你们去，女儿还想争辩什么，然而高健早已一把抱过女儿亲了她几下，许是挠到痒处了，女儿在爸爸怀里一直咯咯笑着。

不出所料，妻子果然要加班。小雪在沙发上睡着了，高健拿过遥控将还在播放着动画片的电视关闭，然后双手揽过女儿将她抱进了卧室。他看了看挂在墙壁的钟，此时手机铃声正响了起来。

"老公！"

电话那边是抑制不住的雀跃之情，倒把早已有了些困倦的高健惊了一大跳。

"嗯，老婆，怎么啦？下班了吗？"高健的声音在客厅中显得有些轻柔，他怕吵到沉睡中的女儿。

"我被选上啦！半年的国外深造机会呢！"电话那边是难以抑制的兴奋。"老公！女儿睡了吗？"

此时高健由衷地为妻子感到高兴，这些日子妻子付出的努力终于得到回报了，也不枉这些天自己一直被同事打趣说成是"家庭妇男"，当然，高健自己从未介意过这个称谓。事实上倘若陈楠一走，整个家就真的完完全全地交由高健了。电话这头的高健也并未让妻子等太久："嗯，小雪刚睡着呢。"

这似乎是个不错的夜晚。

下周日就是陈楠出国的日子了，行李都收拾得差不多，可她却日渐忧郁了起来。在外人眼里，陈楠从来都是个要强的女子，从来不服输的她有着真性情和极强的办事能力，但只有高健知道，其实自己的妻子也是一个心思细腻的弱女子，敏感的她往往只会向高健袒露情绪，这点高健是最清楚的。

陈楠看着被高健赶去睡觉的女儿的背影，眼眶竟有些湿润了。最近这些天天气总是昏昏沉沉的，让人也开朗不起来。高健是最知道妻子的性格的，这会儿肯定是舍不得女儿了。

高健将电视音量调小些，伸出手来轻轻理了理妻子的头发，然后一言不发地注视着妻子。

陈楠转过头去看着高健，红着眼睛叫了声"老公"，然后竟像

第 1 章 祸从天降 3

个孩子般哭了起来。她伸出双手环抱住高健，久久地哽咽着说不出话。

2. 难舍幼女

"现在真有些舍不得你和孩子了。"陈楠努力让自己平静了些。

"我知道，老婆。相信我，我会照顾好咱女儿的。"高健想让妻子能放心一些。

"你一个大男人，肯定代替不了我这个当妈的，说不定自己都照顾不好呢。"陈楠也像女儿那样嘟起嘴来。

"那是，那是……不过话说回来，最近都是谁在照顾你们娘儿俩呢？"高健尽量将语气弄得俏皮些，想逗妻子开心些。

"嗯，老公。"陈楠又显得有些心事重重了："我还是有点儿放心不下小雪。"

高健自然知道自己该说些什么，女儿还这么小，而妻子这一去又是半年，放心不下也是理所当然的。他明白此时妻子需要的只是他的一句承诺，一句能让她无来由的担心得到安慰的承诺。

"我发誓！"高健突然煞有介事地举起右手并伸出两指，"女儿若有半点儿闪失，提头来见！"

这动作在高健的"表演"下显得顽皮而搞笑，一时间陈楠也暂忘了心中的积郁，破涕为笑。高健顺势轻轻握住妻子的手："我妈旅游就快回来了，到时候把她老人家接过来住，帮着照料下。老婆你就放心吧，我会照顾好咱女儿的。到那边也别担心我们，好好照顾自己就是。"

陈楠心情也好了不少，这时候也只是笑着和高健打趣说："你妈看起来可不是带孩子的料啊，看看你……"

高健佯怒着开始拼命挠妻子痒痒，陈楠止不住地笑着要投降，说："老公快停下，女儿在睡觉呢……"

高健心里想着总算让妻子放心了些，自己心里也长舒了一口气。接下来的半年时间他得一人扛起这个家了。

周日如期而至，高健趁着妻女还在酣睡，自己翻身下了床。这次得准备一席丰盛些的饭菜，高健心想。他的厨艺不算很好，但足够用心，陈楠尤其喜欢他做的饭，满足于丈夫用心构建出的小幸福。这边厨房里他已经开始忙了起来，陈楠和女儿显然还没睡醒，他也并不搅扰，只专注着手中的活儿。

一连几天的阴沉天气似乎在这时已经戛然而止了，高健自然乐意看到送行的日子会有个好天气。刚刚将饭菜准备妥当，陈楠的手机铃声就响了起来。卧室那边传来她与电话另一端人无关紧要的寒暄。"嗯，就是今天中午。"她漫不经心地应着："没关系的，不用送的。"话说间电话挂断了，陈楠自个儿在床上嘀咕着："他怎么打来电话……"而后便慢慢起床了。

机场人很多，拥挤而嘈杂，燥热的天气让人觉得不自在。陈楠的行李有些多，但时间还早得很。看着身边人来人往，陈楠的眼眶不自觉又湿润了。小雪紧紧地抓住妈妈的手，似在安慰般，而高健双手轻放在女儿和妻子的肩头，静静地低着头。时间还早，此时有一两个陈楠的同事也先后到了机场，他们打着招呼又招手离开，早早过了安检。唯有陈楠在原处抱着女儿，也不知过了多久。这次女儿倒也不抗拒，一副很懂事的样子。

这时候，在候机厅的同事开始打来电话催促了，陈楠起身依依不舍地和丈夫孩子告别，最后交代了几句，缓缓走向了安检口。

小雪卖力地向陈楠招手喊着："妈妈再见！"同时招手的还有高健，不过，他并未吭声，只是默默注视着妻子的背影，心中亦有些离愁涌动。

3. 小雪不见了

此时，猝不及防的，手机响了。

高健盯着手机屏幕上显示的陌生来电，不由眉头一皱，旁边送行的人正在大声相互告别，真的太吵了。前边陈楠已经通过安检转弯消失在了通往候机厅的走廊里，高健拍拍女儿的头，拿着手机说："爸爸去接一个电话，小雪乖，站在这里别动哦。爸爸马上回来。"

小雪偏偏脑袋，笑眯眯的冲爸爸点点头，转过头继续盯着妈妈离开的地方。

走到一边的高健显然并未从电话中得到什么了不得的信息，他盯着手机屏幕上"通话已结束"的提示，有点儿无语。

高健想起给女儿承诺过的游乐园，嘴角上扬，很快便笑着转身走回。小孩子总是这么没心没肺，只要玩儿起来，保准马上就忘记妈妈走了的伤心事，高健心里想着，一边快步走回女儿等他的地方。

然而……

小雪没在刚才的地方！

高健心中一个激灵，促使他更加急切地跑过去。没有，真的没有！哪里还有自己宝贝女儿的身影。"一定在附近，不会的，不会的……"高健一边告诉自己，小雪不是那种淘气或是喜欢到处乱跑的孩子，一边疾速对机场中这个区域的各个角落的搜索，结果还是一无所获。此时，高健内心的恐惧感再也压抑不住了，越来越重！

"小雪跑哪儿去了？"高健心里炸过一个晴天霹雳似的疑问。刚才明明就在这里，一转身工夫，女儿就不见了？视线往周遭搜索了一圈又一圈，恐惧爬虫似地开始咬噬着高健的内心深处。

"不对，这里没有……"机场这么大，人这么多，倘若是遇见了坏人……高健不敢再往下想，犹豫着要不要把这消息告诉已在里面候机的妻子。

他摇摇头，狠命将手掌往脑袋上拍着，悔恨自己刚才把女儿一个人留在这儿。这时的他已经顾不上体面了，疯子似的在人群中穿梭，大声呼喊着："小雪！小雪！你在哪里？……小雪……"

事情终于有了转机，有个旅客说自己见过高健手机相册里的小雪，然而接下来的信息却更让这位焦急的父亲崩溃，因为那人告诉他，小女孩儿并非一个人，旁边有大人！他们当时往另一个相反的方向走……

高健几乎不敢相信自己会碰上这种事，一瞬间懊恼，悔恨，自责，痛苦全都涌上心头。他依旧不敢相信自己的女儿碰上坏人了，但事实是此时的自我安慰已经毫无效果，作为一个父亲的直觉告诉他，此刻他的时间不多了。他的内心满是恐惧，前面是熙熙攘攘的人群，而他快速地掏起手机。他不敢迟疑片刻了，必须让她知道，这是他此刻最大的想法。还有二十分钟陈楠就要登机了，但高健知道，没有什么事情能重要得过他们的女儿！

候机厅这边，陈楠的手机仓皇地滑到地板上，与光可鉴人的瓷砖碰撞出突兀的声响。她的同事都转过头来望着她，她显得有些手足无措，苍白的面色上散布着可见的惊恐。

"咦？陈律师，你去哪儿？马上登机了……"

陈楠甚至头都不曾回一下，一路狂奔了出去。

外面的太阳热烈的照射着周遭浮躁的人群，每个人带着不同的目的奔向彼处，谁也顾不上谁的喜怒哀乐。

高健在人群中挥汗如雨地奔走，小雪还在机场，他一定要尽快找到女儿。

此时陈楠的心里亦是一团乱麻，奔出检票口的时候她甚至未曾理会旁边工作人员的问询。外面明晃晃的阳光却照射不到她的身上，她此刻怔怔地望着熙熙攘攘的人群突然没了方向，她还没反应过来自己下一步应该做什么。这时旁边走过来一个身穿制服的工作人员，很有礼貌地问她是否需要帮助，她才如梦初醒，大吼道："我女儿不见了！找我女儿！"

那工作人员看着陈楠脸上恐惧的表情，手忙脚乱地招呼她去机场保安处。两人一前一后急匆匆地快步走着，引得路人都驻足围观。陈楠也并不理会，此时她说不清自己是恐惧还是担心，突然的状况甚至让她忘记了给高健回一个电话。她脑子里混乱如麻，只希望这梦魇早点儿结束，哪里还顾得上自己的出国航班。

机场方面安排了一些人开始去寻找，广播也在一遍遍重复播放着那条寻人启事：陈女士六岁女儿在机场与家人走散，小女孩儿扎马尾穿着粉红色连衣裙，请知情的乘客与机场保安处联系，谢谢！然而时间在一点点推移，希望也一点点流逝……

高健自己也说不清是不是心里已经绝望了，他拖着越来越沉重的双脚继续像大海捞针一样，搜寻着渺茫的希望，却依然一无所获。他不知道自己已经围着这偌大的机场找了多少遍，他甚至就快要哭出来了，情绪在一点点失控。太阳好大，可他只觉得全身发凉。

保安室内时钟指向 12 点整，清脆的闹钟声开始欢歌，陈楠一动不动，她紧紧盯着保安和接线员，等着他们反馈的消息，不说话，亦不哭泣，双腿保持着固定的姿势，顽固地支撑着她那随时可能被绝望打垮的身体。而身旁的工作人员也不知道此时该对她说些什么，其实他们比任何人都清楚事情的严重性，可是就算是为了安抚这伤心欲绝的母亲，他们也只得继续重复着苍白无力的广播，一次又一次的向世人昭告着这一出悲剧。

4. 谁在暗处？

电话声突兀地响了起来，一个陌生号码。高健有些迟疑地按下了接听键。

"转得不累吗？歇歇吧。"电话那边是个不紧不慢的声音，那语气仿佛说话人就在背后。高健猛地转身，然而目光所及依旧是如织的人流，毫无所获。

"你是谁？"高健几乎是在咆哮。旁边人投过来诧异的目光，而他全然不在乎。

"呵呵，你不用知道我是谁，你只需要知道你的女儿在我手里。"那人似乎很满意高健此时的反应，依旧缓声答着。

"为什么？请放过我女儿……"恐惧感此刻变得尤为真实了。

高健的声音几乎像是在哀求。

"高健，很怕吧。哈哈，看到你这个样子……怎么说呢……还真让人满意啊。不要报警，也不要让陈楠报警，否则你只能看见你家宝贝女儿的尸体。我保证！"

那瞬间有种被电流击中的感觉，高健压抑不了内心的惊恐："你……你到底是谁？怎么会对我们家这么了解？"

"你无须知道。"那语气就像是在嘲讽一个走投无路的人。

"有本事你冲我来，对一个孩子下手算什么男人……"愤怒击溃了所有情绪，高健恶狠狠地对着电话那头说："我女儿要是有丝毫闪失，不管你是谁，我都会让你死得很惨。"

"哈哈哈……"神秘人开始讪笑，那语调中的嘲讽毫不掩饰："这是一场游戏，一场以生命为赌注的智力游戏，陪我玩儿下去。高健，我才是考官，你要知道，违逆我的意思，对你没有好处……"

那语调被渐渐地刻意压低，高健还想对那人说什么，电话已经被挂断，他这时才发觉自己早已汗流浃背。

谁在暗处偷笑？谁在冷眼旁观？高健看不见，那人似乎就在咫尺之隔的地方隐匿并谋划一切。有一瞬间的方寸大乱，但高健到底是当过特警，很快让情绪稳定了下来。最重要的是快些将女儿救回来，他明白此刻唯有冷静，才是该做的事。

"楠楠……"高健心中念着，他猜得到妻子现在的处境。航班已经错过了，突如其来的悲剧一定快要击垮这个平日里要强的女人，他得在她身边，无论如何。

陈楠瘫坐在保安室带靠背的椅子上，眼神有些呆滞。高健匆忙闯入时，陈楠终于无所顾忌地号啕，那压抑着的悲戚像一座喷发着的火山，毁灭着这个女人，也炽痛着这个疲乏绝望的男人。高健沉默着走过去扶住妻子的肩头，几乎是哽咽着说出一句"对不起"，低垂着脑袋，表情十分痛苦。陈楠转过身来一把抱住高健，也不说话，只兀自哭着。

陈楠突然止住了哭声，拿出手机，说："报警！我们得马上报警！"一边已按出第一个数字。

有片刻的迟疑，神秘人的话开始在高健的脑海中回响，那"不要报警"的警告，以及胸有成竹似的嘲笑声依旧让他不寒而栗。他一把夺过妻子的手机，"先别报警！"所有人此刻都诧异地望向他，没有人知道高健此刻的心中所想。

"为什么？"陈楠望向他的眼神有几分疑惑。

"听我的……在事情还没有完全弄清楚之前，先别轻举妄动。"高健心中此刻何尝不是懊恼和急切，可他却实在无计可施。那神秘人似乎很了解他以及他的家人，这分明是一起有预谋地绑架。之前的一些事潮涌般扑向高健脑海，陌生男子……但到底会是谁呢？

陈楠此刻显得很是焦躁，她不明白丈夫的想法，她只知道当务之急要确保女儿的平安。一股情绪上来，她又忍不住啜泣起来，这扑面而来的变故让她承受了太多太多。

高健这时透过保安室的玻璃窗怔怔地看着窗外。如织的人流并未在这样一个晴天里察觉什么不妥，一切仍显得有条不紊。忽然，一个身影出现在了视野中，虽然很隐蔽。

"先生，您最好还是去报警吧，警察一定能帮到你们的。"旁边的一工作人员试着劝服眼前这个显得有些顽固而愚昧的男人。

高健就像没听到似的，眼睛直勾勾地盯着窗外某处。

而后他疯了般冲出房间，朝着眼见的那个方向……

"小雪！"心底有个急切的声音在咆哮，他一刻也不敢停下。虽然人群拥挤，但方才所见的小小身影他知道自己永远不可能认错。六年的血浓于水，他是这个世界上最熟悉那个小天使面孔的人。

陈楠看着突然冲出的高健，眼中满是疑惑。她的视线透过玻璃窗追随着高健，看着丈夫那已经被汗水沾得透湿的衣衫，她不知道高健所表现出的急切究竟是为了哪般，她隐隐有些担心。

但这种担心很快被另一种更强烈的情绪冲淡，顺着高健所朝的路线，她看见了……那个幼小的身影。一种强烈的欣喜感瞬间填满了心底，她来不及去想自己的女儿旁边是什么人，此时此刻，她并不完全知道女儿的真实处境，只知道女儿就在那里，于是不假思索地便跟着冲了出去。

房间里只剩下几个不明就里的工作人员，虽然是意料中的一无所获，但好歹他们也尽力了，他们回到各自岗位。然而就在此刻，保安室的门被人敲响，来的青年女子穿着很普通，头戴一顶遮阳帽，脖子间挂着一部相机。也不等工作人员发话，便急匆匆地开口了："小女孩儿家属在哪儿？我方才见过那个女孩儿……"

人群中摩肩接踵，高健一遍遍向自己撞到的人重复着"对不起"，脚步却未有半刻停留。恍惚间他看见小雪的手被另一只手牵着，奈何人太多，没看得分明。女孩儿步子被拉扯得有些急促，高健视线不敢有半刻游离，只好任凭自己的身体在人群中横冲直撞。眼看着距离稍微有些近了，他便情不自禁地开始大呼女儿的名字。无人回应……不行！得追上去！此时的他什么也不想了。

他们走到了机场的出口那边，人群也不似先前那般拥堵。

牵着小雪那人，似乎往身后看了一眼，眼中，是意味深长的不屑与玩弄。

5. 小天使，你在哪……

此时陈楠杵在人潮中再移不得分毫，她的视线跟丢了高健。迟疑间手机却响了起来。

"请问是陈女士吗？请您来保安室一趟，这里有位小姐说她有您女儿的消息……"

刚才陈楠在保安室求助时留下了自己的联系电话，不想此刻派上了用场。她再往人潮深处望了望，一转身，又往保安室奔去。

而只有高健心里清楚，他们现在是遭遇了怎样的危机，心中有恐慌有愤怒，糟糕的情绪填满了他的身体，让他承受着巨大的考验。此刻他心中只有一个念头，那便是救回女儿。然而现实的处境让他才明白，自己遭遇的是怎样的对手。但无论如何，女儿现在和自己只是咫尺之隔，他必须得追上去，必须！

那行人出了机场门口，街道上视野就宽敞多了，但同时女儿离危险也近了几分。倘若他们上了车他便也回天乏术了，必须追上他们，高健如此提醒着自己，一边加快了步伐，却不小心撞倒了一个妇人。

高健伸手要去拉她，却反被那妇人缠住了，狠命嚷嚷着说这人撞倒了自己要逃跑。行人哪里看不明白这女人是在讹钱，只匆匆瞥上一眼而后快步走开，都不愿扯入这是非。然而那妇人却是不依不饶，拖着高健的腿不放手。高健被逼得急了，再往那行将走远的女儿一众处看了一眼，一边往口袋里掏出几张钱来，往那妇人手中一塞，那女人方才作罢，只愤愤拿着钱，口中还不休地喃喃着一些脏话。高健也不理会，只在心中暗骂，又径直往那些人的方向追去了。

眼见着在那耽误了一下，此刻的他更是急不可耐，恨不得能长翅膀飞过去截住他们。途中也不停顿，就沿着公路在人行道上飞奔起来。那些人此刻正带着小雪在下一个路口处准备过马路，交通灯由红转绿，他们走得似也不急切，只那女孩儿似乎极不情愿的样子，偶尔被推搡下，又跟着往前走。

"小雪！"高健用尽力气大叫了一声，那声音却瞬时被熙攘的车流所阻断。

高健不甘心。虽说这个路段的车流量很大，可救女心切的他还是毫不犹疑地往那闪着红灯的斑马线迈出了步伐。

车流在肩旁呼啸，鸣笛声早已响作一团。

近在咫尺！高健全然不顾自己的安危，他快步走过去时前面一人竟又回头往他望来，脸上依旧是不屑或者意味深长的笑，此时高健才听见一阵急促的鸣笛声，那声音拉得很长，却是正对着自己扑来的——那是一辆满客的公交车。

呼啸而过……高健只能如此形容，仿佛是贴着脸过去的，幸亏自己跳得及时，不然……高健没再往下想，因为他发现女儿和那些人都统统不见了！

明明刚才就那点儿距离……高健心中懊丧不已。眼神四处游移着试图能有所收获，寻觅了良久，才终于又发现了那行人的踪迹，然而结果却近乎是个噩耗，那些人在上一辆车。

高健疯了似的往那车的方向冲过去，哪怕自己也清楚这样做的希望渺茫，但即使还有一丝机会，他告诉自己，不能放弃。他大声疾呼着女儿的名字："小雪！小雪……"喉咙不知何时早干得不成样子，可他依旧没命地喊……终于那女孩儿偏过头来，不是小雪，只是长得像小雪而已。高健失神绝望地望着四周的人群，脑海中尽是女儿哭红的双眼以及伤心的表情，在一个此时竟连自己的女儿也触碰不到保护不了的父亲眼里，这是一种何等的悲戚。

高健犹如陷入深渊、陷入冰窖，浑身的力气无处可使，那种无助感一下子吞噬了他。

"小雪！小雪你回来吧……"一个大男人，此刻无力的跪坐地上，在众目睽睽的街道上号啕痛哭。

夫妻再见面却已是下午的事了。陈楠一直苦等着丈夫，不管怎么说，她还是认为自己的丈夫是能带回女儿的。先前来的年轻女人也一并等在机场的保安室内未曾离开，交谈中陈楠才知道原来她便是"迷路天使"网站的创办者张紫涵，便是她看见有人带着一个如广播中描述的小女孩儿。只是这也加重了陈楠心中的忧虑。"这么说，小雪不是自己走散的……"但她更愿意相信丈夫不会让自己失望。

然而，最后等到高健独自一人回来时，陈楠再也抑制不住自己内心的情绪，开始毫不顾忌地大哭起来，再也没人能为这眼下的结局翻盘。

"这是一场以生命为赌注的游戏。"高健心中默念着那句话，只觉得自己的整颗心早已化成灰烬似的捡拾不起了。

"报警吧。"张紫涵劝告道，"当记者的这些年里我碰到过好多起这样的事件，经验证明报警是最好的出路。"

"不，不行……"高健只含糊答应着，一副魂不守舍的样子。

"为什么不？"陈楠从椅子上跳起来，逼问着丈夫："女儿是被绑架了啊！"

"我说了不能报警！"高健再也抑制不住，朝着妻子大吼起来。结婚这么多年，他很少对妻子这样。

"那你起码告诉我为什么……"陈楠的声音已显得很哽咽沙哑。

"为了女儿好，不能报警，绝对不能……"

不能报警？张紫涵并未插话，但出于职业敏感，她觉得高健似乎隐瞒着什么，他到底在顾虑什么呢？她将目光偏过去看着眼前这个男人。

游戏终于开始了啊，谁在暗处偷笑呢？此时那太阳已西下，远处有墨色的云，似乎一点点聚拢着。这是又要变天了吗？

第 2 章

游戏开始

1. 小雪被带走

　　风开始刮了起来。行人们在街道上匆匆走着，各怀心事。没有人注意这辆并不显眼的黑色汽车，它在人群中缓缓穿行着，像一个儒雅的绅士。偶尔一两片落叶在汽车行经所形成的气旋中打起转而又落下，目送这辆车驶入了一个安静的巷弄之中。

　　女孩儿好像哭了很久，泪痕在脸上逗留，形成一道道沟壑。许是吓坏了吧，终于连哭闹也没有了，只偶尔嘴中喃喃着的"爸爸妈妈……"暴露着此刻小女孩儿的胆怯。旁边一个男子伸出手来轻轻抚弄着小女孩儿的头发，面带微笑。

　　真是个乖巧的孩子啊，任谁都会喜欢的吧。女孩儿也许是很害怕，不敢躲开，只能任凭他的手往自己头上摩挲着，偶尔哽咽出声来。

　　"于亮，你知道该怎么做吧。"女孩儿边的男人突然将视线移向前方副驾驶，"找个好人家。"

　　小雪如梦初醒般地睁大眼睛并抬起头来，似意识到了什么般，一颗颗晶莹的泪珠争先恐后地从脸上滑落。可是她知道面前的这几个人是大坏蛋,她不敢吵闹。旁边的男子继续和前面那叫于亮的男子交谈着一些零碎的事宜。而于亮,也正是日间带走小雪的那家伙,一副桀骜不驯的样子。

2. 这不是游戏

大雨终于降临在这座浮躁了太久的城市中。

高健坐在沙发上,呆呆看着一直在哭泣的妻子,忘记该说什么。房间里太安静了,毛骨悚然的安静。除了轻轻的啜泣声,什么都没有,高健此时只觉得悲凉和不知所措,完全的不知所措。那静谧有种往人灵魂深处聒噪的特质,吵得人不能安生。他确信那些人一定会再出现,他想告诉妻子不要过于着急,然而实际上他甚至说服不了自己。

啜泣伴着雨声,在这个寂静的夜里无力地持续着,冷是此时此刻唯一的触觉。平日这个时候,小雪总是不知疲倦地奔波于这个房间的每个角落,开心放肆地吵闹或者笑着。然而此时……高健不敢往下想,闭上眼的时候映入脑海的全是小雪哭泣的脸孔,那么无助,那么可怜。原来自己是如此无力,高健埋下头,心里满是懊丧。

雨下了一夜,整个城市被淋得狼狈极了。高健和陈楠一夜未眠。陈楠的双眼显得有些浮肿,过重的心理负担让她濒临崩溃。等待,只能是无尽的等待……高健一直对"报警"这样的字眼显得极为敏感,陈楠也不是未曾据理力争过,只是高健太坚决。此刻她行走在悲剧的黑暗之中,再也没办法辨明方向,她不知道高健在等待什么。

高健明白自己此时的被动,"这是一场以生命为赌注的游戏",

神秘人的话仍旧回响在耳边，令他愤怒却毫无办法。他知道，这件事，只是刚刚开始，他不能走错任何一步，无论如何都不能输，因为那意味着他失去一切。

陈楠终于没能战胜倦意，在沙发上睡着了。高健看着即使睡着表情依然哀戚的妻子，眼眶中不觉有些湿润。作为家里的顶梁柱，他知道自己绝不能倒下，那是他的责任。他也会一遍遍地向自己追问为什么当时不把女儿带在身边，然后沉浸在巨大的自责感中不能自拔。必须救出女儿！此时，他只有这一个念头。

依旧毫无头绪。他回想了一下当时的场景，绝大多数的印象都只是拥挤的人潮与杂乱的脚步罢了。他使劲在记忆中攫取有用的信息，却收获甚微。那显然是一场有预谋的绑架，他相信当他们刚踏进机场的时刻实际上也就已经接近了危险。而那个将他调离女儿视线的电话……对！那就是个关键点！

翻开"已接电话"记录，那两个陌生的号码赫然映入眼帘。好的，要寻的就是它。

高健深呼吸了一口气，按下了拨号键。

空号？两个号码都是空号？高健呆呆地望着手机。其实稍微用脑子想一想就知道，既然那伙人是有预谋的，就一定不会这么轻易地露出马脚。

毫无头绪，毫无线索。有些瞬间他觉得自己也快绝望了。女儿依旧毫无音信，他不敢想象小雪此刻正遭遇着什么。苍白空洞的恐怖占据了脑海中的每一寸，捆绑着所剩不多的理智，高健像泄了气般一下瘫倒在沙发上，陌生人那嘲讽的笑意在眼前蔓延，压得他无法喘息。

"按我说的做。"黑暗里仿佛有人向他警告。这不是游戏,这是战争。然而拿小女孩儿做赌注的做法未免太卑劣,高健恨得咬牙切齿。无论如何,自己也不能倒下。他只能如此一遍一遍地提醒着自己,他无处可退,他在等待,在愤怒,在恐惧。

不知道什么时候睡了过去,似乎梦见了一些奇怪的东西。他多希望这场悲剧只是一场随时能醒过来的梦啊,然而现实却扼得他动弹不得。醒来时妻子正守在旁边,情绪似乎平复了些,一直默默地注视着他。他这才意识到自己的脸上竟也是有些许未曾掩饰的泪痕的。陈楠意识到自己误会丈夫了,他同自己一样是恐惧的,然而自己的盲目悲观只能加重丈夫的心理负担。此时此刻,共同面对才是解决问题的唯一途径。在丈夫睡着的时候,平日里乐观而令人充满安全感的面庞却是如此沧桑和悲戚,她意识到丈夫真正面对的是什么了,她不会再让他一人担负了。

时间并没有手下留情,继续向前推移,完全忽略了深陷在悲伤中的夫妻俩。所有人的生活仍是那么的不紧不慢。距离小雪失踪已过去了一周,对方没有传来新的消息。这个家如今显得有些死气沉沉,高健和陈楠都尽量让自己保持冷静,可漫长的等待实在让人心力交瘁。有些时候连高健都在纠结自己是否要报警了,但一回想起当日那人在电话里的警告,他知道,急躁改变不了任何事情。

高健知道自己在等什么。那也许会是一个深渊,一个恐怖的陷阱,然而此刻的他只是盼望着那样的时刻早些到来,然后做些什么,而不是像如今这样苦苦等待……快来吧,无论那是什么。高健心中的念头此时变得尤为坚定,无论对方要玩儿什么,陪他玩儿下去。然后救回女儿。

电话是在这天的下午打进来的。当然又是一个陌生的号码。高健几乎是满怀期待地接听，他瞟了一眼在卧室的妻子，下意识地躲开了一些。这一刻等了很久，来临时却绝然不是兴奋，他确信这个电话是那神秘人打来的，毫无疑问。

按下接听键，高健并没有先说话。电流的窸窣声持续了片刻，终于对方开始说话了。

没有多余的解释，对方缓慢而清晰地交代了一串数字，也没让高健有插话的机会。

"记下它。游戏开始了。别让任何人知道，这只是我们之间的游戏。"

高健还想争辩什么，但那人已经挂断了电话。信息比想象中更匮乏……游戏开始了，然后是一串莫名其妙的数字。一个日期吗？不像。难道是一个电话号码？

不想仍旧是一团雾水，高健有些不甘心，但又无可奈何。游戏才刚刚开始呢，而他必须应付。

不让任何人知道，只能单打独斗，然而明处的他毫无优势可言。一开始便是一场不公正的对决，可惜他实在没有其他路可供抉择。

陈楠此时往高健这边走来，"刚刚是谁的电话？"

高健答得含糊："嗯，一个不重要的电话。"

虽然仍旧沉浸在女儿失踪的痛苦之中，但显然，此刻的她心情要平复了很多。高健向她承诺过很多次，说会带回女儿，没来由的，她选择相信丈夫。

陈楠"嗯"了一下算是回答，又往卧室踱去。高健突然抬起头来把她叫停，然后怔怔地看着她转过身时的眼睛，沉默了半晌。

陈楠知道丈夫此刻是有话要说的，于是重新往高健的方向走："怎么了？是不是有小雪的消息了！"没来由地，陈楠的情绪瞬间激动了起来。

"小雪的事情交给我就行了。老婆，你还是按原计划出国吧……"这样的言辞仿佛得花费高健巨大的勇气。他低着头："毕竟，你争取了那么久。"

陈楠一脸诧异地望向高健，说："女儿还没找着呢！你居然叫我出国？"她对丈夫的言行愈发不解起来："你是不是有什么事瞒着我？"

高健不知道该如何劝说妻子才好，于是只好有些黯然地回答："相信我，会好起来的。"其实谁都没底气，高健也知道。

"那个出国的机会对你来说意义重大，别放弃好吗？"高健很执着地劝说着妻子，"我不想看见一个好好的家突然变成这样，毫无秩序可言了。你留下也帮不上什么忙，我会想尽一切办法救出小雪的，相信我！"高健盯着陈楠的眼睛，几乎是一字一顿地说着。

陈楠心中何尝又不明白呢？她根本帮不了什么忙，反倒有可能成为丈夫的阻碍。自己太过情绪化了，悲痛的时候总是极易点燃身边丈夫的情绪。可是女儿还在未知的险境之中啊，她脸上闪过一丝极大的抗拒："不！我不能出国。"

"求你了。看看人家怎么说我们家吧……他们一个个盯着我们幸灾乐祸呢！谁都看得出家里出了大事。可是我们没办法止住那些人的闲言碎语……"高健坐在沙发上，双手抱着头，手指嵌入了发中，搅乱了原本整齐的头发。

陈楠心中何尝不清楚，其实丈夫说得对，对方多半是求财的绑匪，但如若信息泄露了，有人报警的话……陈楠对高健的敏感反应恍然大悟。照常出国，是为了掩人耳目。陈楠有些妥协了，然而血浓于水啊，她绝对不会允许自己在这样的时候离开的。

此刻他们的内心都很纠结，虽然都不言明，但谁都清楚。

"不，我不能出国。"陈楠终于很坚定望向丈夫。

高健知道劝说妻子出国几乎是不可能的事情，他也不曾对此抱有多大的希望。神秘人的来电仍在他耳际一遍遍回荡。"不能告诉任何人"的警告让他早已孤立无援。他清楚，敏感的妻子其实可能会阻碍到自己。

然而他们别无选择。陈楠事实上什么都做不了，待在家中对她而言也不过是在等待与失望中不断煎熬罢了。她一遍遍梦着女儿的突然出现，然后又一次次陷入莫大的失望之中。这段时日她消瘦了很多，变得有些精神不振，但她确实帮不上忙。

"我去上班。"陈楠看着高健，几乎是在许诺着什么。她不想让丈夫独自承受太多，看到丈夫失魂落魄的样子时她也会揪心。这样的决定已是她能做出的最大努力了。

高健抬起头来望向苍白憔悴的妻子："好，好。你去上班……"

这是他和那神秘人之间的游戏，他不想将妻子卷入这场争斗之中。他不知道自己将会面临的是什么，他只知道，必须靠自己赢回全部。

第二天陈楠出现在办公室的时候，同事们都过来嘘寒问暖。所有人都非常不解她为何放弃一个这样好的出国机会，陈楠也懒得解释，应付着说女儿生病需要留下来照顾。没有得到充分回应的热情逐渐在众人心中消退，手头的工作依旧繁重，而旁人的事终究是无关紧要的。

对于一个旁人来说，确乎是无须关注其他人的心事与悲哀。

3. 记者张紫涵

但张紫涵是个例外。作为一名记者，她总是愿意深入每一段故事，或喜或悲。这是记者所特有的职业敏感，她从不愿意那么轻易地将自己置身事外，也从来不曾。

从前跟进过一起儿童失踪案件，随着调查的深入，张紫涵看到的是被拐儿童经受的惨痛遭遇。她清晰记得那时候警方在一个郊区破旧的平房内找到了被犯罪分子劫持的幼儿们，门推开时所有孩子都睁着惊恐的眼睛望向门外。孩子们灰头土脸衣衫褴褛，一个个都竟有些茫然和木讷了，遭受的打击与伤害之大可想而知。

而此刻那样的悲剧正在重演。张紫涵很讶异于高健当时的做法，职业直觉告诉她事情一定不简单，然而她看不出问题在哪里。孩子走失了，身为父亲，高健非常的急切和慌乱，但他却执意不报警，难道是受了绑架者的威胁吗？紫涵知道这样的情况并非个案，但事实一次又一次地说明，面对这样的事故，求助警方永远是唯一有效的途径。她觉得自己有责任做些什么，当初创办"迷路天使"的初衷也是如此。每当自己回想起那些被拐孩子的表情时，她都不禁心中一颤。即使只有绵薄之力，她也要倾尽所能。

电话铃响了，她坐在电脑前，漫不经心地拎起听筒。

"那个专访的材料都准备好了吗？"

又是报社的催稿。编辑提到的专访是一个很有价值的独家访谈。

张紫涵凭借其过硬的专业素养赢得了这次任务并出色地完成了采访。这也许会是她职业生涯的一个辉煌转折，她很认真。

"嗯，已经差不多了。整理好后发过去。"她信心满满。

"好的，这次的稿子很重要，明天早上我要让它出现在读者的视野之中。"

张紫涵心里一点儿压力都没有，成稿基本已经完成了，只需做做最后的润色就可以漂漂亮亮地被刊登出来。眼下她最关心的倒不是这个，而是机场发生的事情。

她想起那个在大人的催促下边哭边走的女孩儿，觉得心揪得疼。原本她像所有人那样以为只是家长带着淘气的孩子经过而已，听到广播之后才发现事情不对，然而那时候小女孩儿已经离开了她的视野。她一直以为自己可以帮到些什么，却不料那女孩儿的父亲如此坚决地抵触报警。那个父亲的表现很奇怪，他显然隐瞒了什么，直觉告诉他，这出事件中一定蕴藏了更多东西，那是所有人都未曾看到的，包括那个叫陈楠的女人。

到底是什么呢？疑问俘虏了她的职业好奇心，她移动鼠标，在搜索框内输入了高健的名字。

得到的结果让张紫涵吃了一惊。高健这人显然没有她之前所想的那样简单。

高健，男，一九八九年生，籍贯青岛。目前是安保公司副总，是业界的著名人物之一……一个非常优秀的公司高管，张紫涵默默看着，却不禁又愈发疑惑起来，那是谁劫持了他的女儿呢？

张紫涵将各种可能性在心里快速过了一遍：商业对手的报复行为？歹徒的绑架求财行为？仇家的寻仇？……她不可能知道更多

了，但她的思维很清晰，报警显然是唯一的出路。她沉思了片刻，转而将电脑关闭，在抽屉中取出车钥匙，然后毅然往门外走去。既然手头的事做得差不多了，也是时候跟进另一出新闻了。

转了半天，总算是找到了高健家中。那是一幢并不张扬的房子，普通的装潢，却显得温馨祥和。小区里很漂亮，张紫涵开车进来的时候几个老人在散步，还有不远处的中年女人在说着什么，而后又咯咯笑起来。张紫涵随处张望着，没人注意她。

4. 不能报警？

摁响门铃的时候，张紫涵还在犹豫该如何打招呼，甚至不知道家中是否有人。媒体上始终没有这位"成功人士幼女失踪"的相关新闻出现，她知道高健肯定还没报警，门铃响了许久，无人应答，看来是白跑一趟了。她转过身准备往回走，刚回过头去，听到背后门开了。

开门的正是高健，张紫涵露出职业化的微笑："你好！高先生。"

"叫我高健吧。"那男人尽量让自己显得亲切点儿，虽然面部依旧有些僵硬。"有事吗？要不先进来再说？"

"我记得你，你是那天的记者吧。"高健示意张紫涵坐下，心不在焉地应付着。他如今满脑子都是那串数字，游戏已经开始，而他所剩的时间也不会太多。

"是的，我叫张紫涵。令爱失踪一事我一直关注着，也许帮不上什么忙，但如有需要的地方，我还是义不容辞。高先生，我这有一事请教。"张紫涵不容分说试探着高健。

"嗯,你说吧。"高健此时并不十分在意这不速之客的突然造访。

"我认为就如今的事态来看,报警才是最明智的选择,您也不是一般人,不会想不到这点的,您是有什么难言之隐吧?"张紫涵话一出口,便有些后悔了,言语似乎太过露白了些,她担心会不会碰到高健的伤处。

果不其然,听完这番问询的高健瞬时脸色大变。"我希望你知道,这是我们家的事,不希望别人过多地指指点点。"他显然是有些激动的,无论是言辞还是语气都变得激烈了,"你请回吧。"他毫不客气。

张紫涵哪能料到这般,此时自然是极不服气的。"高先生,你这是对自己女儿的不负责!"

"我说过了!我们家的事不需要你们这些外人来管!"高健此时愈发激动起来。

张紫涵从沙发上激动地站起来,盯着神情别扭的高健:"但是你好歹也应该为自己女儿想想啊!我做'迷路天使'的时候接触过很多这样的事例。向那些人妥协,其实是对自己亲人的极度不负责任!"

高健这才知道眼前这人与著名打拐网站"迷路天使"的联系,那是一个完完全全的非营利网站,高健一直是发自内心地钦佩。眼前的女子形象顿时变得可敬了几分,但触及隐痛之处,高健却实在容忍不得。

"我知道该怎么做,请你别管了。"高健的声音听起来有些烦闷和无奈,高健起身打开了门。

"好!你不报警,我来帮你们报警。"张紫涵也不逗留,起身要往外走。此刻她的心情说不出是无奈还是愤怒，只觉得眼前的这个男人太不可思议了。她从来就不是个容易妥协的人，她决定一定要让这件事走回正常的轨道。

"等等！"高健突然转向她，"你不可以报警。"眼神中满是坚决的色彩。

"为什么？失踪的可是你自己的女儿呀！"张紫涵几乎是在央求高健给自己一个合理的解答。

"我说了，不可以报警！"高健几乎情绪失控。

张紫涵注视了高健一秒，紧接着便拿出了自己的手机。高健激动地上前，竟硬生生地将手机从张紫涵手中夺了过来。张紫涵正一脸诧异着，不想高健已经抓住了她的手，"跟我走！"

事实上，此刻高健比张紫涵更显得慌乱。

张紫涵想挣开高健的手，但高健死死抓住她，根本没有挣脱的机会。

"你要干什么？"张紫涵一时间乱了方寸。

高健也不答话，抓着她往楼上走，径直走到了天台上面。两人站稳之后他把张紫涵推到了一旁，口中轻声说了句"对不起了"，然后又独自下去。张紫涵冲过去，可惜已经迟了，通向天台的门已经被锁住了。她懊恼地踢了几下门，然后原地大声呼喊了几声，不过没用，脚步声渐行渐远，终于消失在下面楼梯的尽头。她有些气愤，却实在无可奈何，高健将她的手机都拿走了，现在自己可称得上是与世隔绝。

高健拿着她的手机，仍旧是心有余悸。他迟疑了片刻，终于还是把手机往楼下扔去。清脆的碰撞声响起，那手机瞬时摔得支离破碎。他说服自己必须得这样做，虽然心中有一丝歉疚，但他别无选择。

　　高健的思绪又重新回到那组数字前，他实在想不出其他任何的可能性，那只能是一个电话号码。高健没有丝毫的迟疑，拿起电话便照着那串数字拨打过去。等待时的提示音颇显冗长，许久之后仍旧以不变的频率提示无人接听。他无法想象这是怎样一出戏，对方到底在想什么？

　　事情又陷入了僵局之中。高健只觉得有些头疼，却实在无可奈何。妻子上班还没回来，他盯着那串数字，心里想着这到底是哪里的号码，却终如恍然大悟般的：“对！我可以查到这是谁的号码！”

　　高健激动地冲下了楼。他认定这样的思路是正确的，只要查出号码的归属地，就一定能揪出他们来！

　　答案很快揭晓，那不是本市的固话号码，甚至离此处尚有一定路程，然而他不敢多想，决定驱车出发。他临行前给陈楠打去了电话，说自己发现了线索得离开一天，陈楠获悉后也很激动，但她清楚此刻的自己实在是帮不上忙的，于是答复说自己就在公司等消息。此时的她害怕一个人在家，害怕一闭眼就想起女儿在房间里嬉笑玩耍的场景，倒不如用工作来暂时麻痹。

　　另一方面，张紫涵仍旧被困在天台上无计可施，令她沮丧的是下面几乎无人经过，呼救无门。她忽而想起还有待发送的稿件，心中不免又是一阵急切。时已至黄昏，她显得有些慌乱，但没有办法，唯有等待，是仅有的选择。

5. 神秘号码意味着？

汽车逐渐驶向一条泥泞的村路，下过雨后的路面尚有未干透的水洼，不时被汽车轧得四处飞溅。远远地，高健已然看见了一个小平房。那样的房子在农村里随处可见，而他知道这里便是那个神秘号码的归属地了，因为这个平房孤零零地点缀着空旷的视野，只此一处。

他慢慢走近，倒是留了个心眼，先观察了四周，然后轻轻推开了门。他以为将会看到三两个魁梧的汉子，但显然是自己猜错了。屋里只有一对正在晚餐的老人。粗茶淡饭，映着发些黄的白炽灯光，倒也显得一派祥和，可惜这番和谐此刻已经被这不速之客冲撞得支离破碎了。

两位老人提着筷子有些惊讶地望着门外的人，生怕是来了什么坏人一般，表情显得有些惶恐。

高健正疑惑之际，只好试探地询问着："请问这里还有其他人住吗？"接着他念出了那串带他到这儿的号码期待着老人的回应。

老人终于有些回过神来了，但仍旧支支吾吾地答着："是……是我们家的号码？你是谁？"

是自己想错了吗？怎么可能……老人继而告诉他这间屋子从来只有他们二老住，平常也鲜有人造访。说这话的时候老人的表情有些黯然，但高健并未在意，他在想，到底是哪里错了……他拿出自己的手机，拨通了那个号码，果然，这屋子里面的一间房间里传出了电话铃声。

高健沮丧地挂掉电话，看来，自己还是太低估对手了，他们怎么可能这么简单……此时，里屋那电话又不安分地响了起来，高健再没注意。那老太进房间接电话去了，只剩老人依旧有些不知所措地看着他。

高健道了句"打扰了"正准备离开，那老太却在此时赶了出来。

"小伙子，好像是找你的！"

高健吃了一惊，"找我的？"他也不多想，拔腿便往电话那边跑。

"嗯，说是找一个刚到我们家的年轻人。我想他指的是你。"老太说明情况。

刚将电话放在耳际，那边便传来那熟悉的，令人毛骨悚然的声音："这一局，你输了。"

"你到底是谁？我女儿在哪里？"高健几乎是在咆哮。

"哈哈……"那人戏谑地笑着，"高健，没想到你就这智商，准备好接受惩罚吧。"

电话一下子挂断，高健提着听筒，怅然若失。

这时，一个男孩儿从门外走了进来，"我找高健叔叔。"

高健回过头去，依旧沉浸在刚才的愤怒与不甘之中。

那男孩儿举起一个信封："这是一个叔叔叫我给你的。"

高健狐疑地取过，那男孩儿便迅速跑了出去。此时，高健眼眶渐渐泛红，不知是愤怒还是难过……

天色暗了下来，星星调皮地探出身来。

被困天台的张紫涵不知此时的时间，越来越急躁，一遍遍地踢那扇铁门。高健难道把自己锁在这里就不管了吗？她很愤怒，自己的采访稿再不发给编辑就来不及印刷了，她很清楚这对自己意味着什么。

　　空寂乏人的路上，高健一手握着方向盘一手打开了信封。看着里面的东西，他再也不能自持，只能放任自己大哭起来。那物件不是别的，正是小雪的照片。但和平日的活泼乖巧不同，小女孩儿此时显得狼狈极了，她在哭，大声地哭……然而面对她的不是父母的安慰，而是一个冰冷的相机，与隐藏在暗处的，阴暗笑容……

第 3 章

神秘数字

1. 惶恐的小女孩

　　黑色轿车在小巷中绕了半天，许久之后才停在一辆早已泊好的白色面包车前。一个身材魁梧的男子正将身体斜倚在车身上漫不经心地抽烟，目光一边尾随这辆后来的黑色轿车。于亮在轿车中满腹牢骚，像每次来这里时一样，与面前那一副悠闲样子的家伙打交道总让人免不了心烦，更何况要经历一番那样恼人的兜兜转转。他再次往车后座望去，那个眼泪未干的小女孩儿显然还不知道自己此时面临的会是什么，于亮一边已经将车稳稳地停了下来。

　　见于亮下车，那魁梧汉子直起身子走过来并递过一支烟，于亮用手推开，"我不抽烟。"汉子倒也不坚持，将烟往自己口袋里装去，然后将视线移向那辆黑色轿车："带来了吧？"

　　于亮点点头："我们之间的账两清了。满意的话，就带走吧。"于亮盯着那男人的眼睛，表情分明是没有丝毫笑意的。

　　男人听罢拍了拍于亮的肩膀："我王大志是什么样的人，兄弟你也应该清楚，这时候说这话未免太伤感情了。今日你我恩恩怨怨也到此为止了，就当交个朋友吧。"说着便伸出手去要同他相握，于亮象征性地伸出手来。紧接着于亮引着那叫王大志的男子来到了黑色轿车旁并打开了车门。王大志也不含糊，探出手便去抱那车中的小孩儿。

"好乖巧的小女孩儿啊"，王大志用手捏了捏小女孩儿的脸，显得很是满意。此刻小雪不哭也不闹，眼睛死死地盯住面前这个陌生的男人，眼神竟透出几分凌厉来。

王大志从一旁的白色面包车内取出一条软布绳子，不客气地绑住了这个刚被送过来的女孩儿，然后一把将她抱向了面包车的后座之上。

"兄弟，谢了！"王大志朝着正在发动引擎的于亮大喊，接着一跃入驾驶位，发动了面包车。车子不紧不慢地行驶开了，朝着鲜有人知的方向。

2. 仍然是一头雾水

张紫涵醒来的时候发现自己跟前正站着一个中年妇女，也正是她将自己从这夜寒冷的睡梦中叫醒。那妇人问她怎么会睡在这种地方，言语中充满了疑虑。张紫涵也不争辩什么，只拿出自己的记者证来给她看，示意自己是一名记者，被困此处完全是一场意外。那妇人这才信服，说要带她离开这儿。张紫涵这时想到了什么然后惊呼了一声："我的稿子！"她仿佛听到电话那边的编辑冰冷的语气，"你太令我失望了……"

满肚子委屈的张紫涵回忆自己昨天的遭遇，不禁满腔怒火。都是因为那个高健！看他做了什么好事！张紫涵再也不去理会此刻还在自己旁边的妇女，一门心思要找高健理论，于是急匆匆地离开了。

高健回到家中时陈楠也早已下班回家了，她没料到丈夫会离开这么久，一直一个人静静地等待消息。

"有女儿的消息了吗？"

看见高健回来便迎了上去，她的表情很是急切。

高健有些不知该如何回答，只默然地叹着气，甚至不敢直视妻子的眼睛。他知道自己辜负了女儿也让妻子失望。即使他百般抗拒那个事实，他也不得不承认："不……没有……"他的言语中尽是悲哀。陈楠目光哀戚地看着他，差点儿又要哭出来。高健说出了实情，包括那个号码的事，他知道到了这个时候，再掩藏这一切显然是对妻子的不公平。他们必须得有更缜密的思考。妻子听罢脸上浮现出难以掩饰的惊讶，她不明白对方到底想干什么，但可以肯定的是他们绝非普通的绑匪。一想到女儿此刻正在遭遇的恐惧，她便觉得惶恐和愤怒。

"那些人就是些疯子！"陈楠情绪十分激动。

高健双手扶住妻子的肩，不知该说什么是好。

陈楠生气地挣开他："你干吗要擅作主张？"

高健心里也清楚，自己昨日做的事是绝对谈不上理智的，于事无补的动作只会让女儿的处境变得更糟糕，然而实际上他并没有更好的方法。小雪还没脱险，他必须抓住任何的可能性来赢得与疯子对弈的胜利。

对，那就是一群疯子。高健只能在心中暗骂，他必须靠自己赢

第 3 章　神秘数字

得这场博弈。虽然对手在暗处，且主导着比赛，但高健告诉自己无论如何也不能放弃。

然而陈楠的情绪依旧很激动。她一遍遍质问着高健为什么事先不通知她，高健也只是默不作声保持着沉默罢了。终于陈楠也不说了，只站起来喊了句："我要报警！"

高健慌忙站起来阻止，"为了小雪的安全，现在绝对不能报警！"他的语气竟是如此的坚决和严肃。

"可对方根本就是神经病！"陈楠激动地与他对视，她开始流泪，"你知道小雪在他们手上……"

高健知道自己凭一张嘴根本说服不了情绪激动思女心切的妻子，犹豫了一番，最终还是掏出了照片。

照片上小女孩儿在阴暗的角落里无助地哭泣着，脸上沾着灰，泪痕在稚嫩的小脸上勾勒出一片灰暗的情绪来。陈楠痛苦地呻吟了一下，身体便往后倒去。

高健慌忙扶住妻子，然而陈楠此时早已泣不成声。高健紧紧地抱住她，任她放肆哭着。高健心里清楚，这样的场景，即使是他看见也是无法抑制自己的心痛的。

"别怕，有我呢。"高健在妻子耳边呢喃，"当初能救活你们母女，这次也一定找得回小雪！相信我好吗。"语气很轻，但每一个词都显得如此坚定。高健知道，为了这个家，他必须奋不顾身。

陈楠望着他，点了点头。她的眼泪还在流，但她清楚地理解丈夫此刻的抉择了。她决定相信丈夫，像一贯做的那样。

"对方的目的没那么简单，他们的每一步都走得很有针对性。这很明显是一场报复，但是到底会是谁呢？"

陈楠茫然地望向高健，显然，她想不起来他们得罪过谁。

往事如潮涌向高健的脑海。在那个意气风发的年代，在无数个满腔热血的日夜里……高健眉头一皱，似乎有什么记忆闯入了脑海之中。

陈楠似乎看出了什么，轻声问高健想到了什么没有。高健也不答话，只开始在房间里来回踱了两遭，再坐上沙发沉思起来。陈楠也靠着他坐下，不再发问，就静静倚着丈夫。

张紫涵赶回自己家中时，心情是无比沮丧的。她望着硬盘里未及发送的稿件，更是气愤至极。这个事件对她的职业生涯将会有极大的影响，也是无法原谅的。

3. 难道是曾经的兄弟

将陈楠送到公司，高健本想再随便休息一下，闭上眼睛，也不确定自己究竟睡着了没有，却又被一串电话铃声吵醒了。高健"腾"地站起来，手里拿起了电话。

"昨晚睡得可好啊？"说话的人语气中透着讥讽，旋即又嗤笑起来。

"我不管你是谁，你敢动我女儿，我一定会让你后悔的！"高健这是愤怒无法遏制的语气。

"哈哈，犯错的人，都是要受到惩罚的。无论是你的宝贝女儿，还是……你自己。"那声音阴森恐怖，透着绝对的自信与威严。

"你们把小雪怎么样了？"高健惊呼道。

"放心，她暂时没事。但以后会不会出意外就说不准了，那要看你的表现……还记得吗？这是我们之间的游戏。"那神秘人似乎很享受高健惊惧愤怒反应中所透露出的无力感和绝望感。

"好！我奉陪到底，只要你能保证我女儿的安全，我就按你说的做。"高健顿了顿："无论你要什么我都给你，把小雪还给我们。"

那人居然大笑起来："我要什么你都给我？高健，你以为你是谁啊？"

高健被噎得哑口无言，神秘人却不在乎，紧接着报出了一串新的数字。

高健赶紧将它们记在纸上，显得慌张极了。

"游戏继续，高健，别总是让我失望啊。"

神秘人挂了电话，唯留下高健怔怔地待在原地。听筒未曾放下，依旧被高健已然僵住的手悬在半空。他的表情里是巨大的讶异感，"这是……"那数字被他涂画得潦草，却让他彻底地走了神。

一个坐标，显而易见。

记忆像击溃堤岸的洪水，毫无阻隔地冲撞着高健的情绪。他以为自己再无须接触那个噩梦般的地方，然而显然是自己错了。他越想摆脱越想忘记，那地方那事情就越是在脑海中烫下更深的烙印。他甚至清晰地记得那个地方的坐标，看着眼前潦草的涂鸦，高健不禁有些潸然。

那是一颗射入心脏的子弹，取不出来，永远都不能……

巨大的悲痛感攫获了他，伴随着挥之不散的担忧。他知道自己此刻不能停下来，他知道那个地方谁在等他，他以为那早已是一场过去的恩怨，只要不再提及，也便让所有人都心安理得。但显然他错了。

那个坐标，只能指向一件事。

高健没有片刻的迟疑，起身直奔向楼下，准备驱车前往他所想的那个地方。

所有的信息都同时指向了那一个人。高健心里清楚，他必须找到那人。

车中的高健依旧止不住回忆那场事故，他清楚，在当年的战友之中，只有秦立敏一直对他怀恨在心的。这是一场报复。高健笃定地相信。

可是退伍那么久，高健早已经失去了秦立敏的联系方式。思考间另一人出现在了高健的脑海之中，那人也是二人的战友，大家叫他老黄，为人老实忠厚，在警院里倒是有不少朋友。高健一直还与老黄保持着联系。

想到秦立敏，高健不禁又生出了一丝感慨。早年的兄弟，如今却已是形同陌路，不由不让人唏嘘感叹。甚至于秦立敏都干出了这等事，高健倒吸了一口凉气，心中已是一片悲哀。

当年错的是自己，但仇恨不应该延续到孩子身上！

电话打给了老黄。老战友之间寒暄了几句，然后高健急不可耐地转入了正题。

"老黄，你知道小秦的地址吗？"高健心情急切。

老黄显然有些犹豫："你找他干吗？"他很清楚当年发生的事，也知道高健和秦立敏之间的恩恩怨怨。这时候高健打电话给他询问小秦下落，实在是让人有些担忧的。

"有急事！"高健不留出丝毫商讨的余地，他要的只是一个答案。

第 3 章　神秘数字

老黄心中不免激灵了一下，听高健的语气他确实很着急。可老黄仍旧留了一个心眼。兄弟相斗的场面他是绝对不想看见的，但假如他也在场的话也许情形会好很多。

"嗯，我知道。那你先来找我吧。"他给出高健一个地址，"兴许我能帮上一点儿忙。"

高健记下老黄报出的地址，片刻不停地往老黄那边赶去。

两人一见面，寒暄也没有。老黄迎上来便问高健到底出了什么事。高健的面容显得憔悴极了，全然不再是那个在警院里意气风发的小伙子。老黄心中有些感慨，岁月变迁，当年的英气终于也被磨平。

高健叹着气，强忍着情绪将事情向老黄叙说了一遍。听罢，老黄也只剩惊讶，心里思量着高健居然遇到了这样的事，不免也跟着叹起气来。见到高健的那刻其实老黄心中有很多话想说，多年未见的战友，如今隔着这般光景见着了，本应该是件好事，可是一想到高健如今所面临的危机，老黄也不禁为他担忧了一把。

"这就是你要找小秦的原因？"老黄想把事情弄清楚。

高健看着老黄，表情黯然，他将坐标的事和盘托出："这串数字，老黄，你应该还记得的。"高健此刻情绪复杂。如今他不得不一次次逼自己面对那次可怖的记忆，当初的情景变得历历在目，他这才发现那些总想说服自己忘掉的事，却无论如何也忘记不了。

4. 抹不去的痛

老黄听到那串数字便陷入了沉思，对啊，那是一个他们都不愿再提及的地点。那是一个噩梦。

"所以你怀疑小秦？"老黄试探地发问。

高健点了点头："你知道的，只有他还对我怀恨在心吧……"

老黄叹着气，表情甚是无奈。他心中不是不清楚，小秦其实心眼不坏，就是为人有些计较，小事大事都释怀让步不了。他不想看见昔日的老战友阋墙而斗，但高健此时面对的处境显然更危急。

"我带你去。"老黄终于答应道。

高健向他点了点头，然后打开了车门。

往事扑来，席卷了此时两人的心情。终于过去的事不一定就过去了，它可能化身猛兽，潜伏着，只为一次绝地反攻……

高健想了很多，该担负的，逃不掉。现在似乎到了清算的时刻。

老黄带着高健来到了一个汽车修理店，一个老工人走过来迎上去招呼，把他们当作了普通顾客。

老黄下车之后直奔主题："请问秦立敏在吗？"

那老工人将被油弄脏的手往褐色的塑料质围裙上抹了两下，然后回头往屋里喊了声："小秦！有人找！"

"诶！"有人应了声。

熟悉的音调让高健想起了彼时的战友，曾经他们是多么要好的朋友啊，不想世事变迁沦落于此。他想起小雪那张哭泣的照片，顿时觉得心疼极了。高健是来此处讨要说法的，他知道过去的冲突将再次被点燃，但他顾虑不了那么多。为了小雪，他不惜一切。

走出来的男子看见面前突然出现的造访者，笑容顿时僵住了。

"你来干什么？"秦立敏的语调中带着明显的不悦。

第 3 章　神秘数字　　41

"我想你应该知道，我的女儿失踪了。"高健本想要让自己显得客气些。事实上，对当年的事他一直心怀歉疚，小秦的怨恨他尤其是可以理解的。那事情发生后的一天，秦立敏将高健狠狠殴打了一番，但高健甚至连手都没还。他感受得到战友的绝望与愤怒，那毕竟是自己的责任，他一直如此认为。但如今的事关系到女儿的安危，他没办法对眼前的人保持冷静。

秦立敏眼中闪过一丝诧异，但很快便平复下来。"那你不去找你女儿，来找我干吗？别在这给我装可怜。"说完转身要往屋内走。

"等等！"高健有些激动，"我知道你一直对我怀恨在心，我不怪你。但有些出格的事，我希望你别做就是！"一边已经追了过去，抓住了秦立敏的手。

"去你妈的出格！"秦立敏一把甩开高健的手，然后拳头已经送到了高健脸上。

高健猝不及防地被打倒在地，捂着冒血的嘴死死地盯住秦立敏。

"我告诉你，高健，谁他妈对不起谁大家心里都清楚！你赶紧给老子滚开！"

秦立敏显得十分激动，言辞变得尤其激烈起来，周围几个顾客此时都远远地围观着，不明白发生了什么事。

脑袋嗡嗡作响着，高健只觉得血气上涌。小雪哭泣的面庞又浮现在他的脑海之中。最近他已变得太憔悴太绝望，而这一拳正打开了他情绪的豁口。秦立敏愤怒的脸渐渐在他的视野中变得扭曲，然后……

老黄看着已经扭打在一起的两人，不禁愣了几秒。两人都曾是警院里的好手，出手都挺狠。昔日的战友如今却在自己面前互殴，老黄看得不禁有些赧然。"别打了!"他只觉得自己脑袋一热,便朝着那两人冲了过去。

旁边的老修理工看得不知如何是好,一边急切地劝解,一边又只能远远观望着。很多人都围了上来看热闹,而那三人已经扭打在了一起,难解难分。

积蓄已久的怨气,迫人心肺的急切……高健、秦立敏各怀心事也各不相让,老黄竟然拉扯不开。仿佛那场架是打了很久的,停下的时候三个人都已经筋疲力尽。他们在地上躺了半晌,都大口地喘着气。也不知道是谁先住了手,一场荒唐的恶斗终于停了下来。旁边的人都已散尽,旁人的恩怨,无人惦记。

然而事情远未到结束的时刻。高健用手撑着地缓缓地站起来,样子有些狼狈。老黄已经半俯着身子在拍身上的灰土了,最不愿看到的终于还是避免不了,心中不免一阵唏嘘。而倒在地上的秦立敏却迟迟未曾起身,须臾,竟放声哭了起来。

那哭声来得太突兀,无论是高健还是老黄,此时心中都不免一凉。一个大男人,流过血流过汗的男人,此刻却如此不顾忌地痛哭起来,这分明是积蓄已久的怨气。

"高健!你这个混蛋!你才是最该受到惩罚的!凭什么如今你比谁都过得好?凭什么只有你能生……"秦立敏毫不掩饰地控诉,霎时间将他们的心一齐揪紧。

高健沉默了下去,心中说不出是自责还是难过。他知道自己对不起当年这些战友,也从未曾逃离心灵的控诉。即使他以为他能忘掉……

秦立敏在地上哭得毫无掩饰,可能谁都不会明白这些年他所受过的煎熬吧。

老黄缓缓走过去，去扶起秦立敏："小秦啊，大家兄弟一场，能过去的，就让它过去吧。"

"过去？能过去吗？"秦立敏吼叫着，宣泄着这些年来心中积攒的怒火。

老黄只能叹着气，拍了拍他背后的灰土。

"大伙都知道你难……但是你总不能一直生活在过去出不来吧，人啊，还是得往前看。"

老黄尽力开导着他。此时秦立敏的情绪也算恢复了些，然而盯着高健的眼神依旧泛着冰凉怨恨的光。

往日交情算是废了，在那个坐标……高健情不自禁地想起那串数字。此时，他隐约觉得小秦应该是无辜的，但他实在想不出其他的可能性了。

老黄替高健再次表明了来意："你也知道了，高健女儿被人拐走……那是多可爱的一个小姑娘呀！"话到此处，老黄心中也不禁有一丝伤感了。"小秦，如果你知道什么的话，就告诉兄弟我吧。"他意味深长地看了一眼秦立敏，"无论怎么说，咱当初都是最亲的兄弟啊！"

秦立敏转过头去，情绪宣泄一通后，也算变得理智了些。他转向高健："我不知道你女儿的下落，不过，你要是怀疑就请便好了。"说完后，秦立敏向店铺里面走去，头也不回。

老黄还想劝说什么，但终于没说出口。高健只是怔怔地站在原地，许久没回过神来。他心里清楚，秦立敏没说谎。

5. 那是个坐标

往昔的那场事故又在脑海中清晰地浮现出来，像噩梦般挥之不去。他不愿再多想，于是朝老黄喊去："我们走吧。"高健揉了揉浮肿的脸，一边打开了车门。

忽然想到了什么似的，老黄站在原地沉思了片刻，然后向高健喊道："你应该回那里看看……"

高健恍然大悟。

"对啊！那是个坐标……"

这个谜题的答案显然不是指向小秦的，但一定和那个地方有关！

高健将老黄送了回去，然后自己驱车先回到了家中，这件事他不想让妻子知道，因此必须得先安顿好她。那是一个噩梦，一个被高健隐藏已久的噩梦，挥之不去，连最亲近的人也不曾表露过。

幸而妻子还没回来。他拿家中的固定电话打通了妻子的手机，说有些事，得晚些回了，让妻子别担心。然后这才放心地再次迈出了家门。

张紫涵一门心思要找高健算账，开着车怒气匆匆地来到了高健家楼下，却见一辆轿车正要离开，细细一看，开车的正是高健。他脸上不知什么时候多出了一些伤来，也未及多想，只顾着喊要高健停下了。高健透过车窗玻璃看见了张紫涵，却完全不理会。此刻他的心情十分急切，想起昨晚看见的女儿的照片，心中不免又揪紧了一把。此时此刻他必须得与时间赛跑，多一秒，女儿就多一分危险。

张紫涵怒气冲冲地朝着高健喊叫，说要跟他好好理论。可是高健一刻也不停下，绕过张紫涵的车向小区外驶去。此刻张紫涵愈发生气起来，心中暗暗骂着这个无礼的男人，一边也驱车跟了上去。

对于后边跟着的张紫涵，高健不是没看到，而是实在懒得去理会，他没有时间了。

驶出市区，轿车开始进入荒凉山路。离那个地方又近了许多，高健此刻的心绪重新被记忆中的场景拉回。此刻他面无表情地向前行进着，心情复杂。往事历历在目。

车速缓了一点儿。山区的路况很差，况且又是这样的地方。原以为这辈子都不会再接近这个地方，这里承载了太多自责与悔恨。虽然高健一度以为自己已经和过往告别了，然而现在女儿却因为那场事故被牵连进来，他终于明白，有些债，没那么容易偿还。

张紫涵在车内纳闷，她猜不透高健为什么会来这种地方，但直觉告诉她这其中一定有什么故事。想起那个在机场看到的小女孩儿，她此刻的好奇心又膨胀起来。一定是与他的女儿有关的吧，看那副急切的样子。张紫涵此时已下定决心要跟踪到底了，也在山路上小心翼翼地行进着。

夜幕不知不觉地降临，陈楠走出公司的时候街道上已显得很是冷清。她站在路边等了半晌，终于拦到了一辆出租车。这些天来她一直有些恍恍惚惚的，找女儿的重担完全落在高健一个人身上。她希望自己能尽快冷静下来，她知道自己帮不上什么忙，只求不给高健添乱，不让他担心。

张紫涵一边透过车窗观望着周围，一边紧紧尾随着高健的车。

道路旁的树很葱郁，将原本就微弱的光挡得严严实实。这样的环境里一个女孩子是不可能不害怕的，她心中暗暗骂着高健怎么来这种地方，一边祈求着这段路快些到头。然而猝不及防的，一声突兀的声响在寂静的黑暗中响起。

张紫涵起初并未反应过来发生了什么事，只是那声巨响着实将她吓了一跳。前面高健的车歪斜了一下，最终停在了路边。张紫涵一个急刹，险些没和高健追尾。高健满脸急切地跳下车，探下身去检查了一下什么，然后十分不悦地用脚往那车上踹了两遭。原来是高健的车爆胎了。

此时张紫涵也下了车，迎过来时也不按原来的脚本指着人骂了，只是问他到底要去哪里。高健此时满目愁云，依旧不想理她，而她却依旧不依不饶："告诉我，我就帮你。"她指了指身后自己的车。

高健快速权衡了一下，眼下这种状况实在太令人恼火了，但起码还有希望。他清楚自己剩的时间已经不多了，劫持小雪的人随时可能伤害小雪，作为"输掉游戏的惩罚"。高健不敢往下想……"我告诉你！"他终于决定向张紫涵妥协了。

高健将事情的经过一五一十地告知了张紫涵，她这才知道原来这个案子远没有当初自己想得那么简单。她的脸色变了，看高健的眼光也变了，原来自己眼前的这个男人并非如自己所想的那样无知和不负责任，恰恰相反，他几乎倾尽了心力。高健脸上的伤占据着他原本俊朗的面庞，张紫涵却顿时觉得他高大了几分。

陈楠回到了家中，丈夫果然还没有回来。她拖着疲惫的身子陷入沙发，理了理额前的头发，然后将视线投向了面前的茶几上。一张画着潦草数字的小纸片闯入了她的视野之中，那是……她疑惑地探出身体去取。

　　这边张紫涵驱车,在高健的指引下往越来越偏僻的地方驶去。又行进了良久,一幢破旧的房子才终于闯入了视野之中。
　　"这是什么地方?"张紫涵问高健。
　　高健默不作声,跳下车去,眼睛扫视着这片区域,恍然是来到了彼时。他定了定神,沉默地往那废弃的建筑走去。
　　张紫涵一刻不敢怠慢,紧紧尾随着高健。
　　记忆中呈现出的是一幢与这一模一样的屋子,只是要比眼前的显得稍微新一些。
　　推开破败的门,一片灰尘便往外扑来,惹得张紫涵连连捂鼻,高健全然不顾,继续往里走着。但里面显然要比自己想象中的整洁,看样子就像主人出去数日后的宅邸。张紫涵简单适应了一下周围环境,开始观察起四周来。
　　突然,似乎张紫涵发现了什么:"天啊!快过来看!"
　　高健闻声立马往这边走了过来,"什么?"一边问询着,一边也已经发现了那令人惊诧的一幕。

　　那不是一堵普通的墙,那上面贴满了照片……
　　那分明就是他们一家的照片!陈楠,小雪,还有他自己……这些照片显然都是在他们不知情的情况下拍的。高健感觉自己脊背发凉,同样感觉到不可思议的,还有旁边的张紫涵。她终于意识到高健不报警的用意何在了。情况比她想象中的要复杂得多!高健张着嘴惊恐地看着这一切,眼神久久不能抽离。

外面夜深得可怖，偶尔山间不知名的悲啼响起，渲染着阴森……

此时此刻，陈楠看着眼前的那一串数字，陷入了莫大的惊异与沉思之中。那数字正是高健第一次得到并错以为是电话号码的，因为这串数字，高健夫妇看到了一张记录着女儿哭泣样子的照片。高健之前将记有这串数字的纸片随意扔在了茶几之上，却在此时被陈楠无意间看到。但高健绝对想不到，当妻子看到这串数字时，会是一种怎样的心态。

陈楠默默地取出笔，然后在纸片的空隙处开始拼写。陈楠做得全神贯注，心中却早已波涛汹涌……

"夏志军"……

陈楠死死地盯住那个答案，泪如雨下……

第4章

密码破解

1. 我要回家

一辆白色的面包车驶过无人的街巷,扬起一阵厚厚的尘土来。

王大志行事从来都很谨慎,这次也不例外。他不时回过头去观察。面包车拐过最后一个弯道,终于停在了一个空旷的仓库门口。

王大志跳下车来,然后伸手打开了车后边的门,一把将小雪抱了出来。小雪的手脚一直被绑着,此时一见这陌生偏僻的环境以及那并不友善的坏人叔叔,嘴不禁一撇,开始哭了起来。

"我……我要回家!"小雪害怕地叫着。这样的场景王大志见得多了,小雪算得上是比较安分的了。他尤其讨厌哭闹的小孩子,被吵得恼怒了他甚至会出手暴打那些幼弱的孩童。这是一个见不得光的行当,王大志从没想过要做会儿所谓的好人。

王大志抱着小雪走到了仓库里。这仓库隐藏得很深,曲折且鲜有人造访的巷弄是其最好的屏障。那仓库的大门上挂着一副大锁,黑铁色的表面透露着一种恐怖的气息。王大志在裤口袋里摸索出锁钥匙,将那锁打开了。

光线射入仓库内空旷的空间中,映出浮动着的灰尘。小雪被王大志粗鲁地扛在肩头,带入了这方"与世隔绝"的空间中。小雪的哭声变得更大了些,而王大志此时已经将小雪从自己肩头给放了下来,然后顺手一推,将她往前面推进了几步,一副令人吃惊的景象顿时在小雪面前展露无遗。

"别哭了!找打啊!"王大志嚷道。

地上随处躺着些蓬头垢面的孩子,那些孩子无一例外的衣衫褴褛,看样子只是跟小雪差不多的年纪。他们望向王大志的眼神均有些惊恐,但更多的是木讷与了无生气。一个个原本应该在父母怀里撒娇的孩子竟变成了这副样子,实在令人气愤和费解。

仓库里静静的,孩子们都不敢出声,呆呆地望着这个新来的小孩儿。小雪的脸上满是恐惧,她不敢再哭了,可是依旧止不住低声的抽泣。

王大志朝着那些孩子叫道:"都给我老老实实地待着,别找打!"然后偏着头再看了小雪一眼。小雪显然是受了惊吓,蜷在角落缩成了一团。

王大志冷哼一声,转身走出了仓库。门重新被关上,光线隐遁,随后是一声重重的金属碰撞声。

只剩下,阴冷,恐惧,暗无天日……

2. 破解密码

后来,高健的车被叫来的汽车修理工给修好了,张紫涵在旁边帮了一宿,他心中也自然是充满了感激的。高健想起前日自己的行为，心中不免有些羞愧，他真诚地向张紫涵道歉："上次的事，对不起了……"

张紫涵本来还对高健心怀怨愤，但昨夜却让她改变了看法。事实上，比起高健如今所面临的困境，她那点儿事实在是微不足道。

"没事了……还有，小雪一定会找到的，别太着急了。"

高健朝她点点头："谢谢！"然后露出了一个久违的微笑。他的脸上还有些淤青，但眉宇间的英气显露无遗，独特的气质让他有种别样的魅力。张紫涵也报以一个会心的笑，然后招手示意要先走了。

虽说事情并没有大的进展，但也绝非一无所获。高健想起那面照片墙，他想不到更多的可能性。天色已经大亮了。而此刻有太多的问题还纠缠着他——绑架，报复，女儿，神秘数字……

高健回到家中，发现妻子已经出去了。进来的时候他鞋都没来得及脱便钻进了卧室里。长时间的奔波让他倦意十足，倒头便睡了过去。醒来已经是下午的事了，从冰箱拿出几片面包和一盒牛奶，他无意间却看见一旁书桌上的那张字条，潦草的数字旁分明又多出了些什么东西……高健走过去拿起那张字条，细细看着一旁的推演，而那推演最终所指向的答案，却让高健的心猛地揪紧了……娟秀的字体分明出自妻子之手。"夏志军？"看到最后这三个字，高健心中又惊又惧。

高健疯了似的往外跑去，此时此刻他似乎开始有点明白了。小秦不是绑匪，那么还有谁会用这样的手段报复他们一家，或者说，报复高健呢……虽然高健内心很抗拒这个已摆在面前的结论，很痛苦亦很无奈，但他终于一点点地开始确信。对！也许会有这种可能性！

夏志军。

当年最要好的队友在那次事故之后杳无音信，高健当初怀着歉意离开特警队，本想去见他，然而却一直没找到。这么多年，没人再提及这个名字。他想起从前在特警队中共处的日子，恍如隔世。

当密码明明白白地指向夏志军这个名字的时候，高健知道，他们之间的牵连与恩怨，才刚刚开始。

陈楠破解那个密码的一瞬，心情多少与高健有些类似。往事始终不是那么容易摆脱的，她哭得泣不成声，也不知道过了多久才平复下来。她觉得，这场事故是直指向她的，懊恼和悔恨像一把把利刃，切割着她脆弱的神经。她知道，即刻起她不该再置身事外，将寻找女儿的重担交由丈夫一人，事实上，也许这是冲着自己来的。

情绪许久才平复了些，她决定孤身前往。

那个地方，她比任何人都熟悉。寻找犹如一次驾轻就熟的记忆回归，那往日的烟云都化作游丝钻入脑海，让她摆脱不得。她坐在一辆出租车的后座上，鼻子很酸，想哭却又极力忍住。

3. 线索就是夏志军

坐在车中的高健此时心情有种莫名的急切，他也道不清那是一种怎样的感觉。在特警队的那些日子，高健最要好的兄弟恐怕就要数夏志军了。他们都是十分优秀的特警，偶尔会切磋一下身手，累了就在空地上躺着看天，回想着幼年的欢乐时光。高健总是很怀念

第 4 章 密码破解

那样的日子,只是他知道那再也回不去了。

想到那场事故,高健觉得自己最对不起的便是夏志军。夏志军后来情况如何高健再未得知,那场事故中断了他俩之间所有的联系。高健后来有了自己的事业和家庭,而夏志军却如人间蒸发了一般。

夏家与高家是世交,而高健与夏志军更是情同手足的好兄弟。以前高健逢年过节都会到夏家拜访,夏志军父母对高健就像亲儿子一样。然而那次事故之后,高健再也不敢到夏志军家,他无法面对夏家父母。

出租车停下来,陈楠四处望了望周围的环境,不禁百感交集。此地是如此熟悉但已然又变得如此陌生。已逝的情绪,留不住的过往,离去的故人……陈楠呆呆地望向每一个视野能及的角落,不觉竟有些潸然。

很快陈楠便说服自己整理好情绪,不再犹豫,快步走了过去。过往的附近居民甚至都好奇她的表情,那么的急切,那么的忧郁。但陈楠全然已经不在乎,此时的她只关注前面那个地方。

叩响门的时候,陈楠的腿不禁有些颤抖。屋内有人答话道:"来啦!"陈楠的手悬停在半空,等待着……门"吱呀"一响。

气质优雅的老妇人有些吃惊地盯着门外的不速之客,一时间竟不知道要说什么。陈楠清晰地记得她那时候还远比这时的样子年轻的,虽说岁月变迁,但时间带给她的苍老,显然是要比其他人更甚一番。

陈楠有些支吾,不知道该如何开口。是那老妇人首先说话:"是你啊……"

陈楠点点头,她轻声叫道:"阿姨!"

老妇人将身子一侧,把门口让了出来,示意陈楠进来说话。陈楠见状也不犹豫了,只径直往里走。屋内的摆设和记忆中几乎一样,她有些惊讶,亦有些伤感。

就近找凳子坐下,那老妇人便到了厨房端茶去了,一个老人移下眼角的老花镜,把手中的报纸放到一旁的桌子上。

"你怎么来了?"

陈楠见状便说出了此行的目的:"我是来找志军的。"说出"志军"这个名字时她的声音明显有些颤抖。这个名字已与她的生活分隔了太久,然而却从未离开过她的内心深处。不提起,不代表忘记。

此时此刻她想起小雪那张活泼可爱的脸庞,聪明伶俐的言笑,以及伤心哭泣着的表情。陈楠的情感似被一颗巨石砸中般,再也平复不了。她知道夏志军与小雪的失踪肯定有所牵连,不想相信,但却不得不相信,要找到夏志军,陈楠别无选择。

然而夏母端着一壶茶。

"我也想问你,志军在哪儿?"一旁的老人语气明显有些不悦。

陈楠不知所措地望着他们:"你们不知道志军的下落吗?"她放下手中的茶杯,望向夏母:"阿姨,我真的有急事要找他!"

夏母表情有些难受,看来面前的女子根本不知道他们二老这些年来所承受的孤独痛楚。

"志军他……很多年没回来过了。"夏母的声音中带着哽咽。这么多年以来,她和老伴相依为命,生活过得不算差。每一年他们二老在银行的账户上都会多出很大一笔钱,他们不在乎那些钱财,

第 4 章 密码破解 55

但是借此知道儿子还在，并且钱挣得不少，也总算是种安慰。

然而这样的答案对于陈楠来说，无疑是一瓢冰冷的凉水。她知道夏志军当年出事了，然而"多年未回"的讯息还是让她大吃一惊。一个人要经受多大的痛楚才能有家不归啊。但眼下女儿的安危才是她更关心的，线索就是夏志军，她不能逃避。

"您能告诉我怎样可以联系到他吗？"她并未说出找人的真正目的，但依旧心存着最后的希望。无功而返意味着女儿的危险，此刻理智大于情感。而夏志军的父母，显然是她唯一的突破口。

"已经很久没他的消息了。我们也老了，他不回来，我们哪里找得到……"夏母的眼神越来越黯淡，话说到中途停住，没再继续下去。陈楠看着夏母极力掩饰着的痛楚，她不忍心，也不想再追问下去，徒添老人家的悲伤了，于是站起身来。

"阿姨，那……我就打扰了……"陈楠的语气中满满都是落寞的情调。

夏母低声应着："呃，要走了吗？"她温柔地看着陈楠，"虽然不知道你找志军有什么事，但……"夏母停顿了片刻，深吸了一口气继续，"如果有了他的消息……"

"嗯，我明白。谢谢阿姨！"陈楠应着，看着夏志军的父母，她觉得有一种说不清道不明的伤感。

踏出门槛的那刻，陈楠听见背后传来无奈的叹息声，她将头低下，猛地闭了下眼睛，将即将要夺眶而出的眼泪逼退，然后默默地往外走。

4. 无法愈合的伤疤

时隔多年再去夏家，高健心中依旧是有顾虑与歉疚的，毕竟那块伤疤揭不掉也痊愈不了。但这次事关重大，不由得自己退缩。只是他满心想的是倘若这事与夏志军扯上联系，昔日的兄弟要以这种方式面对，任谁也接受不了。

当转过最后那个街口远远望见那幢房子的时候，往事跌跌撞撞着在脑海中捣乱，记忆如同洪流……他想起在志军家中的日子，他们讨论军事与时政，争辩科技与足球，那画面如同恍如隔世般。可惜，一切都已不在了。纵然昔日的他们有多么的要好、多么的情同手足，但命运安排的那一场意外，击碎了美好的一切。

那场事故改变了太多东西，但即使是到了此时，高健还是无法相信夏志军会同自己女儿的失踪有何关联。将车泊在了街边，他打开了车门。虽然多年未至，周围的环境还是那么的熟悉。

陈楠显然还沉浸在失落与失望的矛盾中，她确信那串数字确实是指向夏志军无疑，而更重要的是，她相信女儿的失踪与他有关。她有足够的理由相信，可是，她又多么希望这一切和他没有关系。

抬头间，却惊讶地发现了刚刚从车中走下来的高健。此时高健正往这边走来，显然在专注想些什么事，并未过多留意周围，否则这时早已看见了刚从夏家中走出来的陈楠。陈楠有那么一瞬间的慌乱，但很快冷静下来。

先得躲起来。

她很清楚自己不能在这里与丈夫相遇。难道高健也是来找夏志军的？不可能……陈楠摇摇头，觉得很是困惑，随后她躲进了一个小巷之中，也并不急于离开，只远远观望着丈夫的去向。

高健往那幢房子地奔去，他已经在脑海里预演了很多次与夏志军的再次见面。现在虽然仍有些紧张，但好歹也是来了的。接下来的事很简单，向他询问有关自己女儿的事。如果这便是"正确答案"的话，他就没理由回避。即使与夏志军没有直接的联系，夏志军也一定能够向高健提供一些有用的信息，毕竟夏志军是谜题的答案啊。此时高健努力压抑着自己的情绪，接下来他必须勇敢面对夏志军以及那场意外，还有那逝去的但永远不会过去的往事。

那房子的门还半敞着，高健缓步走近，心情竟越发平静了些。该面对的始终是要面对，无论已经逃避了多久。有些债，必须得当面还清。小雪还没回来，也许在一个不为人知的地方遭受虐待，也许较之照片中的哭得更大声了，也许在一个黑漆漆的地方吃不饱饭……他不敢再往下想，此时此刻，不是犹豫的时候。他想即使夏志军恨自己，就让他打让他骂让他好好发泄一通，不过，在女儿的问题上，高健决意不会有半分半毫的让步。

陈楠眼睁睁地看见高健走进那幢房子，眼中满是困惑。丈夫怎么可能找得到这里来？他怎么可能想得到？那个密码，明明只有她和夏志军两人看得懂。

5. 故友难觅

虽然门并未关，高健还是先敲了敲门，而后再走进来，他看见一个正在靠椅上读报的夏父。

"夏叔叔！"高健喊道。

家中访客一个接一个，但夏父显然并不想在意这个事情。他斜睨一眼，淡然道："怎么你也来了？"

高健没听出这话中蕴藏的信息，只道是有人来过，却绝然不知自己的妻子前脚刚走。他四下往这屋里张望着。

"志军在吗？"

"不在！就是在，你也没脸来见他！"夏父显得有些不耐烦，语气很强硬。儿子多年未归，还不是拜眼前这个高健所赐。

不远处夏母在厨房的一个凳子上安静坐着，眼角的泪无声的沿着脸颊滑落。陈楠走后她就一直静静地待在此处，刻意被淡忘的思绪被勾起，她的心里充满着想念与伤感。

今天的天气真是出奇的好，阳光明媚，街上熙熙攘攘。然而身在阴暗仓库中的小雪一切都感受不到，恐惧填满了她的情绪。偶尔王大志进来，然后拎出一个孩子，带到外面。那样的场景总会让所有孩子浑身发抖，小雪不明白这是怎么回事，但她知道出去的孩子再也回不来了，害怕使得她将身体缩入了更黑暗的角落。那个时刻她好想好想找爸爸妈妈，可是爸爸妈妈都在哪儿呢？……

高健的眼皮一直在跳，不知道是不是睡得太少的缘故，持久的奔波让他很是疲惫。又是一次无功而返，他想起神秘人的耍弄，不禁怒火中烧，然而对方真的会是夏志军？他还是不太相信。夏志军很久都没出现过了，如果他回来了的话，怎么可能连老父母都不见一面？怎么可能又与女儿的失踪扯上联系？除非……高健为自己接下来的想法感到不寒而栗……除非他下定决心要毁了自己。复仇！

汽车在路上偶尔带起几片纸屑，高健缓缓驾驶着车辆，又陷入了困惑之中。此时此刻不知道小雪怎么样了，但他已然知道急切是没有任何用处的。他得继续陪那神秘人"玩"下去，无论会牵扯出多少意外。这次行程并没有获得意料之外的进展，但高健并没有丧气。有些奇怪的片段与念头在脑海中纷飞起来，支离破碎，但又分明是在指向一个答案般。此刻虽看不清，但他会坚持下去。

回到家中时高健有些落寞。妻子装作没事一般从房间走出来，便看见了高健。她即刻便惊呼起来："你的脸怎么了？"

高健这才想起昨日与秦立敏发生的冲突，情节闪现。他不自在地捂住自己的脸，表情有些尴尬："没事……"

陈楠快步走近，然后拉下了他的手，高健脸上的瘀痕显露无遗。陈楠眼中闪着泪光："这是被谁打的？"

高健被逼问得无奈，也不想让妻子太着急，于是将昨日前去找秦立敏的事说了一遍，话尾再强调了几番自己没事。陈楠找来热毛巾帮他敷，亦不吭声了，却偷偷掉起泪来。这些天来发生的事对她的打击不小，女儿仍无消息，丈夫又遭此意外，而这场事故中，竟又牵扯到了那个人，所有的一切对陈楠来说都算得上是噩耗了。她靠在高健怀里，显得很无助。

高健双手环抱着她，一直静静让她倚靠着直至情绪恢复。他心中有话，但刚才看妻子情绪不稳定，也一直没提。此时仍旧是犹豫了下，终于还是说出口："我刚刚去找过夏志军的父母。"

陈楠眼神有些闪躲，但并不显得诧异，只简单回了句："是吗？"

高健叹着气，解释道自己还是什么都没发现。夏志军根本还下落不明，他自然是得不到什么讯息的，然而真正让他奇怪的是那个密码的破译过程。

高健知道那必然是妻子的成果，于是疑惑问道："我是看了那张字条……你是怎么拼出夏志军的？"

陈楠这才知道原来高健是受了自己的启发才找到那去的，不免有些后悔自己的疏漏。陈楠并不准备让高健去找夏志军，甚至她想如果可以的话希望这种事自己去解决就好了，那个人对她来说有更深的意义。倘若此时此刻要让他们报警的话，陈楠甚至可能会第一个跳出来反对，她知道这是一道过不去的坎儿。

"这个破译方式我恰巧见过……是一部日本电影。"陈楠有些支吾。心底埋藏着的什么东西被狠狠地触碰了一下，躲不开，也承受不了。

高健看妻子面色有些难看，也不知道是为什么，但也没再追问。妻子承受的心理负担并不会比他轻，他也十分清楚。他从来都不是那种会心疼自己的男人，但他很在乎陈楠。

"我去休息会儿。"陈楠轻声说道，然后起身，往卧室走去。拉上了窗帘的卧室里光线微弱，陈楠心被揪得紧紧的，那无处宣泄的往事像洪水猛兽，迅速将她吞噬……

高健愣愣地坐在原地，终于还是没跟过去。也许该让妻子一个人好好静一静。他看得出她的疲乏与困倦，这些天所带给她的，简直是令人无法喘息的噩梦。作为一个曾经的特警队员，高健从没把警察的那份责任感与担当意识丢掉，作为一个男人，他更愿意扛起一切。

陈楠在卧室静静坐着，黯然神伤，还沉浸在巨大的悲痛之中。

看来夏志军与小雪的失踪肯定有所牵连,可是……陈楠拼命止住自己的胡思乱想,然而来自远处的记忆还是凑过来不肯退散——场景是一个电影院,人很少,男人凑过来对女人说:"这次集训回来,我们就结婚。"那女子面色泛起红晕。"好,我等你,志军。"恍惚间,陈楠哭红的眼以及脸庞上随处散布的泪痕,已然是在倾诉着一个过往的哀伤,那哀伤太庞大,大得让人放弃了抵抗。

张紫涵回忆着刚刚经历的那个夜晚,心中的涟漪还未曾消退。她对高健的成见也早已烟消云散,取而代之的,是一种另眼相看的态度。这个坚强的男子独自承担了太多太多,任哪个对这事有所知晓的人也会由衷地钦佩的。作为一个有社会良知的记者,她虽清楚自己能做的不多,但是由衷地希望自己能够帮上一点儿忙。思想间她取出了自己随身带着的背包,然后取出一个用塑料袋包裹着的物件,然后放在书桌上摊开,不是别的,正是他们昨夜看到的那些照片。

出于职业敏感,张紫涵在看到这些照片的第一眼就觉得它们也许可以提供一些很有用的线索。然而高健却不置可否,这些照片太普通,无论是从拍摄场景来看还是从内容来看,无非是一些司空见惯的情节。他的理解是对方显然想用这些照片向他们传递一个讯息:他在暗处监视,而且对高健一家很了解,如果轻举妄动的话高健他们将会得到"惩戒"。高健本就没想过要报警,这些恐吓式的手段也吓不倒他,毕竟还有着作为一名特警的经验与素质。不过,张紫涵看到的是另一个方面的意思,她认为那些照片是很重要的线索。一直到分别的时候张紫涵依旧牵挂着那些照片,于是折返带走了那里所有的照片。

张紫涵细细阅读着那些照片记录的瞬间，不觉眼眶竟有些湿润了。心中有股暖流经过，竟让她体味到难得的感动。想起自己小时候的场景，那时候她是多么梦想着自己也能拥有这样的生活呀……她看着照片上一张张小女孩儿的笑脸，一个个透着幸福的瞬间，三个人的相守相爱，然后视线终于锁定在另一张看似普通的照片上。

那照片中高健一家三口正在餐桌前吃午饭，三个人有说有笑的。阳光细细地从窗户中洒入，铺在靠窗的地板上。乍一看，似乎并没有什么奇怪的，但细细一想便觉得不对。高健家住四楼，而这个拍摄角度……

张紫涵未及往下细想，像发现了什么大秘密似的将所有照片都摊在了书桌之上。一张一张快速扫过，惊讶之感也随之扩大。虽然场景一直在变幻着，但那个拍摄角度却十分固定，那么这些照片的拍摄地就能很轻松地找到了，如果找到那个地点，这个案子是不是就能取得很大的进展？张紫涵提起电话兴奋地将这个发现告诉给了高健。

高健也没迟疑，听到这个消息以后立马准备赶来见张紫涵。张紫涵早已经在楼下等着，看见高健，便立马言归正传，向他再详细解释了一遍她的发现。

高健一张张地浏览着张紫涵带出来的照片，渐渐陷入了沉思之中。他发现张紫涵的说法确实很有道理。那个角度，对！虽然拍摄地点离高健家很近，但他确实从未注意过自家楼对面的情形。如此一提及，着实让人倒吸一口凉气。

"看见了吧！就是那儿！"张紫涵指向对面楼与这边相望的一

第 4 章 密码破解

个房间。

两人话不多说，当即决定去那栋楼一探究竟。事情有了很大的眉目，高健心中说不出是急切还是兴奋，却片刻都不敢再迟疑了。

那栋楼不是太难找，他们细细地寻觅了番，发现也只有唯一的一栋楼可能符合条件。那楼正对着高健住的那栋，这不由让高健有些哭笑不得，原来一直有人这么近距离地监视着自己家而自己却从未发现过哪怕一点儿蛛丝马迹。如若不是多亏了张紫涵的细心，可能他就一直被蒙在鼓里了。

快步上楼，然后就着高健家作参照，很快便能发现那个房间。张紫涵心中尚且有些忐忑，但高健显然毫不顾忌，直接敲响了那房间的门。

无人回应，似乎房间里并没有人。

"我得爬进去……"高健的表情坚定。此时此刻，他绝不允许自己再次无功而返。

张紫涵被他的认真吓了一跳——私闯民宅……她摇摇头，还想劝高健不要那样做，但高健已然跑开了。

她感觉得到面前这男人的急切，急呼道："喂！等等！这可是犯法的啊！"

高健不理她，已经跑远。

不再多想，既然来了，就不应该再逃避。她也不清楚自己什么时候有了这么大的勇气，但她就是愿意和这个男人一起冒一次险。高健不愧是特警出身，很快便通过窗户爬进了房间，身手十分敏捷。他从里面把门打开，张紫涵便也走了进来。毕竟是"作案"的时刻，张紫涵显得有些鬼鬼祟祟，"天啊，我在干什么？"

守株待兔，张紫涵脑海中突然冒出这样一个词，不禁有些无奈和哭笑不得了。看着高健的认真样子，四处翻找着线索，心中竟有些出奇的平静。这个男人很能给人带去安全感。然而高健突然在窗前停下了，张紫涵认得那扇窗，那里的角度正好是照片所显示出的拍摄角度。她有些疑惑地顺着高健的目光望去，立马看出了高健愣在那里的原因。

陈楠在对面的房子里哭泣着，手中还握着没放下的电话听筒……

高健的眼神盛满了忧郁，张紫涵读得出他的心疼……恍惚间，她的心中竟有那么几分羡慕了。

门突兀地吱呀一响，一个人走了进来。一时间三个人的眼神碰撞在了一起，有惊讶，有慌乱，有不解，有急切……各怀心事。

进来的人，是吴明。

第 5 章

接近真相

1. 躲在暗处

小雪蹲在角落想着爸爸妈妈。开始她一直不肯吃东西，可现在明显是饿了，也学着其他小朋友的样子开始狼吞虎咽起来。

王大志才不管这些小兔崽子吃不吃，拿来的大抵不过是些粗糙的粮食。在他的掌控之下，这里没什么大户人家的孩子，每个人都无权享受尊贵的呵护。在"成交价"面前，这些孩子并无区别。小孩们都很怕他，小雪也渐渐地为这种情绪所浸染了，每每看见他走进仓库，强光射入毫无防备的瞳孔时，她都蜷在墙角瑟瑟发抖。王大志拎起孩子的动作很野蛮，被带走的小孩儿往往都吓得大哭，灰头土脸的样子搭配着泪痕，让人看着很心酸。小雪知道自己早晚也会像其他小朋友那样被带走，她知道外面一定有可怕的东西在等着他们，因为他们被带走时都哭得那么凶。小雪越想越怕，也便在黑暗中偷偷哭起来，又不敢太大声。其他小朋友谁也不理谁，都呆呆地躺在地上，不知道在想些什么。

小雪自然无从得知，其实爸爸妈妈为了找她，都早已把心都操碎了。

这边高健两人看见突然回来的吴明时，表情却是大不相同的。张紫涵有些窘迫，她知道私闯民宅，自己这边不占理。高健却是出奇的淡定，非但没有一点儿露怯的意思，见那男子回来，他迎过去便问："你是这家的主人吗？"语气中没有丝毫客气。如果那男子回答"是"的话他便有足够理由怀疑这人，即使那男子不承认，但只要他做贼心虚，就一定也会被看出马脚。

进门见到两人时，吴明有那么一瞬间的惊讶，不过，他很快让自己平静下来。看来仍是百密一疏啊，以为这场游戏一直都在自己的掌控之中，想不到对手这么快就找来了。然而极强的心理素质帮助他迅速摆脱了混乱，当听到高健的问话时，他意识到，也许他们并没有真正发现什么，于是他决定先试探一下："是的，不过，我刚从国外回来……没想到就碰到有人闯进了我的屋子。"

张紫涵听出了语气中的控诉意味，大感不妙。高健却只按着自己的路子逼问道："你是说这房子一直空着？"直觉告诉他对方应该是在说谎。他既然刚回来，那么那些照片又怎么解释呢？张紫涵在旁边看着，怎么好像反倒是高健一上来就对人家兴师问罪呢？不过，她并没有插话，静静观望事态发展。

"不，这房子一直是有人住的。"吴明努力使自己镇静。看来到目前为止确实还没露馅儿，他很有信心为自己摆脱嫌疑，这场游戏还远未到结束的时候呢。

高健听罢即刻便追问道："谁在这儿住？"他感觉自己正在接近真相。

吴明心底开始对这不速之客嘲笑起来，果然不是自己的对手呀。他以守为攻："你们是警察吗？为什么会出现在我家呀？"

高健这才意识到自己的理亏。毫无证据，却凭什么怀疑人家，高健的表情变得难看起来，显然他迫切地需要那个答案，可是他似乎没那么容易得到了。毕竟，对方并没有义务来配合自己。

张紫涵立即过来圆场："是这样的……"

"我女儿失踪了！"高健打断她，他的声音中充满了痛苦。

张紫涵怔怔地站在原地看着高健，她显然没料到高健此时的情绪竟然会至于如此激动。但是将这种事告诉一个陌生人，真的合适吗？

高健也没料到自己此刻居然会变得这样的毫无保留，但想想也并不奇怪。毕竟女儿安危要紧，他也不愿再像之前那么多次一样无功而返了。此时此刻他的眼睛死死盯着面前的这个男人，仿佛要洞穿他的心中所想。吴明心中一惊，他知道高健此刻是动真情了。

"呃……我很遗憾。"吴明摆出一副很同情的样子，"我相信你们不是小偷，但我似乎也没办法帮助你们呀。"

"不，你有。"高健语气严肃。他转向张紫涵，示意张紫涵将包中的物品拿出来，那是一组看似十分寻常的生活照片。

"这是我的妻子。"他指着照片中和他并肩而坐的女人，"这是我们的女儿。"高健往那照片上比画着，神情黯然。

"嗯……"吴明装作若有所思的样子。

"拍摄的地点不是别的地方，正是您家这个位置。"张紫涵不失时机地补充了一句。

吴明又凑过去往那照片处端详了一阵，心里想着："原来他们凭这个就找到这里,怪自己太小瞧高健了。"然而却依旧不露半点儿声色,"似乎还真是……"他嘴中呢喃着。

"那么,现在你能告诉我,之前是谁在这里住吗?"高健稍稍压制住了自己的情绪,语气尽量随和地问道。不过,显然他已经慢慢开始放松了对眼前这人的警惕。

吴明从自己随身带着的背包中取出了一本护照,翻开其中的一页,然后递了过去,"你们也许还怀疑我,这是我的护照,上面就有我的签证时间……至于这段日子我家是谁在住,请原谅,我真的不是太清楚。"

高健看到护照上的时间,的确,女儿失踪的时候,他确实应该还是待在国外的。由此排除了他的作案可能性,那么嫌疑最大的人,就只能是他所提到的那段时间里的房客了。

"房子一直是经由我朋友之手外租的,他租给谁我并不过问,租金会在固定的日期汇到我的账上……这次回来是因为准备和女友在国内定居了,毕竟漂在异国他乡不是一辈子的办法。"吴明很轻松地应付着眼前这个神情急切的男子。

高健看到了希望。起码有线索了,既然事情中还牵扯到其他的人,那么只要顺藤摸瓜,就一定能找到照片的源头。此时的高健心中确信吴明只是一个置身事外的人,语气顿时变得缓和了许多,然而这样的线索他又怎么可能轻易放弃?他觉得先前在这住的人很有可能就是夏志军,他一直透过不远处的窗户监视着高健一家,由此才生出那么多的牵连来。现在要找到夏志军的下落,只有寄希望于房主的那位朋友了。

"那么,你能帮我联系到那位朋友吗?"高健的眼神中满是诚恳,"我需要找到之前住在这里的人!"

吴明顿了顿:"我知道你此刻的心情。你放心,这个忙我一定帮。"说着从衣袋中掏出了自己的手机,埋头盯着翻开来的联系人列表,找到一条号码然后拨打了过去。他将听筒放在耳边,一边朝高健望了一眼,示意他等等。

张紫涵也不知道此刻自己为何也会如此紧张,手心直冒汗。她视线放在正在打电话的吴明身上,又不时往高健这边瞟上两眼。苦苦寻觅过的答案此刻已经近在咫尺了,她也由衷地为高健感到高兴。再看高健,神情倒是十分镇定,眼睛亦是不曾离开吴明的那只手机片刻,心中在想什么,却是只有他一个人知道的。

夏志军,夏志军……脑海中,这个名字反反复复地闪现着,难道他一直就在此处监视着自己一家?究竟得出于多大的仇恨才能使一个人变成这样啊?高健不敢想。

不知从何时起,高健已经在心底接受了那个假设:夏志军,躲在暗处的人,就是他……

谁也不知道高健在想什么,淡然的表情下掩藏着万马奔腾的心事。

电话始终"无人接听",吴明举起手机无奈地耸了耸肩,说现在联系不上他朋友。高健这时也不像先前那般激动了,不说话,在原地像思考着什么似的。

倒是张紫涵显得有些心急:"不在?那再打一个吧!"她的身体都甚至由于激动探上前去,摆出一副要夺手机的架势来。须臾又意识到自己的失态,连连赔礼道:"不好意思。"然后望向高健。"我们真的很急……"

吴明微笑："我理解。"这个微笑蕴含深刻，可惜无论是高健还是张紫涵都解读不了。

高健拉了张紫涵一把，示意让自己来说。他郑重地伸出手去："我叫高健，就住对面楼。"他头往窗外一偏，"我女儿失踪了，您的朋友可能会有价值的信息，请务必帮我这次。"高健的语气听似很温和，其实几乎不留商量的余地。

吴明心里有些反感高健这样的态度，不过，他也只得装出一副很理解的样子，顺势与高健将手一握："吴明。幸会！"

张紫涵也凑过去："我是一名记者，专程来调查这件事的。"

吴明顿时心中一惊。这事被记者盯上了？那警方是不是已经……"警方那边有进展吗？"他试探性地问道。

"我没有报警！"高健忽而坚定地说："也许……这牵涉到我的一个故友。"

张紫涵也点点头。

"好！既然您认为我帮得上忙的话，我也不便再推脱了。等我联系到我那位朋友，第一时间知会你们。"吴明信誓旦旦。想着这面前的家伙，还真是听话啊！

高健听闻此话也不再纠缠，为他们私闯房间表示了歉意，马上告辞。张紫涵尾随着高健走出了房间。吴明在门口站着，目送他们下楼，然后自己进去并关上了房门。

他拿出刚刚的手机，拨通了一个号码。那边很快通了，他快速地交代了几句，然后挂断了电话，随手把手机一扔，扔在了不远的沙发上。他想想刚才的应变，心中依旧有几分得意。而那个号码，只有他自己清楚，却是永远拨不通的。

第 5 章　接近真相

2. 心神难宁

在楼下分别，张紫涵一个人离开了，而高健径直往家里走，他想起刚才在吴明家透过窗户看见陈楠哭泣的样子，心如针扎。

陈楠不知道什么时候已经趴在书桌上睡着了，眼角的泪痕未干。高健轻手轻脚地过去，手中抱着一张薄被子，搭在妻子肩头，然后转身走向客厅。这些天他们夫妻俩过得太煎熬了，虽然救女儿的强烈信念一直支撑着他们早已疲乏的躯体，但体力的流失和身心的折磨一直一直不肯停下。这会儿正是寻找的间隙，却也是疲乏感爆发的时候。高健的身体埋在沙发之中，满脑子都是乱七八糟转瞬即逝的画面：当年在特警队中与一帮兄弟生死与共的情谊，与妻子的相遇相爱，天使般的女儿降临并为这个家带去欢笑，女儿的失踪……那些场景毫无逻辑地穿插着，赶不跑也理不顺，然而强大的倦意依旧让他很快睡着了。

张紫涵回到家中，放下包，然后洗了个舒服的热水澡。如今她对高健这个男人愈发的感兴趣起来，他所表现的坚毅与顽强不舍的精神，以及稍显些偏执的男子气，都让人觉得喜欢。她也为小雪的失踪感觉悲伤，但一切似乎都在往好的方向发展。她发自地内心地想帮忙。

高健再次醒来已经是午夜时分了。陈楠静静地守在他身边，眼睛还有些浮肿。高健睁开眼，望向窗外无垠的黑暗，才发觉这一觉自己睡了多久，甚至算得上是这些天来睡得唯一踏实的一觉了。他握着陈楠的手，眼中有些湿润。陈楠知道自己能做的太少，心中一直很压抑。她希望能为一直在为女儿的事奔波的丈夫做些什么，哪怕微不足道的一点儿也好。

而在对面，吴明所在的房间，月光皎洁，透过窗户投射进来，细细地往地上铺了一层银纱。

吴明在窗口半倚着身体，手中拿着一罐啤酒。从这个位置刚好能够看见高健二人。他看起来似有些醉了，一脸的冷笑。

"你们欠我的，永远也逃不了……"吴明以为自己已经习惯了做一个恶人，然而此刻内心却有种别样的情绪在肆无忌惮地冲撞着，竟让他有些伤怀，有些黯然。

第二天，高健做好早餐之后唤醒了还在熟睡中的妻子。昨夜是一个难得的平静的夜晚，虽然心依旧悬着放不下，但他们也渐渐懂得了惶恐与担心都只是于事无补的，唯有冷静下来，按部就班地寻觅方能解决问题。他们的心情多少平复了些，特别是有了昨天的线索之后，事情可称得上有了很大的进展。两个人坐在餐桌前开始用餐，虽都不说话，但并没有太大的异样。

而就在这个时候，高健的手机响了起来。他正纳闷着谁会在这个时候打来电话。

"是妈。"他向陈楠示意，然后按下了接听键。

"喂，妈！"高健咽下嘴中的食物开口道。

"高健，你在家吧？"那边的声音倒显得很兴奋。"刚刚旅游回来，为楠楠和小雪买了好多礼物呐！哎哟……不过，楠楠要半年之后才回国吧？……"

高健一时间也不知道该怎么说。

"哦……哦。"高健支吾着。

第5章 接近真相　　73

兴奋的高母未曾多想，紧接着便要求道："快快，叫我孙女儿听电话！哎哟我可想死她啦！哈哈哈哈！"高母显得很开心的样子。

高健在电话这边不知道该如何答话。陈楠在旁边用眼神示意了一下，高健搪塞道："哦……小雪她……现在没在家呀。"

这电话来得太突然，夫妻两个毫无准备，此时弄得有点儿手忙脚乱的，还好，最后没露出什么破绽。

挂上电话后，高健和陈楠面面相觑，他们心里清楚，大麻烦来了。高母回来，一旦知道自己宝贝孙女失踪了，指不定要干出什么惊天动地的事。后来夫妻俩一合计，决定无论如何都要先瞒着母亲，免得再生纠葛。

陈楠马上收拾东西准备先离家几天，等高健打发了母亲再回来。公司有给资深员工安排的宿舍，虽然简陋点儿，但好歹能住人。陈楠当下决定先暂且在那住着，一边上班，一边也躲开这横生的枝节。

高健一人在家，也无事可做，只守着电话等吴明的消息。心中有些急切，甚至可以算作烦躁不安了。

3. 高母归来

一早，高健便被敲门声给吵醒了。来的人正是高母，手里拎着满满当当的礼物，一见着门开了便挤了进来。

"小雪！……小雪！……"她视野环顾了几周，那个想象中应朝她怀里扑来的小天使却没出现，她有些纳闷："小雪呢？"

"哦，妈。有件事忘记告诉你了，陈楠出国那事没成……"高健低声道。他心中其实并没有多大把握，能糊弄自己这精明的母亲，表情有些僵硬。

高母诧异地盯着儿子:"怎么啦?"她停顿了下,关切地问:"那楠楠现在在哪儿?"

高健挠挠头,解释说:"她公司出了些状况,出国那事取消了,现在带着小雪回娘家了。"

"回娘家?"高母有些惊讶:"你们是不是吵架了?"

高母这才注意到儿子并不自然的表情,他难看的脸分明是说明了什么的。儿媳妇无缘无故回娘家,她想不到第二种可能性。

"没有……"高健有些无奈地应着。

"怎么没有?好端端地怎么可能回娘家……还是带着小雪回去的。"高母面向高健,一双眼露出指责的神色:"快去,把她们娘儿俩给接回来。"

"妈!"高健不耐烦地叫了一声,然后踱进卧室中,把房门一关,心中想着哪天再找个理由把母亲给请回去,这事情也便应付过去了。

张紫涵也在等吴明的电话,她事后曾要求吴明有了新线索的时候第一个通知她,因为怕高健得知消息之后擅自行动把自己抛到一边。自己虽也说不清为何会有这种想法。吴明满口答应着,接下来的等待让生活突然间平静了许多。张紫涵惦记着那个可爱的小女孩儿,拿出照片来反复看了很久,最后终于决定还是把小雪的照片和信息放在了自己的网站上。"迷路天使"的关注度一直不错,此番举动也许意义不大,但好歹是值得一试的。只要遵循高健不报警的底线就好,其他任何形式,只要有一点点希望能帮上忙,她也不想错过。

另一边,陈楠一个人在公司住着,又不敢主动打电话给高健,怕婆婆听到并发现此中的端倪，心中很是纠结。然而忙碌的工作为她分散了一些注意力，这样耗着短期来看也并不会显得不可取。

临睡前，高健打来电话，陈楠说到自己匆忙间没带多少换洗衣服，高健分析母亲一般会在上午外出，买菜和锻炼什么的，她可以在这段时间回来收拾一下。两人当下说好，第二天一早她回家一趟。

第二天一早，陈楠守在楼下隐秘处，看着高母出门，自己赶紧往家走。高健已经等在家中，陈楠匆匆往房间去，在衣柜中翻起来，找好几件便往包里塞。高健心中有些难过，想不到妻子回趟家要像小偷一样偷偷摸摸的，当丈夫的情何以堪啊！陈楠收拾妥当，看时间尚早，便也从了丈夫的意思，两人坐下来吃着早餐。

两人静静地聊起来，心情倒也恢复了大半，然而这时，门声响了起来。

"不会是妈吧？"高健狐疑地放下碗筷，心中有些忐忑。进来的人，正是高健的母亲无疑。

高母站着愣住了，眼睛盯着还没回过神来的陈楠："刚在下面听个小伙子说看见我儿媳妇了，我还不信……"然后一边把手中的空菜篮放下，"我说你们，吵什么架嘛？特别是你呀，楠楠，怎么动不动就往娘家跑。"她四处望了望："小雪呢？没跟你一起回来？"

陈楠表情有些尴尬："呃……她在她姥姥家。我回来上班……"

高母顿时变得很气愤："什么？你把小雪一个人扔那儿了？"

陈楠不禁心中嘀咕着"什么叫一个人扔那儿"，对这话好歹有些不满，似乎自己娘家人就会虐待小雪似的。但她嘴上不好说，还是只颓然应着："嗯。"

高母很生气，又指责了陈楠一通。高健实在看不下去，叫母亲别再说了。高母却仍旧不依不饶:"你回去把小雪接回来!有这么当妈的吗?"

陈楠无言以对,高健默默望着妻子,又不好插话,心却疼得滴血。

"妈!把小雪送姥姥家是我的意思,父母在家里吵架会伤害到小孩子的!"高健大声说着,把母亲的絮叨给压了下去。

高母偏头看看陈楠又看看高健,半晌了才叹口气说:"这几天你弟弟要来,到时候让他好好看看你们这好哥嫂……"

"高康要来?"高健有些惊讶,现在的事态已经够乱了,想不到还有更复杂的局面要等着考验他们夫妻俩。

高母不答话,只是自言自语般说着:"你们啊,真不让人省心……"

陈楠坐在餐桌前,没了食欲。

4. 游戏继续

另一幢楼内,吴明坐在书桌旁得意地笑着。看来他帮了高健的母亲一个大忙呢。游戏似乎变得越来越好玩儿了。他手中拿着一只飞镖,在手中玩弄了几把,然后朝不远处悬着的靶子用力掷去——
"高健!游戏继续!"

高健和陈楠依旧为怎么支开母亲而大伤脑筋。高母不依不饶地叫他们接回小雪,而他们就是无动于衷,弄得高母很是生气。高健夫妻俩心中也不免有些惶惶恐恐,然而他们实在无计可施。小雪不知还在何处,他们实在分不出神来安抚老人家。

"你们到底要不要去接小雪的?这样下去太不像话了吧!"高

母吵嚷着,而高健夫妻俩仍旧沉默。

"听我说啊,小两口吵架很正常嘛!快!快去把小雪接回来!"然而一直是高母唱着独角戏。

如果说母亲的担忧是胡搅蛮缠的话,那么高康的到来却就真为高健二人带来了危机感。弟弟高康是个很细心的人,他不是那么容易被糊弄的。高健打定决心一瞒到底,至于以后的事,一时间也顾不了那么多了。事到如今陈楠不可能再抛下这边的烂摊子一个人再次跑开,又得装出一副还在赌气的样子,实在很纠结痛苦。

弟弟高康如约而至,高健两人也把心调到了嗓子眼。小雪的安危还不可知,想不到一下子却来了这么多事,不由得不让人郁闷。

"哥,你老实说,到底发生什么事了?"当刑侦警察的高康眼睛直勾勾地盯住高健,仿佛要从他眼睛里读出真相来。

"你骗得了妈,可骗不了我。嫂子连出国的机会都不要了,你说,什么大的事至于这样啊?"

"没什么。"高健明显有些闪躲,"就是一点儿小矛盾。"看架势高康果然不是来安慰和拉架的,一开始的问话显然是有点儿怀疑他们。

"哥,我可不觉得吵架能逼得嫂子连出国的机会都放弃掉啊!什么公司原因,那都是借口吧?"高康句句话都直指要害。

此时,在城市的另一个角落,张紫涵的手机开始欢快地唱了起来。她一眼望见那显示的联系人号码,心中不由一喜——不是别人,正是吴明。

而陈楠这边,她一个人待在卧室,听着高康对他哥哥又像是劝导又像是质问的谈话，心中很是着急。如果实情暴露的话事态可就真的要失控了。首先高康肯定是要第一报警的，陈楠心中猛地一颤，又想起当年夏志军的音容笑貌，黯然神伤。她凝神听着对话，手心不知不觉间冒出一层细密的汗珠。

时间又过了许久，高康始终也没"调查"出什么结果来。想着自己的公事没办，象征性地劝解了几句，叫高健向嫂子道歉去，便起身告辞了。高健这才大舒了一口气。

就在这时，高健接到了一个电话。

电话那头的张紫涵情绪依旧激动："吴明说他已经把他那朋友给叫来了。"

高健几乎想也不想就叫道："我马上过去！"

张紫涵说她马上要进他们小区了，叫高健下楼同她会合。高健挂了电话，狂奔下楼。

张紫涵将车停好，远远就看见了远处跑来的高健。她兴奋地向他招了招手，然后也快步迎了上去。两人二话不说，当即就出发往吴明住的那楼赶去。

这个时候的他们怎么可能会注意到，一双眼睛正在背后观望着他们的一举一动。高康躲在不远处看着这一切，表情愕然：那个女人是谁？难道她就是哥哥嫂子不和的原因？高康不敢再往下想了，其实看到这一幕只是偶然，但他隐隐觉得哥哥的表情说明了什么。事情显然没他表面所见的那么简单。可是自己亲大哥怎么可能是那种人？他摇摇头，不敢相信。

高健、张紫涵没有一秒耽误，叩响吴明家的房门。很快门被打开，微笑着迎接他们的，正是吴明本人。这时候一直坐在沙发上的一人起身向他们打招呼。吴明介绍道:"我朋友,黄昌炎。"

高健走过去伸出手与他握了握,然后寒暄了几句,开始进入正题。黄昌炎来之前就知道了高健一行的目的,显得很是配合。

"您还记得这房子被吴先生收回之前最后一个租客的信息吗?"高健问道。

那叫黄昌炎的男子埋头仿佛是在回忆着,过了半晌,他向高健说道:"是有些印象。"

突然间看见了希望,无论是高健还是张紫涵都有些激动。他们十分认真地听黄昌炎叙述。而吴明一个人在旁边也不插话,静静待着。

"那是个中年男子……"黄昌炎的声音有些断续,仿佛是在零碎的记忆碎片中提取信息一般。

"看起来和您的年纪差不多。"黄昌炎眼神往高健身上瞟了瞟,继续说:"名字好像叫……夏立仁……对!就叫夏立仁!"

黄昌炎拍了拍脑袋,笑着说:"看我这记性,差点儿忘记。"

张紫涵凑过来继续问了一些基本信息诸如"何时住进来的有什么社会联系"之类,黄昌炎断续答着。

而高健却愣在原地,细细咀嚼着那个名字——"夏立仁"……一些记忆,将他拉进了往事的漩涡,竟出了神。

"立仁,立仁……"高健嘴中喃喃念着,觉得很是熟悉,但一时又无从想起,正在绞尽脑汁,全然没顾他们的谈话了。忽然,心中一道光芒闪过一般,高健竟激动得大叫出声:"利刃!"

对,正是他!其余人不明所以地看着他,而他显然还没从自己刚才的想法中回过神来。须臾,他紧紧拽住黄昌炎的手,显得急切极了，然后从口袋中取出一张揉皱了的照片。那是一张合影，照片中高健一脸明媚地和另一名战友站在一起。

"你认得他吗？"高健指着照片中的另一人。

"认得！他就是夏立仁！"这次黄昌炎倒显得很干脆。

高健心中不免哑然："志军在特警队的代号正是叫'利刃'……想不到……真是他。"

高健走出门外，群发了一条短信，给当年的战友们——那群最熟悉夏志军的人……

高健翻看着手里的那张合影，合影的背后有两人各写了一句的话。夏志军写"有酒有肉有故事，聊天聊地聊人生"，高健写"有烟有茶有朋友，说你说我说情谊"。

这两句在此刻看来，真是太讽刺了！

此时此刻，游戏真正开始了，再也无法回头。

门外，高健怅然着叹气——"战场"见，我的战友。

第 6 章

重回故地

1. 勇敢的小雪

仓库里，有个孩子高烧不退。

小雪见他一直卧在地下，神志似乎都有些恍惚了。那是个灰头土脸的孩子，满布尘土的脸上稚气未脱。他的年龄要比小雪大，平常的时候也和其他人一样不说话。小雪觉得这次恐怕是他话说得最多的一次了，因为他一直迷迷糊糊地叫着妈妈，小雪突然觉得好心疼。她也想自己的爸爸妈妈，想海洋馆，想游乐园，想自己那漂亮的粉红色房间……她开始哭，本来只是小声哭，但后来她控制不住了，哭声渐渐大起来。这哭声像是催化剂，很快便点燃了仓库中所有孩子的情绪，哭声开始在这空旷但阴暗压抑的空间中泛滥。

门被打开了。光线像是一剂巨大的恐吓，射入孩子们的眼里，瞬间叫停了他们的哭声。王大志用手中的棍子狠狠往门上砸了几遭，发出尖锐的嘶鸣。孩子们吓得在原地瑟瑟发抖，蜷缩在地上角落处，甚至不敢看他。

"妈的，哭什么哭！"

所有孩子都不说话。那个高烧的小男孩儿嘴中还在喃喃着，但也因为害怕，把呻吟声努力压得很低。王大志威胁般的用眼神恶狠狠地往那群孩子身上扫过，轻"哼"了一声，转身准备离开。

这时，一个稚嫩的小女孩儿声音响起："等等！"

王大志讶异地偏了偏头，还有孩子这么大胆子喝停自己？他看见一个蜷缩在角落里的小女孩儿，眼神中透着恐惧，但一直放在他身上寸步不移。他恍然记起这个小女孩儿，正是当日于亮送来的那个。

"干吗？"王大志冷冷应着。在这些小兔崽子面前，他努力着不让自己露出任何一点儿平易近人来。唯有恐吓是控制的最好途径，他深谙此道。

"有个哥哥……他病了。"小雪说得很小声，然后用手指了指躺在不远处的那个小男孩儿。

王大志听罢一脸不悦地走过去看，来到了那男孩儿的跟前。那男孩儿在地上蜷缩成了一团，面朝里面的墙，不时发出一声声透着痛苦的呻吟来。王大志用自己的运动鞋尖拨了拨那男孩儿的身体，那男孩儿艰难地翻了个身，面朝向他。额上细密的汗珠布满了一层，眉头紧紧皱着，嘴张开，偶然吐出一个含糊不清的词汇。

"要是烧坏了脑子谁还肯要？"这男孩儿的状况看来的确很不好，王大志心中寻思着。

他不再犹豫，用一只粗壮的臂膀将男孩儿扛在肩头。动作很粗鲁，那男孩儿表情显得更痛苦了，却死死咬住牙不敢再吭声。

门再次被关上，黑暗里一切都是那么容易恢复平静。所有孩子在自己坐着的地方发着愣，一声也不吭。小雪这一刻很想爸爸妈妈，她很怕自己要是哪一天也被扛出去……

2. 躲不掉的债

陈楠只要闭上眼睛就仿佛能看见小雪在漆黑的角落里哭泣的样子。她无力地躺在床上，眼睛怔怔地盯着天花板，不知是在想事情还是在发呆。婆婆买菜回来时的开门声惊醒了她，她起身，整理了一下自己的头发，然后往卫生间走去。

高母看见从卧室里走出来的陈楠，也不等放下东西，便嚷起来："你准备什么时候去接小雪啊？"高母来儿子家后对儿媳妇这几日的表现一直很不满，情绪往往一点即发。陈楠偏过头来，心中正烦闷着，也不搭理，就装作没听清的样子继续往卫生间走。高母还在身后絮叨着，陈楠把卫生间门给关上作为回应。高母气得将手中的东西往地上重重一砸，也跑到自己房间生闷气去了。

看来，这个家庭遭受的不只是外患，也有内忧。小雪的下落还不明不白，这种关头夫妻二人哪还有那么多精力来应付家人。陈楠心中委屈，已经偷偷哭过好几回，但每次出来之前还要把脸上的泪痕擦去，免得高母生疑。这样的日子不知何时到头。

高母在房间心情也不曾好过，旅游回来的好兴致早被冲得烟消云散。现在她一心想快些见到孙女，也顾不上儿媳妇的感受了，她越想越气，最后干脆起身，往卫生间的方向重新走了过去。

高母开始敲起门来，断断续续，吵得陈楠心中不得安生。眼泪在眼眶里打着转儿就要出来，心中在翻江倒海，愈演愈烈，实在难以抑制。陈楠心中的情绪已经一点点在堆叠，但还是要拼命压制住情绪。门上"咚咚"的敲门声显示着高母的咄咄逼人。在高母眼中,陈楠就是在耍性子,骂一骂、逼一逼总会好的。门突兀地被打开,高母正准备展开她的攻势,但陈楠显然没准备接招,而是快速绕过她走了。高母尾随着还想说什么,但陈楠已然打开了房门要往外走。

"你去哪儿?"高母大声嚷着。

"加班。"陈楠回答得有气无力。时间已经不早了,陈楠当然不会是加班去的,但待在家里只会为自己平添烦恼,陈楠实在已经受不了了。"就是在楼下冻一夜也比待在这强。"她心中暗暗想着,委屈的泪水终于在无人的楼梯口一点点溢出。

而此时,高健和张紫涵在吴明家中问询着黄昌炎。

对方是夏志军无疑了,而这个确凿的消息却又让高健陷入了矛盾之中。毕竟是昔日最要好的兄弟,这样的处境实在是让人陷入两难。高健不怕自己被报复,毕竟是自己犯下的错,无奈这事牵连到了女儿,女儿是无辜的。高健不再多想了,他下定决心,一定要救出女儿,其余的债,即使要自己来承担全部,他也愿意。一码归一码,高健对自己说。只要救回女儿,夏志军要对自己怎样都行。债,是到了要清算的时候了。

走出来的时候天已黑了,张紫涵心情不错,事情毕竟有了进展,转过头去看高健,是一副心事重重的样子。张紫涵想问高健怎么了,但终于没问出口。自己毕竟是事外人,安慰不过是多余,高健的形象在她脑海中渐渐成形——这是个坚强且极富责任感的男子,事发至今,一直保持着令人佩服的镇定和条理。她心中不由对当初这个曾粗鲁对待自己的男人生出了些好感来。

高健忽然停住,从手包中拿出了一个盒子,向张紫涵递了过去。

张紫涵没反应过来，疑惑地看着他。

"上次弄坏了你的手机，这是赔给你的。"高健说话时表情有几分歉疚的神色。

张紫涵"哦"了一声，准备推辞，她不是那种会计较的女人。

然而高健很坚持，任张紫涵怎么说"没关系"也依旧坚决让她收下。张紫涵推辞不过，只好伸手接了过来。打开一看，竟是和原来自己那部一模一样的手机。

"你还挺用心的嘛。"张紫涵望着高健，想不到这看似不拘小节的男人心思却是如此细腻。

楼上的吴明目送两人渐渐消失在不远处的绿荫下，这才转过身去。黄昌炎还站在一旁，见吴明转身，连连点头哈腰。

"走，别再让我看见你了。"吴明冷冷地说，"带着钱马上滚！"

黄昌炎连声说着"是"，然后退出了房间。吴明一手拿起桌上一罐未尽的啤酒，轻轻喝了一口。脸上的笑容冷冷的，衬着月光，折射出若隐若现的阴谋来。吴明往灯火通明的高健家望了一样，又恢复得面无表情了。他的心中有什么，只有他一人清楚——有些债，是永远都躲不掉的。

3. 心的涟漪

高健又陷入沉默之中。张紫涵清楚，高健不是那种很容易敞开心扉的人。对她的置身事中，高健一直都不是很赞同，毕竟是自己的家事。

高健忽而发现前面那个熟悉的身影，那个在黑暗中啜泣的女子。

他惊讶着快步跑过去，陈楠看见丈夫过来，快速背过身去，将眼泪擦了擦，她不想让丈夫为自己太过于担心了。

张紫涵站在原地没动，礼节性地向陈楠招了招手。陈楠向她点头致意了一下，然后迎过去和丈夫拥抱了一下。熟悉的体温差点儿又让陈楠毫不设防地哭出来，她拼命忍住，也不说话，任由丈夫轻轻拍打着自己的后背。

高健一时间很是心疼，连连问陈楠怎么了。陈楠没说什么，眉头紧锁，很无奈的样子，她犹豫着和高健商量，自己想去公司宿舍住一晚上。高健当即明白事情和母亲有关。

张紫涵听罢说自己刚好要回去，干脆就顺路带他们过去。三人一同往张紫涵停车的地方走去。

张紫涵开着车，高健陈楠坐在后座上。陈楠心中显然还有荫翳，纵然再坚强的女人，在接踵而至的意外面前也实在难以平静。

高健右手搂着陈楠的肩膀，一刻不停地小声安慰着，说小雪一定会找到，母亲也一定会理解的，要相信他。陈楠明知道这不过是安慰人的言辞，却仍然听得感动极了。高健牺牲了太多太多，他给的爱是能够触及的。陈楠情不自禁地将头斜靠在高健肩头，时光仿佛又回到当年的时候，不开心的时日里，高健也是这样默默守护着自己未曾远离过半步。心情渐渐好转起来，两人终于没再说话，高健默默地扶着妻子的肩头，心中暗暗立下了一个誓言："为了妻子，为了女儿，自己一定要挺到最后，不能输……"

张紫涵透过头上方的后视镜，静静地看着车后座上发生的一切，心中有股别样的情绪在升腾，她也说不清那是种什么感觉。嫉妒？羡慕？也许都有点儿。做记者这么久，张紫涵自问早已有了一颗强

第 6 章 重回故地 87

大的心脏。那么多困难她都挺了过来,那么多不顺她也从未退缩过半步,然而她快乐吗?这个问题其实连她自己也说不清楚。她想起那个噩梦般的童年来,那能够叫童年吗?在其他孩子都生活在父母的怀里,生活在糖水滴灌里的世界中,生活在一个所有人都信仰的美好世界中时,自己却在哪里?有的时候她很抗拒去想当初的阴暗,孤独,以及恐惧……对!那便是她的童年,那不过是一个毫不留情的噩梦罢了。

高健就像是一个符号,入驻着她原本灰色的记忆中,让她知道原来这个世界真的可以这么有爱。自己一直是一个人闯荡,做新闻,做采访,做网站……她一步一个脚印闯出自己的生活,像在跟早先的命运较着劲。终于今天她似乎已经赢了,成了别人眼中的成功者,但也只有她自己知道,孤独,一个人的感觉是怎样的。她能在自己的采访对象面前表现得十分亲切和诚恳,但她绝然没向其他人袒露过自己的心声。小时候的经历为她的心里埋下了不能被忽略的阴影,无人关切,无人呵护,受了伤之后自己为自己舔舐伤口无人过问,那样的阴暗角落里是没有一丝温度的,张紫涵再清楚不过。

然而陈楠是个多么幸运的女子啊,事业有成,身边又有像高健这样的好男人。张紫涵透过后视镜看着此刻变得温润如玉的高健,心中竟是如此动容。

4. 重回故地

很快,车停靠在了目的地。这是一排建了很久的老房子了。当初公司为像陈楠这样的资深但又还未婚娶的员工分配住处,就是分配在此。房间都不大,因为是为独居设计的。当初那批员工,包括陈楠在内,大多都结婚了,也基本都搬了出去,另外买了房子,留下的房间大都是租给了外面的人,像民工、大学生之类。陈楠很久没在这边住过了,但如今事情特殊,不得不先将就着,算是委屈。但陈楠也不嫌弃,这里好歹有睡的地方。

下了车,高健送陈楠上楼。一边示意张紫涵可以走了,一边向陈楠说要连夜赶回以前工作的特警队,晚上就不能留下陪她了。陈楠一听,沉默起来,眼睛望着地下,像有心事的样子。高健也没注意那么多。上了楼打开门,将东西都收拾妥当。

"老婆,别急,我很快就带女儿回来,我保证。"高健又凑过去,轻轻地抱住她,声音很轻,但格外坚定。

陈楠轻轻"嗯"了声表示相信,高健抽身便准备出发,走到门口,又扭过头来交代:"好好照顾自己。"然后关上门下楼了。鞋子与地面的碰撞声陈楠还听得清清楚楚,那么近……想着高健略显憔悴的面庞与坚定的话语,那种熟悉的安全感便又回来了。

但高健想不到的是,张紫涵的车居然还停在原地。起先高健从楼道出来,本是没注意到的,正要往夜幕中走,不料黑暗中居然听到有人在叫自己,他仔细听,那声音正是张紫涵的无疑。定睛一看,不远处确实是张紫涵在向自己招着手。他疑惑地走过去,也不等张紫涵开口,便问道:"你没回去?"

张紫涵赶忙答应着:"刚听你说要去特警队?"她讨好似的笑着说,"可不可以带我去?"她知道高健肯定是去调查夏志军,这尤为重要的一环,张紫涵当然不肯轻易错过。

"你去干什么?"显然高健有些不乐意了。

无论张紫涵帮过多大的忙，她到底不过是外人一个，高健并不想让她卷入这一场是非之中，而且张紫涵根本帮不上忙，说不定还会给自己添乱。回想起这些日子张紫涵对自己女儿的事一直穷追不舍，高健心中也很纳闷，为什么她对自己家的事如此上心呢？

"你不赶时间吗？我的车就在跟前。"张紫涵依旧不依不饶，铁了心要跟似的。她指了指自己的车，"我知道你其实依旧是信不过我的，但我得告诉你，即使你想要甩开我，这件案子我还是会一个人查下去的。"张紫涵句句话都切中要点，的确，作为一个记者，她确实有足够的经验。

高健心中有些不悦："为什么你老是要这么死缠烂打呀？"

话一出口他就后悔了，"死缠烂打"一词未免过于严重了些。果然，张紫涵涨红的脸上也升腾出几丝不悦的神色来。两人尴尬地对峙了半晌，不想张紫涵依旧坚持："总之我是去定了。放心，我不会拖你后腿的……你爱怎么说就怎么说吧，死缠烂打也好，死皮赖脸也好……"张紫涵的眼神透着委屈和不悦，在高健看来，倒像个任性的孩子了。

争执无益，高健最终还是妥协了。他心里谋划着到了特警队就当张紫涵是空气，自己调查自己的，她爱怎么闹随她去。纵然还有百般的不情不愿，但事已至此也不好再说什么，只能借张紫涵之便早些过去了。张紫涵见"谈判成功"，也不计较高健言辞刻薄了，当即笑着拉开车门。

两人上了车，由熟悉路的高健来驾车，张紫涵坐在副驾驶位置上，不时问问当年在特警队里的事。高健有一句没一句答着，显得有些漫不经心，他其实是不太愿意提那段岁月的。张紫涵也不恼，过会儿安静了下来，在旁边睡着了。高健望着在自己旁边熟睡的她，有些哭笑不得。这女孩儿怎么就能这么放心自己呢？万一自己是坏人？还亏张紫涵是著名寻找失踪儿童网站的创办者，自己便是容易遭拐的人吧。

高健驾轻就熟地在一个个弯道上转来转去，很快驶进了偏僻的郊区。天已经有些蒙蒙亮了。

特警队的训练营藏在这个很偏僻的地方。高健招呼张紫涵下车，张紫涵睁开蒙眬的睡眼，透过车窗环顾了一下四周。周围人烟稀少，树倒是很多。不远处一堵围墙往密林深处延伸过去，透露着森严和庄重。高健此时已经下了车，张紫涵也跟了上去。看着高墙，高健在原地静静伫立了一刻，眼中满是敬畏的神色，表情中透着怀恋，此处承载了他太多的记忆……

张紫涵站在不远的地方看着他，并不搅扰，一直等到高健重新往那军营的入口处迈步而去。

向警卫说明了来意，高健也出示了自己的证件。警卫示意他在原地先等着，自己需要请示上级。高健点头表示理解，继而往回走去。张紫涵刚远远地朝高健这边赶过来，忽而见高健又往回走了，心中疑惑，忙追着问高健怎么了。高健也不答她，只是默默走到张紫涵的车前，打开车门，朝着车后座躺了下来。张紫涵见状也猜到了七八分，显然是警卫去通报了，一边数落自己没常识，一边暗骂着高健态度冷漠。再看高健，居然一个人在车里睡起了大觉，一时间居然有些想笑。想想也是当然，高健一个人开了一夜车，是该好好休息下的。

第 6 章　重回故地　　91

5. 难以愈合的旧伤疤

　　过了许久，旭日已然东升了，警卫那边终于也给出了消息，准许他们通行。张紫涵敲打起车窗玻璃唤醒沉睡中的高健。高健醒来，也知道一定是有消息了，赶忙起来，一刻也不迟疑，当即往那入口的警卫处跑去。

　　两人做了登记，然后进了里面。

　　张紫涵不过是初来乍到，而高健却是故地重游。这么多年过去了，此地的变化并不太大，高健忍不住的一路边走边看，心中对于当年的记忆又变得历历在目起来。峥嵘岁月，铁血时光……队友们的竞争与友谊，亲如兄弟的感情永远都只有他们之中的一分子才能懂得。时光荏苒，心中又不免感慨，想着变迁的世事，没人能冷漠地轻视着往昔曾司空见惯的一切——高健努力着不让自己的眼睛遗漏任何一处风景，步伐不知不觉慢了下来。

　　走在前面的张紫涵回过头来，望了一眼失神的高健，又继续朝前走。毕竟，在张紫涵的眼里，此地的新鲜感明显要大于其他含义。高健回过神来，然后快步跟了上去。

　　走到离一间办公室大约还有四五步的地方，警卫员便指着那道："那便是了，你们过去吧，我通报过了，王副师长在等着你们。"说完转过身往回走了。张紫涵眼睛望着高健，等他的下一步动作。

　　门半敞着，高健走过去礼节性地敲了下门，门里面立即有人回应道："是高健吧？进来吧。"

　　高健推开门，站在门内的是个身材魁梧粗犷但又有几分儒雅气的中年男人，比高健年长，挺拔的身姿显得他很有男子气概。他见到高健，脸上是很自然的笑容，几步并作一步走过来拍了拍高健的肩膀："哎呀，小鬼，你还跟原来一个样啊！哈哈……"

高健也应着露出笑容，但那笑容多少是有些苦涩的，毕竟没有笑的心情。王副师长很快便看出高健脸上表情的异样，忙问他是不是碰上啥事了。高健也不隐瞒，只点着头表示确实如此。一旁的张紫涵有些插不上话，这便是军人的处事风格吧，一点儿不拖沓，做事说话都雷厉风行直切要点。

王副师长也注意到了一旁的张紫涵，"你便是那个随高健来的记者吧？"一句话未完，又朝向高健："看来你小子还真摊上事了啊，连记者都请来了？"王副师长连声说着，叫高健把话讲清楚。

一旁的张紫涵有些尴尬，看来这两个男人都把自己当局外人了啊。心中有些不甘，但无奈却插不上话，只得任由他们继续谈着，希求自己还能听到些什么信息出来。

"其实我是来调查志军的消息的，当年那场事故之后，志军到底怎么样了。"

谈到那件事，高健又不免有些黯然神伤了。王副师长也叹起气来，站在原地久久也没吭声，显然并没做好谈论这个话题的心理准备。那场事故在很多人心中都埋下了阴影，王副师长也不例外。虽说当时他没亲身参与，但眼看着自己手下的一批兵不得不因那场事故退伍，他的心中也是有说不出的难受。

高健知道王副师长心中的诧异，他也是没办法才旧事重提的。王副师长沉默了半晌，终于开始回答他："志军当年恐怕是伤得最重的几个之一……"

高健心一沉，他失神问道："有多重？"

王副师长叹口气说:"这得要问军区医院的人了,他那时候接受的是秘密治疗,好像之后也就没回过警院了。"

"秘密治疗?"高健心一沉,得伤多重才能到那份儿上啊,他心中不免又难过起来,悲哀的神色在脸上显露无遗。眉头紧锁着,显然这消息对他来说也是一番打击,他现在终于明白夏志军为什么那么恨自己了。

高健低下头沉思着,许久都不说话。

王副师长走过来伸出手去拍了拍他的肩膀,"还没过去吗?听我的,这事还是早些放下的好啊。"

王副师长自己都知道这番安慰说得有多牵强,他知道要论最痛苦的,绝对要算高健,即使得到当初战友的原谅,但高健是原谅不了自己的。这心结难以打开,王副师长也很难再说什么,站在自己面前的高健从来就是个真汉子,他知道,他一直扛着,旁人劝也是劝不了的。

高健道了谢,然后告诉王副师长说自己想去当年那家军区医院问问,希望他能帮忙。王副师长一口答应下来,表示愿意帮他这个忙,同时又问了问高健要调查夏志军的真实目的。高健也不保留,向王副师长吐露了实情。

王副师长先是一惊,接着问道:"出了这么大的事?"

高健无奈地点点头,并说明了自己的进展。"我觉得志军一定是有心结放不下……不过,女儿在他手上,我虽觉得他不会对我女儿怎么样,但我不能任由他。有什么仇冲着我来,女儿是无辜的……"

王副师长点点头:"要是哪里还能帮得上忙的,别跟我客气,尽管说就是,知道吗?"

高健点点头，起身告辞。

临行前，王副师长又叫来了一个警卫，吩咐了几句，让他带高健一行去军区医院找当年的主治医生。

张紫涵驾车跟着前面领路的军用吉普车，心中有一丝感动，军中的情谊果然很深。

不久，车已经驶至军区医院的门口，一行人下了车，又马不停蹄地往里奔去。

那个跟来的警卫很快帮他们联系上了当年为夏志军治疗的主治医生。高健他们也不停留片刻，当即就去找了。警卫完成任务，准备回去，高健也没来得及送他，连连道着谢，便去找那医生去了。

那是一个六十多岁的老医生，被这两个突然造访的年轻人问起当年的事，记忆还是有些模糊了的，但大抵记得住主要情节。那时候他记得自己确实收治了一个代号"利刃"的年轻特战队员，那队员伤得很重，甚至对于他的治疗是一度被列为保密工作的，所以对这件事，老医生印象还是有几分深刻的。

"面部大面积烧伤，而且也出现了化学毒气二次伤害所造成的性功能缺失症状。"老医生回忆着，说得很慢，生怕遗漏什么要点。高健在一旁的凳子上静静听着，脸上是掩藏不了的愕然与痛苦。

他知道夏志军为自己的失误承担了太多，但他远未料到，夏志军当时居然伤成了这个样子。他回忆当初，自己算伤势较轻的，出了院后一个一个联系过当时的战友，但唯独没有夏志军的消息。作为夏志军最好的朋友，他当然一直很在意。刚开始的时候得到的答复总是"还在秘密治疗中"，但过了某一天后，答复又突然变成了"病人已出院，并办理了提前退伍手续"，高健十分错愕，从此便失去了夏志军的消息。

　　这些年来不是没留意过。高健一直很在乎这个昔日的好兄弟，但没人有他的消息。夏志军从此如人间蒸发，要不是这次一出现……

　　高健双手痛苦地捂住自己的头……"债啊！"

　　张紫涵也有些受高健情绪的感染，变得忧郁好多。她走近高健，轻轻在他背上拍了拍，安慰着他。高健深吸了一口气，站起身来，向那老医生说了句"谢谢"便起身要往外走。老医生站在原地，也不知道具体发生了什么，只惊讶地观望着眼前这年轻人的痛苦。

　　病能医，心难愈……

　　也不做过多的停留，高健招呼着张紫涵准备离开。

　　"这就走了？"张紫涵很不解。他们连夜赶到这边来了解情况，可是这么早就要走了吗？

　　高健话不多说，显然还沉浸在巨大的负面情绪中无法自拔。深埋进心底的悔恨与自责潮水般向他涌来，旁人怎么读得懂他的痛苦。

　　高健开车，一路沉默地踏上回程的路。

　　"下一步怎么办？"张紫涵试探地问道。

　　"找到夏志军……"高健答得干脆。

　　又是许久的沉默……张紫涵心中有话，不吐不快，一副欲言又止的样子，好几次话到嘴边又被她咽回去，但最终没能说出口。

　　"说吧。"倒是高健看出了张紫涵的心态。

　　"当初……到底是怎么一回事啊？"

　　高健沉默了下来，张紫涵突然有些后悔。

　　"那时我们正在训练，一个军用化工厂的火灾……当时火很大，志军要我原地等上级指示，我不肯……要是有毒气体大量泄漏的话会有更多人遭殃的,情况危急已经等不起了……我第一个冲了上去……"

高健开始呜咽起来:"我他妈的居然完全没想别的,第一个冲上去了……他们都大吼着尾随我,一个都没后退……妈的,我是混蛋!"

高健用手捶击着方向盘,在张紫涵面前泣不成声……

张紫涵默默听着,后来两人终于都不再说话。高健抹去了刚才失态的泪水,而张紫涵在后座上静静看着高健,竟对这个男人有几分动心了似的。

第 7 章

后院火起

1. 高母感觉到了情况不对

已经很久没吃过东西了，小雪总是觉得不饿，也不知为何。渐渐地也不那么怕黑了，但总是睡不着。分辨不出什么时候是白天什么时候是晚上，稍微有点儿动静就会立即被惊醒，她也变得像其他小朋友那样安静地待着，蜷缩在属于自己的一方角落里。小雪以前在家睡得很沉，现在稍微一点儿响动就能把她惊醒。不知道上次哭是什么时候了，她总想哭，又像是一直在哭。

有的时候会想起海洋馆，想起被爸爸妈妈牵着手轻快跑着时的场景，那样的时刻太稀松平常也太弥足珍贵。纵然幼弱如小雪，此时也知道了什么叫"失去以后才知道怀恋"。王大志每每进来拖走一个孩子，那沉寂了很久的孩子便会放声大哭起来。仓库里的所有孩子都会在那一刻紧紧地蜷着身体不知所措，无助感无时无刻不在攫取着他们的希望。今天有个小孩儿犯错了，被王大志用竹条抽了两下，现在还在哭。他被罚不吃饭，小雪就把自己的饭分给他，然而恐惧早让他变得太听话，起先一直不肯接受这"规定"之外的馈赠，但最终好歹是太饿了，还是大吃起来。期间王大志并没有进来，小雪心中暗暗松了口气。

仓库很大很大，但容不下一丝光线，容不下孩子们的自由，这些原本应该在父母怀里撒着娇的孩子们此时窝在集中营式的空间中，空旷，但同时又喘不过气来。家中的小皇帝小公主被人用近乎虐待的手段"圈养"着，一点点消磨掉他们与生俱来的顽皮气质与可爱。

小雪记得爸爸跟她说过，无论遇到什么都要坚强。"假如是爸爸的话，就不会哭吧……"小雪心中想着，鼻子又变得酸酸的了。她已经记不清自己有多久没洗过澡了，然而不知从何时起，小雪已经习惯了这里臭烘烘的气息。环境是那么容易改变一个人，她闭上眼睛，想让自己好过一些。

另一边，高母独自在家守了一夜，儿媳不知去向，儿子也一夜未归。这儿媳太不让人省心了。她只知道自己思恋孙女儿心切，再大的事也不该拿小孩子撒气啊。

高母觉得夫妻之间小吵小闹都不要紧，毕竟床头吵床尾和，但如今这事牵累到了孙女，她是决计无法原谅的。高母一个人在家里越想越气，寻思着对策。

儿子不作为，儿媳亦不搭理，眼下要接回小雪只剩一种办法，就是直接跟陈楠娘家要人了。

高母心中正想着，又犹豫了起来。儿媳显然是在家受了气才回娘家的，这时候去要小雪，恐怕要让儿子儿媳两人的关系更加火上浇油。如此一想，这去也不是，不去也不是，高母急得像热锅上的蚂蚁。

等待，是一种巨大的心理煎熬。高母是急性子，心中更是难受。时至中午，终于她下定决心，不再犹豫了，摁下亲家的号码。

等待接听的那一刻她几乎就要后悔，放下手中的听筒了，"嘟嘟"声接连不断地对她的犹豫旁敲侧击。"可能会吵起来。"高母心中不是不清楚，但眼下她认为没有别的更好的办法了。

终于，那边有人接听电话了。

"您好！是楠楠妈吧？有些事想问问你啊。"高母尽量压抑住自己的激动与紧张，她心中做好准备，预期电话那边会传来刻薄尖酸的对峙声。

"什么事？"对方显得没睡醒似的，连打电话来的是谁都没问，条件反射般的应着声。

高母心里却认为她是明知故问，装的，于是干脆也不客气了，劈头便问道："叫小雪接下电话。"

那边一听说话这么没礼貌，陈楠的母亲心中未免有些不快，给了个同样不客气地回复："你谁呀？"

"我是小雪她奶奶！"高母没好气地应着。

"哦……"电话那边拖长了声音，"亲家母打电话来是干吗呢？"陈楠的母亲见是女儿的婆家人，态度放缓了些。

高母知道她在装傻，事情都到这份儿上了，还怕说破不成？于是高母也不掩饰："小雪在你们那儿吧？我要去接她回家。"她性子急，明知道可能会吵起来但依旧还是毫不顾虑。

"小雪？"电话那边传出诧异的声音。"小雪怎么会在我这儿呢？亲家母你怕是糊涂了吧……"陈母这才听明白对方打电话来的目的,心中说这亲家母也太离谱儿了,怎么一打电话就嚷嚷着要人。这边老人的情绪也没那么好了。

高母心中有些不悦:"你就别骗我了。本来嘛,夫妻俩吵架也不是啥大不了的事,孩子放你那那么久了,还是让小雪快些回家的好。"在她看来,这种关头也不是要客气的时候。

陈楠的母亲一听到自家女儿同女婿吵架的消息,心中更不好受,只觉得女儿在那边受委屈了,态度也突兀地发生了转变,语气中不乏火药味。

"吵架是怎么回事?我家楠楠都没跟我说过!她是不是在那边受委屈了?"陈楠母亲显得很是激动。

高母显然不关心这个:"小雪都被送你们那儿去了,楠楠没跟你们说过发生了什么事?"她心中冷哼了一声:"这家人还真能装……"

"小雪?我一直纳闷你怎么老提小雪,难不成你觉得我拐走了自己外孙女?楠楠一直没回来过,更别提小雪了……"陈母显得很生气了。

高母一听这话心中终于不禁泛起嘀咕来,敢情对方说的是真话?听语气又确实不像是在骗人,那难不成儿子儿媳联起手来撒谎?"可楠楠明明说把小雪带去她外婆家了啊,难道她骗我?"

陈楠的母亲听得一头雾水,觉得事情不对,赶忙也问询起来:"楠楠这么说的?那小雪究竟在哪儿?"

听说是小雪不知去向,陈母也不免急切起来。

电话两头的老人毫无头绪,但她们都知道高健陈楠夫妻俩肯定是出什么事了,才隐瞒小雪的去向。陈楠母亲被这焦虑情绪渲染得

第 7 章 后院火起 　101

心急火燎,挂上电话便叫上了陈楠的父亲,一起去找女儿女婿问个清楚。

2. 露馅

挂了电话的高母心中仍是不甘,对儿媳的不满情绪更甚了一层。这陈楠不仅隐瞒了小雪的去处,居然还把双方的老人都蒙在了鼓里。想联系又联系不上,高健、陈楠两个似乎都不太愿意接电话,弄得她只好一个人在家里生闷气。

一路奔波,陈家二老也不嫌累,片刻不停地就赶到了女儿家住处。敲门声响时,高母还以为是儿子儿媳回来了,开门一见却发觉不是。两人急匆匆地进了门便呼女儿的名字,无人应答。

"人呢?"陈母狐疑地问道。

"走了,都走了。"高母显得很不乐意,"从昨晚开始他俩就没回来过。"显然,时间过去一夜,她心中的怨气依旧,但陈楠家中二老这时候来,高母其实也是没想到的,她并不愿意看到这样的局面,事情仿佛还在一点一点地变糟。

"你们怎么来了?"高母的语气中透着不满。

"出了这么大事我们能不来吗?"陈母显然没心情搭理他,一个房间一个房间地走了一遭。女儿女婿确实不在家中。

"那小雪呢?"陈楠母亲并不比高母淡定多少。

高母漫不经心地往她身上瞟了一眼,冷冷答道:"这得问你宝贝女儿了。"

"你这话什么意思?亲家母,你是觉得我女儿把小雪给藏起来了？你怎么不说你儿子呀？"陈母感到很气愤，并不退让半分。

陈楠的父亲倒是个明事理的人，见这情形不对，赶忙要上去劝，但是女人间的战争从来就不是那么好平息的。无可奈何之间，只好打电话通知女儿了。

陈楠得知自己父母已经在家里等着了，心中不免又是一惊。这下那个谎得露馅儿了啊！想着最近一堆烂摊子事接踵而至，陈楠不免烦得厉害，但又毫无办法，只得重新往家里赶。

一路上想着对策，但终于还是无果，这种时候想瞒应该是瞒不过了。陈楠想着无论如何先将家里的局势稳定下来，其余的事再慢慢去想对策。一切要等高健回来，再做定夺。

另一边，从军区回来的高健不紧不慢地开着车。说来也怪，向张紫涵倾诉过那件事情之后，心情也舒畅了不少。只是张紫涵忽然话变少了。

而此时的紫涵，更多的时候是不时从车窗玻璃上偷偷看着高健开车的侧影。她有些意外，自己好像对高健产生了一些很微妙的感觉，想看不敢看，却又忍不住地看，心里有点儿喜悦，有点儿兴奋，还有点儿忐忑，这是怎么了？不对，她使劲摇着头叫自己别瞎想。高健并没注意到张紫涵有什么异样，他的脑袋中装满了事，实话说，如今的局势并不容乐观。

两人行车很快便到了小区，减速后行进得很慢。忽而前方出现一个背影，高健一眼认出，是自己的妻子陈楠。她走得很快，像是有急事的样子，高健纳闷着，伸手按了下喇叭。陈楠回过头来，往身后望去。

高健下车，陈楠急不可待向他讲述了家里双方老人闹出的矛盾，两人一同陷入了沉默之中。事情刚刚有了进展，但接踵而来的麻烦也更多了。先是夏志军的下落不明，再是两边家人的牵扯……这种时候女儿的安危要紧，高健陈楠又哪有那么多的精力应付那些琐事？高健收获线索的一点儿信心此时又被冲散了。

话不多说，高健随着陈楠急匆匆往家中奔去。临走时考虑到几位老人家的身体状况，等下可能要紧急用车，而自己的车在那次爆胎事故发生之后也送往了4S店做全面检修去了，只好请求张紫涵暂时先留一会儿。张紫涵满口答应下来。高健两人也没了顾虑，径直往家中去了。张紫涵望着高健的背影出神，良久良久，直至目送夫妻俩携手进入楼里，她才低下头，长长的叹息着，让自己陷入夜色之中。

3. 双方母亲起了争执

回到家中，双方母亲还没有一点儿吵累要歇的意思，争执演变得越来越缺乏逻辑，直到高健二人进来那刻才戛然而止。大家都不说话了，沉默得可怕，眼神都死死放在两个年轻人身上。高健二人被看得发怵，不知如何是好，就静静地待在沉默之中。终于还是高母发话了："你们说，小雪到底在哪儿？"

高健知道这谎决计是瞒不了，毕竟纸包不住火。然而事情发生得太突然，一时之间，高健实在不知道该如何作答。

而陈楠的母亲则显然更关心另一件事："你们之间闹什么矛盾了？说出来，看到底是什么了不得的事。"

陈楠上前一步，见事已至此，也不说谎了。

"我和高健没吵架,但……"她又沉默下来,显示着自己另有隐情。

还是陈楠的父亲上来圆场:"知道你们一定是有自己的苦衷,不过,有天大的事也得告诉父母啊。如今你们也就说吧,这样下去,谁都放心不了。"他的话显得温和多了,引得高健也考虑起是否要道出实情。其实高健心里很明白,真相在老人面前就只剩一层薄薄的纸了,任是再如何用心瞒下去,老人们也一定不会罢休的。高健并非怕他们知晓实情,而是顾忌其他方面:一是担心他们受不了这个打击,二是怕有人冲动起来又吵着报警。老人尚好,倘若自己诚心些,大抵还劝得住,但倘若是自己弟弟高康知道了的话……高健简直不敢继续往下想。

两边人都已经在不依不饶地追问,继续隐藏着那件事只会让他们更担心,高健眼神示意了一下陈楠,陈楠点了点头。她知道丈夫已经作了决定,那称不上什么好办法,但确实,他们此时已经别无选择了。

"小雪……被人带走了。"高健努力地使用比较含蓄的措辞。他的神色还是很慌张,显然,要在父母面前谈论这种事情,换做谁也是受不了的。他抬头看着几位老人,很紧张他们的身体反应。

"带走?什么意思?"这回换高母发问了。其实不只是她,三个老人都没弄清楚高健那话的含义。毕竟谁会把自己最心疼的孙女外孙女与电视上常报道的拐卖儿童事件联想到一起呢。

"小雪她……在机场的时候走丢了……被人给带走了。"高健放慢语速说着那事,他怕几个老人心理上承受不住。

除了陈楠夫妻俩,在场所有人都没反应过来似的,也不吭声,只是张大嘴,满脸诧异地瞪着高健。

陈楠一直没敢插话,屏气凝神,盯着几位老人的反应。

"不过,现在有线索了……"高健想说些好点儿的消息安抚一下他们的情绪。就在这时,没等高健说,陈楠父亲忽然闷哼了一声,身体一软,竟往地板上瘫软过去,眼看是昏迷了。高健愣了那么一瞬,赶紧伸出手去扶。

"哎呀!一定是心脏病又犯了!"陈楠母亲大叫起来:"快!快扶你爸去医院!"

所有人都愣了一刻,见陈楠母亲催促,又都反应过来。一行人手忙脚乱地扶老人。高健一把揽住岳父的腰,将他抱起,便往楼下冲去。其余人都快步跟了上来。

张紫涵远远看见一堆人从高健家那幢楼中跑下来,正疑惑着,定睛一看,才发现高健抱着个人朝自己跑来了,心中大叫着不好,怕是发生了什么事吧。她赶忙也迎上前去,这才见到昏迷中的老人。看来真有"紧急用车"的时候啊。

张紫涵手忙脚乱地帮着忙将车门打开,任高健将老人平摊在后座上,然后他自己也钻了进去,抱着老人的头。张紫涵不必他吩咐,坐上驾驶座便发动了汽车。她知道离此处最近的医院,不做停留,径直开出了小区。剩下的人自然也放心不下,在路上拦了车都跟了上来。一行人神色慌张地将陈父抱到医院,唤了医生,然后跟着推车直到急诊室门外才消停下来。

医院急诊室外的走廊上,高健一家不安地等待着消息。每个人都心事重重地叹着气,不知如何是好。

许久,医生终于走了出来,他们赶忙迎了上去。

"病人脱离危险了,是心肌梗死,幸亏抢救得及时,不然可就凶多吉少了。病人可能还会处于昏迷状态一段时间,你们耐心点儿……家属过来签字吧。"

陈楠尾随着医生去了办公室。

陈母心急,居然一下子哭出声来,"突然一下子发生这么多事,造的什么孽哦!"

张紫涵远远地坐在一旁,不好参与他们的家事,只在心中为那老人暗暗祈祷了几句。

高母也随着众人到了医院,也一直如失了魂般。"小雪失踪了?"问了自己好多遍是不是听错了,但她骗不过自己。对,她听得清清楚楚,"难怪……"她喃喃念着,自言自语。

"小雪被人带走了……"一行热泪顺着脸颊流下来,垂在高母浑浊的目光下。

高健有些不知所措,自己母亲和丈母娘显然也是受不了那样的打击的。岳父已经晕倒过一次了,他不想让那样的事在另两位老人身上重演。于是只好以沉默面对一切。陈楠登记过后回来,看见这番情景,心中也不免心酸难过,想着这些日子受的磨难,也到了要声泪俱下的关头,但还是硬生生被自己压抑住了。陈楠看高健的眼神很复杂很无奈,显然,当初担心的事还是发生了。

时间一点一滴流逝,岳父还是没有醒来,但生命体征已经平稳下来,被转去了住院部。两位老人哭也哭过了,心情到底平静了不少,高健心中思忖,觉得事已至此,不如让他们都知道那事的前因后果,免得她们再为此互相指责了。

4. 高健坦白了事情的原委

事情从特警队的那次意外开始。其实高母一直以为自己儿子是正常退役，从来没想过他还会经历这些，不过，这是小插曲了。高健很细致地讲述着与队友夏志军的恩怨纠葛，也不避讳，言语中尽是自责之意。他说他对不起志军，害得志军受了重伤不说还毁了容。

一时间这个大男人讲到动情处，居然有些哽咽起来。高母在一旁听得直摇头，嘴里连连叹着"造孽啊"。高健继续说着，出了特警队之后，与夏志军的联系也断了，想不到这次见面，竟然要用这样的方式。

高家夏家本是世交，高健和夏志军更是从小一起长大的发小儿，两人一同入伍，情同手足，如今出了这样的事，任哪个知情者也是会唏嘘感慨的。特别是高母，一时间很是惆怅，话也不多说了，只是兀自叹息着。

陈母却一下子来了气，冲高健嚷道："难不成小雪失踪都是你这个当爹的害的啊！"陈母此刻情绪十分激动，实在没好话能说，便继续质问着高健："你们的恩怨干吗要扯上个小孩子！"

陈母愤怒不能自持，竟又哭了起来，嘴里依然喋喋不休。高健在一旁也不辩解，只是默默地把头埋了下来。

高母一听这话来气，但也没什么好说的，她如今方才知道自己儿子原来经历了这么多。想着他小时候和夏家娃一起玩耍的场景，不免感慨万千。她知道当初错怪儿媳已是无礼了，如今想为儿子辩解，但终于没能说出口来，情绪复杂。眼下孙女的安危才是最要紧的，然而这堆乱麻现在是越理越乱，高母情不自禁，朝着众人开始吼起来："别说了！都什么时候了？依我看，快去报警！"

高健和陈楠听罢几乎是同时叫起来："不行！"剩高母一人怔怔地杵在原地，无话可说了。

陈母还在气头上，这个打击对她来说不轻。"有你这么当爹的吗……"她心情怨愤，几乎要爆发了。

高健垂着头任她骂，一句话也不回，倒惹得她越骂越凶了。一旁的陈楠见状很是心疼丈夫，只有她知道丈夫这些天来为寻找女儿费了多大的心力，本就是不该承担这番指责的。然而自己母亲在情绪面前显得太是刻薄了，自己一时忍不住，竟然和母亲吵了起来。

"你们都不知道高健为找小雪付出了多少……再说了这事能怪他吗？"陈楠站在高健身边，将手贴在他的后背上以示安慰，一边向陈母辩解道。

"如果不是他，小雪会失踪吗？"陈母不依不饶，在她看来，完全是因为高健与那绑匪之间的那些恩恩怨怨导致了一切。

但陈楠不置可否，她心中其实更觉得夏志军是针对自己来的，但那些事她早就埋在心底不打算告诉任何人了。

陈楠还是为高健的不被理解感到不平："如果不是高健，我看咱一辈子也别想再见小雪了。你看他现在的样子，看看！你们知道他有多久没睡了吗！"陈楠对自己母亲的刻薄话也心生了几分厌恶和不耐烦，几乎和陈母针锋相对起来。

高健抬起头，用手拉了拉陈楠的衣角，轻声说道："别说了……"

陈楠一听心中霎时觉得难过，情绪也一点一点激动起来，她说出了心底话："我们瞒着就是怕你们帮倒忙，现在好啦！我爸住院了，我们也得陪你们在这继续闹！小雪还下落不明啊！现在吵有意

第 7 章 后院火起　　109

思吗？"

一听这话，陈母高母二老心中顿时感觉有些欠愧，一时间都沉默下来。

5. 有了夏志军的消息

张紫涵默默看着这硝烟味十足的一切，望了望埋着头的高健，心中不由揪紧。她也知道高健受了大委屈，但对这样的男人来说，她太明白高健是不会出头为自己辩解的了。而自己又不过是个外人，更不好插嘴。

陈楠继续说："所以，劳烦你们二老都不要再给高健添乱了。他现在有线索，事情也取得了很大进展。如今再去谈论谁是谁非已经毫无意义了，无论有什么要说的，都留在小雪回家以后吧。"

陈楠言辞恳切，二老听罢，也都点头表示赞同。她们也知道在这种事情上自己能做的确实很少，不如就在背后支持着高健比较实际。

大家沉默了片刻，眼睛瞅了瞅病房里的陈父，心中有些叹气。陈父住院自然要有人看护，最好的人选还是陈母。高健陈楠夫妻俩眼下最迫切的还是紧盯着小雪的事。

高健忽然起身，面朝向两位老人："我这里还有个请求。"

陈母高母都转过来看着高健。

"夏志军和我是从小一起长大的兄弟，事情发生到这份儿上，其实不全怪他，就像岳母您说的，我也有责任。我相信他不会拿小雪怎么样的……所以，这件事就让我和他单独了断吧。我会把小雪带回来的，事情终会平息，您二老也别报警了。"高健言辞恳切，虽然二老特别是陈母很不解，但高健神色却很坚决。

"还有，这事先别让我弟高康知道。他要知道了肯定得去报警……求你们都先替我瞒着他。"

高母最先说："好。"其实在她心中高家夏家感情一直较好，这会儿出了这种事，她心中也是不忍和无奈的。能平息一切自然最好，要是撕破了脸皮斗的话，谁也接受不了。她也愿意相信自己的儿子一定是能把这事做好的。于是也不再多说。

陈母此时也不好再说什么，于是也点了点头表示同意。一家人协商一致决定不报警了，高健总算松了口气。

这事波折很多，但总算是有惊无险。高健终于放心了，他径直往张紫涵坐的地方走去，张紫涵也起身向他致意。他很诚挚地道着谢，张紫涵微笑着点了点头，然后也准备告辞。她在这里帮不上什么忙了，只好说了几句祝愿的话。高健这几日也是多亏了张紫涵的鼎力相助事情才取得了如此大的进展，虽然有些嫌麻烦，但事实证明张紫涵以其缜密的心思与良好的判断力为高健提供了几乎是最为关键的线索。张紫涵临走前依旧不忘叮嘱了高健一番："有新线索了记得通知我！"然后往走廊尽头走去。高健心中也是一笑，想这女子也确实不依不饶，于是也答应了声："好的。"他自己心中也希望快些找到新线索呀。

再看另一边。收到高健求助的老战友们很是不遗余力地帮着他找线索，当然他们也有几分诧异，为何昔日一起成长过的兄弟会变成如今这样，帮是都想帮，但没有人能知道夏志军在哪儿？夏志军消失了这么久，不说战友，就是他的亲人们也不见得会有他的消息，这样找下去无异于大海捞针。时间久了，大家都有些泄气。

老黄几乎动用了所有关系来打听夏志军，结果却令人失望。没人知道他去了哪里，也没人知道他遭遇了什么，甚至没人敢肯定他是否还活着，毕竟那么久都没消息了。老黄很确信高健所说的话都是真的，他明白夏志军应该就在附近，离高健一家还不远，伺机报复，他心中也有一丝悲哀，兄弟阋墙啊，他感叹着，一边费心费力地帮着高健继续打听。

事情的转机来自一个稀松平常的下午。老黄一个人在家，忽然有人敲响了他家的门。老黄起身开门一看，来的人竟是秦立敏。

"小秦？"老黄有些惊讶，"有什么事吗？"

"听说你在帮高健找志军的下落是不是？"秦立敏面无表情。

老黄一听这话便知不好了，小秦一直对高健耿耿于怀，此番来一定是来劝自己停止向高健伸出援手的。

老黄迟疑地回答："都过去那么久了……现在兄弟有难，咱一码事归一码事……"

"我有志军的一些消息。"秦立敏打断老黄。

老黄怔怔地看着他，而秦立敏继续说道："当初我也是在那个医院接受治疗的……志军伤得很重，但比我先出院。他是自己要求出院的……听说后来向指导员借过一笔钱然后独自去了香港，没过多久就把钱还上了。"秦立敏顿了顿："我就知道这些，希望能帮到他女儿……"说完，门也不进便转身走去。老黄惊讶地望着秦立敏的背影，一句话也说不上来。

高健右手撑着下巴在凳子上睡着了，忽而一个电话打过来将他吵醒。他接起电话，那边说话的人是老黄。

高健忽然"腾"地跳了起来，神情激动，"什么？香港……"

第 8 章

香港寻人

1. 大家都明白谁是重要嫌疑人

倘若小雪见到爸爸妈妈为找自己如此煞费苦心，方法用尽，最终还弄得这样愁眉不展的话，也许她会更为自己担心的。

王大志和几个同伙陆续又带回一些孩子，像小雪刚来时一样，一双双大眼睛透露出惶恐的神色。小雪有些伤心，又有更多的小朋友见不到爸爸妈妈了，如她这般。心情抑郁，"暗无天日"这种形容词让一个小孩子来承受，太残酷。

无论如何，家中的麻烦并不像起初那般棘手了，至少表面上如此。但这并没有给高健夫妻俩任何松懈的心情。小雪下落不明，事情又发展到了也许是更糟糕的方向：夏志军是重要嫌疑人。这无论对高健还是对陈楠来说都太残酷，但他们无可退避。

夜深的时候陈楠听到老人的叹息声，那往往让她无意入眠……高健似乎睡熟了，长时的奔波早让这个坚强的男人疲惫不堪，可他却从无怨言。陈楠侧过身来，背对着丈夫，眼角淌出一行泪，心中的秘密无时无刻不在煎熬着她，可她甚至连招架的勇气都没有……恐惧，后悔，自责。她知道自己不能以这样的状态面对丈夫，但她别无出路。

高健思忖着，还是将老黄的电话内容告诉给了张紫涵。也道不清为何，他如今对张紫涵十分信任并怀有一种强烈的感激之情。加之张紫涵在香港的工作背景，高健相信也许她能查到些什么。那种信息大概会是关键的。张紫涵刚听说如此也有些吃惊，看来夏志军这些年过得不算太坏，但得要怎样的仇恨才能使他坚持这么长时间呢？她简直不敢想象，恩怨情仇最是她所不擅长的。她心中清楚，自己对高健家发生的这件事所付出的时间早已不是职业所驱了，她想帮下去，她想走近那个男人的生活。

高母已经几夜没睡好了，深夜中总是莫名惊醒。小雪被自己老友的儿子拐走了，想想就是件不寒而栗的事。当年的事，其实也不是完全不知晓，只不过她不知道该如何去面对，儿子犯了错害了人家这是不争的事实，而夏家却从未上门找过麻烦，这更让她更加难以自容。那日高健往事重提，高母不禁心中又是一阵悲叹。其实两家都很"默契"地很少来往了，但高母一直心神不宁，她想去一趟夏家。

母亲有这种打算，高健是第一个反对的。且不说他已前去找过但无果而终，单论要母亲低声下气地到人家那求人他便是无论如何也接受不了的。然而高母自医院那日后就一直放心不下高健所言。她很清楚儿子是个什么样的人，出了事总是一个人扛，为此也总担心儿子有事相瞒。高健的极力阻止反倒是激起了高母的疑心，她不知道这其中是不是还有什么难言之隐，她也无从得知。儿子儿媳似乎并不认为她能帮上什么忙，这样的处境让她每日都有些许忧心忡忡。终于，她决定下来，夏家无论如何都是要走一趟的，即使迎接她的将是一场恩怨的重新沸腾。

2. 高母找到了夏家

夏家很久没去过，也算是故地了，高母此时心情复杂，敲门时甚至有些犹豫。

"是你？"夏母打开门的时候表情显得很惊讶，似乎完全没意料到，但想想旋即又释然。高健陈楠前两日便来找过志军，这次轮到长辈上场了。毕竟是许久未见的老友，夏母很快挤出一个没那么自然的微笑来，"进来坐吧。"

"呃，嗯。"高母颓然应着。她心中有愧，即使有再多理由，底气也足不起来。

两人进了屋。此时夏父也从里屋探了出来，一见是高母，心中也大为疑惑。

"高家的人怎么这些天扎堆来了？"夏父不痛不痒地问道。

夏母转过头去白了那老头一眼，然后随手拖来了一条凳子放在高母脚下。

高母道了声谢，却变得忸怩起来。话到嘴边却开不了口。听夏父的话，高健和陈楠确乎是来过的，儿子并没有骗自己。那么真的就如他们所说，夏志军一直没回来过？夏志军这人，高母是看着他长大的，他向来很孝顺，如今说多年不归却叫高母如何相信呢？如此想着，又觉得是高家在刻意袒护自家儿子，刚想向夏母问询，却又始终有些犹豫。一来二往地，高母也不说话，夏家二老更是无话可说，三个人一时间陷入了尴尬的沉默之中。

终于还是高母打破了静寂，开始得有点儿唐突："志军在哪儿呢？"

夏母哑然，但还是很快回答她："志军很久没回来过了，我们也不知道他在哪里。"

然而在高母看来，这番话明显就是一种掩饰。也极有可能，眼前的故人就是帮凶。接下来该怎么说？直接说出实情？万一夏家二老真的不知情呢？而且确实又是高健做错在先。那个往昔的伤疤是两家人都不愿去揭的。

夏母有些疑惑，从陈楠高健夫妻俩的相继造访，到此时高母的登门，他们都在反复问询志军的下落，显然这一切都与志军有关，这不能不使她感觉忧心。这些年来志军未曾回来过一次，除了从别处打听到当年他受伤的那些消息之外，可以说是音讯全无。志军像是人间蒸发了般，只有那每个月按时汇入她账户的存款，说明自己儿子还活着。

"你们找志军到底有什么事啊？"夏母有些忧虑地问道。高家的人如此紧张，且还与志军有牵扯，她心中的预感并不好。也许是件很大的麻烦事。她不敢继续想。

高母犹豫着，心里有些慌乱。但很快下定决心，既然都来了，此时必须得把话挑明，她早已被逼得没有其他路可以选了。

"我孙女，小雪……被人拐走了。"高母努力压抑着情绪，使劲盯着夏母的眼睛，希望能从对方的反应中看出什么。

然而，此时夏母眼神中流露出的哀悯和诧异完全不像是假装的，那是一种天性，善意。虽然心中对高家依旧有些难以释怀的怨气，但良心告诉她，这孩子丢了，是件大事。夏母忽地感觉不知该说些什么了，眼睁睁地望着高母，心情复杂。

"和志军有关系。"高母的语气变得有些冷冰，"我知道，他心中还恨……"声音中带着哽咽的味道。

夏母其实很想为自己儿子辩解，但事实上她自己也没有太大的底气。志军失踪很久了，她并不十分清楚当年的那场事故，当然，那件事的影响是不言而喻的。能让一个年轻人将家都抛弃了，那得有多大的悲痛与创伤！难道这些年志军有家不回，真的是为了复仇吗？夏母简直不敢面对这个突然萌生的可怕想法。

"你怎么知道和我儿子有关？他失踪很多年了……"显然，她想为儿子辩解。

"高健查出了线索。其实志军一直生活在附近。"高母努力拼凑着自己已掌握的信息。"说实在的，我不太相信志军没回来过。我理解你们的心情，但我也希望你能理解我的心情……"说完这话，高母眼眶中终于淌出泪来。

"志军就在附近？"夏母听完又是一阵惊讶。她简直不敢相信，身体僵在原处，头脑有一阵短暂的缺氧。她扶住旁边的桌子。

"不！志军不会干那事的！"夏母使劲摇起头来，嘴里一直念念有词。

夏父突然从那边的房间冲了进来，几乎是指着高母的头吼道："你放屁！是你儿子有罪在先，现在倒来污蔑志军来了！你什么居心！"他一口气没说完，手狠狠地往桌子上砸了下，"我念你我两家之间的那点儿旧情,想事情过去了也就过去了!你现在却是什么意思?反倒是我们做了罪人不成!"夏父心情不能自持,已经暴跳如雷了。"我已经打电话给高健了,你赶紧走吧!"

高母也不说话,红着眼眶低着头,双手紧紧地攥着。她心中越发地认定这是一场报复,而夏家的二老只是在袒护。从夏父的话来看,夏家对高家的仇怨从未真正停息过……那么,事情就绝不像起初自己想的那般简单了。这场恩怨正在发酵,爆发似乎不可避免。

夏母也开始流起泪来,她的眼睛直勾勾地盯着旁侧的墙壁,沉默不语。三人又陷入了僵持之中。

突然,毫无征兆地,高母跪了下来!

"不管你们有多大的仇,都冲着我来吧!孩子是无辜的啊!求求你们,送她回来……"高母此时早已泣不成声。

"诶!"夏父显然有些措手不及,他下意识地要去扶,但高母不依不饶。显然,这样的哀求若是没个结果的话,高母不会放弃的。

夏母情绪也处在崩溃的边缘,她不敢去相信自己儿子会做那样的事,但她忍不住胡思乱想,真是一场可怕的变故——好不容易有志军的消息,却是以这样的方式。

3. 查到了香港汇款的地址

高健闻讯寻来的时候,高母依旧不肯起来,仍然死死地将膝盖钉在地上。

夏父见高健终于来了,忙起身迎过去:"快!快去劝劝你妈!"

高健进门便看到了如此令人揪心的景象,很难过。他知道母亲从来都是要强的那种人，眼前这种方式太过极端了。

"妈！"高健一个箭步冲过去，"您这是干什么！"他一把拉住母亲的胳膊，然后将母亲扶了起来。到底是儿子，高母终于也不坚持了，还是随着高健的意思站了起来。腿很麻，甚至有些站不稳，高健小心翼翼地将母亲扶到一边的凳子上，让母亲稍稍休息会儿以便让腿脚恢复些。

过了会儿，高母似乎也缓了过来，只是眼睛还是红红的，也不说话。

"伯伯，伯母！"高健朝向两位老人，"对不起，打扰了！"说着要带母亲离开。

高母依旧很抗拒，还想说些什么，高健心中升腾出一种无奈和烦闷来："妈！您别这样了！"他的表情很认真，高母终于也感受到了儿子的心情。虽然有些不甘心，却还是顺从地离开了高家。

母子俩一路上都不说话。高健很无奈，虽然，母亲是思孙女心切的，然而她的做法实在只是为自己添麻烦。想到烂摊子一堆无从解决，高健又陷入了无限的郁闷之中。

另一边，张紫涵忙着手头的事，但心中却一直是惦念着高健这边，听说陈父的病情基本稳定了，她心中也是由衷地安慰。这个男人所要背负的实在太多太多，张紫涵希望自己是能够帮上忙的。

收到高健的求助后，张紫涵几乎是毫不拖沓地处理了这件事。她联系自己在香港的朋友努力打听那笔钱的汇款地址，几乎是动用了自己所有人脉来应付此事。调查进展得很慢，她一直显得很急切，几乎每天都会打电话问询情况。功夫不负有心人，虽然那条线索年代久远，但好歹还是让张紫涵有所收获了。那笔由夏志军打给当时

第8章 香港寻人 119

辅导员的还款终于有了下落。汇款地址找到了！

第一时间将电话打给了高健。高健在回程的车上，老母亲愁容满面，高健实在不知道该说什么好，忽然这时电话响了，而来电人正是张紫涵。他想起自己拜托过张紫涵的事，心中忽而有些小小激动。

"太好了！查到了！"张紫涵简直是在欢呼，声音刺得高健耳朵生疼。但这并不影响高健此时心情的激动，"真的吗？快告诉我……"

回到家中，高健在夏家所遭遇的郁闷情绪早已荡然无存。事情有了新进展，他第一时间告诉给了陈楠。陈楠并不像高健那样兴奋，她此刻心中压抑的东西太多了，但心里还是感到由衷的高兴。毕竟，女儿的安危重于一切。

"你打算怎么办？"张紫涵在电话中试探性地问高健，其实她明白，新的线索也就意味了新的奔波。高健太累了，她不确定这个男人是否有那么多的精力。虽然她也清楚，高健是不会松懈分毫的。

"去香港！"不出所料，高健的回答果断而坚决。

张紫涵心中念着，高健从来都是这样的男人，毫不犹豫，敢说敢做。

陈楠一直心神不宁，有些东西是不能说给任何人听的，她十分明白。她现在也不能抽身陪高健前往香港，家中三位老人都需要照顾，特别是父亲还在住院。陈楠在心中祈求高健那边一切顺利。

张紫涵早就准备好了自己的回应："我正好也要回趟香港……你在那边人生地不熟的，我兴许可以帮你。"说完仔细想了想自己

120　一定找到你

刚才的话有没有哪里不妥，正紧张着高健的回应，想不到此次却是很顺利的。

"嗯，这样也好……"高健心中清楚，张紫涵说得很有道理，通过张紫涵在香港的人脉，高健完全可以事半功倍，何乐而不为呢？

张紫涵心中暗笑：这个男人第一次不当自己是累赘了。

两人即刻便买了第二天飞香港的机票，陈楠在家和他一起收拾着行李。

"路上小心，早点儿回来。"陈楠轻声说，"如果没找着就回来，别太难为自己了。"她一边叠着高健的换洗衣服，一边交代着。

高健停下手中的活："相信我，老婆，我会把咱女儿带回来的！"然后又埋头收拾起来，此刻他的心情其实也很复杂，不想面对的东西偏偏不得不面对，必须得扛起一切，多耽误一天女儿就多一分危险，高健绷紧的神经一直没敢松懈。高母听说儿子要去香港了心中一直有些隐痛，心中直叹造孽，成日唉声叹气眉头不展。而陈母却仍旧耿耿于怀"事情的真相"，因为女婿犯的错，惹得自家外孙女受苦。面对指责，高健不吭声，也不想争辩。负罪感一直留存在他心中，不用别人提醒，他也躲避不了，也无法自欺欺人。

第二日，高健和张紫涵在机场碰头，坐上了飞往香港的航班。在飞机上，高健唏嘘感慨，是由于自己当初的失误导致了如今的一切。

张紫涵看着高健难受的表情，心中不忍，劝慰道："那也不能怪你，是人家策划好了的事，防不胜防。"

高健显然很不能接受这种论调。他是个负责任的男人，什么负担都爱往自己肩上扛——这一点张紫涵心中也是清楚的。但她依旧不肯闭嘴，"那叫夏志军的也太没人性了……"

"别说了。"高健冷冷地道，"我现在只关心怎么找到小雪。"

张紫涵吃了一惊，也不便再说话。

4. 心烦意乱的陈楠

家里的陈楠也是焦头烂额的。父亲还在医院，两位老人在家中住着，陈楠整天忙里忙外的，心力交瘁。

陈母一直对高健心怀不满，在她看来，只因为高健的个人恩怨才导致了小雪的失踪，她心中有郁结，自然不吐不快。高母开始时还和她吵几句，后来两人的矛盾渐渐升级，如今已经变为互不搭理了。自己的母亲一直在身边絮絮叨叨，惹得陈楠心烦意乱。"那高健，也不知道以前做了什么，害得小雪这么苦。"

陈楠头也不抬地做着手中的事，她希望母亲此时走开放她安静会儿。

"他要是不把小雪给找回来，我饶不了他！"陈母显得很激动，又见女儿并不应自己，便把嗓门放得更大了些。

陈楠眼中泛着泪光，想反驳，又只能拼命抑制。她知道倘若争执真的发生了可能就真的停不下来了，母亲从来不会是那种容易善罢甘休的人。然而是另一个房间的婆婆率先忍不住了，儿子被如此指责，当母亲的自然是不好受的，也就不管不顾直接接过了话茬儿："你别在这老嚷嚷行不行？我儿子现在满世界跑着找小雪，你少说点风凉话！"高母措辞毫不客气。

陈母一听此言，心中自然怒不可遏。头一偏，朝向了高母便回击：

"现在都什么时候了？小雪还下落不明……你说要不是他，小雪犯得着受这种苦吗？"

话音未落，陈楠的声音响起，那声音带着绝望和无奈的哭腔："求你们都别说了！"她哀怨的目光如今死死地落在二人身上。

终于，硝烟味弥漫各处，呛得人窒息，陈楠感觉心力交瘁，仿佛就要倒下般。

片刻的死寂后，陈母嘴中喃喃了一句什么，然后往自己住的房间踱去，高母见状也转过身子消失在了陈楠的视野之中，每个人都满怀心事痛苦不堪。待她们各自进屋，陈楠压抑已久的情绪终于爆发，两行热泪淌下，陈楠起身往楼下跑去。

夜幕笼罩的城市透着几分阴森的气息，楼下的花园里鲜有人经过，陈楠呆呆地坐在一条长凳上，静静地流着泪。望一眼家中，一如往常的灯火通明，但一切似乎都变样了。那一刻陈楠突然觉得好怕，她怕会就此失去一切。

远处有人正在观望她的悲哀，虽然陈楠毫不知情——那人正是吴明。吴明身子斜倚着窗，眼睛怔怔地盯着陈楠，忽而心中竟然一阵难受。原来那些本该忘记、本该释怀的过去，却还是这般坚硬地存在着，虽然埋得很深，却骗不了自己。

身后一漂亮的女子向他走来，然后双手环抱住他，脸贴着他的后背，是一种踏实的温暖感觉。

"怎么了？亲爱的……"女子柔声问道。她永远猜不透怀中的男人在想着什么，然而她也不在乎，她只是静静享受着这近在咫尺的体温。

第 8 章 香港寻人　　123

吴明并不答话，只静默地转过身来，然后拉着她的手："晓晨，你先去休息吧。"

"你呢？"晓晨不想一个人，虽然早已习惯。

"我还要想些事情。"吴明伸手理了理她的头发，递过一个微笑。然后在她额间吻了一下。

晓晨转过身去，也不再执着什么，一个人往回走去。她心中有些失落。

此时，吴明的电话响了起来。一看来电人信息，他抬头瞟了一眼晓晨的房间，然后侧过身往一旁的卫生间走去。来电的人是于亮，吴明预感是有什么事发生了。

"高健去了香港。"于亮的第一句话便直奔主题，"要不要打点一下那边？"

吴明沉默着不说话，心中考虑着。于亮继续道："他可能会在那发现什么……那对我们不利。"于亮明明白白讲出了自己心中的忧虑。

"不用。"吴明冷冷地答道，虽然心中有些讶异于高健短时间内取得的进展，"他找不到什么的。"

挂上电话，吴明回想着这场游戏的进展，一直都尽在自己的掌控之中，不禁得意起来。他眼望向楼下，陈楠还是一个人在伤心难过。他心中的恨意又一点点充盈起来。"你们欠我的。"吴明拉上窗帘，忽而一个想法出现在脑海中，使吴明不由得心中一紧——"脸！夏志军的脸！"

高健和张紫涵到达目的地的时候，天色也已经暗了，落地时高健给陈楠打了电话，当时陈楠使劲压抑着心情表现得很正常的样子。高健也没多想，径直就和张紫涵一起往那个先前查到的汇款地址赶去。

走进那个旧街区，很快便找到了他们此行的目标。那房子窗户透着灯光，显然是有人在里面的。高健突然间变得激动起来，几乎小跑起来，张紫涵一时竟被甩在了身后，于是也只好加快步伐追赶起来。两人很快站在门前，高健深吸了一口气，举起手又犹豫了片刻，还是叩响了面前的门。

突然间很怕，自己即将要面对的，将会是什么？

5. 只能无功而返了

脚步声响起，即使是在门外，高健也能感觉到，那隔着门的微弱声响在自己的听觉中被无限放大着。他手心中有汗，额上有汗，下一秒他所要面对的，也许，他还从未准备好。

门开了，高健看着门内人困惑的表情，情绪有些复杂，那人他并不认识。不是夏志军吗？张紫涵看看高健的表情，也不知道发生了什么，于是凑过身去："我们找夏志军。"她一边探身往门内望，希望找能到一个仓皇的身影，高健拉了张紫涵一把，示意她不要那么莽撞。

开门的人像看着两个疯子般直直注视着他们，好一会儿才明白他们是要找人，他用有些生硬的普通话答道："这里没有叫夏志军的。"

高健赶忙解释道："几年前，我的一个朋友从这里往内地寄过一笔钱，地址确实就在这儿。麻烦您仔细想想。"他目光诚恳看着对方。

"不好意思，我也是搬过来住没多久。"那人挠了挠头，"确实不知道那个什么夏志军。"

高健听闻后"嗯"地答应了声，眉头紧皱。这样的情况他是应该考虑到的，毕竟事情都过去了那么久。张紫涵见高健默不作声，知道他此刻心情一定不好，但一时也不知道如何安慰。

那人看出来他们必是遇到什么急事了，于是给了一条建议："这一带街区比较旧，有很多老住户一直住在这里，要不你们去打听打听，看能不能有些消息？"说着反身过去要关门。

高健赶忙将那人叫住，掏出了一张老照片。"你见过照片中的这人吗？"他指着照片中的夏志军。

那人站定，然后朝着照片中那人仔细端详了阵，最后还是摇了摇头。"你们还是去找别人打听去吧，我真不知道，抱歉。"

门关上的刹那高健还没回过神来似的，讷讷地站在原地。张紫涵忽而也坚定了起来："没事，来都来了，一定有办法的。给我一张照片，我们分头去打听。"

高健望向张紫涵，眼神中满是失望的情状，听罢张紫涵的话后也觉得只好这样了，两人商量罢，便分头往两个方向走去。

拿着照片挨家挨户敲着人家的门，高健承受着一次又一次失望的打击。毕竟过去了那么久，眼看着线索即将中断了，但他愈发地不肯放弃了。

转过了巷子，一个泛着黄色灯火的老旧房子映入眼帘，高健再一次伸手叩门。

开门的是一个大约五十多岁的男人。高健说明了来意，然后拿出了那张几乎已经被自己揉皱了的照片。

"这个人……"那男人使劲搜寻着记忆中的东西，觉得照片中的人有那么几分眼熟，但一时间却想不起来。

高健看情况，似乎是那人知道什么，心中大喜，赶忙补充着线索："是个内地人，几年前来香港，就住这里。"

"哦……"那男人突然拖长了声音："听你这么说我还真有一点儿印象。不过，确实没过交情，所以……诶？"话说到中途，他语气忽然变得疑惑，"我记得他的半张脸都是疤痕的呀……怎么会……"

是他！高健心中猛地一颤，他急切地问道："那你有他的消息吗？"

那人摇摇头："本来就没什么交情……那时候他和这里的人都不怎么往来的，我也不清楚现在他怎么样了。"

高健一听，也没办法再说什么。看来，要找到夏志军的消息并没有想象中那么简单。他低下头，向那人道了声谢，然后愣在原地，一时间失去了方向。

突然，远处的一个巷子中传来女人的呼救声……

高健一个激灵——"张紫涵！"

原来，张紫涵挨家挨户打听着夏志军的消息时，走进了一个巷子，那巷子很黑，没有灯火，她这才发现原来这边是不住人的。正准备抽身往回走，却看见三个形销骨立的年轻人，那三个年轻人见被人发现顿时情绪很紧张，扑上来就要抓张紫涵，张紫涵这才意识过来原来三人是吸毒分子，她一时间觉得不妙，赶忙呼救，心中甚是恐惧。

"住手！"高健在巷口大呼一声。那三人起初是愣了片刻，张紫涵赶忙抽身往高健这边跑。高健也快步迎了上去。那三人反应过来，发现对手居然只是一人，顿时嚣张起来。一齐涌上来要弄翻高健，然而那三个年轻人又怎么能是高健的对手，毕竟是在特警队出来的，高健几乎瞬间便撂倒了他们。三个人惶恐地起身就跑，高健并不想惹麻烦，也不追，只回过身来去看张紫涵。

"没事吧？"高健关切地问道："我的错，不该让你一个人的。"

张紫涵默默注视着他，一时间竟说不出话来。许久，却又流出泪，然后走过去抱住高健，不住地啜泣。

高健知道她定是受了惊吓，也只好先安慰她一通。张紫涵的脑海中全是刚才的那幕，她想起自己的小时候……"从来没人这么关心过自己……"心中的某种情绪酝酿着，竟让她体会到了一种别样的温暖。

半响，张紫涵放开手，连声道："对不起……"她不无尴尬地看着高健。高健露出一个苦涩的笑，现在他的心情全被刚才的失望所攫取，根本注意不到张紫涵看向自己的眼神发生了何许变化。

两人各怀心事，在附近暂且住下。高健一夜未眠，心情跌至了谷底，现在唯一能确认的消息是夏志军确实来过香港，且受伤面部毁容的信息也是确凿的。那一瞬间，高健的心沉沉的，强烈的自责与不甘交织，煎熬着他早已疲惫的心。

高健决定即刻启程，准备回内地。张紫涵要回报社，上次的意外让张紫涵的职业受到了打击，她必须去争取挽回。两人说好，倘若有新的情况了便通知彼此。张紫涵在香港有人脉，可以继续调查。高健向她道了别，便起身准备回程了。

天空暗暗的，一如人的心情……

第 9 章

曾经约定

1. 我要的是小雪的具体位置

回家的旅途显得很是短暂，大概是因着心事重重的缘故吧，高健呆呆地望着机舱外面层层叠叠的白云，竟不觉时间地流逝了。他的心中依旧烦闷，想不到跟着线索走到了这一步却仍是无果而终。小雪的下落又变得缥缈起来。心中的无力感再次膨胀，压得他几乎无法喘息。终究还是这么无能吗？当初眼睁睁看着战友们因为自己的缘故受尽折磨，而如今却依旧是连自己的女儿也保护不好……

回到家中时家里人都有些惊讶，她们自然料不到高健居然这么快就回了。最先迎上去问询的是高母，也不待儿子坐定，便急切地问："找到了吗？找到夏志军了吗？"

原本在厨房忙活的陈楠听见这突兀的吵嚷，知道准是高健回来了，然而她心中却有预感，这次丈夫不大可能查到什么。因为她太了解那个男人了，夏志军，他不可能这么轻易露出破绽。

陈母也走了出来，并不说话，一边冷冷看着高健，一边缓步往客厅踱来。

高母满怀期待地看着高健:"快告诉妈,到底怎样了呀?"

"夏志军没在香港了,他应该还在内地。"

高健声音很小却也很沉重,他比任何人都不甘心,但那又能怎样?

不过,看来岳母并没打算给他台阶下,"是问你知不知道他现在在哪儿?我要的是具体位置!小雪的具体位置!"

"你说话啊!"陈母的脸色中泛出几分惨白而绝望的神色来。她以为之前高健真如女儿说的那样找到了重要线索,现在看来,不过是又一次的失望罢了。

高母在一旁看儿子受气,心中自然不悦,一开始还不便发作,可眼见着陈母的言辞越来越咄咄逼人,自然不免有些愤怒。终于她替儿子接过了舌战:"你站着说话不腰疼,看看他都累成什么样了啊?"高母厉声打断了亲家母对自家儿子的指责。

陈母也不示弱:"本来就是你们高家给害的,现在小雪丢了,高健难道不该负最大的责任?"这话说出来后,连陈母自己都觉得有些伤人。一直在厨房的陈楠听着自己母亲居然对婆家人说了这种话,着实是有些过分了的。

"妈!"陈楠走出来面向众人,"你消停会儿不行吗?"她憔悴的样子让高健看了心中生疼。

高健也顺势拉了自己母亲一把,示意她别再说了。这场风波如此才停歇下来。陈母冷哼一声,显然很不满,然后气冲冲地快步走入了房间,抬手又把门关上。陈楠默默看着,心中只是暗叹,小雪下落不明,自己家里的人却已经自乱阵脚了。

高健把母亲送回房间，又安慰了几句，叫她不要太担心，然后自己转身走到了客厅里面，一屁股坐在了沙发上，身体略微地放松了下，居然如瘫了似的埋进沙发起不来了。

陈楠回过头往客厅沙发的方向瞟了一眼，看见高健疲惫的样子，心中隐痛。小雪下落不明，高健每天奔忙，没有丝毫懈怠。如果将来他知道……陈楠突然觉得，幸福好像要开始离她而去了。

2. 他的脸上应该是有伤疤的！

高健尽量放松身体，紧绷的肌肉与骨骼几乎在沙哑作响起来。他得承认自己有些过度紧张，但一次次地无果而终却着实对他打击不小。他一手托着额头，觉得脑袋生疼。好不容易找到的线索就这样轻易地中断了，高健很沮丧，他脑中闪过在香港的一幕幕，回想起那人提供的线索——"照片中的人搬走了，他的脸上满是伤疤……"

伤疤，高健默默念叨着，倘若不是自己的过错，夏志军也不会成那个样子了。伤疤？高健突然猛地一个激灵。对呀！夏志军脸上应该是有伤疤的！

当初给吴明的朋友黄昌炎看的是同一张照片，高健终于察觉到了什么不对劲。"黄昌炎不可能一眼就认出来！"他几乎就要叫出声来。夏志军已经毁容了，黄昌炎却连什么疑问都没有就辨认出了照片里的夏志军，这显然不可能，那么……

高健心中暗叫："黄昌炎一定隐瞒了什么！"

高健理了理混乱的头绪，逐渐意识到了什么。很显然黄昌炎很可能是"掩护"夏志军的关键人物！必须找到他问清楚！想到这里，高健从沙发上一跃而起。

陈楠走过来，本是想上前去安慰丈夫一番，不料刚至跟前，高健便跳了起来，吓了陈楠一跳。

"怎么了？"陈楠担心地问。

"我知道真正的线索了！对！找到他就一定能找到夏志军！"高健显得十分兴奋。陈楠在一旁听得不知所云。高健如实向妻子解释了自己心中的想法，然后语气坚定地说："相信我，很快就会没事的。"

陈楠默默地看着他，她知道高健的坚持，尤其懂得他的责任感，他的不懈与坚持。她明白，与其劝他慢些，倒不如就在身后默默支持着。

"嗯。我相信你。"这是陈楠对高健一如既往的态度。

高健有些动情，他何尝不知道妻子的担心和忧虑，正因为如此，他想让自己努力做得更好一些，担起那些重责来。有了陈楠的表态，高健亦不作停留了，径直便探身要往门外走。

高母在屋内看得疑惑，想问儿子这是又要往哪去，然而高健已经快步下了楼，皮鞋踩在台阶上的"噔噔"声回响在空旷的楼道里面。

"诶！"高母想追出去，然而只能看着高健的身影消失在楼道之中。她眼神望向陈楠，陈楠便答道："高健去找人了，没事，很快会回来的。"说完也转身进了厨房。

唯有高母，此刻愣愣地在原地站着，忧心忡忡。

3. 寻找黄昌炎

高健一刻也不歇，很快来到了吴明家楼下，有那么一瞬间的迟疑，老是这么唐突地打扰人家似乎显得并不那么合适。但高健也不曾想得太多，现在小雪危在旦夕，高健实在顾不上其他。他难以想象夏志军会怎样对小雪，眼下唯一能做的就是循着已知的线索一步一步走下去，绝不能停下，要尽快找回女儿。

叩门，心中是说不出的急切。他一遍遍想着黄昌炎当时的表情与回答，越发觉得蹊跷起来。那人一定是有问题的，只是高健想不明白他和夏志军会是什么关系，难道是被夏志军收买了吗？然后被指使故意说谎？高健越想越觉得心神不宁。

终于，门开了。

开门的是一个年轻女人，站在门口警惕地看着门外的陌生人。

"您是？"她问高健。

高健不知道这里还住了别人，回想当初第一次与吴明见面时吴明好像确实提到过自己是回来和女友定居的，这才意识到眼前的人是谁。

"您就是吴先生的女朋友吧？"

晓晨盯着这个不速之客，点了点头。

高健继续说："我叫高健，来找吴先生的。"

晓晨听罢下意识望了一眼屋里，然后往里面喊了声："吴明！有人找。"然后，向高健递过一个微笑，示意他进门。

高健道了声谢，进了屋子。

终于吴明也从房间走了出来，一看来的人竟是高健，心中不免大惊。

"他这么快就从香港回来了吗?"吴明心中暗暗叹着,一边迎上去,脸上摆出温和的笑容来。

高健也没空寒暄,见着吴明便说:"吴先生,可以再帮我联系一下你那位朋友吗?我急着见他!"他的表情中是毫不掩藏的急切,令得吴明不由紧张了起来。"他是猜到什么了吗?"但吴明自信高健应该是查不出什么的。

"出了什么事吗?"吴明故作惊讶地问道。

"嗯!我觉得他可能还知道些什么,我必须找他问清楚。"

吴明迅速回忆起当日四人的见面,此时的他,基本已经意识到了问题的出处。他想起照片中夏志军完好无损的脸,心中却是在冷笑。

"哦,你别急,我这就联系他。"

吴明望着焦急的高健从容应声道。随后他便走向了电视旁的固定电话,飞快地按下一串数字,然后在听筒前等待起来。

所有人都陷入静默中,晓晨自然是无话可说的,高健则是屏住呼吸在听那若有若无的"嘟嘟"声……紧张的时候连空气都变得压抑起来。吴明听筒拿了半天,那边却似乎迟迟没有回应,这等待对于高健来说绝非什么好事情。

终于,听筒被吴明"不无遗憾"地放下了,脸上透着无奈的神色。

高健心一沉,"没人接吗?"

"嗯。"吴明耸耸肩。他的心中的回答却是"当然不会有人接"。

高健心跌到了谷底,他很冒失地跑过去接过吴明手中的电话,然后说"告诉我号码"。这话理应是属于很没礼貌的那种,然而高健是真的顾不上那么多了。吴明心中暗笑着,也不显露,便一字一顿地念起那段数字来了。

高健忐忑地拨号,忐忑地等待,"嘟嘟"的提示音是唯一闯入耳际的声音,似乎是真的没人接。高健不知道这是一个巧合还是黄昌炎已经预料到什么并且离开了,他心生绝望:又要碰壁了吗?

高健心情复杂地放下听筒,久久地,居然头都抬不起来,他就像一个受挫的孩子。吴明在一旁静静地看着他,也不说话。

"他是没带手机吗?"高健小声说,那语气既像是自言自语的自我安慰,又像是在问吴明。

吴明随意应和着:"也许吧。"心想,这计策得逞得也算容易,心中暗暗得意着。他高健又哪能知晓,所有的一切,不过是自己精心布置好的一个局而已。

高健不死心,又将那个号码拨了一遍。结果是可想而知的,无人接听。没办法了吗?线索还是连不起来吗?高健一遍遍问着自己。三个人静静地站在原地,终于也没人先打破沉默,高健努力平复着心情。

"不对,一定还有希望的……"高健低头小声嘀咕道。

黄昌炎得到消息逃走的推测显然是不够严谨的,毕竟他怎么会知道高健将在这时候突然想起那个关键信息。那么即使黄昌炎真的是夏志军的帮凶,也不该意识到要躲着,更何况拨号的是吴明家的电话,黄昌炎即使真要躲自己,也不该不接朋友的电话!高健越想越觉得事情蹊跷。

"带我去黄昌炎家吧,我必须得找到他。"高健抬起头朝向吴明,希望他能帮自己这个大忙。

吴明并没有马上答应,他在权衡着这场"意外"。按理说,黄昌炎应该是已经照着自己的意思消失了的,但倘若是带着高健去黄昌炎的居所，很显然此中的风险并不能完全排除。他并不乐意向高健透露"为自己办事"的人的信息，然而不知是出于什么奇怪的心理，或者一时的"心血来潮"，吴明竟答应了。

那一瞬间，高健简直把吴明当作了好兄弟。

"谢谢！"高健显得很诚挚。

吴明微笑着看着他，"看你这么急，我们这就出发吧。"

一旁的晓晨显得很不能理解，她的印象中吴明似乎不是那种"爱管闲事"的人。晓晨亦没多说什么，只望着走到门口的吴明的背影，柔声说道："早点儿回来，我们一起去吃晚饭。"晓晨的眼中，吴明的背影也变得那么温情。

4. 莫名地觉得眼前这个男人亲切

吴明从自家车库里取出了车，两人的车在街道上穿行起来，吴明开车并不快，但技术老练，一如这人给高健的印象：内敛，成熟。

"真羡慕你，有个那么美满的家庭。"吴明先是心怀鬼胎地打开了话茬儿。

高健的表情有些难看，说到"家庭"这个词，他总会想到小雪的失踪，心情自然是开朗不起来的。

吴明装作没看见，继续说："看我们俩大概差不多大小吧，可我连婚都还没结呢，哈哈，真是惭愧。"吴明的自嘲无形间拉近了两人的距离感。

高健也笑起来："像你这么优秀的男人，又有那样一个漂亮的女友，为什么不早点儿把婚结了呢？"

"哎哟,我可不是你这么好的顾家好男人呀,一个人自在惯了,不喜欢被绑住……"吴明答着,表情故意露出几分无奈来,看起来却很自然。

高健觉得眼前这个男人亲切并非毫无缘故,吴明确实像个不错的朋友。而这亲切感竟又是很熟悉的,高健记得清晰,自己当初在特警队里时便有过这种不设防的情感。吴明显然是个很讲义气的人,为了自己的事也算没少奔忙。想到这儿,高健对吴明的好感又更甚了几分。

"我以前当过兵……感觉你好像我的战友。"高健说这话的时候是非常诚挚的,他所要表达的是吴明让他有种久违的亲切感。

这回,换吴明心中颤抖了,说实话,倘若不是那隐匿心中的恩怨,他也许会和高健成为一辈子兄弟。

吴明努力压抑着自己内心上涌的一点点感动,偏头看向高健:"是吗?无比荣幸。"

高健伸手拍了拍吴明的肩膀:"你不知道在特警队那群混蛋是有多搞,哈哈……"心中深埋的美好回忆又重新在这样的时刻被深掘出来,内心泛起丝丝温暖。

吴明也应景似地笑起来:"嗯嗯,可以想象得到,那样的日子确实挺让人喜欢的。"

汽车缓缓驶入一个逼仄的街巷之中,前面有一个普通的居民楼。吴明驱车速度渐渐慢了下来。

"我们快到了。"吴明伸出右手向那栋居民楼指了指,然后将车往街道边缓缓停靠。待停稳,两人解开安全带下了车,高健跟着吴明的步伐往那目的地快步走去。

第 9 章 曾经约定

到了那房间门前，高健的心不禁又提到了嗓子眼。但愿黄昌炎在，他默默祈愿着，对方恐怕是自己至今唯一的希望了。吴明上前按响了门铃，清亮的门铃声响了起来……时间一分一秒地过去，房中似乎却久久无人应答，又扑空了吗？

吴明一遍遍地按着门铃，甚至伸手拍打起房间的防盗门来，"砰砰砰"的响声回响在空旷的楼道之间，然而依旧无人应答。

"昌炎！昌炎……"吴明一遍遍大声呼唤着这房间的主人，但终于还是无果而终。他停了下来，无奈地看着高健，高健的茫然与失神竟然让吴明觉得有些不忍，"又是恶心的同情心在作祟吗……"吴明狠狠一摆头，努力让自己摆脱这种情绪，然后回过神来，"要不我们再去他工作的地方找找看吧，说不定会有收获的。"

高健点了点头，口中含糊不清地说了声"谢谢"。再次经历了一次打击，他也不知道自己的信心还能支撑多久。

吴明很诧异为什么自己会有这种提议，"自找麻烦！"他暗暗想着，但旋即也释怀，就当是为那家伙排除掉所有嫌疑吧。

两人驱车又回到路上。高健依然心事重重。

"不知道我女儿现在怎么样了……"他说得很小声，更像是说给自己听的。

"没事的，看开点儿，你已经很拼命了。"吴明回着，心中想自己已经嘱咐过于亮那家伙为小女孩儿找了好人家，毕竟，他心中的仇恨不在那小女孩儿身上。

高健心情一点儿不见起色，"可是……拼命又有什么用呢？"他懊恼着，手往自己脑门上狠狠砸了一下："结果女儿还是没找到……我谁都对不起！"高健情绪不经压抑的宣泄，他也很奇怪自己竟会在一个明明还不是很熟悉的人面前如此失态。

吴明望着表情痛苦的高健，心情竟不是意料之中的那般痛快，相反，有点儿空空落落的，他也道不清楚这是为何。在作出第一步计划的时候，他便已经下定心，绝不仁慈。那是仇人，自己唯一要做的，就是让他们得到应有的惩罚！只是现在，自己是怎么了？怎么好像有点儿不舒服？

高健透过车窗玻璃看着前方。陌生但千篇一律的街道，阴郁的天气，压抑的视野……

终于，吴明带着高健来到了黄昌炎工作的地方。两人对这里的环境都很陌生，不知从何寻起，便四处找人询问。大家倒是都知道黄昌炎这人，但都说差不多已有两日未见了。他们怀着最后一丝希望找到公司的管理层，答案却让他意外：黄昌炎已于前日辞去了工作。

这样的结果虽然令人失望，但高健几乎可以肯定了——黄昌炎确实是和夏志军一伙的，并且可能自知露馅儿，才会消失得无影无踪，人间蒸发般再也寻不到。

其实早在黄昌炎家门口时，高健已经有了强烈的预感：电话不通，亦不在家，可能找到他的机会很渺茫了。事实证明，他的猜想没有错，对手再次先他一步。近在咫尺的线索又断了，高健也道不明现在的复杂心情，终归是不好受的。下一步还是得盯着黄昌炎这条线，就是刨地三尺也得将他挖出来。高健心中明白，这是他唯一的路。

吴明也不再说安慰的话，他当然知道高健此时的心情，一切言语都是多余的。这场游戏从头到尾都被他主导着，奇怪的是，他好像并不如自己先前预想的那般高兴。"他们的悲伤远未结束！"他提醒着自己，"这还不够，不够……"两个各怀心事的人陷入了默契的沉寂中。吴明回来时的车速明显快了很多。

"我不能放弃！"高健忽而坚定地说道。

"这才是我认识的你啊，混蛋！"吴明心里想。一边看向高健："你会成功的，你比我想象的要坚强多了。"

"不是坚强不坚强的问题。"高健苦笑着，"作为一个父亲，为了自己的女儿，必须坚持到底！"

熟悉的愤怒感……"对啊，你们有那么可爱的女儿，那么幸福的家，可是……我有什么！"吴明心里又恨了起来。"你女儿肯定会为你骄傲的。"吴明对高健说。高健并没听出这话里暗藏的讽刺。

无论天空多么阴霾，心情多么糟糕，事态多么严重……高健此时已经彻底地将吴明当作了一个可以交心的朋友。两人一路上都聊得很投机，乍一看，真像阔别多年的老友。

5. 曾有个秘密的约定……

吴明驱车将高健送到了楼下。高健再次表示了一番谢意，并诚恳地邀请他上家里去坐坐。吴明脑中不觉出现了陈楠的背影，她哭泣的样子……

"好吧，现在也还有点儿时间。"吴明笑了笑，"那我就不客气了。"

"哪里的话，是你帮了我的大忙啊！"高健拍了拍他的肩膀，两人往楼上走去。

开门的是陈母，见女婿贸然带着客人回来了，习惯性地想要责备几句的，但好歹还是忍住。高健看着岳母时心也有些发瘆，不过，幸好这次没在外人面前骂他。

高健将吴明往家里引，然后叫了声："楠楠，有客人来……"

陈楠从厨房走了出来，见高健身边带着个人，"哦，你好！"走近一看，陈楠心中竟升腾出一种别样的感觉来。这人，好熟悉，没来由的熟悉！

吴明的眼神有些回避，谁也猜不透他此刻的心中所想，包括他自己。没想到再次相见竟是这番情景，有些感慨，有些不甘，有些愤恨……心中那块柔软的地方隐隐被触及。这么多年了，这份感情是自己永远战胜不了的。

"我们……有见过吗？"陈楠试探地问道。

"应该没有吧……"吴明挠挠头，"我刚从国外回来。"

"哦……"陈楠若有所思地摇摇头，不再说话了。

高健看着这两人奇怪，一见面便聊了上来，想想吴明确实和自己家有缘，他面朝向陈楠："这是吴明，最近认识的朋友，一直在帮我们忙……"

陈楠朝着那人点头致意了一下，脸上露出礼节性的笑容来。

"这是我妻子陈楠。"高健介绍完，又和吴明寒暄起来。

陈楠对那些话题并不感兴趣，自己一人又往那厨房去了，走的时候回身记起并问了句："要不就留下来吃饭吧。"吴明婉拒了，说女朋友还等着自己回去，又与高健聊了会儿，便起身告辞了。

吴明回到家时天已经黑了。晓晨一个人坐在沙发上看着电视，百无聊赖。见吴明回来，便跑过去一把搂住他的脖子，显得很是兴

第9章 曾经约定　　141

奋。吴明却呆呆地往沙发上挪,然后伸展着肢体卧进沙发中。那一刻,他觉得自己好累……

即便坚持如高健,此刻也只能待在家中静观其变了。陈楠的心事却越来越重,虽然她对谁也不说。小雪的失踪让这个女人承受了太多,虽然一直是高健在奔忙,可是她的压力却不见得比高健小,甚至……也许她才是最受煎熬的人吧。

志军,是在报复自己吗?她不止一遍地想过这个问题,也越来越觉得这种可能性很大。他是决意报复这个家庭吧?其实陈楠很理解夏志军的心情,自己也曾愧疚过很久,挣扎着……可是,明明知道夏志军的动机和理由,她却什么都做不了。

"倘若自己能找到志军就好了。"陈楠不止一次地这样想,夏志军绑架了小雪,他如果知道……

"有个秘密,他必须知道……"思绪每每到了此处,她都会泪流满面。在陈楠看来,夏志军是在做着一件对谁来说都太残酷的事情。她努力思考着怎么样才能见到夏志军,突然,一个记忆闪现。

七夕!他们约定过,每年的七夕都要一起去青岛。只有青岛这一处地方,才配得上他们的浪漫。陈楠满脑子回忆的都是当年的青涩,当年的稚嫩,当年的山盟海誓……

七夕眼看便要到了,陈楠决意去趟青岛。自然,是不能告诉高健的。

此时晓晨静静地躺在吴明的身旁,"亲爱的,七夕的时候我们去哪儿过呢?"

吴明沉默了很久,"要不……要不,咱去青岛吧?"

吴明在床上冷哼一声:那负心薄情的女人,早就忘了当年所谓的"七夕约定"了吧?

七夕如期而至。高健并不是那种浪漫的男人,况且眼下小雪还音讯全无,他哪有心情关注这种风花雪月的事,陈楠说她想一个人出去散散心,高健起初还不放心,想要陪着一同前去,但陈楠不同意,让高健留下来照顾家里。高健知道陈楠最近这些日子为女儿的事操碎了心,想去放松也是好事,终于还是答应了。

虽然知道找到夏志军的希望很渺茫,但陈楠还是踏上了那原本就很是熟悉的旅途。

青岛一如既往地热闹,很多年轻的情侣们嬉戏着,一派幸福安好的样子。陈楠忽而有些怀恋,记忆逐渐变得活灵活现起来,那彩色的青春……陈楠本以为这么多年过去了,过往似乎也变得并不那么重要,可惜她错了。心中有一丝丝的隐痛,很微妙,却足够刻骨铭心。

陈楠一个人静静地,漫无目的地走着,阳光正好,天气很不错……可惜……她摇摇头,暗骂着自己又在胡思乱想什么。

突然,一个身影闯入了她的视线之中……陈楠开始看得不是很清楚,直到那身影走近——"吴明!"陈楠挥起手来。

吴明牵着一个女人的手,视线被牵引往这边,也看见了招着手的陈楠。

他们走近,吴明笑着介绍:"晓晨,我女朋友。"陈楠露出一个微笑来:"嗯,你好!"然后再次转向吴明:"想不到你们也在这儿。"

"嗯,七夕嘛。来这边转转。"吴明望了一眼晓晨,晓晨也露出幸福的笑容来。"高健呢?"吴明问。

"哦……我一个人来的。"陈楠有些黯然地答道。

"这样啊……"吴明若有所思,"那我们不陪你了哈,我和晓晨去附近走走。"吴明说完牵着晓晨转身,陈楠说了句"再见",吴明笑着摇了摇手,又往人群里融去了。

人真的好多……

晓晨注视着从刚才开始便一直一言不发的吴明,柔声问道:"怎么啦?"

吴明这才回过神来:"呃,没……没什么……"他的心中竟有些疼痛,无人能触的疼痛……

另一边,陈楠仍旧一个人漫无目的地游走着,她一直期待着那个人的出现,可是……也许他不会来了吧。陈楠心情黯然。

"阿姨!"一个小孩子忽然跑过来,他戴着可爱的面具,看起来同小雪差不多大小,"一个叔叔叫我给你这个。"他摊开小手,里面是一张小字条。

陈楠接过字条并展开,看了一眼,脸色瞬间便不对了。

"小朋友,那叔叔在哪儿?"

"啊……叔叔都已经走掉了,我也不知道呢……"小男孩儿水汪汪的大眼睛,见着面前的阿姨好像有点儿变奇怪的样子,也不再叫他了,于是又拿着面具跑开了。

陈楠呆呆地站在原地,面前是熙熙攘攘的人群。她再次摊开那字条,那上面写了一个时间和一个地点,署名竟是——夏志军!

第 10 章

又闻老歌

1. 似乎夏志军出现了

返程的时候陈楠心事重重。终于不出所料,夏志军出现了,但又明显与她保持着距离。陈楠终于没能找到夏志军。她拿着那张薄薄的纸片,仿若有千斤重。思绪被卷进了记忆的漩涡之中,又陷入了新的痛苦。

回到家是次日的早晨,陈楠还在车上时便接到了母亲的电话,问她什么时候回来。原来今天是陈父要出院的日子,家人希望她也能一同前去接父亲。

陈楠招呼司机直接往医院开。

此刻是清晨,街上人不算太多,这个城市安静的时候真的很美,但陈楠一眼都没往窗外看,她心里沉甸甸的。

到达的时候高健和陈母也刚好进入医院,陈楠快步迎上去。

"你来了。"高健朝着妻子说,他看着陈楠难以掩盖的愁容,有些担忧。妻子说要出去透透气,可似乎脸色并没有好多少。他当然不知道陈楠真正经历了什么。"你还好吧?"高健关切地问道。

"嗯，没事。"陈楠回答着。陈母并没有说什么，三人亦未停下，只往陈父的病房快步赶去。

陈父此时坐在床头，拿着一份当日的报纸在看，见他们都来了，也便放下了手中的东西。住在医院里，多少有点儿不自在，还是家里好。高健办好出院手续，简单收拾一下，大家便带着陈父回家去了。

到家后，高健和陈楠一遍遍地劝解，让三位老人先各自回家，他们在这儿也帮不上忙。但老人们哪里肯听？毕竟小雪至今下落不明，他们怎能置身事外？

陈母提议开一个家庭会议，叫高健两个好好说说现在事情的进展，也好一同商讨下接下来的对策。高健虽然心中想着他们只会添乱，但也尊重他们的知情权。

稍事休息，高健开始向大家说明现在的情况：包括前几日的香港之行和找黄昌炎的事。几人听着听着便都陷入了沉默之中，看来问题比他们想象得更棘手。

"那线索不是断了吗？"高母忧心忡忡地问道。

"只要能找到他，就还有希望。我已经叫队友帮忙了。"高健意欲平复大家低沉的心情。

"有多大把握？"陈母接过话茬儿。她知道这意味着什么，很明显对方已经听到风声了，再要找到又谈何容易？陈母将心中的这番担心说与众人，所有人都低下了头来。很显然，在这件事上，高健一大家子人早已处处被动了。

"报警吧。"沉默了许久的陈父终于吭声了。其实早在当初第一次听到外孙女失踪的消息时他便有了这样的倡议，可是无奈当时身体却不争气。

"这也是我的意思。"陈母接着道，"我和你爸都觉得报警是唯一的途径了。小雪多在外（失踪）一天，就多一分危险，现在不是意气用事的时候。"她眼睛望着高健。

　　其余三人都没说话。高母其实内心深处还是有些抵制报警这样的做法的，毕竟高夏两家是世交了，而且……她偷偷瞟了一眼儿子，心中想的是自己家确实对不起夏志军，对不起夏家。但她也知道亲家说的是有道理的，对找到小雪来说，报警可能是目前最合理的办法了，她的心一时陷入了纠结之中。

　　高健、陈楠不同意。他们两人都有自己的理由不用多说。高健思考着该如何说服岳父岳母。

　　"志军不会做得太出格的。"高健小声说道，说实在的，这样的说法连他自己也无法相信。

　　"不会太出格？"陈母立马质疑道，"现在还算不出格吗？"

　　高健有些为难，一时也不知道该说什么好，幸好陈楠站了出来："不！我也不同意报警，找到夏志军就行了，别逼他，逼急了保不准他会拿小雪怎样。"陈楠算是说出了一个比较靠谱的理由。但陈楠父母似乎并不愿意动摇，很显然，在各种传媒上听惯了这种类型的案件，但最终的解决之道永远只有一条，那便是求助于警方。他们很坚持，反驳说现在线索那么少，要靠自己的力量简直是不可能的，不求助警方才是对小雪最大的不负责任。于是双方陷入了争执之中。

　　就在讨论白热化的时候，门被叩响了。大家不约而同地停止了言语，然后一齐看向门的方向。会是谁呢？高健凑过身去，通过猫眼儿望了一眼门外，然后迅速向屋里人做了个嘘声的手势，并打开了门。

第 10 章　又闻老歌

2. 该死的人贩子

进来的人是高健的弟弟高康。

虽然大家还未就报不报警的事达成共识,但他们都默契地闭上了嘴,并随之散开,假装没事发生。

高康进来,见众人都在客厅,心中还在疑惑,便问道:"你们在讨论什么?"他心中隐隐觉得这和哥哥有关,也许还和那个女人有关。高康想到上次见到的和哥哥在一起的那个女人,眉头不由紧皱。

"哦,没……没什么事。"高健尴尬地朝疑心的弟弟笑着。众人也应声道确实没什么事。高康这才没再追问。

大家很快散了,高健问高康是不是找他有事。高康回答说:"只是来附近办事顺便来看看而已。"话语间,高康一直在观察嫂子和哥哥的反应,前些日子哥哥和嫂子吵架似乎弄得很厉害,但现在看来,两人间并没有多大的不正常。

一间忙碌的办公室内,张超眼睛紧紧盯着面前的电脑屏幕,视频主角是恶名昭著的人贩子。他跟这件案子很久了,局里像他这样年轻能干的警察不多,而且他工作一直也很拼命,他希望以一场大案子的侦破来证明自己。前些日子他得到线索,说是有人贩子带着被拐儿童在街上乞讨,接到消息后他们迅速出击,抓住了人贩子。负责审讯的张超为着这事费尽心思,总算把那家伙的口给撬开了。原来在这座城市的待规划区域的一角,有个废弃仓库,正是犯罪团伙藏匿被拐孩童的据点所在。一直以来被拐来的孩子都被关在那一个地方,直到找到"愿意花钱带走孩子的人"。

一个女警朝张超的办公区域走了过来,手里端着一杯茶,放在张超的办公桌上。张超的注意力这才从那屏幕上解放出来。

"有消息了。"那名女同事眼睛也盯着屏幕。录像中那个衣着邋遢的男子显得很是惶恐,头低着,沉默寡言。

"嗯?查到了吗?"张超脸偏过来,看着她。他的心中远比脸上表现出的激动。

"是的,那边有消息了,嫌疑人提供的那个地点,确实有个仓库。"那女同事朝他笑了笑,然后碰了碰茶杯:"我可是刚得到消息就跑来告诉你了,怎样?请吃饭?"

"请啊!必须请!"张超兴奋地叫道,随即起身,将凳子上挂着的夹克披在身上,朝着其他人喊了句:"走,走,干活儿了。"然后率先出了公安局门。

女同事望着他的背影,不禁笑着摇起头来:这家伙,永远一副猴急的样子。

"什么!那混蛋被抓了!"王大志朝着跟前的小混混大吼着。事情显然不妙,干这行的,别人是永远都信不过的,他立马做了最坏的打算。这地方看来是待不下去了。

"清场!准备走人!"王大志喝道。旁边几人立马行动了起来。

但现在眼下只有一辆面包车可用,王大志在心里祈求着那帮公安能晚一点儿来。他们将面包车停在仓库门口,由一个长相瘦小的中年人去带小孩子。仓库门打开,一群孩子不约而同地看向仓库门外,眼神中透着惶恐。他们不知道发生了什么,门外似乎很乱,一群看起来并不友善的家伙焦急催促着,让人没来由的恐惧。

倘若事后再想起这次行动,张超一定会感谢自己雷厉风行的性格,哪怕再慢半步,他也可能一无所获了。

警车在闹区的街道动弹不得,前面堵得水泄不通,即使是公安局最富经验的司机,此时也束手无策,看着副驾驶焦急万分的张超,司机只得打开了警笛。车流慢慢移动,终于给他们让出了车道,但车速还是不太快,张超有难以名状的急切与担心。

"不好!"王大志心中一惊,听到警笛声由远而近,像能夺人心魄似的。"快!快点儿!先选几个好的!"王大志朝那仓库中的瘦小男人大叫。

那男人自然知道,警察行动这么快,这一次必定是带不走全部孩子,焦急地加快了动作。

"你!起来!"他指向一个小男孩儿。那男孩儿应当是刚被带进来不久的,面对这样的情景几乎瞬时便被吓蒙了。他睁大惶恐的眼睛一边颤巍巍地站了起来,唯恐惹那男人生气。眼角有泪水,却被他极力压抑住。

"你!"他指向另一个孩子,"还有你!"那男人一个个点着,被点到的孩子都乖乖地站了起来。没人敢哭。男人见人数差不多了,便用眼神向门外的王大志示意了一下。王大志点了点头,那男人立马大喝了一声:"点到的跟我走!上车!快!谁慢我抽谁!"

小雪也被点中,她的心中与其他小朋友一样恐惧,但很坚强地忍住没哭。她随着其余几个小朋友的脚步缓缓向前挪着,那男人在后面推了她一把。"都给我快点儿!"

几人也无心去管剩下的孩子了,车发动,几人便选择一条最便捷的路闯了出去。他们对这边的地形很是熟悉,逃脱倒是挺有把握。

张超一行下了车，远远便看见了那个大敞着的仓库。

　　"不好！"张超心中不由大惊，"犯罪团伙似乎已经闻到了风声，已经走了吗？"他带着其他几个警察，立马往那仓库奔去。

　　事情没有想象中的糟，但也绝对谈不上有多好。看来犯罪嫌疑人已经逃了，也许是出于事态紧急，被拐的孩子并没有被全带走。张超看着仓库里的可怜孩子们，心被揪得紧紧的。

　　很多残疾孩子，张超看着那一张张透着稚气却又显露恐惧的脸，心中很不好受。"该死的人贩子……"他暗暗骂着。这些孩子的伤残都不是先天，他们的身上记录着人贩子们的惨无人道……

　　张超并未因为解救了大批受害孩童而变得轻松，相反，接下来的事只会更棘手，因为对方的逃走就意味着抓捕工作的断层……而那犯罪团伙一日不被端掉，就会有更多的受害儿童和家庭。这次惊动了犯罪分子，他们就会藏得更深。

　　王大志一行想着刚才的事还有些后怕，但好歹是逃过了一劫。他望望后面坐着的孩子们，心中有些感叹。自己的"钱途"就靠这几个小兔崽子了。

3. 点这首歌的人在哪里？

　　另一边，虽然小雪依然毫无消息，但高健也没闲着，电话一个一个地打，和队友们把黄昌炎的信息好好梳理了一番：相貌、年龄……昔日的兄弟都很同情高健现在的遭遇，二话不说，这个忙一定帮。

　　陈楠心中有事，老是一副心神不宁的样子。大家都认为她只是因为小雪的事操着心而已,也并没有想得太多。

从青岛回来三天后,陈楠按那字条所显示的时间地点如期而至。她心事重重,迈进夏志军指定的餐厅。里面生意很好,人很多,各自说笑,除了陈楠之外。

陈楠随便找了个没人的地方坐了下来。餐厅服务员是个年纪不大的女孩儿,脸上挂着甜美的笑容,走过来并递过一张菜谱。"小姐,想要吃点儿什么?"

"哦……"陈楠漠然看着那菜谱,不置可否。她的心思全然不在所谓美食之上,她四处环顾,却并未发现那个熟悉的身影。事实上陈楠心中甚至是有些紧张的,她一方面很想快点儿见到夏志军,一方面却又不知该如何面对他。菜谱还拿在手中,却一眼都没再看。

年轻服务员不知道这个女客人心中在想着什么,于是继续和善地提醒着:"小姐,我们这儿的招牌菜有……"

"嗯。"陈楠打断她,然后说,"先给我杯橙汁就行了。"

服务员走开后,陈楠一手托着下巴,发起呆来。这时,舒缓的音乐声开始响起。

陈楠像中邪般从座位上一跃而起,目光游走在餐厅四周。不可能!这绝对不是巧合!陈楠心中隐痛。但目光所及,并没有见到那副熟悉的面孔。夏志军!夏志军……她的口中念念有词,但却无人回应。

这是夏志军最喜欢的一首歌!

"服务员!"她大叫。

一个中年的服务员走到了跟前,"您好,请问有什么可以帮您的吗?"她的态度很亲和,很配这餐厅的格调。

"点这首歌的人在哪里?"陈楠心情急切,她知道,夏志军一定就在附近。只要见到他,就能见到女儿了。

服务员显得有些尴尬:"这好像是一位客人为您点的歌,您不知道吗?"

"我问点歌的人在哪里?"陈楠显得很不耐烦,大声问道,她完全顾及不了公共场所需要的礼节了。

"对不起……我也不知道现在他在哪里。"那服务员本能地往后退了退,避开陈楠的咄咄逼人,继续道:"当时您还在外面的时候,他便指着您说要为您点一首歌……可是……现在他好像已经走了。"

"走了……"陈楠简直不敢相信,这样便走了算什么意思。那服务员的表情更疑惑,一前一后真是两奇怪的人,她原本以为这是一个男女间的浪漫约会,也没想太多,但如今看来,比她想的要复杂多了。

"哦,对了。"那服务员这才又想起什么来,"那先生给您留下一封信,现在帮您取来吧。"说着转身走了。陈楠在原地发着呆,脑子里乱乱的。

服务员很快折返过来。

"给您。"她笑着说,然后将那封已显得有些老旧的信递了过来。

陈楠完全愣住了。她手在颤抖,几乎是机械般的伸手去接,没看清信封上的字,但情绪早已经脱离了她的控制。

夏志军……

服务员见她半晌再没说过一句话,只是直勾勾地盯着信封,叫她也并不应,只好悻悻走开。

陈楠眼神呆滞地盯着信封上潇洒的字迹字体,没说话,沉默着,脑海中掠过的记忆潮涌般来袭,无法抵御。

4. 人世间的悲哀本不相通

年轻时的陈楠选择了读研,而夏志军则遵循着自己的想法进入了警院。相隔很远,唯一的交流便是一封封满含深情的信件。志军,现在在干什么呢?陈楠总喜欢这类看起来有些傻的想法,每写下一行字,她微笑着,想象志军在看到时的情景。

落款的时候一个笔画写偏了,陈楠无奈地看着那一小点儿瑕疵,轻轻画掉,然后重写了一遍。娟秀的字体躺在信封之上,承载着满满的思恋。

想不到多年后再见这来自时光深处的信件时,却是怀着这样的一种心情,那个小小的墨点还横陈在信封之上。"夏志军收"的字样用钢笔写就,如今墨迹已有些黯淡了。陈楠抚摸着纸上自己的字迹,泪流满面。

一滴泪珠拍在泛黄的信纸之上,这信明显被打开看了很多很多遍,上面有些反复折叠过的痕迹。陈楠双手拿着信纸,仿如有千钧之重。终于,旁边一下清脆如冰裂的声音将陈楠带回了残酷的现实之中。

"夏志军!你出来!"她朝着周围人群中喊叫,绝望地,歇斯底里地。情绪终于出现了致命的豁口,所有伤心与绝望汇成奔涌的河流再也遏制不住。她再也控制不了自己的感情,狂躁的呼喊声瞬间将餐厅的安静气氛割裂得支离破碎。

"夏志军！夏志军……"

所有人都听到这个名字，大家不知所云，相互看着、打量着，一时间餐厅骚乱起来。

与餐厅隔街相望的是一家小小的咖啡馆，小资情调浓郁，但并没有多少人。吴明端起眼前桌上的一杯黑咖啡，小小地酌了一口。泛着香醇气的苦味在舌尖逗留，让他感觉良好。他的脸上有平日并不多见的笑容，而此刻，他眼睛盯着的是对面餐厅里那个歇斯底里的女人。

场面很混乱，陈楠的情绪已经完全失控了，几名服务员模样的人上前来想要稳住她，"小姐，小姐……"

"夏志军！"陈楠毫不理会身边的那些人，大声哭着，任由崩溃的情绪撒野。

"小姐！您冷静些！"几人扶住她，半拖半拽，带着她一点点往另一个包房挪，其他客人明显已经很不满了。

"夏志军，你听着……"陈楠抓狂地嘶叫，但哭泣使她声音变得十分含糊和哽咽，"小雪……小雪是你的女儿啊！别伤害她……"

人世间的悲哀本不相通，没有人理会这个女人的伤痛。终于失控的女人被带走了，小小的插曲不足以打搅食客们的心情。

"这是她应得的。"对面咖啡馆的吴明冷哼着，他不知道陈楠口中念念有词地到底说了些什么，也不想知道。吴明再次端起面前的咖啡杯，表情悠然自得。

陈楠情绪逐渐稳定了下来，她推开身边欲图阻挡自己的工作人员，重新找了空位坐下，她不甘心……周遭的客人用非常奇怪的目光盯着她。不过，她不在乎。

"给我酒。"玻璃幕墙外的世界依旧光彩如新阳光灿烂，而陈楠的痛楚却没有其他人能理解。

5. 兴师问罪

高健出了门，去找黄昌炎的下落。这些天他一直在盯着这件事，无奈却没有结果。绝对不能轻易放弃这仅存的"最后一条线索"，为了女儿，他一遍又一遍地告诉自己，绝不能，绝不能停下来！

队友们都在帮忙，他很感激这种只有在警营里才能收获的兄弟情谊，这种时候，他们好像又回到了从前，团队一起努力一起拼命的感觉。

家中剩下的只有三位坐立不安的老人，特别是依着陈母的性子，是绝然没办法冷静的。一直唉声叹气的她也不听陈父的劝告，自顾自地在家里来回踱步。

高母坐在沙发的一角，沉默着，心事填满了她的情绪，而她是同样的心神不宁。

"不行！这样下去不是办法！"陈母这话不知说了多少遍，可就是停不下来。毕竟坏的心情需要发泄，但这次不同，她心中念着，却是有个确凿的想法浮在了心中。

"对！去夏家要人！"

她觉得，高健和夏家是有交情的，不好和他们对质。夏家能瞒得住他们，却决计是哄骗不了自己的。

陈母一把拉住高母，很激动地说道："走！带我去夏家。"

高母自然是对这等挟持不乐意的，她手一甩，挣开陈母。

"别傻了好不好，你这样也解决不了问题的！"高母毫不客气地说道。

"不管怎么样，我一定要去一趟夏家！"陈母很坚持。这种不到黄河心不死的心态恰是她焦虑心情的真实写照。

"我不是不带你去，但是你这样只会给高健添乱！"高母坚持着自己的立场。她的心中虽满是对小雪处境的忧虑，却也很心疼自己儿子眼下的处境。自从上次在夏家的拜访后她就已想通，作为家庭的老人，最该做的便是耐心些，不给孩子们添乱。她始终坚持着这点，立场也与高健保持着一致。也许这是她能做的全部了。

"高健，高健……我看应该清醒的是你！靠他就能找到小雪吗？又不肯报警又拿不出好办法解决问题，我看啊，还得去找夏家！你们拉不下面子，我来当这个恶人总行了吧！"陈母言辞没有半点儿退让。

高母一时间竟不知道该说什么好。而陈父在房间里躺着，远远听见两个人在争执，也拖着并不利索的步子来了客厅。"别闹了，这样闹也于事无补。"他有些无奈。

陈母理也不理会他，依旧抓着高母不依不饶："反正，这趟要是不去，我是不会甘心的。"

她一把抓住高母的手，顺势便往门口走。高母也随着她不由自主地往前走了两步，下意识地想甩开她。但陈母显得很坚决，高母的手被紧紧抓住，两人拉扯着打开房间门，消失在了楼道中。陈母也不知道自己哪来那么大力气，就是不容高母挣开。

陈父拖着还有些蹒跚的步子想要上前追赶，可是毕竟无能为力，只能眼睁睁看着两人离开，很是无奈。他回过身去，拿起手机，事已至此，只好找女儿求助了。

6. 四目相对的那一瞬间，吴明觉得自己的心被狠狠地抽了一下……

陈楠动作有些木讷，她端起酒杯大口大口地痛饮，妄图冲淡锥心刺骨的痛感，可是这酒并不醉人，虽然她真的好想大醉一场。

电话铃声突兀地响了起来，一看，是父亲打来的。

挂上电话，向桌面丢了钱，陈楠头也不回地冲出了餐厅。不远处一辆出租车驶来，她拼命地招手，可是很不幸，那车居然没停。陈楠这才想起，正午了，正是这个城市出租车换班的时候，哪有那么简单打到车。接下来的等待时间里，陈楠悲哀地发现，自己不仅是打不到车，在这么繁华的地段，却是一时间连出租车的影子都没了的。她很无奈，自己的运气看来糟糕透了。

吴明在咖啡厅中注视着陈楠的一举一动，看着不觉感到好笑，看来陈楠今天的旅途充满了未知的悲剧呀，他忽而来了兴趣。

"何不去帮帮她呢？"一边想着，他也结账出了咖啡厅的门。

"嘿！"吴明高高地举起手，一边往陈楠站的地方走来。"陈楠！"他大声呼叫着。

陈楠这时也回过头来，一看竟是已经见过的吴明，连忙调整了下心情，以使自己的脸色变得好看一点儿。她挤出一个难得的笑容，面向向自己这边走来的吴明，"想不到你也在这儿。"

"嗯，还真是巧呢。"吴明回答着："我在附近来办些事，想不到在这儿都能碰见你，哈哈！"他关切地问，"你在这儿干吗呢？外头太阳这么大。"

陈楠有些尴尬地朝他抿了抿嘴唇，她有些无奈地说道："哦，我要打车，可是这鬼地方……"

"哦，这样啊，要不我送你吧，你要去哪儿？"吴明指了指身后，"我的车就在不远处。"

陈楠习惯性地推辞着："那多不好意思……还是算了吧，太麻烦了。"

"不麻烦，不麻烦，走吧，这样干等着多累啊。"

说着吴明便过来拉陈楠。那一瞬间，陈楠的臂膀接触到吴明的手指时，竟有种很熟悉的感觉。"错觉吧？"她心中想着，一边却中了邪般随着吴明挪动了脚步。

两人上了车，吴明问陈楠要去哪儿，陈楠给出了一个地址。

"真是太不好意思了，这么麻烦你。"

"去那个地方……"这回轮到吴明失神了，他心中念着。

"吴明？"陈楠盯着发呆的吴明，叫了一声。

"嗯？"他回过神来，一边发动了汽车，"很快就到。"他的声音突然变得很细，情绪有些波澜，而只有他自己知道那是什么。

车子转进巷弯。"你可真是个好司机啊。"陈楠打趣道，"这里的路可不是很好走啊。"

"哦……"吴明笑得暧昧，"这路我走过。巷子像个迷宫，没办法。"

陈楠点点头，不说话了。她知道目的地就在前方。

第 10 章　又闻老歌　　159

两人下了车便往夏家赶。隐约地,前面门口有两个拉扯的身影,陈楠一开始尚不确定那是谁,但心里已经有些不好的预感。

她一路小跑过去,而吴明尾随着她,却在接近那老房子的地方停住了脚步。陈楠继续前行着,终于,她看清了眼下的局势。

果然,一件大麻烦事。陈楠在心中叹息。

陈母双手紧紧地抓着夏母的手臂,在门口拉拉扯扯。陈母嗓门大,显得很是咄咄逼人,夏母的表情显得无奈极了,辩解却毫无用处。

"要么就交出小雪,要么就跟我们走,直到你儿子肯交人为止!"陈母大声吼着。

夏母努力着想挣开她,却毫无办法。高母在一旁劝阻着,可陈母哪里肯理会,依旧抓着人家的手不放。

"你这样才像是绑架犯!"高母冲上前去想分开两人,却一次次无果而终。

陈楠见状急忙跑上前去,急切地说道:"妈!你这是做什么!快放开夏阿姨!"

陈母抬头一看,见是女儿,手也不由松了下力。夏母趁势摆脱,站在原地与其对峙着,心中更多的是怒气。

吴明在远处观望着这一切,犹豫了很久,终于还是缓缓地往前面走来。

这时夏母抬头,看见了这个面生的年轻人,并未多想什么,只是四目相对的那一瞬间,吴明觉得自己的心被狠狠地抽了一下。原来,一切的一切,依旧如此的无可奈何……

第 11 章

心泪有痕

1. 抓到黄昌炎

吴明回到家后很长一段时间,脑海中依旧是刚在夏家经历的一幕幕。他释怀不了,这是事实。夏母的那个眼神彷徨而无助,刺得他内心生疼,他努力想要不再想。游戏远未结束,而他却没做好面对一切的准备。

火车站,天已近黄昏,高健和老黄在一起。手中拿的是小雪和夏志军的照片,这里人流量很大,可以问询的对象也就越多,然而高健其实心中也清楚,这样能找到线索的可能性也微乎其微。

"哎……"老黄叹着气,"明天再来吧。回去好好休息……这场仗可不是那么好打的,别先把自己给累垮了。"他拍拍高健的肩膀。

高健默默地点了点头,战友那边也同样没有消息。城市的灯火开始稀稀落落地亮起,点缀着越来越昏暗的天空,他向老黄说:"走吧。"一边落寞地转过身去。突然,竟然在此时,一个身影于前面的人流中闪过,让高健瞬时精神振奋!

周遭已经很暗了,高健有点儿怀疑自己是不是看错了,他想再细看看,那身影已消失在人群中。他心中一慌,"不行!不能让他跑掉。"于是拔腿便追了上去。老黄不知道发生了什么事,见高健这么慌张的样子,也不多想,就立马跟了上去。

高健心中惊诧,刚才那身影,像是黄昌炎!

挤进人流中,高健一边说着"对不起",一边继续搜索着。高健离那人越来越近,对!就是黄昌炎!

老黄一边向高健喊着"等等我",一边也无奈地在拥挤的人群中艰难前进着。碍着人群,他很快被高健拉开了距离。

再次追上高健的时候,老黄惊讶地发现他手中却多了一个人。高健正朝着那人吼:"说!你和夏志军到底什么关系!"

黄昌炎被吓得够呛,连说话的声音都变得颤抖起来,"我……我听不懂你在说什么……"

高健愈发愤怒起来,他咬紧牙关,拳头紧握,这时候老黄拦住了快要爆发的高健:"这里人多,走,换地方!"

"老实点儿,不然我弄死你!"军人的血性在此时显露无遗。那黄昌炎被吓得够呛。

高健打开车门,一把将黄昌炎推了进去,然后自己也坐在车后排座位上。他将钥匙扔给老黄,"这边你熟悉,找个地儿……"老黄心领神会地点了点头,然后坐在驾驶位上,发动了车。

黄昌炎吓得一句话也不敢说,他自知事情败露了。起先还觉得吴明叫自己离开是多心,这时才明白吴明的用意,心中满是悔意。然而事已至此,只好走一步看一步了,他们应该是不能把自己怎么样的,总之,黄昌炎有一点很清楚,要是自己出卖吴明,下场一定会比此时惨上百倍。

2. 眼见着黄昌炎消失在了灌木林中……

车停在一个很少人烟的地方，不远处有一座孤楼，老老旧旧的，高健一看就明白，确实是个审讯的好地方。车未停稳，高健就将黄昌炎推下了车。

"走！"高健大喝着，一边从背后不时推黄昌炎，两人开始往那废楼进发。老黄锁了车，也从后面跟了上来。

三人亦步亦趋着来到这座楼的第二层。这楼看来已经有些历史了，后面是茂密的灌木丛。楼亦修得很低矮，是以前的筑楼风格。

到了第二层，高健手往前一送，黄昌炎便跌坐在了地上。黄昌炎不无惊恐地回头盯着高健二人，"你……你们要干什么？"

"干什么？那得看你想让我们干什么了！"高健左手叠在右手上抱拳，一使劲，清脆的骨骼声响起。那在此时惊慌失措的黄昌炎看来，简直宛如丧钟一般恐怖。

"别！别打我！"黄昌炎抱着头，身体在地上蜷成一团。

"那你就给我老实说，你和夏志军到底有什么联系？他现在在哪儿？"高健咆哮着。

"我和他没什么关系啊！"黄昌炎哭丧着脸，为自己做着争辩。

"哼！"高健冷哼一声，当即冲了上去，想要教训一下这家伙，却被老黄一把拦住，"冷静点儿！"

高健头侧向一边，努力让自己的情绪稳定些。剩下黄昌炎在地上瑟瑟发抖。

"求求你们放过我吧，我真的什么都不知道！"面对凶神恶煞的两人，他依然十分害怕，但眼下似乎只有靠求饶来争取机会了。

第 11 章 心泪有痕

"你最好老实交代！"老黄也朝着那家伙吼起来："说！夏志军现在在哪儿？"

"我……我真的不知道啊！"

"你找死是吧！"高健几次都在失控的边缘。

老黄尽力稳住高健，不叫他下手打人。但显然这叫黄昌炎的家伙不是什么老实人，这样问下去也自然不是办法。他哪里晓得，其实黄昌炎这家伙不过鼠辈一个，只是出于对那个名字的恐怖。夏志军……绝不仅仅只是高健一人的梦魇。

"你们就是打死我，我也没话可说啊！求求你们了！放过我吧！上次对你说谎，可我也是被逼的呀！"老黄哀求着，声音中都带着哭腔。

高健只觉血气上涌，他一把挣开老黄的手，居然径直扑了上去，一拳便打在了黄昌炎的脸上。

"别这样！"老黄赶忙跑过去，从后面抱住高健，防止过激的他再次下手。高健那一拳不轻，打得黄昌炎耳朵里嗡嗡作响，脸上的淤青很快浮出表皮，疼得他咬牙切齿。

高健压抑不住此刻的心情，还想出手，但老黄哪里敢放开他，两人纠缠在了一起。

"老黄你放开！我打死这王八蛋！"高健大声叫嚷着。

"别这样！这样解决不了问题的！我们现在是在犯罪啊！"老黄无奈地劝解着。

"他妈的，我打死这混蛋也不算有罪！小雪还在他们手上啊！"高健彻底失控了。

黄昌炎见两人这样，一个危险的念头闪过他的脑海之中。

"不行！我得逃掉！"倘若说出了什么，吴明是绝对不会放过自己的。黄昌炎打了个寒战。眼前的两人依旧还在纠缠，这是唯一的机会！

黄昌炎突然起身，撒腿就跑。

这一幕让高健两人很是意外，他们反应过来便一起朝黄昌炎追来。

黄昌炎大叫不妙，眼看着没路了，心一横，竟然跳下楼去了！

"糟了！"高健心中大叫，显然是没料到这一幕。两人相视愣了一下，俯身在护栏上，见黄昌炎已经跳到了地面，似乎并没有受伤，爬起来就往后边的灌木丛中跑。高健也一跃下去，想追上黄昌炎。老黄目瞪口呆地盯着这一幕，眼见着黄昌炎消失在了灌木林中……

3. 再让我看到你，砍掉你的腿！

许久，高健垂头丧气地折返了回来。老黄一看就明白。

"逃了？"老黄不无歉疚地说，假如不是他拦着高健，也许就不会发生这种事了。

"逃了。"高健脸上满是落寞。他不怪老黄，他只怪自己不够冷静。好不容易找到线索的游戏又出现了逆转，他此刻的心情相当复杂。

"不过，捡到了这个。"他一扬手，映入眼帘的是一部手机，"那家伙掉的。"

夜已深了。四周黑漆漆的，透露着阴森的氛围。

电话响起的时候已是深夜了，吴明迷迷糊糊地摁亮了手机，时间显示凌晨两点，号码是陌生的。谁这么无聊？吴明按下了接听键，却发现那头传来了黄昌炎的声音。

黄昌炎站在公用电话前，腿还在不争气地颤抖着。"他们……他们找到我了！"他停顿了下，吴明那边没声音，只有不明就里的呼吸声。他补充道："不过，我逃了出来，他们什么都不知道。"黄昌炎心中紧张，现在与自己通话的人，比高健恐怖了百倍。

"你在哪儿？"吴明的声音冷得出奇。

黄昌炎告知了他的位置，然后就在电话亭的旁边坐下，风吹来的时候居然感觉很冷，他裹紧衣服，这才发现自己已经一身冷汗。

"喂，于亮吗？"吴明一边穿着衣服，一边跟于亮打去电话。

"别废话，现在就过来。"他的语气不容商量，一边挂断了电话，一边已经出了门。晓晨在另一个房间熟睡着，吴明动作尽量轻一些，没有吵醒她。

那电话亭在高速路旁，吴明很容易发现了黄昌炎。

黄昌炎见吴明来了，赶忙起身，一边拍着身后的尘土，一边在脸上堆笑。吴明从车上下来，然后径直朝他这边走。

"您不必……"黄昌炎刚开口，脑袋又是一紧，这才反应过来自己额头上又挨了一拳。他痛苦地呻吟了一声，不料紧接着的一脚居然踹上了自己的胸口，一个趔趄，黄昌炎向后被抛了出去。

嘴里有腥味上涌。吴明下手太狠了，黄昌炎痛得说不出话，眼看着吴明又朝着自己这边来了，竟下意识地要往后滚，样子甚是狼狈。

"别打了！求求你别打了……"黄昌炎声音中带着哭腔求饶。

吴明这才罢休，一把将他拎起来，然后抓住黄昌炎的衣领道："不是叫你给我离开了吗？妈的！差点儿坏了我的事！"

黄昌炎很委屈，"就是准备要走的，运气差，居然在火车站被逮着了。"他眼神哀怜地看着吴明，希望他能对自己网开一面，"我保证没出卖你！"

吴明手一耸，将黄昌炎重新放倒在了地上。黄昌炎"哎哟"一声，也不急着爬起来，生怕吴明会再有新的动作。吴明叹了口气："最好这样，不然你就等死吧。"他啐了口唾沫，然后叉着腰，来回走动起来，像在等待什么。

一束灯光照了过来，紧接着是汽车引擎声。黄昌炎条件反射地捂着眼睛，不知道又是谁过来了，心却是没来由地紧张起来。

那是一辆显得有些老旧的吉普，来的人正是于亮。

熄了火，于亮一个跃身从车上跳了下来，看见吴明，于是迎了上来。他心中不解为什么这种时候吴明会把自己给叫来，但他也并没有想得太多。吴明的命令，他从来不敢迟疑。

吴明见于亮过来，招了招手，"这家伙交给你了。"

"叫我怎么做？"

"塞后备箱，出城。"他又转过身来朝向黄昌炎："再让我看到你，砍掉你的腿！"

"是！是……"黄昌炎犹豫着站起来，小心翼翼地告诉吴明："我手机掉了……逃跑的时候没注意……"

吴明脚狠狠地跺了下地面："快给我滚！"

话音刚落，手机响了起来。吴明看着屏幕上显示的联系人信息，眉头不由紧皱……

原来，不甘心的高健把老黄送回去之后，就一直拿着黄昌炎的手机，按着电话本上的号码一个一个地打，他想这样总能找到夏志军的号码。只是试了很久，似乎仍没有找到。他不放弃。

吴明挥了挥手示意于亮先走，然后自己按下了接听键，犹如一种挑衅。

"喂？"高健重复着这个招呼。

没有回复。高健疑惑地看了一眼屏幕，显示接通。高健心中一个激灵！

"喂！"

对方显然是在听的，可是就是不吭声。信号显示满格，高健意识到了一切……

"夏志军！对不起你的人是我！有什么冲着我来！孩子是无辜的！"

高健在电话那头疯狂咆哮着，吴明拿着手机听着，面若冰霜。

"说话啊！你想要怎样？放了小雪，我什么都答应你！说话啊！"依旧没有回音，除了一声哼声似的鼻息。高健知道对方是不会回他半句了，而这样僵持着自己也拿夏志军没辙，情绪爆发。他将手机狠狠地甩向前面杂草丛生的空地上，然后蹲下身子，居然掩面哭泣起来。

吴明放下手机，也陷入了深思之中。这种感觉来得莫名其妙，对方的痛苦异常逼真地出现在自己的感知之中，让他居然有些不适。他盯着那屏幕发着呆，也就在此时，吴明的另一个手机响了起来。

他把原先的那部随手扔掉，然后从口袋中掏出另外一个来。打电话的人仍旧是高健，他努力稳了稳自己的情绪，开始通话。

"有时间吗?"高健的声音显得低沉和痛苦,全然不似平时,甚至有些哽咽。

"嗯?你怎么了?听声音好像……是不是发生什么事啦?"

"哦……没事。"高健拭去眼角不争气的眼泪,"就是想找个人喝两杯。"

"你在哪儿?"吴明轻声问道。

夜色如墨,阴谋在黑暗中挣扎……

4. 这场恶架是非打不可了

两人碰了头,然后即刻往市中心开。

"找间酒吧?"吴明提议道。

"嗯……不好意思,打扰你休息。"高健莫名地觉得吴明有一种难以言喻的亲切感,便打了这通电话。吴明没有一点点不乐意的意思,这给了高健很大的安慰。

两人坐在酒吧,开始豪饮。高健借酒消愁,吴明也不甘示弱似的陪着高健猛喝起来。两人的酒量都挺惊人,很快几瓶酒下肚。高健找到知己,只想好好宣泄一下心中的郁结,他没来由地觉得吴明是个能当兄弟的人,虽然见面并未太久,但他们却一见如故。

"你不知道,我有多没用!"高健将手中酒瓶往桌上一甩,"我他妈的连自己女儿都保护不了!"说着,他低下头,仿佛眼泪又要往下掉了。他狠命地忍着,随即喝了一大口酒,连声叹着气。

吴明没说话,他不知道高健居然会向自己吐露心声,于是将手中酒杯与高健的一碰,陪着高健继续痛饮。这不就是自己想要的结果吗？然而心里却没有预想中的快感。高健垂着头，嘴中喋喋不休。吴明渐渐听不清他在念叨着什么，只好默默地拍着他的肩膀。

"喂！哥们儿！老婆跟人跑啦？"对面桌上的一个光头花衬衫的胖子朝向高健这边，语气中满是戏弄的意味，那胖子周围的几人都大笑起来，甚至有人吹起了口哨。

这种时候会来这种地方混的人多半是些来路不正游手好闲的家伙。对面桌上一共六个人，除了那花衬衫胖子，剩下的都是些膀大腰圆的壮汉。他们将脚高高地撂在桌上，一边抽着烟，一边喝着啤酒，兴致满满地欣赏着高健的悲伤。

吴明本不想惹麻烦。高健不同，原本他就一肚子火没处发泄，见到这架势又哪里肯退让。胖子仗着他们人多，把他俩当笑料，"哎哟呦，生气啦？哈哈哈……"几人又开始笑起来。高健从桌位上站起来，头缓缓地抬起，众人一眼望见那凶恶的几乎要滴出血的眼神，心中不免一惊，心想这小子莫非找死不成。

"你他妈的看什么看！"胖子绷紧原本嬉笑着的脸，一脸嚣张地看着高健。

高健不说话，只是朝这边一桌缓缓走了过来。吴明一见这架势，心中明白这场恶架是非打不可了。

胖子有些心虚，他其实只是想戏弄下这家伙为大家找点儿乐子罢了，却不料这不要命的家伙居然同自己较起真来。高健朝着这边毫不顾虑地走来，胖子旁边一个壮汉于是也跳了起来，伸出右手要去拦他，一边也凑上前去了。

高健没有退让半步，趁着这紧张的气氛居然还迎上去了。

"你他妈的给我站住！"那壮汉朝高健大声吼着，已经伸手要来推人。一旁的吴明见剑拔弩张,于是也起了身。

未及那只手碰到高健,高健已经一个闪身绕开了那家伙的推搡之势,并顺势钳住了壮汉的手腕,紧接着腰部一用力,上身顺势一带,居然将那壮汉甩了出去。壮汉立刻失去了平衡,不由自主地被甩飞,不偏不倚,身体正好砸在了他们六人的餐桌之上。那桌子亦被撞翻,上面的酒水全都倾倒出来,洒了那几人一身。

"哈哈!来啊!让我好好教训下你们这群垃圾!"高健变得癫狂不羁起来。

吴明身在高健侧翼,也眼疾手快地抓住一个朝高健扑来的家伙,居然在一瞬间便将那人制伏了,身手丝毫不比高健逊色。几人见同伴吃亏,哪里肯服,于是一齐冲了上来。高健和吴明丝毫不含糊,出手也算狠的,几乎一拳一脚一个,眨眼工夫,六个人居然都躺在了地上。

高健一把抓住那胖子的衣领子,然后将那副凶神恶煞的脸贴近那胖子濡湿的面庞,冷冷道:"你刚才说什么……"

"没……没说什么……"那胖子早被吓得不成人样。

高健捏起拳头又准备给他一拳的,不料此时酒吧门外突然出现了隐约的警笛声。那挨揍得六人显然对警察更敏感,不知是谁喊了句:"快跑!警察来啦!"然后六个人便连滚带爬地逃出了酒吧门外。

吴明见状也拉起还有些癫狂未消的高健,喊了声:"走!"也往门口冲了过去。高健被吴明带得一个趔趄,居然还惦记着桌上的那半瓶啤酒,被他拿了,然后两人冲进了夜幕之中。

第 11 章 心泪有痕   171

5. 你真像我的一个朋友……

一路狂奔，凌晨的夜色浓得可怕，简直连呼吸的都是黏糊糊的黑暗。高健停不下来，只觉得这样急速地在无人街道冲刺能带来种难得的快感。

"喂！你慢点儿！"吴明在他身后辛苦追着，越来越觉得费力。而高健丝毫不介意透支自己的体力，他需要发泄。

终于慢了下来，高健停止了奔跑，大口大口地喘着粗气，感觉连肺都生疼起来。吴明也累得够呛，慢慢走上前，然后两个人一起半蹲着大口呼吸。感觉好些了，两人便就着路边的水泥地坐下，高健右手举起酒瓶，喝了一大口，然后递给吴明："给！"吴明也不客气，抱着酒瓶就开始猛往肚子里灌。

"哈哈！"高健突然大笑起来，"爽啊！"黎明前的黑暗，恰在这时候最为浓烈。

吴明也呵呵笑起来，自叹今日的遭遇，确实令人哭笑不得。他又大喝了一口酒，摇了摇头，便将酒瓶递了回去。

"你真像我的一个朋友……"高健有些动情地说道。

吴明不由心中一怔，"哦……是吗……"

"嗯。那人你大概已经知道了，他叫夏志军。"高健盯着酒瓶，慢慢陷入了深深的回忆之中。

高健的情绪又慢慢地变得无法抑制，他啜泣着，声音也变得断续……"都怪我……都怪我……"他捂着头痛泣起来。

吴明低着头，不知出于什么感觉，竟然连看他的勇气也再没有。

高健似乎醉了，抱着酒瓶的手有些不稳。那瓶子里显然已经没酒了，可是仍旧一遍遍地被高健放到嘴边，又拿下。

"是我害了所有人，是我害了志军……"

俗话说：男儿有泪不轻弹，只是未到伤心处。这样的描述放之高健身上尤其准确。高健此时早已泣不成声了，他记得上次这样还是出了那事的时候，时隔这么多年，想不到还是摆脱不了那场意外的梦魇。夏志军要来报复自己本是情有可原的，他愿意用自己来偿还，只是绝不能容忍他带走小雪罢了。

吴明眼睛直勾勾地盯着脚下的地面，心中复杂的情绪翻江倒海。往事如烟，却渗透了他心的每一寸角落。悬在记忆的长河中品味过往悲哀的不止高健一人，一行热泪划过脸颊时他竟然那样的猝不及防。泪滴砸在水泥路面上，和着灰尘滚成一团泥丸。他赶忙用手拭了拭眼角，低着头，并没有被高健发现异样。

6. 为什么就是不肯要我！

吴明一把扶起高健，他决定带着高健先回自己家再说。看高健的眼神已经不知不觉间发生了变化，变得温和了很多。高健一直不停地自己絮叨着，回到了吴明的住所。

瘫在吴明家的沙发上，高健并没有太多动作，一副了无生气的样子。晓晨被两人吵醒，也走到了客厅里面，一见竟然是先前见过的那陌生人，只是仍旧不由得惊讶：从前这个虽显得有些憔悴但是英气逼人的男子何以变成了这样？她不得而知，也不明白为什么吴明会把他给带到家里来，刚要发问，便看到吴明打起了电话来。

"喂，老公？"电话那头传来陈楠慵懒的声音。

第 11 章 心泪有痕　　173

"哦,你好,我是吴明。高健他喝醉了,你能来一趟吗?在我家……"吴明对着电话说道。

深夜死寂的城,隐匿着躁动。陈楠叩开门的时候高健已经瘫在沙发上睡着了,吴明则一直守在他旁边,而晓晨先去睡了。

"他情绪很不好。"吴明看着陈楠的眼神有些别样的意味,但陈楠并没有察觉什么,她所注意到的是高健脸上尚未褪尽的泪痕。

心被狠狠地砸了一下。陈楠从来没看见过丈夫这样。如今心如刀绞,她轻轻走过去,扬起手,拨开高健眼际一束被泪水沾湿的头发。

"谢谢你!"她朝向吴明,"家里已经够乱的了,我更担心,要是老人们看见我丈夫这样,还不知道会怎样想呢。"吴明轻声道:"没事,你们要是不嫌弃,今晚就先在这住着吧。"

吴明不知道自己的心态何时发生了这么大的转变。然而看着高健的样子,想起刚才在街道上的奔跑,想起那一只只豪饮后的空酒瓶,他忽然发现心底那方原本被仇恨占据的地方变得稍稍柔软了些。自然还是有恨的,"一切都在计划之中。"吴明自我安慰道,"今天就卖你们一个人情吧。"他心中想着,却发现居然有些淡淡的伤感。

吴明和陈楠一起搀扶着高健走进自己的房间,然后自己也到了另一个房间里面,那里晓晨正在休息。她睡得很浅,立马便被进来的吴明吵醒了。吴明坐在她的床边,吻了一下她的额头,但并没有要上来睡的意思。

他起身要走,但晓晨却一把抱住他。"亲爱的,别走,留下来陪我……"她的心扑通扑通跳着,吴明感觉得分明。炽热的爱晓晨给了太多,然而吴明却一直是老样子。"听话……"吴明轻轻挣开晓晨的手,"好好睡吧。"

"可我是你的人啊……为什么就是不肯要我！"假如不是家里有客人的话，晓晨恐怕已经大声喊叫出来了。她心中深爱着吴明，名义上也确实是吴明的女朋友。吴明对她不是不好，只是一直是一副不温不火的样子，她不明白。

　　吴明轻轻叹了口气："别闹了，已经很晚了，我就在外面。"说着吴明往晓晨房间的门外走去。

　　"我爱你！"晓晨望着吴明的背影，声音很落寞。

　　"我也爱你……"吴明却头也没回地出了房间。晓晨呆呆地站在原地，心有些疼痛，却又似乎早已习惯。

7. 自己准备了这么久，不就是为了今天的一幕幕吗？

　　在沙发上躺下，从这个角度可以隐约见到高健住的那个房间的一小片地方。夜已经深了，可是吴明睡不着。

　　他想起过去的一些事情，他在努力审视自己的内心。

　　仇恨，真的正确吗？复仇，真的快乐吗？不择手段地复仇，真的有快感吗？

　　是的，自己几乎已经完胜了这一场游戏，可是吴明心中却仍旧没有一丝快感。旷日持久的阴谋让他无比劳累。他想着许多年前高健那副乐观开朗英俊不羁的样子，又想起刚才在街道上高健落魄的表情……是自己赢了吗？不见得吧。这场伤害与复仇的游戏，最终无人幸免。

　　不过是悲剧的早到与迟到的区别罢了。他知道自己所承受的早已挽回不了，他知道即使是将他们彻底毁灭掉，那又能怎样？回忆让他跳不出那处往昔的记忆深渊，使得他在很长的一段时间里都只有复仇这一个念头。他以为自己已经足够恨了，然而今天他开始怀疑起自己。在面对那么脆弱和不堪一击的高健时，自己为何不能保持最合适的冷漠？不是一直想见他那副样子吗？不是要毁灭他们的幸福吗？他甚至找了自己并不爱的晓晨做自己的女友，倒不如说是掩护。也情愿与于亮、黄昌炎那样的货色为伍了。自己准备了这么久，不就是为了今天的一幕幕吗？

吴明头好疼，心中的念头彼此不妥协，搞得他心神不宁。他猛地敲了几下脑袋，"果然还是没有做坏人的天赋吧？"眼前便是仇人的所在，可是关键的恨意却打了退堂鼓。

同样未眠的还有陈楠，她侧着身体看着酣睡的高健，眼眶湿了。她虽然不知道丈夫此刻到底是有多累了，但她绝对想象得到他的辛苦。印象中的丈夫从不曾表现得这样子，他是一个硬汉，什么事都只肯自己独自扛，但绝对不会叫一声痛，可是此时……陈楠的眼泪一滴一滴往枕头上砸着，可她不敢出声，只是怕吵醒丈夫。

愧疚，心疼……陈楠犹豫过好多好多次，该不该把那个秘密告诉给高健听。他付出的太多了，可是倘若他知道真相？陈楠不敢往下想。她情愿这是个能永远埋藏在地底的秘密。事已至此，自己仍旧有那么多事瞒着高健，这让她有些无奈。毕竟夏志军很有可能只是冲自己来的吧，毕竟……陈楠摇了摇头，将脸埋在枕头里。

高健此时翻了个身，碰到了陈楠，立马醒了过来。高健惊讶地发现陈楠仿佛是刚哭过的，心中很是心疼。"怎么啦？"他声音很轻，亦很温柔。

"没……没什么……"陈楠仓皇地抹着泪水，心情却愈发被那悲怆的情绪所渐染,鼻子一酸,又要哭出来。高健紧紧地抱着陈楠,"老婆,没事的,有我在……"

两人相拥着,自此无眠。话不很多,但足以抵御一下这刺骨的深夜寒意。

客厅里,吴明冷冷地注视着这咫尺之隔的故事,心中有什么,在重新逐渐变得坚硬。

你们,将要为你们做过的事,付出代价!……

第 12 章

我心依旧

1. 这次回来，他只有一个目的

一夜过后，高健这才发觉自己全身酸疼得厉害，幸好脸上没伤，不然家中的老人又要操心了。陈楠轻轻揉着一处有些肿的伤处，"疼吗？"高健皱着眉说"不疼"，然后对着她笑。陈楠很是心疼。

此时的吴明，一夜未睡，正坐在电脑前处理工作，好像没有注意到从房间走出的二人。晓晨在厨房准备早餐，看见高健和陈楠，礼貌地笑着招呼："起来啦？早餐马上好。"

陈楠挽着高健的手，也向晓晨笑着道："不用了，我和高健也要早些回去，真是太谢谢你们了。"然后目光移向吴明。这个似曾相识的男人……吴明依旧在键盘上敲敲打打，像是入了神没听见她们说话的样子。晓晨很热情地说："都做好了，吃了再走吧？"

"不用了，已经够麻烦你们的了。"陈楠坚持道。高健看着吴明，想道句别，又怕打扰他工作了。此时吴明转过身来对着晓晨说："别为难人家了，以后机会多的是。"

高健为人憨厚，听不出话里的异样。陈楠心中微颤了一下，马上说:"嗯,那我们先走啦。以后有空儿再聚吧。"说着拉高健一起往门外走去。

吴明压抑着心中的那口怒火,轻声说了句"再见",甚至连头都没有回。

门关上时发出清脆的声响,晓晨呆呆地在原地看着关上的门,有些不知所措。她看着连后背都冒着冷气的吴明,想起他们的第一次相遇,那个冷漠的男人几乎是在瞬间便俘获了她。那个时候只能苦苦等待着,想他究竟要到什么时候才肯向自己表白。终于那一天她等到了……在他们搬来这边的前一周,吴明突然对晓晨说:"从现在开始,做我女朋友。"那是一种怎样高高在上的王者气呀,几乎不容人辩驳。但晓晨也没有多问,她幸福地哭起来:"好。"

然后他们来到了这里,晓晨却有些难过,她只拥有"女朋友"这个名义,吴明碰都不碰她一下。

只有吴明自己知道,晓晨存在的理由只有一个……他清楚晓晨对自己的情意,但他不愿再爱了。许是怕了,许是失望透了,他不在乎,这次回来,他只有一个目的。

2. 我有小雪的消息!

高健和陈楠并肩走在路上,苦难让这对夫妻更加彼此依赖彼此珍惜。

两人慢慢地走到了自家楼下的花园,陈楠首先发现了楼梯口站着的那个熟悉的身影。

"紫涵!"陈楠挥着手臂打招呼。

第 12 章 我心依旧　　179

张紫涵也伸出手来，象征性地挥了挥。她其实很早就看见了高健和陈楠两人……她的心中有些小哀伤：为什么那个挽着他的人不是自己？

"你怎么回来了？"高健凑上前去问，"你不是在香港吗？"

"哎，别管那些了。我有小雪的消息！"张紫涵切题。

"什么？"陈楠和高健几乎同时叫了起来。这个消息简直像一针兴奋剂，让夫妻俩的心情瞬时沸腾了起来。"走！找个地方谈。"他们想暂且还是先避开家中的老人们。

三人就在花园中的长凳上坐下。这个时间，人影儿还很稀疏，清晨的露水还逗留在植物的叶片上，偶尔淌下来。石凳有些濡湿，但他们全然不顾，焦急的心情占据了所有的注意力。

"有网友在我的网站上发了帖子，讲的是警方的一个打拐行动。我仔细留意了下，发现那事情就发生在这个城市！还是不久前的一件事，警方端了一个人贩子的据点，是城市边缘的一个废弃仓库……"张紫涵想着尽量讲得详细些。

"人贩子……这和小雪有什么关系？"陈楠和高健心中有一样的疑问。

张紫涵继续说："可是警方没有抓获犯罪团伙，他们在警察来之前转移了，而且带走了一部分孩子。"说到这里，她眼神有些迟疑地看向高健，她怕高健情绪不能忍受。

陈楠默默摇着头，他们心中都清楚，小雪是被夏志军拐走的。

"警方解救了一大批被拐儿童，之后警方通过那批儿童了解到了一些其他失踪儿童的信息……"她声音变得迟疑，"我对比了一下警方发布的线索，发现有个被犯罪分子带走的小女孩儿……很像小雪……"

"不可能!"高健立即反驳,"事情都已经很清楚了,小雪是被夏志军带走的,不关人贩子什么事!"

"可是……"

"没什么可是的,我知道夏志军,他即使再怎么恨我也不可能那么丧心病狂!"高健情绪再次激动起来。陈楠此时也坚定地抬起头:"对,他不能做出这种事!"她和高健一样,心中都早已对这件事有了定论。

张紫涵摇摇头,还想再辩解什么,但想想却作罢了。她自己也不敢肯定通过那线索就能确定那女孩是小雪,况且假若是真的话,这样的结果对高健夫妻俩来说无疑是晴天霹雳。她望着情绪激动的高健,"我也不是很确定……只是多留意了一下。"

说完这话,张紫涵便起了身,"好啦,你们也先回去吧。我得走了。"说着招了招手,便提着包往自己车的方向走了。高健和陈楠继续在花园中坐了许久,显然,即使是个看似"很不靠谱儿"的消息,也足以扰乱他们的神经了,毕竟事关小雪,他们想不敏感都难。

3. 志军……真的干了那种事吗?

张紫涵当然不会就此罢休。作为记者,她知道任何一个可能性都不应被忽略,更何况……更何况,她自己真的觉得……那小女孩儿的特征和小雪实在太相符了。

"小林吗?"张紫涵拿着手机。

"嗯,紫涵啊?找我有什么事?"一个男人在电话那头回答着。

"还能有什么事……想叫你帮我查个东西。"

"哎呀,你的东西可算是最难查的了……说吧,什么?"

"那场案子你听说过了吧?特大儿童拐卖案。"张紫涵说。

"嗯,不是告破了吗?"

"没有。嫌疑人没抓到,还有一批小孩儿也没被解救……"

"靠!那些官方的媒体永远都只报道正面消息,说警方又解救了多少孩子……我还以为人都被抓了呢!"

"不跟你扯了……"张紫涵言归正传,"其中有个小女孩儿,我怀疑是我一朋友的女儿,但不确定。你帮我查下……她叫高雪,今年六岁……"张紫涵描述着小雪的信息,然后补充道:"必须给我查到!"

张紫涵心中隐隐觉得事情真的不容乐观了。当初她听到这个消息后是立马飞来这里……其实她也不想给高健带来的是不好的消息,但倘若是真的,高健也只能面对现实。

同样心事重重的高健陈楠夫妻俩也往家里走去,两人手相挽着,给彼此依靠。"共患难"在某种程度上增加着两人对彼此的依赖感,这却是吴明所不曾料到的,人类的情感远比他所想象的伟大坚硬。

高健正准备叩门,却发现屋内传来了争吵声。陈母的嗓门大,吵闹声不绝于耳。陈楠大叫不好,紧接着高健拿出了钥匙,自己打开了门。接下来的一幕着实让夫妻俩惊呆了,不过一夜未归,想不到家里已经发生了这么多事。他们心中暗暗叫苦:家里的老人们就不能安生点儿吗?

夏阿姨斜着身子被放在沙发上,手被反缚住,一脸痛苦的表情。

她没哭，想着志军，她觉得自己应该为儿子承受些什么。高母在一边急得直跺脚，又不好跟亲家母闹翻，只好无奈地看着这一切发生。"哎哟！你们可回来了……"高母一见高健陈楠两个便跑向门边去迎接。

陈楠也是惊讶至极，见着夏阿姨的样子，心都彻底凉了。她冲过去，想要解开夏阿姨，却被自己母亲拦住。"你们谁也别管！"陈母气急败坏。在高健和陈楠回来之前，她已经对夏母施行了多次"审讯"，但终于还是无果而终。"真会演……"陈母心中暗骂。

"妈！"陈楠显得很是生气，"这关夏阿姨什么事！"她嗓门提得很高，想叫醒被愤怒和急切冲昏了头的母亲。陈母依旧不肯放手，拽着陈楠不肯让她过去。夏母坐在沙发上一声不吭，面无表情，但没人窥得到她的悲哀。

陈楠也渐渐地愤怒起来，当然这种愤怒是针对自己母亲的。"您就别添乱了。行吗？"陈楠话说得毫不客气。

高健有些担心，这场家庭矛盾正在逐渐地变成现实。如今麻烦缠身，这种事恰恰是最不该有的，可是却又难以避免。焦虑能催生不理智。他知道丈母娘怎又可能是那么容易听劝的？更悲剧的是自己甚至不适合参与这场争执，只能让陈楠来处理母亲的失控了。他摇着头，心情很坏。丈母娘已经对自己满肚子埋怨了，高健唯有用沉默来回应一切。他看着身子半斜在沙发上的夏阿姨，心情十分沉重。

"妈！不管你是怎么想的，但绝对不可以这样！这是犯罪啊！"陈楠朝着母亲大吼起来。

"我不管！她儿子做了坏事，那她也有责任！除非她儿子把小

第 12 章 我心依旧　　183

雪给我还回来！"陈母一意孤行。

陈楠见母亲根本就不会听劝，于是也干脆不说了，推过母亲就往夏母那边走。"诶！你干吗啊！我说过……""我不管你说过什么，但我说一句，你只是在添乱！"陈楠再也不客气。陈母愣在原地，她料不到自己女儿居然会向自己说这种话。

陈楠解开了夏阿姨，然后想搀起她，可是夏母的腿发软似的站不稳。夏母的情绪没有她表面看起来的这般平静，她的心如死灰。

"志军……真的干了那种事吗？"所以，她不抗争，任凭陈母拉扯和捆绑，她一声都没吭过，也不反抗。"志军，为什么呢……志军……"她的心中只有自己的声音自言自语，她听不清别人在说什么。

"让我一个人走……"夏母低声说。

"可是……"高健和陈楠都放心不下。

"别可是……让我一个人静一静……"夏母简直是在哀求。高健和陈楠读得懂那种心情。"好吧，阿姨，注意安全……"

陈楠一直对母亲生着闷气，一直不肯罢休。而陈母自己还感觉委屈，哪里肯承认过失。小雪至今毫无下落，这家里不管是谁都不想有个安生……

4. 可是吴明为什么还要如此关心这个孩子呢？

"吃饭了，亲爱的。"晓晨努力消除掉自己刚哭过的痕迹，然后朝吴明喊道。吴明头也没抬，"你先吃吧，我现在还有事。"他的电脑屏幕上显示的信息正是那起儿童绑架案的相关信息。"那个……小女孩儿……"吴明突然感觉眼熟,他皱着眉头快速翻阅着新闻,心中有些不明就里的紧张。

邮件终于有了回复。他盯着屏幕上的那一问一答,心神不宁……"没事啊……是我想多了吗……"

联系人显示的是于亮。

"你将那女孩儿送到哪儿去了?"

"B 城,按你的吩咐找了户好人家。"

"最好这样,不然你应该知道自己的下场。"

"老大,你是知道我的。我没那个胆子。"

"嗯。事情还没过去,小心行事。"

……

吴明背靠着椅子,双手放在后脑勺儿,长长地舒了一口气。但心中老是有种异样的感觉,他说不清楚那是一种什么心态,"也许是看见了脏东西吧。"他冷笑一声,想起昨夜见到的那一幕幕,顿时觉得火大。

晓晨站在厨房的一角,身子斜倚在门边,一边看着吴明。"为什么总是这么冷漠?"她强抑着泪水,低下头,努力掩藏着悲伤的神色,然而现实是吴明甚至都没往这边看上一眼。她落寞地转身,不,不甘心……"吴明?"

"嗯?"吴明终于将头偏了过来,亦发现了晓晨脸上的异样。"怎么了?"他从电脑前站起来,走过去,然后伸出手来理了理她的头发。

晓晨的情绪终于爆发。没说话,两行泪兀自流着,再也止不住。吴明见状倒也没有多话,"走,去吃饭吧。"

晓晨捂着眼睛跑向了房间里,吴明被这突如其来的情况弄得莫

第 12 章 我心依旧 185

名其妙。"今天这是怎么了，她？"他双手一摊，无奈地走进了厨房，饭菜还热着，他盯着这满满一桌菜，忽然间也没了食欲。

于亮心事重重地关上了电脑，刚刚和吴明的一问一答让他冷汗直冒。吴明为什么会怀疑这个？他不知道。然而他向吴明说了谎，虽然是迫不得已……自己亲手把那女孩儿交给了王大志那个人贩子，之后两人也是井水不犯河水，所以于亮并不知道自己"债主"那边发生了什么。"接下来的事都与我无关。"这是于亮的心态。可是吴明的一番问话着实让他紧张了起来，难道吴明察觉到了什么？不可能呀……吴明显然是不确定的，只是随口问问？但愿如此……

可是吴明为什么还要如此关心这个孩子呢？绑架明明就是他自己的意思啊……他百思不得其解。印象中的吴明从来不是什么善类，不应该是关心那小女孩儿的死活，难道是遇上麻烦了？难道是王大志那边出了事牵扯到自己这边来了吗？不可能呀……他只是个为吴明卖点儿苦力的人，只是顺手捡了点儿便宜还了债而已，想不到如今吴明的一番质问竟然让自己如此心神不宁。他拍了拍脑门，"去你的！"然后坐在沙发上，揉着有些酸疼的眼睛。

5. 夏志军要毁掉的不是高健，是这个家

吴明将电视打开，百无聊赖……晓晨的啜泣声不时从房间传来，闯进他的耳朵，他有些烦闷。他没有心思看电视，却能盯着屏幕发上半天呆。昨夜的事不受控制地砸进他的思绪之中，搅起不合时宜

的涟漪。他努力想要将那些无聊狗血的东西剔除，却成功不了。那记忆规劝着他，这让他的抗争变得痛苦无比。高健哭泣的样子至今存在脑海，上次见他那样已经是很久之前了吧。他冷哼着，却依旧骗不过自己的不适与哀伤。

"高健啊高健……"他轻声念着，"我会陪你玩儿到底的……你夺走了我的一切。"晓晨的啜泣声逐渐变得不明显，但依旧断续。吴明想着自己的事，自然依旧不理。她多希望吴明至少能在这时候冲进来，抱住自己，可是没有。吴明坐在沙发上，脚抬在桌边，竟只是自顾自地看着电视……难道，自己就真的如此不重要吗？

她是自然不知道吴明的心事的，也许，谁都不知道……吴明有时候自己都会迷惘，日复一日地报复背后，即便终于摧毁了自己想要摧毁的一切，自己又能得到什么呢？仅是一种复仇的快感？仅是如此而已吗？可是快感在哪里呢？看见高健崩溃的时候，看见陈楠哭泣的时候，自己的那点儿可悲的恨意却是如此容易动摇……然而却又是抛不开的。他看不惯高健陈楠两个人的幸福，那正是他所要毁灭的东西，也正是他们理应偿还之物。

这些天来局势大抵还在掌控之中，想到这儿，他心中不禁泛起一丝得意。就接着走下去吧，吴明捏紧拳头。此时已经不能再回头了，高健的家庭已经被打开了一个巨大的豁口，小雪失踪了……然而这还不够！吴明心中的阴暗再次在心中蔓延开。"必须要让他们完全毁灭！"他恶狠狠地算计着，"就像他们从前对我做的那样。"

时间推移着，靠着床的晓晨竟然就那样睡着了。其实她昨晚同样没睡，想着吴明的拒绝，心中依旧会有难以释怀的失落。此时她的手撑着脸，眼睛闭着，泪痕依旧停留在眼角……吴明轻轻走了过来，摇了摇头，然后将被子的一角轻轻披在她的身上。他从来不是冷血动物，他只是将自己藏得太深……

接着回过身来。朝着客厅走回去。从那扇窗户正好可以看见高健一家。看到高健的身影从窗边闪过，隐隐约约还能看见其他人，似乎都在家。"游戏开始了呢。"吴明心中念着，接下来才是真正的报复。

拿出那部属于"夏志军"的手机，他翻开电话本，然后翻到了黄昌炎的号码。吴明脸上拂过一丝不易察觉的笑意。

电话的拨号键按下，吴明的视线始终透着窗监视着高健一家。"嘟嘟"的提示音让吴明有种高高在上的操纵感。预演好的场次终于要拉开帷幕了，他冷笑着。

高健兜中的手机突兀地响起，陌生的铃音让所有人都迟疑了片刻，包括高健。震动感将他的迟钝很快击碎，他意识到了那是什么……黄昌炎的手机！对！就是黄昌炎的手机！

高健表情瞬时逆转，好不容易伪装成的轻松和积极瞬间被击得粉碎。他有些紧张地看了看家人们，还好似乎他们并没有发现什么异样。高健迅速地避开了众人，朝房间里走去，然后反身关上了门。一旁的陈楠倒是察觉到了不对劲。那不是高健的手机！

"喂！我知道你是志军！说话吧。"高健在等待一个回应，无论是好是坏，他都有准备了。

可是如同那次一样，电话那头并没有回音。偶尔会有断续的电流声，耳畔的风提醒着对方还在听，但没有预想中言语的对峙，对方用沉默回应着一切。

这是最好的出击手段，作为规则的制定者，吴明深知怎样可以将对手的煎熬最大化。高健却仍旧是不懂,对啊,从来他就没有自己优秀,吴明心中想。况且,在战场上冲昏头脑是军人的大忌,他已经为此错过一次了,难道是准备再错一次吗?

"说话啊!志军!我知道是你……不管你心里有多大的仇,冲着我来……当我求求你。"高健的声音变得低沉,他的情绪是压抑着的悲愤,歉疚同愤怒交织着,"求求你……"他几乎要哭出来,但好歹还是忍住了。然后终于说不出话,那边的沉默传递着一种令人窒息的嘲弄,高健感觉得一清二楚,对,就是嘲弄!

吴明几乎要冷笑出来。他心中想着,"才刚刚开始呢……"

"针对我一个人来就好了!别让我的家人跟着受苦……志军,这些年来我一直想赎我的那份罪,我知道,那种结果我就是豁出一切来也挽回不了。我不求你原谅,我只希望你别伤害小雪……"高健动情地说着,言辞恳切,他知道如果是夏志军的话一定是能够听得进去的,哪怕只是一点点。

吴明拿着手机的手指不安地动了动。高健要说什么,事实上都在自己的预料之中,然而依旧还是没有足够的抗体。也许吧,心是真的微微颤动了一下,但很快还是恢复成原来的样子。"高健……还是不明白啊。我要毁掉的,可不只是你,而是,你的整个家庭……"

"志军,说话啊,告诉我,你要什么……"高健几乎崩溃。然而对方依旧沉默着,但钻入耳际的确实是有了些别样的声音,乍一听,能发现是类似按键的响动。

"我要你死!"吴明心中有个恶狠狠的声音。他的手指在屏幕上快速游走着,并打开了一个音频文件……"享受你的下一刻,哼!"

那一刻,高健的心被一双强有力的手重重地缚住,累得他几乎

第 12 章　我心依旧

无法喘息。连空气都凝滞,对,高健几乎要忘了呼吸,脑袋嗡嗡作响着,周遭的气息简直要将他的五脏六腑都逼得沸腾起来……他死死地抓着手机,不觉那手机已经完全被自己的手汗给浸湿了。"不会的,怎么可能……夏志军!"

那音频之所以恐怖至极,只是因着它的出处,却分明是一个小女孩儿凄厉哀恸的哭喊声!

高健听得不差,那声音绝对就是小雪的。那一刻,高健只觉得五雷轰顶。

高健想吼,心中却依旧顾虑门外的家人,于是压低的声音变得扭曲起来……透着无处遮掩的怒意。

"你到底想怎样?要报复的话,这样还不够吗?你到底还想怎样!冲着我来呀!这么久不见,变成懦夫了吗?"高健情绪逐渐失控,"妈的!我看错你了!懦夫!要打架要拼刀子我都陪你,来呀……"一连串急促的挂机声响了起来,将高健行将喷发的怒意扼在中途。那怒火悬在半空下不来,像是被示众的可怜模样。

吴明拿着电话,想笑,却不是那么能笑得出来。他知道他继续赢着,不费吹灰之力。高健一直都在自己的股掌之间,躲不掉也跑不了。高健的怒气便是吴明所渴望的,不是一直如此吗?吴明心中清楚,作为一个真正的"复仇者",自己绝不能心软。

高健的怒气一下子没了发泄对象,他死死地盯着手机的屏幕,希望事情能出现些转机,然而接下来无论他是怎样拨打那个号码,电话都是"无人接听"。好多次想砸手机但终于忍住,自己被如此无情地耍着,可是却毫无办法。他瘫坐在床上,发起呆来,确乎无路可走,一点儿办法都没有。

陈楠伏在门口，努力听着高健和电话中人的对话。虽然房间的隔音效果不错，但高健显得并不冷静，所以在门口专心听着陈楠很轻松地听清了一切……哦，用"轻松"一词是显然不合适的，陈楠跟踪着丈夫语气的变化，歇斯底里以及如今的沉默，突然觉得大事不妙。

她一把推开了门，高健抬起头来看着突然闯入的陈楠，有些措手不及。他拼命掩饰着自己糟糕的表情，并强行挤出了一个笑容来。

"别瞒我，我都听见了。"陈楠黯然地说。她隐隐觉得一定有大事发生，但她的心底抵触将这件事同小雪的处境相联系。那么究竟是什么呢？她希望高健告诉她真相，却又在心底惧怕着那个可能的真相。

高健知道自己是瞒不住妻子了的，但依旧想掩饰。毕竟那样的消息无论是对高健还是对陈楠都无外乎晴天霹雳。"夏志军打来了电话。"

陈楠心中一惊。"他说什么了？"她听见那个名字，心情复杂。夏志军已然成了这个家庭的梦魇，陈楠现在连面对的力气都没有太多了。她心中清楚定然又是针对小雪的，毕竟那是他手中所握的最大的筹码。可是……陈楠黯然地想着，一边心事重重地低下头。

"没……没事的啦。"高健轻声说，"小雪一定还好着呢。"这话出口，居然是自己也不敢确信的。

电话那头发生了什么高健心里明白，看他的反应能知道绝非什么好事。陈楠知道从夏志军这个名字出现之后，她便是绝对不能再置身事外了。那个秘密让她一直心神不宁，会很矛盾，一方面不想让任何人知道，一方面又想让夏志军知道后能放过小雪……陈楠始终处于自我抗争的漩涡之中，摆脱不得。

"告诉我。"陈楠低着头很小声地说道，语气沉重，"我们得一起来扛。"她抬起头来，盯着高健，目光如炬。

高健有那么一分的惊讶，妻子似乎比自己所想的更坚定。他知道自己的伪装确乎是蹩脚了些的。然而绝对不能吐露实情，并非坦诚与否的问题，而是高健清楚地知道陈楠是受不了那种消息的。他在脑中急速地想着更加婉转的说辞，"夏志军说事情还没完，他所要针对的不是小雪，而是我……"这种话其实也不是高健的凭空捏造，他很确信夏志军是为了报复自己才做出如今的种种事来。"如果他还是原来的夏志军的话，至少不会对小雪做什么……"他心中是如此想的，想要传达给陈楠的同样是这样的观点，这是一场两个男人间的战争罢了。

陈楠不再说话，头微微地偏向一侧，不再追问。那录音中小雪的哭声还在脑海中一遍一遍地回荡着，搅得高健头痛欲裂。

陈楠默然，她的心中自是另外一番感受。"夏志军要毁掉的不是高健，是这个家，他所不想见的这个家的一切，一切本应该属于他的东西……"

在确知的悲哀面前，沦陷却成了必然。

陈楠跑到楼下，她不想让任何人见到她此时的表情。无处发泄的压抑使得她喘息困难，她想一个人静一静。在楼下徘徊着。陈楠心中清楚，倘若夏志军坚持，自己如今拥有的一切都将岌岌可危。但她不能忍受现在是小雪首先承担罪责……他得知道……

吴明透过窗看着楼下的一切。刚才那一仗似乎赢得很漂亮，他冷眼注视着当下发生的一切，然后心中一念……不如，下楼去见见她。

　　有些仓皇……陈楠看见向自己走来的吴明，赶紧背过身去，调试着自己此刻的心情。吴明隔了老远向她打着招呼，然后走近。

　　"怎么了？还在为女儿的事操心？"吴明问道。

　　"嗯……她才六岁呀……"陈楠颓然应着。她开始讲述起自己的女儿，说着往昔的种种。不知道为什么会选择在吴明面前说这些，可是一种感觉却不受控制……他会听的，不是吗……

　　许久，她才终于反应过来，原来自己不过是需要一场发泄，一出诉说……她不知道吴明为何会成为那个倾听者，只是理所当然，顺理成章。

　　"没事的。我相信小雪过得很好。"吴明小声说着，表情却很严肃。

　　"嗯，她一定要很好……"一丝冰凉的咸湿出现，陈楠这才意识到，自己在流泪……

第 13 章

不幸言中

1. 张紫涵得到了小雪的最新消息

张紫涵在午后打起盹儿来，往常的时候她会睡上一个小时，但这次刚刚入睡便被一阵电话铃音吵醒，她揉着惺忪的睡眼。

"喂？"

"紫涵，你说的事，查到了。"

"哦？"张紫涵一下便清醒了过来，了无睡意。

"资料我发到你邮箱里去了，你自己去看吧……叫你那朋友冷静些，会有办法的。"对方的口吻不无遗憾。

张紫涵心中一惊。虽然还没有看见东西，但已经猜到了八九成。是被自己不幸言中的了吗？小雪……她心中焦急，急急忙忙打开了电脑。

有一封未读邮件。张紫涵按鼠标的手都有些颤抖，虽然明明是事外人，但她也不明白自己为何会如此紧张。那是一个附件包，张紫涵马上点击它，加载中……她紧握着拳头，不觉手心已被汗水湿透。

图片横陈开来，一个小女孩儿的照片出现在视野之中，穿着邋逼简陋衣服的她面容十分可怜，让人看得心疼。张紫涵依稀记得这小女孩儿的另一番样子，在高健随身带着的照片之上。那时的小女孩儿清秀乖巧惹人怜爱，而如今……犯罪分子的手段简直令人发指！

张紫涵一刻也不停留，马上打印出那张照片，立马出了门。

高健接到张紫涵的电话。"有事吗？"高健问着。

"有！快出来！"张紫涵提醒过自己很多遍，别让自己表现得那么惊惶和急切，可是话一出口方知自己办不到。她深呼吸了一口气，"楼下见。"然后挂了电话。

高健正奇怪着，但也没多想。听张紫涵语气如此急切，他心中也不禁有一丝担心起来。张紫涵与自己的全部联系也就是小雪的事，在他心里，其实是不愿意外人介入小雪的事的。高健皱着眉，突然一个念头在脑海中炸开……"难道是她上次说的人贩子的事！"想到此处，高健不觉冷汗直冒。他再不犹豫，径直往门外冲了出去。

张紫涵也是马不停蹄地赶着，终于到了。远远便看见了高健的身影，心中又有一份迟疑生出……那样真的合适吗？张紫涵一遍遍问着自己，倘若高健知道了这种消息……她摇摇头。"不！高健必须清楚自己的处境。"

高健远远地朝着张紫涵招着手，甚至未等车停稳便冲了过来，一副急切的样子。张紫涵心中想着定是高健猜到了什么，叹了口气，也从车上下来。

"是不是和小雪有关？"

高健没给谈话任何缓冲的机会，张紫涵之前还想着要先如何如何教高健做好心理准备，看来一切都是多余了。她有些吞吞吐吐，但话到嘴边又觉得不甚妥当，想再酝酿酝酿。

第 13 章　不幸言中　　195

可是高健早已按捺不住心中的急切,"快说呀!"他简直急得要跺起脚来。

"嗯……"张紫涵不忍去看高健的表情,转身从随身带着的包里抽出那张刚刚在家里打印出的照片,递给了高健。

她能明显地感觉到高健在颤抖。

照片中一个衣衫褴褛的小女孩儿,坐在马路边,抬着头看向镜头的方向,眼神中却充满了无助,恐惧与迷惘……

高健的眼角下垂着,他低着头。手上的这张薄薄的小纸片却似有千钧重般,压得他的心碎成粉末。他的手在不停地抖动,连话也说不出来。他依旧不敢相信……

"那是小雪?那真的是小雪?"那个小姑娘明明前些日子还在自己的怀里撒着娇,在海洋馆中欢呼雀跃,回到家后炫耀着老师奖的大红花……可是……高健眼睛生疼。他心中的悲戚谁都无法体会,作为一个父亲,见着女儿受着这样的苦却仍旧是毫无办法。深深的自责感,愤怒感,恐惧感一齐捶打着他早就疲乏不堪的灵魂,万劫不复……

两人沉默了很久很久,高健察觉不到时间流逝,但张紫涵却感觉那段小小的沉默简直有一个世纪那么长!她努力想要说些什么,却找不到合适的措辞。做别人痛苦的旁观者本不就是她的擅长,更何况……面前的这人是自己爱慕着的……高健。那压抑在心底不肯承认的情感在这样的时刻被放得更大,她感觉自己也陷入了那种无形的悲哀的压迫之中。

"高健……"张紫涵终于说了话。她重新抬起头,看着眼前的男人。"其实你不用太难过了……小雪看起来并没有受伤……再说了,你看,既然可以拍到她的照片,也就一定能找到她的。"

张紫涵其实说得有道理,无论这个线索有多么残酷,但毕竟是一条十分珍贵的线索……高健也终于在此时醒过来似的,"你说的对!我一定要去找小雪!"说着他便背过身去想立马行动。

张紫涵一把拉住他,"你一没线索,二没眼线,一个人去岂不是大海捞针?我跟你一起去!还有,必须得明天……"张紫涵抓着高健强壮的臂膀,语气坚定。

"明天?"高健露出一个诧异的表情,"我女儿在大马路上乞讨你叫我等明天?你……"

"你冷静点儿好不好!"张紫涵加大嗓门,打断高健,"你准备怎么跟家人们交代……"

高健这才意识到问题真正的复杂性。对啊,家人是他不可忽略的一环。他想起昨日自家丈母娘出格的举动,以及妻子面容上终日不化的怨艾,心中不由一震。对,必须得瞒过家人……高健望向张紫涵,她的诚恳眼神告诉他这个女人是他如今唯一可以依靠和合作的人。

"明天我们从这里出发……你得把心情好好调整一下,就当是为了小雪吧。"高健点了点头,他的眼中依旧泛着黯淡的光,那样的情绪想驱散却驱散不开,他努力地深呼吸着,目送张紫涵的车离开自己的视野。而后还是不急于上去,高健双手放在前额,将头发向后捋了几遭,大口呼吸着,感觉差不多了,也转身准备往家里走,但很快又停住。

放心不下啊……家庭是他最大的支持,但偶尔也会成为他最大的顾虑。自己不知道要离开多久,甚至不知道该往哪儿去,不在的日子里难免会牵挂和担心，毕竟这个危机是整个家庭一同在面对着的。

考虑了几遭，高健又举步下楼，然后走向另一个方向。

2. 各怀心思

高健这时候来敲门，吴明是感觉有些惊讶的。他回想起昨日自己的杰作，再看看如今高健的神色，不禁心中暗笑，"还在故作坚强吗？"他微笑着看着高健，说："请进！"

高健没有进来，"哦，不了，来这是为了求你件事的。"他抬起头，等待吴明的允诺。

"你只管说吧。"吴明倒也爽快。

"我可能要出去一段时间，不知道什么时候能回来……你也看见我家里的景况了……所以，如果方便的话希望你可以帮我关照下。"高健说得有些迟疑，他知道这样求人终归有些不合适，但眼下也是情况特殊。更何况面前的人是吴明——这个他认定值得相信的男人。

"这样啊……那行！"吴明保持着脸上的笑容，"你放心。"

高健一早就确信吴明会答应下来，只是求人这样的事还是免不了要客套几句的。"谢谢你！那我先走了。"

"不坐会儿吗？"

"不了。"高健挤出一个平易的笑容来，然后转身，往楼下走去。

吴明没着急关门，他看着高健的背影……"离开？为什么要离开……"他很疑惑，直到高健的身影消失在楼道之中。想太多似乎也并无结果,他摇着头关上门。这种事似乎不是自己该在乎的吧……但为何……又有些心神不宁。

　　这种事自然是不能告诉陈楠的,高健想好了,接下来的事就由自己一个人来扛着。回到家中装作没事人一样,说自己可能要为着业务上的事出去几日。陈楠这时才想起自己和丈夫为了女儿的事几乎都把工作给荒了。特别是高健,作为公司的高管,缺席太久对上对下都不好交代。她当即便同意:"嗯,也是该顾一顾公司里的事了。"高健点点头,总算是顺利过关了。
　　第二天天刚亮,高健便下了楼。张紫涵在路上接到几个高健打来的催促电话,不由有些无奈。很快便到了高健这边,但并没有进小区。高健在小区外的公路旁等着她,见她过来,甚至不待车子停稳,便一下钻了进去。
　　张紫涵驱车在马路上迎着初升的太阳奔驰起来。似乎会有个好天气,可惜这不会是什么值得珍惜的美丽旅途……

　　陈楠也起了床,高健已经走了,她盯着窗外那轮红得滴血的太阳,心中有些黯然。这场事故不知道要持续到什么时候,夏志军仍旧下落不明,而那个秘密……她想告知的那个秘密,那个也许是唯一能拯救女儿小雪的筹码了,至少陈楠如此认为。可是她真的无法面对,那一段能轻易地在她心中撕开豁口的往事。
　　就在陈楠出神的时候,手机响了起来。那边传来声音:"喂?陈楠吗?"她这才意识到,是上司打来的电话!
　　"嗯,对,我是。"陈楠回答道。

第 13 章　不幸言中

"是这样的,我们也了解到你们家出了些事……但工作是不是还得顾下?最近案子多,不然我也不会打电话过来……"上司倒是很善解人意,陈楠想起自己真是很久没去过公司了,无论有多么合理的理由,这样总是不对的。

"对不起,我……我会尽快回岗位的。"陈楠不无尴尬地说。

"不能只是尽快呀。陈楠,你知道,现在事务所也到了接案子的高峰期了,要是可以的话……马上就过来吧。"

挂了电话,陈楠立马往工作的地方赶去。待在家也是苦等,也许上班能够调整下自己的心情吧。

陈楠出现在公司里,其他同事便都凑了过来,无外乎一些不痛不痒的关怀话语而已。陈楠摆着职业化的微笑一一回应和谢过他们,然后坐在了自己的位置上。

材料很快经由上司的秘书发放到她手中,作为一个民事律师,她知道自己不该把负面的情绪带到自己的工作之中,这是对案子起码的尊重和职业道德。她打开卷宗的手都变得有些生疏了,心中不禁感慨。熟悉的墨香勾起往日的工作回忆,那时候自己是多么无所顾忌地拼命工作呀,因为背后有一个幸福家庭的缘故吧……她叹息了一声,然后取出了材料,并开始阅读起来。

而后有些惊讶起来,她盯着那材料上涉案人的姓名,简直不敢相信这个案件竟然是和吴明有关的投资纠纷……

3. A 城遇到人杰

另一边,高健二人驱车来到了 A 城。

据小林透露，那张小女孩儿照片的拍摄地点正是在这座城市之中。张紫涵很清楚，此番行动必定会遇到诸多麻烦，因为 A 城是出了名的打拐案件多发城市，她网站上的很多故事都是发生在这里的。

"你要去哪儿？"高健突然发现他们的车偏移了原先既定路线。

"报警。"张紫涵偏过头来，"我们都不熟悉这里，光靠我俩没多少胜算的。"

高健知道张紫涵所说的话是有道理的，可是他没那么容易下狠心。"也许事情没那么糟糕。"高健几乎是在自我安慰。然后他朝向张紫涵："再给我一点儿时间，也给他一点儿时间。"他的目光很是坚决，看得张紫涵不容辩驳似的。

张紫涵有些不快，想着高健都什么时候了，还为那种人着想……她不情不愿地将车调转了方向。"真搞不懂你。"她似有些不满地说："能不能听我一句，报警才是最保险的方法。"

"嗯……"高健低下头，"谢谢你！"

张紫涵突然莫名地觉得，这句"谢谢"恐怕是他对自己说得最动情的一句了……

夏志军不应该是那样的人。即使是遇到那么多事之后，高健依旧愿意这样想。阻止他，劝解他，这才是在拯救他，亦是对自己的救赎。

张紫涵将车停到路边，"接下来，你来开吧……"她望着高健，以此给予他自己所能给的最大的鼓励与信任。

高健答应着："行！"

两人继续上路奔波起来，其实是在毫无头绪地找寻。张紫涵同样不知道更多的线索了，只能任着高健。她心中想的是倘若高健一

第 13 章 不幸言中

直没有进展的话,那么也就能水到渠成地报警了。

"进闹市区,车开慢些,可以看见很多乞讨的孩子。里面可能有相当大部分孩子是被拐儿童。"张紫涵提醒道。

高健点了点头,在转过最后一个弯道,眼前景象变得繁华之时,他放缓了车速。

张紫涵一直看着窗外,企图找到那个稚嫩可怜的面孔,可是却一无所获。高健也不时瞟向窗外,虽然视线只能作短暂的停留。突然,一个熟悉的身影闯进了自己的视线之中,他不确定自己是不是看错了,于是一直从侧窗玻璃注视着那张面孔。要不是张紫涵提醒,恐怕就要与前面的车辆追尾了。记忆中一个名字浮现,"对!是他!"高健叫道,吓了张紫涵一跳。

两人下了车,高健循着记忆找回刚才的路,然后奔向了一个男人。张紫涵看着感觉很是奇怪,他径直奔向一个满大街都能找到的修鞋匠。

"人杰!"才过了半条街,高健已经在挥着手臂喊了。他现在确信那就是自己的战友李人杰,于是毫不迟疑地往那边奔去。

那人似乎并没听见,只是依旧在与前面的一个客人一边寒暄着一边修着鞋。高健再次叫了声想要引起注意。终于人杰偏过头来,看见了不远处那个急切而兴奋的男子。"高健?"李人杰心中嘀咕,"他怎么来这啦?"

李人杰倒也没表现得兴奋或者什么的,见着高健一遍遍呼唤自己的名字,也只是抬起被鞋油弄脏的右手,算是打了招呼。

高健不知道在这里也能碰见战友,很兴奋的样子,很快便来到了人杰跟前。人杰继续着手头的工作:"稍等下,我帮这先生先把鞋修好。"

高健愣了两秒,他不知道原来人杰一直都在 A 城,显然过得并不好。他点点头,静静地注视着专注地修着鞋的昔日战友,心中有说不出的伤感。

人杰修鞋的手法很娴熟,而且很认真。"嗯,真不错。"这是那顾客给的反馈。经过修理的鞋子在上了鞋油后焕然一新。人杰看着那人递过一个微笑,"欢迎再来!"心中却清楚这不过是无用的寒暄罢了,毕竟下次自己会在哪里摆摊都说不定……然而看表情他并不十分在乎,他不是没执着过,也曾叹息命运不公,然而人毕竟不能永远活在昨天。这些年来他靠着自己的手艺吃饭,虽然挣得不多,但一个人的日子倒也过得自在。

张紫涵也从后面追来,见高健已经和那鞋匠聊了起来,想到是高健碰见了熟人,也凑过去打起招呼来:"你好,我是高健的朋友,张紫涵。"她伸出手去,但旋即便后悔。她有洁癖,可是人杰的手上却满是鞋油。李人杰倒是很知趣,并未伸出自己的手来,只是朝她笑着点了点头。张紫涵尴尬地缩回自己的手,并在一旁不说话了。

李人杰见到高健后并没有什么异样,岁月的磨砺让他变得隐忍,他无心再去追责那场意外了,因为于事无补。他的微笑透着一种成熟,让高健觉得很亲切。

"最近过得好吗?"李人杰像所有多年未见的故友那般客气地寒暄。

高健看着他此刻的样子，不觉有些愧疚："嗯,托你的福,还好。"

"那就好。"李人杰轻声说话,像一个饱经沧桑的长者。高健莫名地一阵心疼,倘若不是那场事故,人杰的景况也许会好些的吧。

"很久不见了,你也是,连战友会也不来。"高健口吻带着玩笑意味。

"嗯,真是不好意思了……因为那事之后,腿变得有点儿不利索,出远门挺痛苦的,呵呵！"他佯装般的笑起来,想要努力避开这个伤感的话题。

高健心一下子沉了下去。人杰现在这样子,同自己当初的过失是密不可分的。他的表情有些黯淡,一时说不出话。

"别讲这些没意思的。"人杰笑着打断他灰暗的思绪,"这次怎么有空儿来这边了？"

"我是来找女儿的。"高健对他十分坦诚,他甚至拿出那张街拍的小雪照片,递给李人杰。

李人杰脸上的表情也在那一刻凝滞,"这是……小雪？"他显然不敢置信,原先那么可爱的一姑娘现在居然变成了这个样子。

"嗯,线索是在这边找到的,我相信小雪就在这城市的某个角落……"他也低下头注视着小雪的照片,虽然看了好多遍,可是依旧释怀不了,心情痛得要滴出血来。"人杰,这事还得找你帮忙打听,我在这边也没其他熟人了……"

"你没报警吗？"李人杰疑惑地问。

"没有……我怀疑这事跟志军有关……我想自己解决。"

李人杰看着他,沉默地点点头,这两个人的恩怨他是最能理解的。他对着高健点了点头："行,我会帮忙打听的。"高健果然是个重情义的人，这种时候了还在为夏志军考虑，李人杰心中不禁有些感慨。

高健谢过，然后两人互换了联系方式。"事情结束了我们好好去喝一杯。"高健拍着李人杰的肩膀，也算是给自己加油鼓气。

"行。"李人杰笑着应着，然后重新往那小木板凳上坐下，等待下一位客人。高健张紫涵二人也不再浪费时间，准备继续寻找的旅程了。

4. 无法冷静下来

张紫涵说得不错，这座城市的乞讨儿童几乎随处可见。只要是稍显繁华的地段就会有一张张透着可怜的稚嫩面孔。视线硬生生地撞在那一幅幅不再干净淘气的面容之上，让人忍不住地联想起小雪当下的处境。

他们下车，开始有目的地接近那些乞讨的孩子们。不远处的商场门口的侧面就有一个衣衫褴褛的孩子，高健同张紫涵走近，手里拽着糖果，然后向他递过去。那孩子眼神恐惧，目光有些躲避，没敢去接。"我只要钱……"他怯生生地说。高健从身上摸出一张十块的零钱递给他，顺便将糖果塞进了他的手中。"告诉叔叔，你都怎么花这些钱呀？"

那孩子显得很紧张，一双小手握在身前，言语有些吞吐："给……把钱给……给我爸爸。"他将刚拿到的钱塞进衣服袋里，赶忙就往一边跑。高健想过去追赶，可是被张紫涵劝住。她对高健摇摇头："别为难那孩子了，他害怕。"高健点了点头，张紫涵说出自己的建议:"先多观察几天,这种案子大多是团伙作案的,只要能摸清孩子们的作息规律,就能找到线索。"张紫涵对这类事显得很有经验,这也是她创办"迷路天使"所得到的收获。

两人商量妥当,在附近住下,时刻观察着这些孩子的动向。三天时间,高健未曾轻举妄动,只是暗中观察着,他担心的是人贩子和他一样,一直躲在暗处没有现身。高健发现那群孩子的出没很有特点,几乎是同一批人,在城市醒来前出现,在城市熟睡后消失⋯⋯

这个背后的团伙还是很大的,毕竟同时控制着相当大数量的孩子们。接下来他们得揪出那个背后团伙,高健隐隐察觉到危险性,于是很多时候他开始撇开张紫涵自己单独调查。经附近商铺老板的讲述,高健了解到这些孩子是经由一辆专车接送的,有人暗中监视。附近的人早知道这些孩子都是被拐的,但他们更担心自己会惹祸上身。"穷凶极恶的歹徒就在旁边,我们也不敢声张啊。"

张紫涵买了很多吃的,她的想法比较细腻⋯⋯毕竟孩子们才是案子真正的突破口。两人带着零食开始向孩子们打探消息。孩子们起先还有些顾忌,但天性终于还是在美食面前暴露,他们很快放下戒备。

高健试着问他们一些问题。孩子们挠着头,其实他们很多东西都不是很清楚,毕竟还是如此年幼的孩子⋯⋯但高健还是得到了一些很有用的信息。

事情似乎正在向着好的方向发展。高健欣慰地看到了曙光和事情真正的进展。孩子散去后高健变得更有信心了,可是张紫涵却沉默了。

"怎么了?不舒服吗?"高健关心地问道。

"没事……就是觉得自己能做的好少……看着他们,心里难过。"张紫涵说出了自己的心情。此时高健也叹起气来,她说得不错,这些孩子背后也许都有个伤痛欲绝的家庭。

"你先回酒店吧……"高健劝道,"这些日子你也够辛苦的了。"

张紫涵点了点头,没有推辞。她是觉得真的累了,心中有种莫名的伤感,看着那些孩子邋遢地穿着,她觉得心疼极了。

高健并没有回去,而是继续调查着,只是他不知道,就在这个时候,暗中正有一双眼睛在盯着他……

那是一个戴着帽子的光头男子,此刻侧身站在墙沿,冷冷地注视着被孩子们围住的高健。他拿起电话向电话那头的人交代了些什么,然后弹了弹手中的烟灰,转过身去,消失在了一条长巷里。

5. 此时此刻,一股势力正在向他悄然靠近

夜深了,高健一直在这附近待着,并没有急于回酒店。终于那个小茶馆的老板也催促起来:"先生,小店要关门了,要不您先把账结了明天再来吧。"高健这才不好意思地从店里出来。深夜的灯火零星了不少,而这个角落更像是被夜晚遗忘了般。他隐约看见孩子们现在聚在马路边像是在等着什么,他下意识地隔着一定的距离观察,终于,一辆黑色的吉普车驶入了视野之中。

车上下来两个壮汉,开始像赶小鸡一般将孩子们往车上赶。孩子们默不作声,都机械般的往车后厢走。高健见得清楚,对!就是他们!他快步上前,想跟着他们,不料此时后脑袋一嗡,眼前便黑了过去……

后面巷子中又驶出一辆面包车来，坐在驾驶座的正是白天那个光头男子。"好了吗？"他将头探出车窗问道。

"好了。"那个站在高健背后，头戴一顶鸭舌帽，拿着一根粗木棍的男子回答。"接下来怎么办？"他朝向光头男子。那光头一招手，"先拖上来，得教训他一顿。"说着从车上抛下来一根绳子和一个黑布套。鸭舌帽男手脚利索地将高健双手缚住，并将黑布套套在他头上，一把将他塞进了车里面。

张紫涵半夜醒来了几次，她不知道高健现在回来了没，从下午的分别后就再也没见。"这家伙也太不把自己身体当回事了。"说着她走到高健的房间敲门，没人应。"真没回？"她竟有些担心起来，随即拿出手机来……

"奇怪……居然……没人接。"是不是发生了什么？张紫涵越想越怕。

高健裤袋里的手机铃声一直在叫，吵得人心神不宁。不过，车上另外两个男人也似乎并不在意，倒是把一直昏迷地高健吵醒了过来。他愣了几乎一秒才明白过来此时自己的处境，头还生疼，而眼前一片漆黑……似乎置身于一辆车里面，不停地颠簸让原本就眩晕的高健十分不舒服。他想要开始挣扎，但手被绳子绑住了。最开始的反应并不是恐惧，而是朝着前面大声吼道："你们是谁？"可惜无人应他，只有两人的嘲笑声响起。

面包车驶到一个偏僻的厂房，那里也有两三个大汉在那等着，他们等车停稳，便打开后面车厢，将高健从里面硬生生地拽了下来。

高健毫无防备地从车上摔到地下，胸口生疼，简直要吐血。

一只脚踩在他的后背，"说！你是干什么的？是不是他妈的臭条子？"

高健被踩得胸口发闷，几乎连话都说不出来。看来这群人就是那群拐卖团伙的成员了。他心中暗叫不好，倘若这时候让他们知道自己的真正目的，自己的安全没法保障不说，连跟到这儿的线索也要断了。他心中暗暗合计着，决定先骗过他们。

"不……不是……求求你们放过我！你们为什么要抓我？"他努力将自己装得可怜些。

"他妈的，你给我回答我的问题！白天干吗一直围着那群小兔崽子转？"

"我……我是外地人。那些孩子怪可怜的……"高健摆出一副很无辜的表情。他心中清楚，这些人即使要监视也只能隔着一定距离来监视，他们根本没机会听到他和孩子们的对话，所以只要隐瞒自己的目的并找个听起来合适的理由，自己还是有希望逃脱的。

那踩着高健的壮汉眼神瞟了一眼其他人，他们都点了点头。其中两个这时候已经重新往车上走去。高健听着这似乎在远去的脚步声，不禁大呼了一口气。但此时他肚子突然一阵剧痛……有人狠狠地踢了他一脚。"叫你妈的给老子多事！"然后拳脚雨点般的朝着高健身上砸来……其他人都发泄似的靠暴打高健获取狂笑的快感来……

面包车的引擎声已经渐行渐远，只是高健依旧躺在地上，不停地痛苦呻吟着……

阴暗的月光斜铺在这荒凉的区域，只留下一阵漠然。

第13章 不幸言中

第14章

找到窝点

1. 被伤得不轻

  天已经蒙蒙亮了,高健依旧没有出现,甚至连电话都打不通,张紫涵有些坐卧不安。胡思乱想间不免要将高健的"失踪"同那批穷凶极恶的犯罪分子联想起来。这样的担忧终究只能一遍遍无果而终,她现在对此刻的处境毫无办法。

  敲门声响起。
  张紫涵迫不及待地去开门,然而她的喜悦马上在门边凝固成巨大的惊讶之感。她看见了一个伤痕累累的高健,脸上尽是瘀痕,撸起的袖口让手臂暴露在外,也向人昭示着一片片青肿。几乎愣了两三秒,她才记得说话:"你怎么了?"
  高健看见张紫涵的那一刻身体才敢再度放松下来,疼痛感毫不顾虑地爆发,他咬紧牙,"手机坏了,怕你担心。"张紫涵马上搀着他,向旁边的那房间走去。
  进去之后高健几乎是一下子瘫倒在了床上。"我知道了,你说的不错,那是个团伙。我亲眼看见他们用车运走了那些孩子。"

张紫涵只能苦笑道:"都什么时候了,还只关心那些,简直是连命都不要了。"

高健摇摇头:"还得继续查下去。昨天他们放了我,说明我编的理由奏效了,那些孩子还会出现的。我要问清楚小雪在不在其中……"

张紫涵看着他这副样子,有些不满:"不管你怎么想,你这样子怎么去救小雪呀?听我的,先把伤养好!"

高健还想继续坚持,但实在已经力不从心了。浑身的疼痛感在他放松浑身肌肉的刹那爆发,惹得他不得不咬紧牙关。一停下来就会觉得随便动一下都是酷刑,那帮人不是善类,下手根本不留情,倘若不是自己身强体壮,保不准已经走不回来了。他想着昨晚的事,仍然心有余悸,庆幸的是当时夏志军不在,不然自己定会被认出来,从而丢掉一切线索。冷静下来倒是会发现张紫涵讲的话其实很有道理,自己还要救女儿,更不能轻易倒下。

张紫涵再次回来的时候带了大大一袋药品,倒是吓了高健一跳。其实当初自己在警院特警队的时候受伤是常有的事,忍忍也就过去了。但张紫涵显然不这么想,对于高健昨夜的经历,张紫涵恐怕是要比高健更后怕的。

"天啊!长这么大头一次看见这么多药……难道都是给我的?"高健开着玩笑。

想不到张紫涵却还很认真的样子说道:"当然是给你的!伤成这个样子,我看药只怕还少了。"

处理伤口的过程高健才切实体会到张紫涵说"药可能少了"的

第14章 找到窝点　　211

缘故。她毫不吝惜地将药大片大片地敷上高健的伤口，看得高健目瞪口呆。可能自己这么多年过来用的跌打损伤药还不如这一次的多吧，粉剂喷剂膏药一次用全了，让高健顿时哭笑不得。张紫涵处理得很认真，高健也不好意思再贫嘴，心中的思绪又被那群可怜的孩子们勾去。他暗暗下定决心，只要自己没被打死，就一定要救出那些孩子们。

2. 小雪遇到了"好心"的赵梅

　　小雪这一觉不知睡了多久，其他小朋友情况一样，眼下只有少数孩子睁开了疲乏的双眼。孩子们大多睡得沉，此刻依旧酣睡，小雪没有赖床的习惯，但睡的时间也绝对不短。在找"栖身之所"的时候丧心病狂的人贩子们甚至向孩子们的饭菜中加了安眠药，以防止他们在路上吵闹引人怀疑。小雪只觉得脑袋晕晕的，就像是感冒了，脆弱的情绪随着身体的不适变得无可抑制。小雪无来由地觉得突然好害怕，强忍住的哭声再也控制不住。终于，小雪在这个破旧的厂房中大哭起来。

　　一旁的光头男正心烦着呢，这几日诸事不顺，先是险些被条子逮到，再是被可疑的家伙盯上，他的心中没来由的不安。

　　如今小雪不合时宜地哭啼起来，自然让他心中烦闷不堪。

　　"哭什么哭！小兔崽子！找打吗？"光头男朝小雪吼叫道。经他这一吓，小雪的哭声更大了。光头男心中有气，当即大步走了过去，伸出手就要打小雪。

　　就在这个时候，他的身后一个人喝止道："住手！"喊话的人是个中年女人,打扮得浓妆艳抹,岁月赐予了她心机的同时也赐予了她体重。这人体态丰盈,但俨然是这个团伙里说得上话的一个人物。

光头男立马停住了已经上扬到半空中的手,他的眼睛转向身后,并放下了手中的孩子。

"梅姐,这小鬼不听话,我就想教训教训她一下。"

"干吗呢?那么小个孩子你都下得了手?真不是人!"赵梅毫不客气。

小雪此时也止住了哭声,看着这突然出现的阿姨,觉得她也许是个好人。

"我……"光头男想要辩解,那女人却继续说:"你们都出来下,我有事情要交代。"随即他们几个汉子都不再吭声,随着赵梅出去了。

"咦?小雪。那些人怎么了呀?"旁边一个男孩儿看见大人们都出去了,小声问小雪。

小雪偏过头来说道:"我觉得肯定是那个阿姨要批评他们……石头,你头晕不晕?"

"晕啊。"那个叫石头的男孩儿回答道。

门外,赵梅是个很有头脑的人,"上次我们损失了一批孩子,这钱不能再这么赚了。乞讨所得太少太慢,我看不如卖给人家赚得多。"她看向那个光头,"你刚才要打的那女孩儿就挺不错,人又长得可爱,肯定能卖个好价钱。被你打坏了怎么办?"

光头听完默默地点起头,叫孩子们去乞讨所得微薄还得承担很大的风险,确实不是什么长久之计。赵梅说完便走进了厂房之中。

"小姑娘,告诉阿姨你叫什么呀?"赵梅装出一副很亲切的样子。

"高雪。"女孩儿有些露怯地回答。

"小姑娘别怕,阿姨已经帮你教训过刚才的恶叔叔了,别怕了哦。"

"嗯。"小雪抬起头来看着面前这"慈眉善目"的阿姨,顿时觉得她十分亲切。

"想不想跟阿姨走呀?"赵梅摸摸小雪的头,"不待在这种鬼地方了。"

小雪低下头来,说实话自己这种地方真的是太恐怖了,至少对一个六岁的小女孩儿来说。她情不自禁地开始点头。

"嗯!真乖!"赵梅捏了捏小雪脏兮兮的脸蛋儿,心中暗暗得意。看来还是挺顺利的,那么接下来只等出手了。

她牵着小雪的手走出了厂房的门,很快小雪被塞进一辆车里,赵梅也上了车,她发动了车,带着小雪上了路。

"你会带我找我爸爸妈妈吗?"小雪问前面开车的阿姨。

"当然会呀。"赵梅继续扮演着她的"好阿姨"角色。

小雪不说话了,她透过车窗看着刚刚出来的地方,里面有几天前才认识的石头和其他同样没有爸爸妈妈照顾的孩子,鼻子忽然又有些发酸。"阿姨,为什么你不帮其他小朋友也找到爸爸妈妈呢?"

赵梅见这女孩儿话还真多,实在挺烦人,但这种时候也不便发作,只是继续草草应付着:"阿姨带不出那么多小朋友呀,等把小雪送回家了才能送其他人嘛。"

"哦。"小雪若有所思地点了点头,心想这个阿姨对自己真好。

赵梅这种伎俩不是第一次用了,虽然对方只是小孩子,但她心中几乎不会有丝毫的歉疚感。自己带走孩子简直成了善举,毕竟,那些留下来的孩子们得面对更痛苦的折磨——他们得先被"制造"成残疾，一方面博取同情，一方面防止逃跑。现在厂房这一批大多是那时转移带出的"质量"好的，被带进来不是太久，都不知道自己将要面临的将会是怎样的处境，小雪算是其中的幸运儿了。被"出售"的孩童必须保证健全。赵梅心中暗自笑着，看来又能大捞一笔了。

3. 内外交困的陈楠

　　另一边，陈楠的工作也逐渐进入了节奏。虽然家里的事让她提不起精神，但好歹是让自己动了起来。这案子又跟吴明有关，陈楠告诫着自己要尽力，不能辜负人家，毕竟吴明帮了自己一家那么多的忙。她动身前往吴明公司的所在处，准备投身工作。

　　吴明见着是陈楠来了，显得十分客气，配合着陈楠的调查工作。陈楠只道是巧，居然重返工作分到的第一个民事案子便是吴明公司的。只有吴明知道，陈楠来这里根本就是自己的要求，毕竟任何一家事务所都不会拒绝客户用高价买的"定制服务"。

　　忙了一上午，吴明提议两人一起去吃午餐。陈楠有些不好意思，但吴明却很坚持。"你也为了鄙公司忙了一上午了，我也该尽我的地主之谊呀，你就不要推辞了。"他微笑着，很诚恳地提出自己的邀请。

　　"嗯……好吧。"陈楠笑起来，看着吴明，觉得他身上有种令人熟悉的绅士气息。

　　吴明很有礼貌，完全不像从前自己的那些大老板客户。土豪们会在生活的细节上将自己的劣性暴露无遗，而吴明却是自始至终保持着十分恰当的礼仪,这让陈楠感到很舒服。

两人在相对轻松的环境下度过了一个愉快的午餐时间。陈楠是时候要回去了,吴明提出要送她,陈楠自然是推托起来。吴明伸手指了指门外不远处自己的车:"永远别舍近求远。"他露出一个温和的笑容,玩笑话的邀请却让陈楠真没了拒绝的理由。

很快,车行驶到了陈楠家楼下,吴明率先跳下车,绕了车身半圈,帮陈楠打开车门。陈楠笑着下车,"今天真是太麻烦你了。"她脸上挂出一个不好意思的笑容来。

"不麻烦,以后公司求你的事多的是呢。"吴明笑着向她招招手,上了车,准备走了。陈楠站在原地看车打了弯,才往楼上走去。

但陈楠很快便能意识到,现在最令人烦恼的并不是其他地方,却正是这个昔日被自己视为"全世界最幸福的地方"的家中……

刚一进门就被陈母泼了一身牢骚,"高健走了?他怎么一声不吭就走了?他眼里有没有我们这些长辈?"陈母这股怨气似乎憋了很久,现在唯恐发泄得不够痛快,自陈楠一进门便嚷个不停。

陈楠被这顿牢骚弄得很不舒服,心情好不容易好一点点,现在又被驱赶得无影无踪了。

"你说你也是,事情都没弄清楚,怎么就敢放他一个人出远门?这么久了还不回来,小雪都还没找到呢!"她悲愤交加,几乎又要对女婿破口大骂了。

"妈!"陈楠打断她,然后一把将自己的公文包摔在沙发上,对陈母的这番话表达出强烈的不满来。

"你不高兴?我还不高兴呢!"陈母的嗓门一下子提得好高,"他高健根本就指望不上!报警……对!一定得报警!"

在房里一直躲着陈母，不愿和她说话的高母此时也走了出来。"亲家母啊，你就别给高健和楠楠两个添乱了。""哼！你不就是念着两家的旧情吗？亲家母，我看你是糊涂了，到底是和夏家的什么关系重要还是小雪的安全重要啊？"陈母不留情面地驳斥道。"你这话也太过分了……"

"都别再吵了！"陈楠突然大声吼道。然后捂着头，一个人径直走向了房间里，关上门，再也不愿理会这乱糟糟的局面。

陈父这时也走了出来："老太婆你也是……天天嚷着报警，这不是给楠楠两个添乱吗？"

陈母见女儿发了火，其实已经不准备再争下去的，想不到自己老伴居然帮着外人，一时气急，嘴里小声说了句"真是胳膊肘往外拐的老东西"，然后也绕过两人走进了房间里，独自生起闷气来。陈父在客厅里不住地叹息，心情很沉重复杂。

4. 没有想到人杰如此落魄

两天过去，高健的伤势好了很多，张紫涵有些惊讶他的恢复速度，但依旧坚持高健继续静养。高健不肯，如今大事缠身，他又怎么可能休息得了？再看那些孩子们，依旧会按作息出没，他知道自己还好并没有被怀疑，但即便如此他也等不起了，线索跟到这一步，他越发地担心会前功尽弃。

高健突然想到什么，"我要去找人杰！"然后起身便往外走。张紫涵站在他身后无奈地看着他。"等等我！"她依旧不放心，于是也跟了上去。

高健驱车行驶在陌生又熟悉的街道上，心事重重。"咦？看样子你挺熟悉这边的交通的嘛？"张紫涵奇怪地问道。

高健不说话，他看着周遭的街道，心里很是伤感。从那次事故之后高健就再也没回过这里，那次经历给他的打击实在太大了。谈不上熟悉，所有的格局都变了，唯有路还记得。他摇摇头，叹了口气。

有些阴雨，街道上泛着一层薄薄的雾气。高健开得不快，静寂间气氛有些压抑，许是睡久了的缘故吧，但休息却更能煎熬此刻的他。希望近在眼前的时候恰恰是最没耐心的时刻。高健张望着窗外，看见了那个熟悉的沧桑身影。

"人杰！"高健远远地朝他挥起手来。李人杰眼下似乎还闲着，被这声音勾得往前一看，见是高健，也没什么表情，只不过轻轻回了句："你来了？"

高健快步走了过去，见着人杰正在自己的鞋摊儿面前无所事事，不免伤怀。想到从前在警院里意气风发的样子，他发觉人杰真的是变了很多的。当年的战友活下来的似乎都离开了这里，没有谁愿意承受记忆的煎熬。没想到人杰留下了。

"有消息吗？"高健试探地问道。

"小雪吗？"人杰抬起头来，"我每天都换地方，看见乞讨小孩儿的机会比较多，但一直没看到过小雪。再等等看吧！"

高健本就没有怀揣着多大的希望打听到什么，他这次过来的目的也不仅仅是为了打探线索那么简单。

人杰现在的样子让他一直很痛心，心里觉得倘若不是因着自己的错误，那么他也许也不会沦落至今了。

高健谨慎地问询了人杰的近况。人杰说得倒很寻常，但那是高健不曾经历过的清贫。昔日的特种队队员却沦落至此，令人唏嘘。张紫涵在一旁看两人聊着，并不插话。她也猜到了高健的心情，这个男人太重情义，即便是对拐走女儿的夏志军都如此，更何况是眼前的李人杰。

这时一个中年男人走了过来，"喂，修鞋吗？"

人杰一看来了客人，连忙搬上旁边的凳子说："您请坐！"然后开始整理工具，准备修鞋了。那样桀骜的一个人此时却为了生活如此谦卑，高健看得实在不忍。张紫涵在旁边拉了高健一把，说："我们走吧。"高健犹豫了几秒，终于看了人杰一眼，说："那我们先走了，你先忙吧。"

人杰也抬头向他们招起手来。高健见状转了身，准备回去了。走了几步之后却又停下，"人杰，我的事办好之后，你就随我一起走吧。我给你找一份好工作。"

"不了。"人杰笑起来，"我想留在这里。"然后低下头去又重新投入了工作之中。高健看着他，叹了口气，没再说什么，同张紫涵一同离开了。

旁边那中年男子问他："看不出你是碰上大老板了呀……哈哈！"

人杰也憨厚地笑着，只是笑容中有别人看不出的苦涩。

5. 找个孩子过来

高健显得有些忧伤，看见人杰的那副样子他实在无法释怀，强烈的自责感井喷似的渲染了他心情的每一个角落。张紫涵偶尔偏头来看他，而他却始终没注意。"现在是回去吗？"张紫涵问。"不。"高健答得简洁，"事情还没办完呢。"

张紫涵听到高健这样说心里有种莫名的紧张，"你要干什么啊？"她的语气中不无担惧。

"弄个孩子回来。"高健平静地回答，"我需要更多的信息。"

"你疯了啊？万一又被抓到怎么办？"张紫涵满脸的惊讶，她显然很不认同高健冒这样大的险。但高健表情平静，毫无波澜。张紫涵隐约看得见他的决心。

"我不会被抓的。"高健很有自信，"只要能找到个小孩儿好好问问，也就算是打入内部了。"他手握方向盘，娴熟地在街巷中兜兜转转，然后来到了一个陌生的街口，这里离高健住的地方很远。

不远处就有三两个孩子在乞讨，隔得很开，装出各不相干的样子。高健知道这正是人贩子们的常用手段，为了打消人的怀疑罢了。

稍前方的一个男孩儿和一个女孩儿状况似乎都不是太好，像是有残疾的样子。但车窗外面的一个小男孩儿状况似乎就要好得多了，虽然仍是一副灰头土脸的邋遢样，但显得要有灵气得多。高健这时已经把车停了下来，只是没有熄灭引擎。他将车门一打开，那孩子立马凑了过来："先生，给点儿钱吧。"

高健摸摸他的头，示意他过来。男孩儿十分听话地就往门边靠，这时高健扶着那孩子的腰，一下子便把他揽进了车里。坐在一边的张紫涵被这上演得极其迅速的一幕吓得目瞪口呆，一时间都忘了要说什么，只差没叫出来。高健没等孩子挣扎，立马踩下油门，带着这孩子扬长而去。

反应过来的小男孩儿在车中胡乱挣扎着大叫，弄得张紫涵手忙脚乱，而高健依旧一副冷静的样子。张紫涵绝对想不到其实这不过是高健"蓄谋已久"的计划而已。如今一切都显得很顺利，高健开着车努力往偏僻的地方走，想避开可能存在的暗中监视者的视线。

高健开着车到了一个僻静处。小男孩儿也早就放弃了挣扎，而是埋着头一个劲地啜泣着。张紫涵看着心中很不忍，一直在小声安慰着。终于车停了下来。高健把车门打开，尽量装得和蔼一些，想打消男孩儿心中的恐惧，但男孩儿显然不买账，一从车上下来就准备要跑。

这地方很空旷，周遭也没有像样的房子，高健三两下便追了上去，一把将小男孩儿给抓住了。那男孩儿吓得够呛，双手抱着头，惊恐着大叫，无论高健说什么都不肯抬起头，更别说回答了。高健拿他没辙，只好重新将他抱回车附近，想过会儿再问。毕竟这样的时候孩子显得实在太害怕了。

高健没辙，倒是张紫涵不嫌麻烦，一直试图与这孩子聊天。"叔叔阿姨都不是坏人，相信叔叔阿姨好吗？"张紫涵的声音很亲切温暖。小男孩儿此时也抬起头来，一双泛着怯意的眼神盯着面前的阿姨。

"告诉阿姨，你多大了呀？"张紫涵笑着摸摸男孩儿的头。

"八岁。"男孩儿的声音像蚊子哼。显然一开始受的惊还不是那么容易平复下来。

八岁，比小雪大两岁。高健在一旁默默想着。

"哦……那你怎么不上学，却跑到街上要钱呢？"张紫涵继续安抚着小男孩儿的心情。

"爸爸妈妈不在我的身边了，我怕……不去的话就有人要打

第 14 章　找到窝点　　221

我。"小男孩儿表情有些痛苦。

"不怕了,叔叔阿姨已经把你救出来了,没人会打你了。"张紫涵微笑着。

张紫涵从袋子里拿出了很多零食,一把全递给那小男孩儿,"想吃吗?"

小男孩儿还有些犹豫,可是注意力全被那袋子食物给吸引了。张紫涵撕开一颗糖,递给孩子。男孩儿此时已经放下了心中的戒备,这个阿姨的笑容,让他想起了自己妈妈,伸手接过她的糖。

一旁的高健也不禁佩服起张紫涵来,同时也感到惭愧极了。自己好歹也是有女儿的人,但显然就讨小孩儿欢心这种事来说,张紫涵却要比自己强得多。高健此时也凑过去,"小朋友,现在相信叔叔不是坏人了吧。"说着还给小男孩儿手中塞了十块钱"以示友好"。小男孩儿朝他点了点头,神情显然放松了不少。

在交谈中高健两人得知小男孩儿名叫石头,被"恶叔叔们"抓来还不久。平时的时候就是上街去乞讨,和他一起的还有很多小朋友,平时就住在一个简陋的厂房里面。高健听闻后立马觉得也许小雪就在那群孩子当中,于是马上拿出了小雪的照片。

"嗯……"石头挠挠头,努力辨认着照片上的女孩儿,"她好像我的一个刚认识的朋友。"

高健一听便来了精神,事情眼看有了重大进展,也不想再逗留片刻了,"石头,你能告诉叔叔那群小孩子被关在哪的吗?"

石头点了点头,高健立马钻进了车里,一边招呼石头:"帮叔叔指路。"石头见状也听话地回了车里。张紫涵不同意,"现在事情还没完全弄清楚呢,怎么能……"

高健不理她，心中的焦急感战胜了一切。"我等不了了。"

　　张紫涵见劝不了高健，也要上车："我和你一起去！"

　　高健却拒绝得斩钉截铁："不行，你得留下来等消息！"他不是怕张紫涵碍事，而是担心那边的危险。只是未曾明说而已。

　　张紫涵急得团团转，高健坚持不开车门，让她毫无办法。车发动了，高健朝外叫了声："回去等我。"便加足马力，驶向了石头说的那个地方。

6. 找到了关押孩子的地方

　　石头一路指引着，高健很快便发现那厂房了。四下似乎无人，高健轻轻松了口气，然后把车停得远远的，防止被人看见。准备得差不多了之后，高健同石头一同往那厂房摸了过去。

　　两人翻进了厂房里面，高健在石头的身后紧紧跟着，轻车熟路地摸进了厂房里面。"我们每次被带回来时都走这里。"石头解释着，然后一把指向了一个破旧的小屋子。"就是那儿！"

　　高健急忙跑了过去，并吩咐石头就在这里为自己望风。石头点了点头，有些害怕地站在离高健不远的地方，小心翼翼地听着周围的动静。

　　高健试着推了下门，可是门没动。明显是被锁住了。高健趴在围栏上往里看，那眼前的一幕瞬间让他惊呆了，里面很多面黄肌瘦的孩子，蜷缩着，就地坐着或者睡着。孩子们有些看见了外面的高健，都显出惊恐的表情来。高健看得心疼，但仍旧目不转睛……他希图能在孩子中间看见那个熟悉的身影。

里面光线很差,高健看得不是很清楚,加上孩子们大多蜷缩挤在一起,更增加了辨别的难度。高健想要喊小雪的名字,就在这时,后方传出了一阵响动。

转过身去,高健发现石头在向自己使劲招着手。他又安静地竖起耳朵一听,不对!这声音……分明是有人朝这里来了。

高健一把抛下刚刚捡起的准备用来撬门的棒子,一边一个闪身跳到了暗处。他刚蹲了下来,正往外面看,就发现几个大汉出现在了视野之中。为首的那人他依稀有些熟悉,好像在哪儿见过……他自然不知道,其实这家伙就是当日揍他的那个光头,高健见他还是昏迷之前的事了,记不起来也是正常。那人名字叫李贵,也不是个什么好东西,通常用一些野蛮的手段对待年幼的孩子们,弄得孩子们人人畏惧他。高健此时突然心中一个激灵——石头!

对!石头也在那儿!事情发生得太快,石头跑得不够及时,现在暴露在了几人面前。

"妈的!是那个小兔崽子!"李贵旁边一男人吼了起来,快步往石头的方向跑了过去。原来一开始他们听到这边有点动静,于是跑过来检查,不料却看见了白天失踪的小孩儿石头。

一个巴掌搧了下来,打的石头摔翻在地,可他甚至大声哭都不敢,只能倒在地上不住地啜泣着。

"说!白天带走你的人现在在哪儿?"几人环顾了一下四周,并没有发现其他人影儿。

"我……我不知道。"石头哽咽地回答道。那男人听罢又要来打,却被另一个喝止:"算了,打死他可就不值钱了啊……"

高健在暗处看的血气上涌,好几次想冲出来,但终于还是控制住了自己。毕竟现在寡不敌众，又是在这群穷凶极恶之徒的地盘，贸然冲出来解决不了任何问题。石头很坚强，始终未向他们吐露关于自己的半句话。

那男人又往周遭看了几番，见没了动静，就拎着石头随另外几人离开了。高健见状趁机又翻到了墙外，撒腿就跑，生怕被那些人发现。还好，"潜逃"得很顺利。他想着石头，心中很是难过，拼命地捶着方向盘发泄。一边驱车迅速地逃离了这里，满脑子都是孩子们的恐惧面庞……

张紫涵接到了一个电话，高健打来的。"你在哪儿？""酒店，怎么了？"张紫涵听着电话那边高健急切的语气，心中顿时知道不妙。

"快报警！还有，等我回来……我找到那地方了！"说完高健便挂了电话。现在纵使是训练有素的高健也平静不下来了，他驶着汽车在公路上狂奔，一刻也等不下去……

那男人将石头一把扔到地上，然后自己走出去，反身关上了门。李贵站在外面，他看见了李贵于是问道："要不要再审审这小子，我看他说不说……""不用了。"李贵打断他，"连夜撤，通知其他人。"那男人愣在原地，显然很不能理解，毕竟这地方也是他们找了许久才找到的"完美据点啊"……可是李贵的语气不容人辩驳。"哦。"他应了一声，然后开始招呼起其他人。

这是一场关于时间的博弈游戏……

第 15 章

再次扑空

1. 晚了一步

高健一刻也不敢停，带着还不明所以的张紫涵以及一队警察径直赶向了那个厂房。

"石头呢？"张紫涵预感到发生了什么，一再追问。

高健不回答，只是皱着眉，眼睛死死地盯着前面的路。心中有急切也有自责，那满屋子的孩童深深刺痛了他。慌忙间似乎并没有看见小雪，但他莫名觉得小雪一定就在里面。

那漆黑的视野分明是藏着光的，明明就那么近了，可是高健却依旧与其失之交臂，而且石头也再次被抓了。高健在心中一遍遍祈祷着他们还在他们没有走，但内心的那点儿确凿的惶恐担忧却一直不留情地煎熬着他。

很快，一队人马赶到了厂房处。警力迅速出动，马上就进入了厂房内部。高健带领着他们从记忆中那条路向那关押孩子们的小屋子跑去，很快便来到了那扇门前。虽然高健动作已经很快，但报警和出警这个过程依旧耽误了不少时间，眼看着天都快亮了。高健跑过这条安静得异常的小路时心情就有些忐忑,为什么会如此安静?太不正常了。有时候他真希望会有几个手持凶器的歹徒突然冲出来,自己也有理由将他们制服将他们好好教训一顿。可是没有。

周围已经起来的晨风开始送来凉意,是那种结合着冷汗的凉意,让人不禁瑟瑟发抖。高健一遍遍提醒着自己要镇静,但那种惶恐感却依旧在扩大。

然而担忧终究变成了现实,高健站在那扇已经被下了锁的门前,愣在原地。几个警察此时也赶了上来,见着高健停在一个小屋前,立马都冲了进去。可是——那屋子空空如也,什么都没有!

警察鱼贯而入,几乎找遍了所有角落。

"没人!"有人率先喊了起来。

一个带头的警察朝其他人命令道:"去其他地方搜!"于是一拨人分散开了,朝各处奔去。

高健和张紫涵依旧站在原地。这时的高健已经不抱什么希望了,他伸手摸了摸门上被打开的生锈的大锁,然后一言不发地走进了那小屋子里面。

空空的屋子里散发着一股霉味,如此潮湿的环境显然是不适合住人的,然而在这之前那些孩子们就被关在这样的地方。高健想着十分心疼,一脚踹向旁边的墙壁,发泄着心中的怒火。张紫涵看着担心,却又毫无办法。然而她显然冷静得多。张紫涵在这屋子里搜寻起蛛丝马迹,每一小块区域都未曾放过。终于,就在高健的脚边,张紫涵发现了一个粉红色的发卡。

张紫涵快步走过去捡起了那个发卡,借着从窗口透过来的晨光仔细观察着,口中念叨着,"看来这里确实是关孩子们的地方。"

第 15 章 再次扑空 227

高健转过身来，看见了张紫涵手中拿地发卡，像是见着什么宝贝了似的，冲过来一把就夺了过去。他眼睛直直地盯着那发卡，表情复杂。

"是！是小雪！小雪就在这儿！"高健疯了般来回踱起步来，他恨自己为什么就晚了一步，在即将到来的曙光面前高健再一次惨败下来，毫无办法。

张紫涵看着神色落寞的高健，心中也跟着难过起来。高健盯着那发卡入了神，这时警察们也已从各处重新汇集了起来。

"这边一个人都没有。"

"这边也是……"

……

通报声此起彼伏。高健知道这次定是又没希望了，想那团伙既凶残又狡猾，不禁让人头疼。而小雪还在危险之中，实在让人平静不下来。

真的不敢想象，自己昔日要好的战友居然会将自己的女儿带到这种地方来。高健想着夏志军的这等行为，终于咬牙切齿起来。"志军……这还是你吗？"高健心中默然念着……

"你真的确定这里有人贩子？"一个警官模样的人过来问高健，"可我们什么都没找到。"那警官的语气中透着怀疑。

张紫涵听这话急忙想上前来辩解："警察同志，您是怀疑我们报假案？"

那警官只是回问道："你有目击？证据呢？现在我们没找到任何线索。"

张紫涵不服气，刚想再辩，但高健向她使了使眼色，示意她别再争论。人贩子们很狡猾,几乎没留下一点儿给他们继续追踪的线索。

"你怎么可以乱报假案呢?"一个警官走过来,批评高健,"你知道你这样可能会害到多少真正需要的人吗?"他清了清嗓,"收队!"

张紫涵虽然很不服气,但高健不想再节外生枝,只得沉默地看着一队人马离开。

高健将那发卡小心翼翼地放进包里,朝向张紫涵:"我们也走吧。"

张紫涵点了点头,她知道高健此时的心情肯定很糟糕。其实高健心中最担心的不只是小雪,还有那小男孩儿石头。自己的一时鲁莽致使刚刚脱离虎口的石头重新回到了危险之中,这让高健自责不已。脑子里石头被掌掴的那幕一次次重演着,惹得高健心神不宁。

"在想石头吗?"张紫涵小声问道。

"嗯……"高健颓然回应。

张紫涵心中同样不好受,但事已至此,只能调整好自己的心情继续查下去了。

人贩子去向不明,要再次盯到他们恐怕又得费一大番工夫了,高健有些丧气。张紫涵知道这次打击对高健来说可是当真不小的,不说小雪还是没救回来,就是那个男孩儿石头的遭遇已经够让他心烦的了。

2. 家中陷入"内忧外患"

李贵一行人奔波了一天,终于找到了一个合适的地点。这地方虽然简陋但隐蔽性极好。他吩咐手下人将孩子们先关好，自己一把从车上将石头抓下来，关进了另一间黑屋子中。

推搡中石头摔倒在屋子角落处的地上，他的心中很害怕，不由得开始流起泪来。李贵显然不是什么还保留着同情心的家伙，看着小孩儿哭就来火的性格让他看着石头的眼神多了几分凶狠。

"说，那人为什么抓你？你是不是对他说了什么？"李贵继续拷问着石头。

石头一边啜泣一边回答他："没有……我什么都没说。"

李贵偏着头思考了会儿，觉得小孩子不可能在"拷打"面前还不老实，认为石头说的可能是真，但心中有怒，还是揍了石头一顿。现在他们已经离开了那边，即使这小鬼真说了什么那也不重要了，其他的事小鬼们也不可能知道得太详细，如此想着，李贵也放心了些。他站起来，往门外走，临行前还对石头说："给老子老老实实待在这儿，今天没水没饭给你吃，叫你他妈的给我惹事！"然后消失在了石头的视野中。

石头低着头不敢吭声，心里害怕极了，等到屋子的光线重新被关上的门隔绝后他才敢抬起头来。手上脖子上全是淤青，石头疼得厉害，又不敢叫，只能蜷缩在黑暗的角落里。

同样为了小雪的事而停不下来的还有陈楠家里的老人们。陈母按捺不住急切的心情，愣是拿着小雪的照片去印了一大摞"寻人启事"。

"没事的都跟我上街去贴'寻人启事'。"陈母在家中发号施令。

高母一见这架势便觉得反感，认为这事闹得满城风雨对谁都不好。她拦住陈母,"你这是做什么?高健都已经出去找了,你贴这个也没用呀。"

但陈母却显得十分坚决:"我外孙女失踪了,你说我该不该贴?指望高健?那我看是小雪就回不来了!"

高母一听觉得气愤:"你别在这说风凉话!高健一天到晚在外拼死拼活地找小雪,你凭什么这么说他?"

两人的矛盾其实积蓄已久,只是缺个导火索引爆而已。高母尤其是忍无可忍了,陈母在家里处处为难,搅得她烦心不已。

陈母冷哼一声:"本来就是……要不是高健这么无能,小雪能现在都还没下落吗?"在她眼里,其实小雪的失踪高健是要负大半责任的,毕竟夏志军是为了报复他才掳走了小雪。

"你说谁无能呢?"高母实在听不下去,十分愤怒,"你说话干净点儿!"

"我说的怎么就不干净了?我说的是事实!"陈母分毫都不退让。

"别吵了!"这时陈父实在听不下去,也从房间里面走了出来。"你也是,高健这段日子这么劳心劳力地奔波,你不仅要添乱,还说风凉话。你就不能歇歇?"陈父显然也对老伴很不满。虽然心中也急,但陈父好歹算是个知书达理的老人,一向以来对自己的女婿也是相当满意的。现在发生的事谁都不想看到,但他相信女婿能处理好这件事。

"风凉话?怎么就是风凉话了?我说的是大实话!老头子,你好啊就知道帮着外人说话。"陈母矛头一转,开始数落陈父。

陈父见着眼前的一幕幕,突然觉得好烦闷,觉着家里可能会爆发一场大战。他摇摇头安慰自己是多虑了，但没办法不去想，只能唉声叹气起来。

正所谓"内忧外患"，这样的局面形容高健一家再好不过。小雪还在人家手里，自己这边反倒一个劲地内斗着，给事情添乱。陈父心中祈愿着高健早些成功，带回小雪，也许只能是这样，才能平息这场风波了。

3. 心神不宁的陈楠全然不在状态

正在上班的陈楠也遇上了麻烦，第一轮谈判眼见着马上要开始了，自己却一直心神不宁。这场谈判对吴明的公司来说很重要，陈楠一遍遍告诫自己安下心来好好工作，可家里的那堆烂摊子事却始终在搅扰着陈楠的心情。

"这样下去可不行。"陈楠越是担心就越是心烦意乱，状态很不好。

就这样上谈判桌吗？陈楠很没信心，她知道这样子终会害了吴明的公司。这种担忧也向吴明说起过，但吴明却笑着告诉她自己很相信她，让陈楠实在没好意思推辞。事到如今，只好硬着头皮上了。陈楠抱着一叠公文，深呼吸着，准备上第一轮谈判。

气氛很熟悉，从前的这种时候陈楠总是应付自如，可是这次心神不宁的她全然不在状态，思维像是被捆缚住。对方的律师显然准备充分，进攻猛烈。陈楠的额上沁出细细的汗珠，很多次答不上来，还多亏了吴明救场。陈楠发现吴明竟然是个能言善辩的谈判高手，到了后面也不知是陈楠配合着吴明还是吴明帮助着陈楠。总之，在两人的配合之下，谈判居然也没吃多大亏。但陈楠却因此自责起来，想不到自己接下的案子到头来还要当事人劳心劳力，说实话自己在整个过程起的作用实在有限了。

陈楠低着头离开谈判场所的时候，吴明也看出了她的异样，安慰着："你别自责了，今天的谈判也没出什么事呢，放心吧。"

陈楠点了点头，说了声"谢谢"，但还是可以从她脸上看出几丝忧郁来。

吴明拍了拍她的肩膀："饿吗？"

陈楠挤出个笑容来说："不饿，我想先回家。"

吴明十分爽朗地回应："那正好，我送你。我也得回去了。"

陈楠知道吴明就住自己家附近，于是也不推辞，说了声："真是麻烦你了。"然后随着吴明一同下了楼。

吴明向陈楠说起高健嘱托自己好好关照陈楠一家的事，陈楠听了觉得奇怪。高健可没跟自己说要离开那么多天。

"所以，这也是我兑现承诺吧。"吴明朝陈楠笑着说，"别太客气了，有能帮忙的，我吴明在所不辞。"

他仗义的形象让陈楠好感大增。这样的吴明却是更像一个人了，陈楠默默想着心事。

吴明驱车，看着已经在副驾驶位上熟睡过去的陈楠，竟有一丝心动。他说不清那是种什么感觉，心疼？高兴？他越来越不了解自己的心情，在这个女人面前。

陈楠睡得很熟，直到车驶进了小区中，陈楠还是没有要醒来的意思。吴明不想把她吵醒，于是只把车停在了路边，静静地看着她，等她醒来。

第 15 章 再次扑空

陈楠醒来的时候见吴明正在看自己。

"醒啦?"依旧是绅士的笑容。

"嗯,我睡了多久?"陈楠有些尴尬,理了理的头发。

"应该……也没多久吧。"吴明咯咯地笑起来,"能休息就休息吧,回家了还有一堆事得面对呢……真是难为你了。"

陈楠很感激地点了点头,心中对这男人顿时好感大增,一时都感动得不知该说什么好了。于是陈楠起身下了车,向吴明挥手再见。

吴明在车中微笑着摆摆手,然后将车子调转,往自己家的方向开去。

陈楠慢慢往家走,临上楼的时候再回过头来看了一眼吴明。只见一个女子欢呼雀跃地冲了下来,陈楠认得,那正是吴明的女朋友晓晨。吴明下了车,同晓晨拥抱,然后两人一同回家。陈楠看着他俩的背影,竟然有些迈不开步子了。一股强烈的羡慕感油然而生,她想起年轻时的自己,不禁又伤感起来。

两人的背影消失在远处,陈楠也独自默默地上了楼。高健很久都没回来了,现在的他在干吗呢?有时候会觉得很亏欠,那个秘密她从未敢跟高健透露分毫。

"倘若风波能早些过去就好了……"她摇摇头,也隐匿在了楼道的黑暗之中。

4. 岁月和生活真的可以如此轻易地磨平一个人的棱角吗?

回到酒店的高健满肚子心事,变得沉默寡言起来。张紫涵知道他还是不能释怀石头被抓的事情。这个男人习惯把所有事都往自己身上揽。张紫涵叹息着,给他叫了外卖,"吃点儿吧,你都饿了这么久了。"

高健这才觉得肚子真的饿了起来,原来自己已经一天没吃东西了。高健捧起便当盒慢慢吃了起来,紫涵也放心了不少,给高健的伤口换了药,便往自己房间去了。

高健虽然从未吭过声,但张紫涵为他做的,他都看得见;心中也感动过,但此时的处境,他无心去想张紫涵为何对自己那么好。他现在心中只有一件事——救小雪!

想到此处高健就坐不住了,果断下了楼,决定往李人杰那边去。

过了许久,张紫涵过来敲门,屋内却没人应她。

"这家伙又去哪儿了?"张紫涵心中一颤,独行侠似的高健出没时永远习惯把自己排除在外,她一跺脚,"哼"了一声,只得又重新回到了自己的房间里。

打了电话,高健只说自己去见见朋友,她心里多少放心了些,但仍然是闷闷不乐的。在路上的高健根本顾不上张紫涵此刻是如何想的,要他待在酒店休息那简直是种煎熬。

高健认得人杰的修鞋摊,但奇怪的是人杰却没坐在摊前。高健正觉得奇怪,于是四下望了望,这才发现那个身影——不对,应该说是被一群人围殴的一个蜷缩身影。

高健简直不敢相信自己的眼睛,自己当年的战友,此时却被三个地痞流氓样的年轻人围殴和羞辱着。人杰显然没还手,不然那些家伙根本占不到什么便宜。高健脑袋一充血,从车上跳出来,便往那几人处扑了过去。

第 15 章 再次扑空

几乎没花多大力气，那几人就已经被高健打趴在地了。人杰躺在地上一声不吭，然后自己默默爬起来，也没管刚刚还在羞辱自己的那三个小混混儿，径直回到了修鞋摊上。高健也没再理会趴在地上求饶的小混混们，只抛下句："以后再敢惹事，打死你们！"小混混们连声道着"是！是！"然后连滚带爬地跑开了。高健转身看向人杰，心中充满了哀悯。

岁月和生活真的可以如此轻易地磨平一个人的棱角吗？高健看着沉默整理鞋摊儿的人杰，高健问自己：这是当年自己的战友吗？是什么让他变成如今这模样？难道是生活的磨砺？不，自己才是真正的始作俑者。这些天高健想了很多，倘若不是当初自己的错误害了战友们，那么人杰的命运肯定也会因之不同吧……高健此时愈发地自责起来，看着人杰苍凉的背影，高健甚至都忘记了上前去。

"高健，你是有什么事吗？"最终是人杰的提醒唤醒了沉浸在心事中的高健，他这才反应过来，然后向人杰这边走来。

"谢谢你的帮忙。"人杰向高健说道。

"为什么不还手呢？"

"呵呵……还手……我很久没打过架了呢。"人杰的笑意总有那么一股苍凉的味道。

"他们不是你的对手，人杰，我知道，你一直没从那件事中走出来……"

"别说那件事了！"人杰突然提高了嗓门，瞪着高健，"永远也别再提那件事！"

高健惊愕地看着他："对不起！"他从来不知道那场事故在人杰的心中留下了这么深的阴影。

人杰偏过头，神情痛苦。高健不敢想象这些年来人杰都是怎么过来的。靠着修鞋的微薄营收度日，过着没尊严的生活，留在当年的事故发生地……高健眼睛有些潮了，"人杰，过阵子跟我一起离开吧。"

"我在这过得很好……"人杰低下头小声说。

"我是认真的。"高健盯着人杰的眼睛，一字一顿地说。

"高健，我不希望你插手我的生活。"人杰亦很坚持。

"所以就任凭你的生活这样下去吗？人杰！我们是战友啊！"高健越说越激动，"无论如何，我都要带你走。"

"别以为你就能给我我想要的生活！"人杰突然吼了起来，"我在这里什么都不缺，我哪儿都不去！"

"你看看你都成了什么样子了！"高健很痛心，"人杰，别这样为难自己……"

"我说了！我不离开！"人杰站起身来，"假如你没别的事就请回吧。"

高健见人杰居然向自己下了逐客令，想继续的争执也解决不了什么问题，于是叹着气，从小板凳上起了身。"人杰，再考虑一下吧，我等你改变主意。"说着转过身，回到了车里。

引擎发动，高健强忍住痛心的泪水，驱车重新上了路，而李人杰目送着渐行渐远的汽车，两行泪终于不受控制地流了下来。

5. 犯罪分子如此的阴毒和残忍

这边，发现了小雪这个"宝贝"的赵梅一刻不停地奔波着，想着早些把这孩子出手以便大捞一笔。可怜小雪还以为自己碰见了好人,毕竟只是不谙世事的孩子罢了,读不懂人心的险恶。赵梅开着车将小雪往一个民房里带,那里地处偏僻之处,人烟稀薄,正是暂时藏身的好去处。

赵梅带着孩子下了车,她环视一周,说道:"今天我们就住这里吧。"

小雪四处张望着,附近漆黑荒凉,疑惑地问道:"阿姨,这是在哪里呀?"

赵梅牵着小雪的手,哄骗道:"这是阿姨的家里呀。"然后将小雪往民房里面带。

小雪觉得这地方阴森可怖,有些抗拒,赵梅安慰她:"没事的,小雪乖!"

小雪有些不情愿地随着赵梅走进了这处民房。这房子里没有其他人,黑灯瞎火的。赵梅在墙壁上摸了半天,才将一个昏黄的白炽灯打开。那灯跳了两遭才稳定下来。小雪明显是有些怯了,紧紧抓着赵梅的手。赵梅指着墙角的一张床,说道:"今天你就睡在那儿吧。"

小雪盯着那个昏暗的角落,不由自主地便想起了被关在仓库和厂房时的日子,很是不情愿。赵梅安慰着她,说自己等一会儿就回来陪她。小雪依旧有些不肯,赵梅也便不理会她了,自己独自走进了另一个小房间,并关上了门。

小雪上了床,蹲在床沿儿,不住地颤抖,恐惧的时候不由得想起爸爸妈妈,不知道爸爸妈妈在哪里,小雪突然好想哭,于是嘴一撇,她开始啜泣起来。"爸爸,妈妈……"她的口中喃喃念着,慢慢地哭声大了。爸爸妈妈的影子似乎就在身前却又触碰不到,而四周都是恐怖的昏黄色。

赵梅拨通了一个电话,接的人是个上线的买家。两人谈话间都很谨慎,生怕错说什么或者漏说。

"办妥了吗?"

"嗯,妥了。这次的货包您满意。"小雪在赵梅的描述中,变成了物品一般的财物。

"好,把人带来,你就能拿到钱了。"

"行。"赵梅笑嘻嘻地挂断了电话。她心里美了一番,想着这一笔下来收入可当真不菲,电话挂了才听见门外似有似无的哭声。原来小雪一直躲在那边哭,赵梅听这哭声不禁心烦,但面对自己的"小财主"赵梅并不打算用什么野蛮的方式,毕竟就哄小孩儿来说,她还是十分擅长的。

"告诉阿姨怎么啦?"赵梅笑呵呵地跑过去安慰她。

"我要爸爸妈妈……我要回家……"小雪的哭声愈发大了。吵嚷着停不下来。赵梅抚摸着她的头说:"阿姨会带你回去的,不哭了好吗?"

小雪可怜巴巴地用大眼睛盯着赵梅,稚气地问:"真的吗?"

"真的,真的。等阿姨的事忙完了就带你回去。"赵梅继续哄骗着小雪。而小雪也终于是信以为真了,哭喊声也渐渐小了起来。

赵梅心中舒了一口气,幸好小孩子好哄,不然自己非得烦死了。可一想到即将要得到的那笔钱,她心中的烦闷也很快一扫而空,仿佛那钱此时就拽在了自己手里一般。

另一边,李贵刚刚带着孩子们在新的地方安身,差不多也稳定了下来。然而石头像是已经被遗忘了似的,在黑屋子里已经一天没吃东西了,肚子饿得咕咕叫。那些家伙已经一天没出现了,石头努力地使自己睡着,以此减轻饿的感觉。再次被惊醒也许是深夜了,虽然屋子里一直很暗,但石头能感觉到现在屋外也没了光,而且隔壁的房间出现了响动。

这房子年代久远,隔音效果显然很差。石头听见了几个小朋友的哭声,不禁心中害怕,但还是好奇地将耳朵凑到了墙壁旁边,细细地听着对话。

"李哥,这几个都给带来了。"一个尖嗓子的男人喊道。

李贵轻声"哦"了声,接着有钝器接触桌子的声音响起。然后那群小孩儿们被吓得大声哭嚎起来,比先前的哭声听得更令人恐怖。石头皱了皱眉,感觉可能要有可怕的事要发生了。

"真的要弄残?"那尖嗓子的声音再次响起。他的语气中多少透着点儿惶恐。

"瞧你这点儿出息……怕的话别来干这行!"李贵鄙夷道,全然不顾孩子们的哭声。

尖嗓子男人不吭声了,那李贵大喊了声:"都过来!"几个孩子于是都哭着慢慢凑向了李贵那边。随后石头听见了一个钝器砸在地上时发出的沉闷声响,也在石头的心中惊起了一阵恐惧的波澜。

紧接着,是一个男孩儿的惨叫……

石头从前也听过类似的惨叫,对,他很确定。那是在一家儿童医院内,石头的妈妈带着石头去看病,当时一个小男孩儿看见护士阿姨的针管时像疯了一般惨叫,声音响亮而吓人。但这次男孩儿的叫声虽然也十分凄惨,但他的嗓子终于是像哑了一般,沙哑的嘶声几乎一直持续着,未曾停下,再然后才是巨大的悲悯的哭声,比刚才石头听见的所有人一起的哭声都要大得多。石头沉浸在巨大的惊愕与恐惧之中,但事情显然还远未结束,紧接着那样的恐怖的嘶叫声再次响起,好像是个小女孩儿。

石头捂住耳朵,心中害怕到了极点。

自己刚被带进来不久,还不知道这里原来是有多么的恐怖。从前和其他小朋友挤在一起的时候看见有些残疾的小朋友还觉得没什么,但现在他知道了。隔壁的惨叫此起彼伏……倘若他也在隔壁的话,他便能发现其他几个在场的大人同样将头偏向了一旁。这样的情景除非是丧心病狂,否则谁也会受不了的。但李贵显得很无所谓,整个过程连眉头也没皱一下,孩子们的喊叫声权当作没听见般。干这行总需要有他这样的恶人来下狠手。那些在街上拖着残疾的腿可怜乞讨的孩子,就是由这样泯灭人性的人"制造"出来的。

石头恐惧到了极点,他疯狂地爬向离那墙壁最远的另一堵墙边,然后蜷着身子不住颤抖着。他忍不住去想那个放声大叫的人倘若是自己的话,于是愈发的害怕起来。他想要逃!对!必须得逃!

李贵这时忽然想起了什么,对,还有个小兔崽子得处理下呢。他幽幽地望向身旁的墙壁,露出一个似笑非笑的表情来。

这些天来高健和张紫涵算是彻底失去了线索了。一直在的乞讨儿童们突然人间蒸发了似的不再出现,使得本就神经紧张的高健愈发的担忧起来。张紫涵的心情也不好,满脑子都是那些衣着褴褛的孩子们的面庞。那些童年的悲痛回忆一点点被勾起,令人窒息。两人一商议,决定驱车在城里四处去找孩子们的行踪,想再次找到线索,只要人贩子们还没有出城,他们就还是有希望的。高健如此想着，不肯放弃最后的希望。

　　石头怎么样了？高健一遍遍问着自己。都是因为自己的错误！高健肯定被抓回去的石头现今一定面临着巨大的危险，但是此时他却还毫无头绪。石头，小雪……高健的心情十分复杂，急切感让他几乎再也停不下来了。

　　对！时间不等人！

第 16 章

虎口拔牙

1. 线索真的断了吗？

高健和张紫涵驱车几乎绕了大半个城，可原本那些随处可见的沿街乞讨的孩子们，突然间人间蒸发了般再也找不着了，使得两人一路上越发地垂头丧气起来。

线索是真的断了吗？高健的心情跌到了谷底。倘若那群人贩子闻到了风声不愿再出来冒险的话，自己也就无从查起了。

其实张紫涵又何尝不是这样想的呢？可是她知道自己此刻必须稳定住高健的情绪。"兴许只是避避风头而已，他们带着那么多孩子，跑不了的，顶多是躲个两天而已……"

事到如今，高健即使不想接受也没办法，只能先静观其变了。

家中的生活经上次高母、陈母的那场恶架之后确实也消停了一阵子，但谁都知道，那也不过是虚饰的太平罢了。

这天一大早，高母便出门买菜去了。高母来了之后闲不住，于是承担了一家人的饮食，陈楠上下班回来都能吃到新鲜的饭菜，这点也都得归功于高母的辛劳。

陈父站在窗前远眺着,清晨的都市显得祥和宁静。陈母也下楼晨练了,这是她多年来保持的习惯。陈父大病初愈,尚不敢太费力,于是一个人待在家。这时是家里一天中最风平浪静的时候。陈父目光偏向楼下,忽而看见了买菜归来的亲家母。

高母走着走着,脚边似乎是被什么绊了一下,一不留神跌在了地上,半天都没从地上爬起来,看样子是崴脚了。菜撒在高母身边,而高母则坐在地上不住地揉着脚踝。虽然看不清亲家母是什么表情,但陈父知道那下摔得肯定不轻。于是他急急忙忙穿了鞋就往楼下跑了去。

"亲家母,你还好吧?"陈父腿脚本不利索,但仍旧风风火火地跑了过来,隔着老远就朝高母挥起手来。高母回头看见了他,但依旧没能从地上站起来,仍然坐在地上不住地呻吟着,想必那一下摔得真不轻了。陈父过去,蹲下身子,也不多说,只开始使劲搀起亲家母来。

"来,先上楼再说。"在陈父的帮助下高母站起来,一点点往楼梯口挪,但他们想不到,其实此刻正有一双眼睛在盯着两人。

总算进了门,身体本来就有些虚弱的陈父此时已经满头大汗。

"谢谢你,亲家。"高母表情依旧有些痛苦,但还是诚挚地向陈父表达着内心的感激。

此时门突然被打开,两人不约而同地往门外望了过去,原来是陈母回来了。

"哎哟哟,我说老头子你怎么老帮着人家,原来还是有这故事呀?"说着将手包一摔,盛气凌人地看着两人。

气氛霎时变得很尴尬。

"你这话什么意思？"陈父有些恼怒，想她成天唯恐天下不乱的架势就觉得气不打一处来。现在甚至是两个人一同"打击"了，真是心情不好看谁都乱咬。陈父一时间很愤怒。其他的事他可以充耳不闻，但事关名誉清白，他岂能再容忍。

"你们还想狡辩？我一路上亲眼见着的。"陈母一副不饶人的样子，"这么大年纪了，干的什么事儿……"

"亲家母摔倒了我去扶她都不行啦？你这人简直岂有此理！"陈父也动了怒，在陈母面前大吼起来。

高母坐在沙发上不吭声，脚痛依旧难忍，她实在不想和这眼前不讲道理的"老太婆"争论，只是看着陈父悲愤的表情，心中有些隐隐的难过罢了。毕竟亲家是为了帮自己才落得这般羞辱的。

"你吼什么吼！？"陈母索性就和陈父吵起来，"胳膊肘早外拐了，还好意思在这里嚷嚷……"适时露出一个鄙夷的眼神，刺得陈父心中生疼。

"哼！吵吵吵！你一个人吵去吧！"就吵架这方面而言，陈父的本事是远远不及陈母的，他说着竟气冲冲地开了门，拂袖而去。

高母看着陈父愤怒的背影，也不知道能说什么。

陈母瞟了一眼高母，嘴里说："滚，滚远点儿才好呢！"自己一个人进房间去了。

其实陈母并不是那种会猜疑自己老伴行为不端的无聊妇人，但心中积郁实在让她很多时候都控制不了心中的怒气。一点点事都能让她动怒，但陈父的"愤然离家"却是她万万没有料到的，心中虽仍旧是不服，但慢慢地也有了一丝担忧。"那老头子身体本来就不好，现在一个人在外面，要是出什么事……"陈母虽然好逞强，但现在也是坐立不安了。

2. 陈父的"愤然离家"

另一边，陈楠现在正在谈判桌上。自己的状态好歹是恢复了些的，工作让她多少从繁杂的家事中分出了些精力。加之吴明的全力配合与帮助，陈楠渐渐找到了些谈判桌上的节奏。在吴明的全力支持下，陈楠掌握了很多相关资料，功课做得足，这使她在谈判中游刃有余。渐渐地这轮谈判陈楠这方占了上风，她的心情也由之变得更好了一些。

一出来，本应该是一身轻松好好享受下的陈楠却接到了一个电话。

"喂，楠楠啊……"陈母语气竟显得有些犹豫，这显然不是她平常的风格。陈楠正奇怪着母亲今日的怪异，便从她那里得到了一个不让人省心的消息。

父亲离家出走了？陈楠觉得不可思议，她有点儿慌乱地挂断电话。一旁的吴明发现了她的异样。

"怎么了？"

"我爸……我爸他离家出走了！"陈楠说这话的时候自己都觉得这事太离谱儿了。

吴明脸色立马变了，"陈叔叔他离家出走？"于是一把拉住了陈楠的手就往前跑。

"去哪儿？"陈楠自己都还没反应过来。

246 　一定找到你

"当然是找人呀。"吴明不由分说地拉着她往前跑,"我有车,快点儿。"

两人根本无从得知陈父的去向,陈父平常很少出门,这一出去,要找起来简直像是大海捞针。车子在市区各路段兜转了许久,看着陈楠越来越着急,吴明建议说,"要不,先回去看看吧。"

"不行!"陈楠抚了抚前额的头发,"我爸一个人在外面太危险了,他身体不好,这会儿……"陈楠几乎都要哭出来了。

吴明拍了拍她的肩膀,安慰道,"我保证陈叔叔没走远,你就放心吧。"

"没走多远也要找到啊!他年纪那么大了,要是出了什么事该怎么办嘛?"陈楠情绪有些激动。

"交给我吧。"吴明盯着陈楠的眼神肯定道。他想起曾经的自己也是这样向这个女人许诺时的场景,同样是盯着目光眼神诚恳。

然而陈楠的情绪在这一刻却终于爆发了:"你们男人都这样!说什么都交给你们!说什么不用担心!然后呢……给我留下一大堆烂摊子!"她积蓄已久的烦躁终于爆发出来,一时间竟泣不成声。吴明在旁边默默看着,任她好好发泄一通。陈楠越哭越厉害,似乎止都止不住,吴明什么都不做,静静地陪着她。

陈楠自己也不知道自己哭了有多久,几乎是用尽全身的力气发泄着心中的郁结,此时竟有些哭得累了,很久没这么畅快地哭过一次了。看她渐渐缓下来,吴明递过一张纸巾,温柔地问:"好点儿了吗?"

陈楠点点头,显然,泪水冲刷出了她心中积聚太久的阴霾,痛哭一场,好像真是轻松一点儿了。可是父亲依旧不知所踪,陈楠一

第 16 章 虎口拔牙　　247

想到此，便又变得愁眉不展了。

"要不我们回你家楼下找找看？"吴明提议道。

"楼下？"陈楠显得很没信心，"我爸可是离家出走诶。"

吴明笑着说："陈叔叔是明事理的人啦，多半只是在家里赌了气而已，怕你担心肯定就不会走太远的。我们去看看吧。"

陈楠顿时觉得吴明说得很有道理。父亲确实不是那种喜欢惹事的人，于是两人立马又赶往了陈楠家的楼下。

开始四处寻找起来，陈楠走近那处离家不远的花园，一边呼喊着一边四处观望。

终于，一个身影终于闯入了视线之中。

"楠楠？"

陈楠忙定睛一看，对！正是自己的父亲无疑。原来父亲真的一直在花园里坐着。吴明这时也从旁边赶来了，他一把搀扶着陈父，一边随着陈楠走进了楼里。

开了门，陈父陈母两个依旧是互相嫌弃的样子，高母站在一旁，道了声："楠楠回来啦？"

陈楠朝着婆婆点了点头，"听爸说，您今早崴到脚了，严不严重呀？"

"不严重，不严重，现在已经没事了。"高母回答道。虽然脚并没有完全好，但这点儿疼痛高母自问自己顶得住，没必要给儿媳妇添麻烦。

随后陈楠开始批评起陈母来，话不重，陈母亦知理亏，倒也没有怎么辩解。高母一声不吭地走进了房间里去了，再出来时，却带了大大一行李箱的东西。

248　　一定找到你

陈楠记得,当初婆婆来的时候,就是带的这个箱子。高母低着头,兀自拖着箱子,从地板上碾过。

3. 高母执意要回家

"妈!您这是干什么?"陈楠赶忙上前去,一把拦住了高母。

"楠楠,听话,让妈回去。"说着要绕过陈楠。

"都这么晚了……再说您要是一个人走了,高健也不放心呀,别走了嘛。"陈楠看看窗外的夜色,心中很是不忍。

"我在这也帮不上忙,还净添乱,你让我回去吧。"高母说了几句看向陈母,陈母偏过头去,却是满脸的不屑。高母低下头叹了口气,"楠楠,就让妈回去住,听话。等小雪回来了妈再来看你们。"高母很坚持。

陈楠看着面前婆婆的诚恳,心中不由得伤感起来。其他人都没说话,陈楠其实也知道,将两家老人分开的话是对谁都好的。她感慨为何自己的母亲就没这么明事理,思忖了半天,陈楠终于还是点了头。

"妈,我送你。"

此时刚送陈父回来的吴明也开了口:"阿姨,我有车,这时候打车挺难的,要不我和陈楠一起开车送你吧。"

高母朝儿媳妇望了一眼。陈楠说了声:"那麻烦你了。"于是吴明提起高母的行李箱下了楼。陈楠搀着婆婆走在后面,这时候才发现原来婆婆的脚是根本就没有恢复的。陈楠心中不忍,又不知该说什么,差点儿又要掉泪。

三人上了车。天已经黑了，夜色很浓，连颗点缀夜空的星星也没有。陈楠一直偏着头告诉自己不要再去想这些事，但无力的伤感却还是止不住侵袭。高母显然也不像她所表现得那么释然，这些天来的打击让她同样是心力交瘁。车中三人陷入了尴尬的沉默之中，任何话似乎都显得有些不合时宜，彼此相顾无言，偶尔的叹息成了静寂中唯一的声响。

"回吧。"高母招着手。

"妈……对不起……"陈楠虽然很不愿意，但心中的自责还是俘虏了她的情绪。

"没事，没事，妈自己进去就好了，快回吧。"

陈楠目送着高母进了屋，然后转过身来，"我们走吧。"她的声音透着深深的落寞，掩藏不住。

"嗯。"吴明应道。

车路经一排路边摊时，吴明忽而停了下来。

"怎么了？"陈楠狐疑地问道。

"走！我们去吃路边摊！"说着不由分说地抓着陈楠下了车，然后跑向了就近的一家摊点。

"吃这个……"陈楠皱起眉来，说实话，她很少吃这些东西，总感觉有些不入流，想不到吴明这种"成功人士"居然也会热衷。吴明先是抓了一串羊肉串，吃得津津有味的样子，然后又抓过一根递给陈楠："试试！"

陈楠有些矜持地吃了一口，发现味道还不错。

两人又叫了几罐啤酒，吃吃喝喝说说笑笑，陈楠也暂时忘记了烦恼，她多想这样的时间能更多一些。这些日子也多亏了吴明，无论是工作上还是生活上，吴明都给自己提供了最大的帮助，陈楠越发地觉得吴明特别亲切起来。不知不觉时间飞逝，路边摊儿上的人也越来越少了，可两人却还全然没有要离开的意思，难得的偷闲，谁又愿意打碎这片刻的宁静呢？

4. 接到了石头的求救电话

另一边，还在街上开着车，沉浸在巨大急切感中的高健这时接到了一个电话。

来电人竟然是石头！

高健一个急刹车，将车停在了路边。原来惶恐的石头趁着看守不在的时候偷了看守的手机。也亏得这小子聪明，先前记牢了高健的号码，本就惊恐的声音经过电话信号的传递后变得更加颤抖了，那地方显然又是个偏僻的所在，信号有些不佳。高健仔细听着电话那边孩子恐惧的求助，自己的心也跟着揪紧了。

"石头！慢点儿说，叔叔听着。"高健努力将自己的咬字清晰地传递过去。

"叔叔……快点儿来救我，我好怕……"石头似乎在哽咽着，仿佛身后就是万劫不复的深渊与黑暗。"他们……他们在隔壁杀小孩子，我听见了，我听见了他们的惨叫声。他们还说要打断我的腿！"石头显得有些语无伦次，但总算把自己所遭遇的信息给说了出来。他不知道隔壁那些人是为了让孩子们"方便"行乞而把他们弄成了残疾,但那和"杀小孩子"的描述也没有什么出入。

高健一听便知道局面是真的很危急了,不管那些人贩子对孩子们做了什么,但绝对都是泯灭人性的作为,高健心中一凉:小雪还在他们手中!

"告诉叔叔,你在哪里?"高健急忙问道。

石头大致描述了自己的方位和周边特征,虽然无法提供准确的地名,但他已经尽力了。这消息来得及时却也异常紧急,高健知道自己再也等不起,挂了电话,一秒都不敢耽误,将方向盘一偏,和张紫涵开车上路了。

高健需要人手,他首先想到的自然是李人杰,驱车风尘仆仆又赶到人杰处,说明了处境,人杰当即便答应了帮忙。这确实不是什么小事。三人不做停留,高健将石头说的那个地方向人杰描述了一遍,而人杰对此地显然是要熟悉得多的,他略微沉思了一下,大概猜到位置。

石头悄悄把手机放了回去,幸而没人发现,守卫显然是不把这小鬼放在眼里的,想他势单力薄也不可能逃脱自己的掌控,因此显得有些大意,这倒是给石头提供了眼下唯一的机会。石头重新缩回了墙角,等待着未知的下一刻……

高健驱车在路上马不停蹄地奔走着,幸而有了人杰的指点,他很快看见了远处似和石头描述相符的地貌特征。车驶入了一片旷野,车中颠簸得厉害,三人都十分紧张,下一刻会发生什么谁都料不定。高健心中相信小雪肯定就在前方无疑,但只有冷静下来,拿出万无一失的策略和行动计划才能救出女儿和其他孩子,这点身为退役特种兵的高健是再清楚不过的。

石头蜷在墙角，终于门外有声音响起。他下意识地蜷得更紧了。门吱呀响着，而后被打开。进来的人是一个光头，石头认得他，他的脸上露出不可隐藏的害怕来，李贵望着那邋遢畏缩的孩子，露出一个冷笑，然后向旁边的跟班使了个眼色。石头被带了出来，虽然他一路上大哭大叫却依旧无济于事，很显然，接下来的事将会很恐怖。石头想起那日隔着墙壁听见的哭喊，脑子不禁变得一片空白，自己哭得多大声自己都不知道了，眼前是摇晃恍惚的一切。

高健一行已经远远看见了那排低矮的房屋。这地方很偏僻，所以建筑都显得很扎眼。看样子是被人废弃了的，可能是早些年代的工厂什么的。高健努力回忆着石头向自己描述的人贩子的藏身之所。

"对！就是那儿！"高健几乎要叫出声来了。

张紫涵马上做出个禁声的手势，现在丝毫的打草惊蛇都可能导致前功尽弃。三人开始谋划起策略来。

石头被带进了一个黑屋子中，那个提着石头的男人手突然一松，石头便摔倒了地下。有人点亮了房间里的白炽灯，昏黄的灯光照亮了这间小黑屋子。石头睁大惊恐的眼睛四处观望着，他看见了墙壁上挂着的锤子、斧子……

"啊！救命啊！"石头意识到了即将要发生在自己身上的事了，那样的恐怖又怎是一个八岁的孩子所能够承受的？石头开始不住地挣扎起来，那刚提着的男人有些不耐烦，粗鲁地抓起他，将他捆绑得结结实实的。

就在虎穴之外了，高健知道凭着自己和人杰两个是绝然不够的。高健想了想拿出手机拨通了弟弟高康的电话。

第 16 章　虎口拔牙

高健长话短说，将情况简要地介绍给了高康。然而就是这一番看似有些简略的对话，却着实让远在另一座城市的高康绷紧了神经。

"哥，你别轻举妄动，我马上通知我这边的公安朋友……记住！别妄自行动！"高康对哥哥高健的急脾气是再清楚不过的，此时也不忘多次提醒，生怕哥哥会意气用事。

三人一同商讨着作战计划。由高健和人杰引开看守等人，张紫涵趁机放出里面的孩子。三人一说定，开始了他们的行动。

5. 再晚一步，石头就要遭毒手了……

李贵从墙角拿来了一根铁棒。他故意将铁棒的一端在地上拖动着，发出沉闷的声响来，听得让人毛骨悚然。石头看着李贵一点点朝自己走来，不由吓得大叫。

高健三人的心瞬时被揪紧了，因为那声大叫分明说明了什么。

"石头！"张紫涵突然惊讶地说道，她认得那声音。

高健操着事先准备好的木棍就准备冲过去，却被人杰一把拦住。

高健不解地问人杰："你这是干什么？"

人杰冷冷地说："你要去送死吗？"

高健自然是不愿意再等下去的，因为自己才被捉进去的石头现在正面临着危险，高健又怎么能坐视不管。他盯着人杰，"这孩子，我拼了命也得救！"

"你拼命！你拼什么命？"人杰的表情突然变得痛苦起来，"我不允许你死在这儿！"

高健看着人杰这样子有点儿反常，但情况危急，也容不得高健多想。人杰继续说:"我已经错过一次了,绝不能再错!绝不能再有战友从我面前死去!"

高健知道人杰话中指的是什么,这些天来两人一直小心翼翼地避开那个话题,高健看着人杰,压抑地说,"我知道我对不起大家,我知道我冲动……这次,倘若要出什么事的话也就当是赎罪吧……"

"你赎什么罪!当年……"人杰低下头来,"当年要不是我犯了一个致命错误,导致化学毒气大量泄漏的话,也不会有那么多人死的,所以这也是我要留在这里的缘故呀,为兄弟们守墓…………"人杰几乎哽咽起来。高健的表情凝滞下来,他讷然地盯着人杰。

"所以,我再也不能忍受任何人在我面前出事了!高健,冷静些好不好!"

许久,高健才回应他:"不管当年的事是怎样的,都过去了,人杰。现在情况危急,我苟安于此,可能那边的孩子便要遭到毒手,更何况……我女儿还在那儿。"高健显得十分诚恳,张紫涵默默看着她,她心中想的是高健无论怎样做,自己都好好配合,而人杰此时也低下头来。

趁着这间隙,高健重新提着木棍往那传来叫声的小屋子冲了过去。

"糟了!"人杰心中一颤,但他没再多想,赶紧跟上。

两人隔着距离一前一后地往那平房冲了过去。高健心急,一脚将门踹开了。里面竟有十多条大汉!高健身手迅猛,抡起木棍便往就近的一人头上挥去,愣是一棍子把那人打晕在了地上。

其余人都很快反应过来,仗着人多势众都扑了上来。一边的石头看见高健,哭喊着"叔叔",而石头旁边,是正将一根粗铁棍举至空中的李贵。

再晚一步，石头就要遭毒手了。

这时人杰也冲进了房间，两个昔日的特种兵并肩作战，一时间居然没让对方的十多条汉子占到什么便宜。李贵见状也加入了恶斗之中。

张紫涵趁乱进了房间里。这平房虽然低矮但面积可着实不小。她冲到孩子们面前稳定孩子们的情绪，"阿姨是来救你们的，来，都跟着阿姨走！"门事实上很简陋，不过是普通平房常用的那种木门，加之年代久远，都有些腐朽了。因为看守的不过是一群孩子，那些人贩子也不曾太在意过，这倒给张紫涵提供了方便。她拿着事先准备好的工具凿开了门，然后带着孩子们鱼贯而出。

"不好了！"人贩中有个人眼尖，"小孩儿被人放出来了！"

李贵这时也注意到旁边关小孩儿的房子里一个女人正在带着孩子们逃跑，便朝着身边一人大呼道："快去！把那女人给我搞定喽！"

一个男人赶忙从阵仗中脱了身，朝那个方向奔去。高健一看情势不妙，也朝着一旁的人杰大呼："你带着他们先走，这边我来拖延！"

人杰略微迟疑了下，但还是听从了高健的建议。他知道此时这也是唯一的办法了，为了不让高健的努力落空，他抽身，抱起不远处的石头便往张紫涵的方向跑去。

6.险些遭遇毒手

高健双眼通红，怒气高涨，像一头受了怒的狮子，在人群中跳跃撕扯。那些人单干没一个是他的对手，可是对方实在人多势众，这番一来二往间，高健逐渐地处于劣势了。

李贵绕到高健的背后，趁着高健刚掀翻一个人的空隙，一棒子打在高健腿上，将高健掀倒在了地上。

这一击可着实不轻，高健龇着牙表情痛苦，蹲在了地上。紧接着所有人都瞄准机会扑了上来，高健寡不敌众，终于被他们绑在了椅子上。

这时外面两个男子也十分狼狈地走了进来，"被他们逃了……"他们神情沮丧。

"什么！"李贵显得怒不可遏，一下子从座位上跳了起来，恶狠狠地盯着高健，"说！他们的逃跑路线！"

高健这时候满脑子都是小雪，"你告诉我，我女儿高雪的情况怎么样了？"高健不答反问。

"哦……你说的是那个小女孩儿吧。"李贵开始狞笑起来，"现在……应该已经被弄瞎了双眼在街上乞讨吧。"

高健只觉得一股血气上涌，几乎要撑爆他的脑袋。他的脑海中一片空白，一股怒气堵在胸口，又引出了巨大的恐惧感。

"不会的，不会的……"他有些癫狂地喃喃自语着，"你告诉我！小雪到底怎么样了？"

李贵将手中的铁棍往高健背后一砸，"别跟老子在这吠！告诉我，你们会把那批孩子带到哪里去……你最好告诉我，不然……你，还有你女儿……就都死定了。"

一大笔钱财就这么不翼而飞了，李贵心情自然郁闷到了极点。他提着铁棍，慢悠悠地走到高健面前，"刚才准备打断那小鬼的腿

第 16 章 虎口拔牙

的,想不到你们过来砸了老子场子。这笔账不能就那么算了,要不我把你的腿给打断了吧。"

高健坐在凳子上努力地想要挣扎,可是毫无办法。绳子捆得很紧,他根本动弹不得,眼下唯一的希望便是期盼警方的人能早些到了。高健盯着那根粗铁棍,心情也不由紧张了起来。

"哦,不对!打断你的腿多没意思……直接打爆你的头吧。"李贵居然呵呵地笑起来,似乎这是番不错的游戏。他双手抡起那根铁棍,轻轻地在高健后脑门上碰了两下,以示瞄准。高健只觉得后脑门嗖嗖地发着凉,居然也有些害怕起来,毕竟这群家伙可都是些穷凶极恶之徒。

李贵可不是闹着玩儿的,他的表面装得无谓,可是心情早已愤怒到了极点。一个连小孩儿都忍心下狠手的禽兽自然也是不会在此刻留情,但就在这个时候,一场意外打乱了他的节奏。

门被人猛地踹开了,一屋子人正疑惑间,却看见一队警察荷枪实弹地冲了进来。

"不许动!都双手抱头蹲下!"为首的一个警察朝着屋子里的人大声命令道。他们看见了被绑着的高健,给高健松了绑。

"没事吧?"那个为他松绑的警察问道。可是高健无心回答,他的眼睛依旧死死盯着此时服帖蹲着的李贵,心里满是怒意。

高健终于还是虎口余生捡回了一命,但他哪敢丝毫放松,胸中的怒意驱使他对着李贵就是一拳,快得警察拦都拦不住。

"说!小雪在哪里?"高健大吼着。被高健的一记重拳打得眼冒金星的李贵此时却也没了脾气,他有些后悔刚才向高健撒谎说他女儿的遭遇。

李贵躺在地上，手被铐住，自知大势已去。

"被上家的一个女人带走了，不知道她的名字和联系方式。她在我们这个体系中地位比我要高……我只知道那女人是 B 城的。"李贵的表情像个丧家之犬。

高健一口血吐了出来，他一个趔趄，被旁边的一个警察扶住，那警察朝着身后的人大叫，"快叫救护车！"

很快，高健上了救护车被送往了医院。这伙人贩子亦被押解着回了派出所。高健一直在想李贵的那番话，觉得刚刚来临的光明似乎又蒙上了一层黑暗。

第 17 章

心急如焚

1. 不在状态，工作出了大错

陈楠为最后一次谈判准备了很久。

虽然最近发生了很多事，但此次谈判对自己的职业生涯来说或是对吴明公司的利益来说都是十分重要的，所以她不敢掉以轻心。整天加班加点，调研资料已经堆了一堆，陈楠力求做到对案子的每个细节都了然于心。上一次的谈判虽说占了上风，但陈楠是绝不敢掉以轻心的，她知道，任何一个细微的纰漏都有可能会使整个过程的努力前功尽弃。

另一方面，虽说高母的离家让陈楠心中一直歉疚不已，但不得不承认家里如今确实是安静了许多的，这也使得陈楠的心情逐渐平复，夜以继日的忙碌让她暂时忘掉生活中的不顺与担忧。

终于到了上谈判桌的日子了，陈楠心情倒是很平静。这场谈判虽然重要，但已经不至于让她紧张。

在谈判场桌上，局势几乎朝着陈楠计划的一样发展，陈楠把每个环节都做得密不透风，一开始就是压倒性的优势。吴明在一旁连连点着头，心中惊讶着陈楠的精明和善辩，她游刃有余地化解着对手一次又一次略显凌厉的攻势，显然进了状态，已是一副胜券在握的样子。

然而接下来发生的一切却彻底扭转了战局。

对方拿出了新的证据来控诉吴明的公司。这让陈楠有些措手不及，她诧异地望向吴明，想知道为何自己不曾知道有关于此的信息，吴明无奈地耸了耸肩，表示遗憾。

谈判在瞬间被对方逆转。

最终，出示了"新证据"的对方成功控制了战局。陈楠的应付渐渐显得力不从心了，甚至她个人都觉得自己这边理亏，更谈不上反驳或者回击了。

结束后，陈楠心情很低落，心不在焉地，自己终究还是败诉了。虽然是临时出现的新情况，自己确实无能为力，但输了便是输了，吴明的公司要面临承担很大一笔损失，陈楠一个人抱着文件缓缓低头走着，心事重重。

"嘿！陈楠！"身后有个人在叫自己。陈楠转过身去，看见向自己跑来的吴明，她有些愧疚，低着头说："吴总，对不起……"

"哎，不能怪你啦。"吴明却是一副满不在乎的样子，"那是我们公司内部的疏忽……"吴明伸手挠挠头，笑得有些不好意思，"当他们出示那个的时候，我就知道，我们赢不了了。"

吴明盯着陈楠，"你已经很棒了！相信我！"

陈楠抬起头来，看着吴明如水的眼眸，心中竟泛起一层温暖的涟漪。她终于露出了笑容，看着吴明，说："谢谢你……"

吴明承受了最大的损失，此时却在一个劲地安慰陈楠，这让陈

第17章 心急如焚

楠甚为感动。

这时,陈楠的电话响了,是高康打来的,她当即想到:是不是有关丈夫的消息?

陈楠猜得不假。

"嫂子,我哥他在 A 城受了些伤。"高康也不打算瞒她。

"什么?"陈楠一听便着急起来,"现在他怎么样了?"

"没什么大碍了。嫂子,你有空儿的话来一趟吧。"高康建议道。

"嗯,好,好,我尽快过来。"陈楠心中慌乱,连忙答应着。

陈楠恨不得马上飞到丈夫身边,她很清楚,高健受伤一定是为了女儿,丈夫为了女儿的下落四处奔忙,而自己却还对所有人隐瞒着那个秘密。她恨自己的自私和懦弱。

2. 陈楠决定去看望高健

医院的病房内,高健沉沉地睡着,许是这些天他实在太疲累了,这一觉竟有睡不醒的趋势,中间醒过几次,但很快便重新入眠。他的身上尽是淤痕,但从开始到现在他都没有吭过半句。

紫涵一直守着,不愿离开医院,她搬了一把小板凳坐在高健床旁边,单手撑着下巴默默注视着这个让自己心生爱慕的男人。然而倦意终于在夜深的时候战胜了一切,紫涵伏在床旁边睡着了,睡得很沉。

高健迷迷糊糊地睁开眼时,东边的窗已经透进来阳光了,洒在洁白的病床上,铺出了一层安谧的金黄色。他努力地将身体从床上撑起来,乏力地靠在床的靠垫上,然后看见了在自己床边埋头沉睡着的紫涵。

高健心中有些感动：这女孩一晚上都守着自己吗？

他故意咳嗽了两声。紫涵醒了过来，看着高健带着伤略显狼狈的脸浅浅地笑了下，对高健说："你醒啦？"

"嗯。刚醒来。"

紫涵从板凳上起身，然后扶着高健将他的身体往上挪了些，又转身去帮高健倒水，俨然一个"贤妻良母"。

高健看在眼里，很是不好意思。

"紫涵，不用啦，你回去休息会吧。"

紫涵端着手中的水又走了过来，"那怎么行，我走了谁管你死活呀。给，喝水。"

高健哭笑不得地接过紫涵递过来的水，轻轻喝了一口，然后将杯子放在了床头旁的茶几上。紫涵上了发条似的自从高健一醒来就不厌其烦地为他忙这忙那，使得高健很不习惯。

说实话，高健对紫涵的好感也是与日俱增的。这些日子以来，紫涵一直全力帮助自己，他都看得见感受得到，也对她心存感激。

"你真是个好父亲，为了女儿不顾一切。"紫涵坐在床旁边的板凳上，开始与高健聊了起来。

"算不上什么好父亲。"高健自嘲道，"是我弄丢了女儿。"他显然对自己当时的疏忽无法释怀。

"可是你从未放弃过，不是吗？你很伟大了。"张紫涵想起自己童年的那段时光，不禁又感喟起来。可惜，自己在当时却不是那么个幸运的女儿……

高健苦笑起来，"不，这是一个父亲应尽的责任罢了。那你说，

第17章 心急如焚　　263

你为什么愿意帮那些和你没有血缘关系的孩子们呢?"

"也是责任吧。"紫涵偏着头好好想起来,"对,责任……这也是一个人应该担负的社会责任吧。"

"真想不到年轻人还有这样的担当,我敬佩你!"高健习惯性地摸了一下额头,刚巧碰到额上的伤,他疼得猝不及防地咧起了嘴。

紫涵凑近去看高健头上的伤口,虽然不是很严重,但那青肿处至少在张紫涵看来足以显得触目惊心,紫涵不禁有些心疼,于是帮高健轻轻吹着那处伤处。

而就在这个时候,病房的门被推开了。

两人不约而同地将目光偏向门外,原来是陈楠和吴明二人。

3. 小雪难道是在人贩子那里?

原来陈楠得知高健的受伤后,连夜就要过来。吴明见她心急,于是自己开车带她。两人经过一夜的奔波,此时终于站在了高健的病房前。

"你怎么来啦?"高健看见妻子,还觉得奇怪。

"哦……高康告诉我你受伤了。"陈楠一进来就看见高健、张紫涵两人温馨的一幕,心中顿时似有某种情绪作祟,走神了片刻,再正眼一瞧时,看见高健满身伤痕的狼狈样子,陈楠担心地冲了过去。

张紫涵知趣地起身往门外走,随着吴明一同去了外面,剩下高健、陈楠夫妻俩留在房间里。

"好些没有?"陈楠没敢去碰高健满是伤痕的身体,但依旧离得很近。那伤在她眼中放大得触目惊心，每一处都让她心疼不已。

"嗯，没事的啦，一点儿小伤而已。"高健轻声安慰她。事实上身体还是疼得厉害，特别是这会儿刚醒来的缘故，那种痛感就更加明显了，但他不希望妻子为自己担心。

陈楠看着他不再说话了，眼中噙着泪水，低下头，沉默着。高健知道妻子看着自己的这副样子肯定会很难过，所以一开始的时候他并没有想过要叫妻子过来。但是高康显然不是这样想的——他担心哥哥无人照顾，但更重要的，他顾虑着张紫涵的存在。

陈楠到来之前，没有人通知高健，此刻的他努力地想表现得轻松自在，希望能让妻子放心一点儿，但身上的伤骗不了人。陈楠注视着身上满是伤的丈夫，心中既是担心又是责难，责难自己置身事外什么都帮不上，也责难丈夫逞能，一个人扛着所有事。

"对不起，我们的小雪还没有消息……"高健眼眶泛红，他知道在寻找女儿的这件事情上，自己做的还不够多，甚至有点儿无能为力。

"我知道你已经尽力了，以后不许这样冒险。"陈楠说着，泪珠不受控地一滴一滴滑落。

这时一阵轻轻的敲门声响了起来，高健朝着门外叫了声"请进"，一个小男孩儿推门走进来。高健一看，竟然是石头。原来石头的病房就在隔壁，他被救得及时，伤得不重。

"叔叔！"他望向高健，然而很快又发现叔叔的身旁换了一位阿姨。石头怔了怔，虽然不明情况，但还是很礼貌地再补了一声"阿姨好！"。陈楠见着这不认识的可爱小孩儿，也笑着点了点头。

第 17 章　心急如焚　　265

"石头，快过来。"高健朝他招着手。于是石头欢快地跑了过去。到了床前，石头也学着阿姨的样子坐在叔叔的病床前。两人都穿着蓝白相间的病号服，颇有几分父子相。

"石头？"陈楠饶有兴致地打量着面前这个虎头虎脑的小孩子，喜爱地摸了摸他的头，石头显得乖巧顺从，似乎也很喜欢这个阿姨。石头朝向高健，用他清澈如水的眸子注视着他，问道："叔叔好些了吗？"

高健被这可爱的孩子逗乐了，脸上泛起一丝笑意来，"嗯，叔叔强壮着呢！没事。"

孩子的出现为两人间的气氛带去了鲜活的欢笑，高健摸摸他的头，流露出毫不掩饰地喜欢来。

这些日子以来石头遇见的最好的大人也该算这里的叔叔阿姨们了。特别是为了救孩子们而与歹徒搏斗的高健叔叔，更是让他崇拜极了。男孩子都有一个武侠梦，而高健叔叔就是个大侠客，让他仰慕不已。他想起当时叔叔修理坏人们时的场景，忍不住就要跟着记忆中的动作手舞足蹈起来，俨然陶醉到了自己的大侠梦中。

"叔叔，为什么你那么厉害呀？"

高健笑着说："因为叔叔曾经是军人呀。以后石头好好读书好好锻炼，将来也能像叔叔一样厉害的。"

石头显得很是兴奋，想不到自己遇见的叔叔还曾是军人。这对一个孩子来说简直是一件值得夸耀的经历了。这时候再想起记忆中的黑屋子，阴冷的角落，便也没那么怕了。高健应该觉得欣慰，自己不知不觉间治愈了一个孩子的心灵。

此时紫涵和吴明也走了进来，大家一起寒暄起来，仿佛这只是一次普普通通的医院探视而已。

但很快，警察的到来却提醒着他们事情的严重性。看到当地的警察来了，高健努力地尝试坐起来，腰部很疼，那是被李贵用铁棍打出来的伤，见他痛得龇牙咧嘴的，一个警察赶忙过来阻止，"别别别，你好好躺着就行！"示意高健不用为难自己。

另一个警察也走了过来，简单询问了一下高健此时的状况，然后开始向高健通报起他们所了解到的情况。

当然，高健是直接当事人，他有权知道一切。

"高健同志，这次你做了大贡献！我们总算端掉了那个团伙……虽然现在得知那只是整个犯罪链条中的一环，但确实已经是案子的实质性进展了。"警察向高健表达着感谢。确实，倘若不是高健执着地跟进，那帮人贩子这会儿可能还在外面兴风作浪呢。

高健心中惦念着小雪的下落，他追问道："那你们有没有其他的新的消息？比如这个团伙的上家人的信息？"

"暂时还没有，现在我们正在审讯那帮家伙。你放心，等有了消息，我们会第一时间告诉你的。"那警察向高健承诺着，"很快就会有进展的，请相信我们。不过，在此之前请你还是不要轻举妄动，这话也是你弟弟高康的意思，他很担心你……"

就眼下而言，高健拖着一身伤，也就只能先等着警方的消息了。

警察告辞后，陈楠和吴明一脸惊悚："小雪在人贩子手里？"

4. 家这个东西，石头又是何尝不想的呢……

高健反应很快。"不是，小雪肯定在夏志军那里，但现在还查不到他们的具体位置。这次只是碰巧查到了一个拐卖团伙而已,小雪不在其中。"高健停顿了一下,说道,"夏志军不会那么丧心病狂的。"

虽然这话说出来时连高健自己都不信,他已经很肯定小雪就在人贩子手中了,而且很显然夏志军也跟那些人贩子是有联系的。在取得真正的进展前高健想暂时先瞒着妻子,就像当初不说自己来A城的原因一样。

陈楠若有所思地点了点头,刚刚悬着的一颗心也稍微放下了些。这虽然不是什么好消息,但总比"小雪被人贩子拐走了"的消息要好多了。

吴明开始还吃了一惊,想小雪怎么可能和那个莫名其妙地拐卖儿童团伙有什么联系,听了高健的解释也终于还是放了心,但高健对夏志军"丧心病狂"的描述却还是让吴明不禁冷笑起来。

"丧心病狂?我只是回来毁掉原本应该要属于我的一切罢了,有错吗?"吴明心中暗暗地念着,目光凛然,但幸而没人注意,"你们果然还是被'夏志军'调去了所有的注意力。错了,都错了……哈哈!看你们怎么跟我斗!"

高健的额上冒出汗来,还好,没人起疑心。这时候说出小雪被人贩子带走了的事实只会添加大家的恐慌,特别是陈楠,所以高健决定了隐瞒。紫涵见势也明白了高健的想法,不去插话,反而生怕高健的话中会有什么漏洞。还好,看样子,高健的谎话过了关。她不合时宜地舒了口气,高健紧张地忙将目光投向了她,然后找了个话题掩饰:"哦,对了,石头的爸妈还不知道石头得救了吧。紫涵,你要是有空儿,帮忙打探打探……"紫涵点了点头,当即允诺下来,觉得高健所说的也确乎是有理的。石头在医院连个家属也没有，实在不方便。而且离家这么久，遭遇的又是连成人可能都没办法忍受的迫害，石头心中也一定早就渴望家的感觉了。她偏头看向石头，石头在旁边却是一脸落寞的样子。对啊，家这个东西，石头又是何尝不想的呢？

然而石头低着头，仿佛是有心事的样子。高健忙摸摸他的头，轻声问他怎么了。

石头说："好久好久都没看见过爸爸妈妈了……我怕……我怕他们都已经不记得我了。因为我都不怎么记得他们的样子了。"

这话深深刺痛了在场所有人的心。

长期离家在外缺乏家庭温暖呵护的石头，此时却陷入了另一场赌局一般。

张紫涵是个行动派，她听罢石头的一番担忧后只觉得这种感觉自己是如此的似曾相识，于是他牵起石头的手便说："不怕，阿姨这就去公安局找那边的叔叔帮忙，你要听话乖乖地好好休息哦。"

紫涵知道自己现在留在高健的病房里也帮不了什么忙，听完石头的心事后她的心情也莫名其妙地被渲染了。

"都快要不记得了……"这样的描述，从一个孩子的口中出来，却是一件多么令人揪心的事啊。紫涵突然间觉得自己很有些悲伤。

于是马不停蹄地驱车来到了公安局，一进门，很多民警都一眼认出了这个帮助破获特大儿童拐卖案的女记者。但紫涵也没空儿寒暄，于是找着人便开始直入了主题。

"我们那还有个八岁的小男孩儿，也是从那里被救出来的。我想问问他的资料还有没有办法查询得到，我希望能帮他找到他

第 17 章 心急如焚　　269

的家人。"

"哦,这样啊……我们会努力的,要不您先回去,到时候有消息了再通知您吧。"那警官答道。

紫涵一听便有些不满了,自己专程赶过来,就是为了能带回个消息的,可是对方却直接叫自己回去等,这显然不如紫涵的意。

"我就在这儿等着好吗?"

"因为这个工作没您想得那么简单……这些被拐孩子的户籍大多是很久前的信息,要查到并不容易。"那警察解释着,"放心,知道消息后会通知你们的,而且……队里还要向高健了解些信息,如果他身体好些了,请他来一趟好吗?"

紫涵只好点点头,同意了下来。显然,确实是自己想得太简单了。紫涵起身告辞,有些不甘心地回去了。

但石头自己倒显得没那么所谓,从地狱出来,会觉得随处都是天堂。说实话自己已经很满足了,毕竟身旁有这么一群好心的叔叔阿姨。

紫涵将警察的话转述给了高健,高健点了点头,说实话他也想尽早去一趟公安局,希望得到更多小雪的消息。于是尽快养伤成了眼下最为迫切的事。他刻意在陈楠面前避免着涉及小雪的问题,希望大家情绪都能稳定些。

陈楠将最近家中发生的事告诉高健,当说到高母回家的事时,高健陷入了沉默之中。

许久,他才抬头对妻子说:"那样也好,这些日子难为你了。"他自然清楚陈楠在家里的尴尬,母亲作了一个顾全大局的决定,虽然也会有些心疼,但心里很感激。

陈楠低下头。这些日子,高健比她自己做的,实在多太多了。

静养了大半天,高健身体亦恢复了七八成。他的身体比常人要好,而且上次受的大多是皮外伤,在医院治疗,康复得很快。下地后的第一件事自然是去公安局,紫涵开车带他,两人带着满满一脑子问题和消息驶向了那边。

5. 虽然失望,但总算有了一些线索

有过一次去的经历,这次很快便到了。紫涵和高健下了车,刚准备走进去就迎来一个警官:"哎呀,刚准备去找你们的。"

高健忙问有什么事,那人一手放在高健的肩膀上:"进去说吧。"三人来到了一间办公室内,那警官的表情显得似有些沉重。

开门见山,警官首先告诉了他们一个不怎么好的消息:"上次张女士嘱咐我们调查的那男孩儿的户籍和家庭背景,我们已经确定了查不到……被拐时间太长了,现在任何公务信息网络上都没有那男孩儿的信息,所以找到他的父母……恐怕没什么可能了,至少暂时来说如此。"

"什么?"高健简直不敢相信,石头的爸爸妈妈找不到了,这意味着什么?他要一个人度过童年,一个人生活,一个人打拼在未来的日子里……也许会一直孤独,也许看见同龄人时会不好过。

高健眼神诧异:"他才八岁呀!没有家庭他一个人要怎么过?"

"我们已经决定将那男孩儿送往福利院了,福利院里有专业的看护人员,他在那里会过得很好的。"警官那语气中更多的分明是

一种无奈的安慰。

"福利院？"张紫涵心情有些激动，"可是他才八岁。你知道家庭对一个孩子来说是有多重要吗？"

三人都叹息起来。

"对不起，我们实在也无能为力了。"警官说完这句"总结性"话语，办公室便陷入了短暂的沉默之中。

石头虎头虎脑的形象在高健紫涵脑海中活灵活现地浮现起来，然而那可爱背后，却是如此令人遗憾的结局。紫涵回想起自己的童年，这么多年来她总希望自己能做得更多，以避免类似的悲剧一遍又一遍地重演，可是石头的遭遇硬生生地在紫涵心中插了一刀，让她十分难过。

"哦，对了。"警官的再次发言打断了沉寂，"警方没想到这次案件的破获竟是出于你们的帮助，我们想知道，你们为何会参与这件事……我是想问，你们的动机。"他的表情变得严肃起来，毕竟平民参与这种事于警方而言是不应该鼓励的，太危险了。可是高健和紫涵的认真度和参与程度都明显超出了一般"路见不平拔刀相助"的范畴，这对警方来说是一个不能忽略的问题。

高健心中想的自然是小雪的安危，可是如今小雪显然是事先被李贵所说的"上家"转移了的，线索虽然有，但高健自问拿不出什么有力的证据证明。这样的情况下即使告知警方亦是徒劳，毕竟有了上次的教训，志军在这种扮演的角色亦不明朗，而且高健还有可能被警方以"安全问题"为由劝阻自己的继续跟进。他快速地权衡了利弊，决定先向警方隐瞒自己的目的。

而紫涵一直偏头看着高健，她知道高健一定会有自己的打算，不管是怎样的打算紫涵都决定与高健统一战线，所以一直没发声。

"您知道'迷路天使'吧？"高健望向那个警官。

"当然，一个很了不起的网站。那个网站为我们警方的刑侦工作提供了很多有价值的信息。"警官听到"迷路天使"四个字时，眼神中流露出明显的欣赏来。

"这位张紫涵小姐就是那个网站的创办者……所以，您知道为何我们会有那么大的热情去拯救被拐儿童了吧。"

紫涵听了这话有些哭笑不得，想不到高健这家伙会把自己当挡箭牌来使，但事到如今只好配合着高健："对，我想每个人都应该有承担社会责任的觉悟。"她说着自己听起来都会觉得肉麻的话。

警官目光早已发生了变化，他面前坐着的女子原来竟是个如此令人佩服的人，这让他很吃惊，心中的疑问也得到了释怀。确实，他没办法否认某些人的高尚。

随后警官再向二人说了些拷问人贩团伙时得到的讯息，并再次赞扬了二人的巨大贡献，然后就没什么事了。高健紫涵告辞，离开了公安局。警官提供的消息说实话是让高健有些失望的，他最想知道的是有没有夏志军的消息，然而警官摇着头表示未听到过这个名字。

但也说不上灰心丧气，这次不能说是毫无收获的，救了一批孩子不说，还找到了小雪留下的痕迹——一只发卡。高健更有信心了，找到小雪，这是他心底唯一的想法。

两人回到医院，便发现弟弟高康也过来了，原是来探望高健的，此时却发现"不辞而别"的哥哥现在又同那个叫张紫涵的女人一起

第 17 章 心急如焚　　273

回来了，心中有些隐隐的猜疑。原来早些时候高健怕陈楠不让他这时候去公安局，便瞒了他们，只让紫涵带着自己过去。高健的伤还没好，大家都对他的这种举动十分不满意，觉得高健不拿自己的身体当回事，唯有高康的心中却是有另一种担忧的。

趁着四下无人的时候，高康来到高健的病房。

"哥，你老实说，为什么会来 A 城？"显然，高康已经关注哥哥的异样很久了，他希望得到一个合理的解释。

高健自然不愿此时将那些事告与弟弟，现在家里已经足够乱了，而他也正是有了线索的时候，非常不愿意横生枝节。他快速地想了想搪塞弟弟的理由，然后故作镇定地回答道："哦，我是在帮张紫涵的忙。她在追踪被拐儿童……你想想，一个弱女子独自干这事的多危险呀。"

高康半信半疑地看着高健："帮忙？帮忙能把命都搭上吗？"他显然指的是高健不听吩咐自己冲进人贩子中救人的事。哥哥能冒这么大的险去救人，这可怎么看都不像仅仅是"帮忙"这么简单的。

"呃……那不是情况紧急吗？"高健心中暗骂弟弟头脑太聪明不好骗，但他已决心一口咬定是帮紫涵忙而已，料定弟弟也问不出什么来。

果然，高康终于还是放弃了追问，自己缓缓出了病房门。然而他的放弃却不是"相信"那么简单，他知道哥哥一定向自己隐瞒着什么，当然没办法将事情联想到自己的侄女，但他心中却是有着另一番担忧的：哥哥莫不是真背着嫂子和那个女人好上了？这个想法着实困扰人。高康在医院走廊上唉声叹气，心情很是糟糕。

第三天，高健自我感觉好了些，伤好得差不多了，这些日子陈楠一直陪着自己，高健的心情也逐渐恢复了平静。这次意外，客观来讲确实是给了他一个额外的假期。

当然，在这个假期之中，高健还有一件重要的事要去做。他约了人杰，两人结伴到了一处墓园。当看见那一座座墓碑之时，两人同样的心情沉重。

高健的手轻轻抚摸着那一块块石碑上无比熟悉的名字——在那场事故中牺牲掉了自己年轻生命的战友们的名字，终于，眼睛有了丝丝潮意。人杰早已泣不成声。高健知道，人杰所承受的一直就要比自己多得多，他可以想象人杰每每来此处时哭得不能自已的样子，心中不由疼痛。

那沉重的笑意，那悲戚的往昔。彼时的记忆悄无声息地将他们淹没了……

第 18 章

恐吓再至

1. 单位突然有了急事

这段日子发生的事情实在太多，从墓地回来后的那一整天高健都没怎么说话，多年以前的一个心结总算被打开——自己犯的错并非致命的一环。看见人杰痛苦的脸时，高健决定让这件事的真相永远埋葬，毕竟自己早已经取得了大多数战友的原谅，而人杰，他更需要被尊重。

刚回到住的酒店，一个电话便打了进来。高健这才想起来 A 城的这些日子，自己都几乎与外界断了联系。因为手机总是处于关机或者没信号的状态，所以错过了很多电话，但高健一直有事在身，也来不及给人家打回去，事实上可能只是嫌麻烦而已吧。但这次高健总算没错过这个电话了，他应该为之感到幸运。

"喂？高总吗？"一个男人见电话终于通了，语气显得很是急切。

"嗯。"高健听出来那是自己助理的声音，"小王啊？有什么事吗？"

"哎哟，您可得快些回来了，明天您可有重要的人要见呀。"小王有些不淡定，"他们说您去了 A 城了，您可别吓我啊。"

高健皱着眉想着是谁这么重要非得自己去会见，但很快脑子里灵光一现。对！自己好像是有个这样的日程，见一个金融机构的投资人。

"什么时候？具体些。"高健心中也着急起来，那可关系到公司的融资啊，可以说是事关重大的问题了，高健作为公司的高管，这个事情是绝不能被自己耽搁的。

"明天上午八点开始。"小王回答道。

"上午八点？"高健差点儿没叫出来，要知道自己这会儿还在 A 城呀。看着窗外渐晚的天色，高健有些为难。但眼下已经没别的办法了，又不可能临时去机场买机票，只好驾车连夜赶回去。高健将此番话说与众人一听，便得到一阵意料之中的惊呼声。

"什么？今晚就回去？"

高健表情无奈地点了点头："嗯。"

陈楠当即表态要陪高健一起去，丈夫也算是"大病初愈"，身边怎么能没人照顾？况且又是要面临那样重要的磋商事宜，这对于已经离职很久了的高健来说简直是不可能完成的任务。事先也没有准备什么，本来这事高健是很重视的，但自从女儿失踪之后他哪里还顾得了工作上的事呢。

"我明天向公司请假，陪你去。"

"不用了。"高健不想妻子为了自己的事麻烦，"我行的，相信我。"他表情肯定地说。

"可是你看你，伤都没全好，现在去谈事情……怎么谈得了

第 18 章 恐吓再至 277

嘛？"陈楠依旧忧心忡忡。

高健朝她笑着："我可不是第一次干这事了,闭着眼睛也能找到门路呀。"高健信心满满,虽说他也知道自己此时的状态也许并不怎么好。

陈楠还是不放心,见高健笑的样子也觉得他是在安慰自己罢了。但高健却显得很坚定。她知道丈夫的性格,只要是他已经决定了的事,无论旁人怎样说,他都不会轻易改变主意的。一时间陈楠自己也不知道该说些什么了。

高健朝向一旁的吴明："麻烦你了。"

吴明心领神会,高健是让自己将陈楠送回去的意思。吴明点着头："嗯。"

陈楠望向高健,又看看吴明,想这两个男人的配合倒是默契,不由无语。

"走吧。"吴明向陈楠招呼了声,便往外面走去。

陈楠犹豫了片刻,还是听从了丈夫的安排："那我走了。"说着转身跟了上去。

高健点点头："好的,别担心。"

看着妻子离开时的背影,高健总算松了一口气。倒不是真的有那么自信,高健感觉自己的体力随时有透支的可能,但他不想让妻子过于担心,毕竟妻子也是帮不了自己的忙的。这件事之前一直是高健盯的,做了大量的准备工作,要公司临时找人顶上几乎是不可能的,高健明白这件事对公司今后的融资至关重要。他不能输。

于是等陈楠前脚一走,高健立马开始换起衣服,时间当真是很捉襟见肘了,上班的"路"还很长,他必须在当下就开始准备。穿好西装，系好领带，穿好皮鞋，将头发整理了一番，高健显得很干净利落挺拔精神，紫涵也不禁感叹了番。平日里见的高健都是一副休闲装示人，甚至有些不修边幅，可如今一看，整装待发的高健真有一副领导气质。

他整理好了一切，朝向紫涵："要不你也先回去吧。这段日子真是辛苦你了。"高健的言辞中透着难得的诚恳，许是离别时说话的缘故，高健话语中那股子桀骜气也荡然无存，表现得很绅士很得体。紫涵看着挺心动，但她同样是担心高健的状态的。

"我明天不用上班，我陪你去吧。"紫涵的语气不像是商量，更像是在央求。

高健有些哭笑不得，心中想为什么这些女人都那么不放心自己，难不成自己在她们心中的形象真的有那么脆弱？高健摆摆头，露出一个尴尬的笑容来："这是女人们的母性在作祟吗？"

紫涵一听这话自然有些气急，心里想这高健果真是不解风情，便嗔怪道："你就笑吧，我是担心你才……"说着她有些娇羞地低下了头。

高健点了点头："那行吧，要一个人回去的话也不太好，我们一起走确实还能有个照应。"高健看见紫涵的坚持，于是同意了下来。她在 A 城同样没什么照应，一起来的也当一起回比较好。两人商量妥当，于是踏上了回程之路。

2. 折磨人的谈判

出了酒店的时候天色已晚，高健心中合计着要是马不停蹄地往回赶,应当还是能按时回到那边的。临行的时候小王又打来电话问询,惹得高健心烦意乱。他说自己会尽量赶到,可是公司那边显然还在向自己施压,高健隐隐觉得这次的会面可能要比自己想象中的还要重要得多,倘若拿不到那笔钱,对公司而言受到损害的可能就不是发展受阻那么简单。公司花了重金开发的产品可能会因缺乏资金支持而推广受阻,而那意味着对公司的致命打击。

"先无论如何,回去再说。"这些天来公司的事他也没怎么管过,但高健清楚这次的事是与之前绝然不同的。在车上,高健临时补着功课。对方是"巨石基金"的老总,专业的风险投资人,专门为有发展潜力的公司提供大额投资以获取回报。高健知道这样的基金公司大多十分小心谨慎,不会轻易将钱花在自己没把握赚的地方。高健所在的公司是一家起步不久的IT公司,但高健在业界的闻名已经很能凸显他的实力了。对方也是看中了高健所在公司的发展潜力才愿意就投资一事相谈的。高健在车中深呼吸着,暗示自己放松一些。这样的场面不是没见过,只是这次的状况有些不同。

"只能看临场发挥了。"高健无奈地对自己说。

两人驱车连夜奔波,到达的时候天都已经亮了。东方的鱼肚白昭示着他们的时间早已经所剩无几。两人看着那不留情面的钟表指针转动,心情十分急切。

踏进公司大门的时候高健再次看了一下时间,糟了,八点过两分。高健心顿时凉了半截。他向尾随自己的紫涵喊了声:"在会议室外等我!"然后缓下奔跑的步子,整了整衣领,身体挺直地走进了会议室中。这样关键的时刻不能乱了表情,高健一瞬间就像变了个人似的,一扫平日可见的萎靡、疲劳与慌忙,变得很有精神很淡定,紫涵在背后远远地看着这个瞬间职业化的高健,心想这样的他还是挺帅气的。

会议迟到是这个行业的大忌,特别是在自己的"财神爷"面前迟到。高健迈着沉稳的步子进了会议室,心中却是忐忑不安。

代表投资公司出面的是一个干练老到的男人,大约六十岁,头发稀疏,双鬓斑白,在会议桌前将身体挺得笔直,显得很精神很权威很有气场。周围人称呼他为赵总,赵世良,这是个在投资界如雷贯耳的名字,也是"巨石"集团的现任总裁。高健绝对想不到对方会出这样的人物来谈判,足见这个投资界巨头对自己公司的重视。

赵世良再次看了下时间,八点过三分,嗯,三分钟了,那个高健看来也不过尔尔,传闻他是个业界奇才,但迟到的人只能做庸才,无论他多么能挣钱。赵世良心中有些不悦,他盯着门外,觉得对方实在没什么诚意。

这样的场面下,迟到的三分钟很有可能成为一个公司倒闭的理由。高健迈着沉稳的步子,神情自然地迈入了会议室,勉强挤出一个职业化的微笑:"各位久等了。"

"是久等了。"想不到那个赵世良一点儿不顾高健的面子,逮着机会便打,"我听说你们互联网行业的格局发展变化之快需要用'小时'为单位衡量,但此时看来,似乎不过是坊间传闻罢了。我看高总一副气定神闲的样子呀。"那人皮笑肉不笑,狠狠地将高健暗讽了一番。

高健有些尴尬,但旋即便冷静下来:"好的企划是不会迟到的。"

"哈哈,那我倒愿闻其详。"赵世良道。作为这个行业里出了名的毒舌,犀利的言语攻势更有助于看清对方的火候和分量,这是他一贯的策略，但也因此得罪过不少人。

高健望着赵世良说道："我们的资金投入集中在企业和政府用的大型软件开发上，您也许不太了解，这种定制式的软件开发风险之大。缺乏移植性是它最大的风险所在，因为专业原因，它若一旦被市场否定，则意味着很难收获回报。为此我们公司做得很谨慎，在发行前必须获取足够的资金支持，这是保险措施。换句话说，我们不是希望拿您的资金来做产品，而是卖产品。您知道，贵公司的风险其实只是这个过程风险的一小部分，但一旦开始盈利，贵公司所得利润将会是十分可观的。"

赵世良有些惊讶于高健的诚恳与坦白，直白无误地向自己表明可能的风险，这代表了一个企业高管的魄力与自信。

"那你凭什么就认为它一定能赚钱？"

"因为我们公司在用。"高健回答得简短却万分有力。他的目光炯炯有神地盯着赵世良，脸上露出了自信的笑容。他知道自己面前坐着的投资家是个务实主义者，虽然脾气很难伺候，但高健却有些心安起来。他对产品的自信心是足够的，只要赵世良不像那些庸俗的投资家一样过分注重风险和外在的东西，那么他便一定能意识到，这是一份不错的合作和赚钱机会。

短短的几句交锋，赵世良已经对面前这个年轻人改变了原有的看法。

高健继续说："一个好产品是需要赚到钱的，所以市场保证是问题的关键。我们在开发之前做了足够的调研，相信很多人会愿意看到它的面世。"

"我不太懂互联网。"赵世良低下头沉思，然后缓缓地抬起头来：

"可我觉得你值得相信。"他脸上露出一个难得的微笑:"我很惊讶于你思维的敏捷和分析的透彻,不得不说。我们公司很少和新兴的互联网公司打交道,技术员都缺乏表现自己的经验。但很庆幸,你做得很好。"

高健心中大舒了一口气,"还好,有惊无险。"

"可有一点我得给你个忠告。"赵世良话锋一转。

"您请说。"

"以后别迟到了,哈哈!"他大步上前向高健走来,伸出了自己的右手。两只手握在一起,宣告着高健赢得了这场重要的谈判,合作达成。只是所有人都十分诧异,整场下来两人的交锋不过用了一个小时不到。高健心中也惊奇,难怪赵世良能坐到今天的这个位置,这个行业需要太多他这样的务实主义者了。

但没人知道这不算长的谈判中高健是经受了怎样的心灵折磨。本来就已经疲惫不堪的他几乎动用了自己所有的脑细胞来应付这场谈判,等到和对方开始签投资协议的时候,高健才发现自己里面的衬衣居然已经完全湿透了,现在安静下来,便爆发出一阵阵冰凉的寒意来。他努力隐藏着自己的异样,和对方的人一一道别,这才准备离开会议室。

3. 收到了小雪被捆绑住的视频

紫涵见会议室中终于有人出来了,逮着一个便问:"谈判怎么样了?"

那职员居然透着崇拜的神色告诉紫涵:"有高总在,肯定没什

第 18 章 恐吓再至 283

么问题啦。"说着便笑呵呵地走了。紫涵一听这话便放心了下来，心中暗暗佩服高健的能力。毕竟是在这种情况下面对挑剔的投资人，迟到，疲惫，无准备……高健完全凭着自己的个人实力挽救了一场本要成为损失的局面，这让紫涵很是感叹。真是没想到，高健是个如此有魄力的男人。

"紫涵……"高健从会议室走了出来，那声音相当虚弱。紫涵听到呼声，回头看了过去，却见高健面色惨白的样子，不由一阵担心，她赶忙快步迎了上去。

"我听说很顺利……"紫涵话没说完，却看到高健一个踉跄险些摔倒，她吓了一跳，赶忙扶着高健，"怎么了？"神情中满是担忧害怕。

"腿好像软了……身上没力气。哎，真没出息……一个小小的谈判就吓成这样……"高健的声音很虚弱，却不忘自嘲。

哪里是被吓的？紫涵心中清楚，高健是体力透支了。这个样子却着实吓了紫涵一跳，她看着虚弱的高健，心中十分不忍。紫涵搀扶着他找到了一处休息室，将高健置于沙发上，让他休息一会儿。高健也许真是太疲累了，很快便睡着了。紫涵坐到了他身旁的小沙发上，经过一夜长途奔波，此时倦意袭来，眼皮也渐渐合上了。

这一觉睡得很沉，高健做了一个长梦，梦里他一直在到处寻找小雪，最后走进一个很大的仓库，四处都是伸手不见五指的黑暗。高健有些慌了，大声呼喊着小雪的名字，可是没人应。高健很担心，继续大叫着，那黑色变得更浓烈了，竟然像烟尘般堵塞着人的呼吸。然后，隐隐有哭声传来。高健不吭声了，但那哭声却越来越大，小雪……对！就是小雪在哭！

"小雪！"

高健满头大汗地醒来，看着空空的休息室，才发现原来是一场梦。他擦了擦额上的汗珠，偏头一看，发现紫涵还在自己旁边的小沙发上蜷缩着睡着。一件衣服随着高健的惊起掉落在了地上，他身上去捡，发现正是紫涵的衣服。

心中突然有一种别样的温暖与感动。高健起身，并没有去吵熟睡中的紫涵，只是将外衣轻轻地盖在了紫涵的身上。

这时，一阵突然的电话铃声在口袋中响起。每每听到这个声音，高健都不免紧张。那是黄昌炎的号码，它的铃声就像是一个通告厄运的恶魔，永远会在适当的时候刺激高健一下。但等到高健举起电话的时候，那声响却又止住。高健这才分辨出——原来那是一段视频。

忐忑地等待加载，高健的视线一刻也不敢偏移那块手机显示屏。视频终于从上至下一点一点地显现了出来，高健盯着屏幕不敢喘气，终于，盯着那屏幕的眼睛由紧张的眯紧变成惶恐的瞪大，虽然做好了心理准备，但这段视频依旧给了他不小的震惊与愤怒。

视频中小雪被绳子绑着，哭得很伤心。凳子旁的裙角被污渍弄得脏脏的，一缕头发贴在眼角，被泪水揉成了一束。女孩儿显得很惊恐，咧开嘴在叫着什么，高健认得那口型，正是小雪每次要"妈妈"时的样子，那么无助，那么可怜。

高健偏过头，好几次都不忍直视。这样的现实对高健来说实在太残酷，他原本以为夏志军不会丧心病狂到这种程度，可是事实一遍遍讽刺着他的错误：先是小雪落入人贩子之手，再是被莫名其妙地突然转移，现在又出现了这样的恐吓视频。高健想到了一个可能性：自己在与人贩交手过程中始终没见着夏志军的身影，这也许意味着一个可怕的事实——夏志军一直在暗中监视着自己，而且也得知了警察的参与，在接到风声后带着小雪逃脱了。而此时自己收到的视频，就很有可能是对警方参与的一个报复。高健又想起一开始时对方的警告：不要报警，这是一个以生命为赌注的游戏！他的心瞬间被揪紧了。

4. 视频中那窗外的建筑物，出卖了这幢建筑……

然而此时此刻，一个令高健无论如何也猜不到的事实是：收到夏志军恐吓视频的不止他一人，此时正在办公室工作着的陈楠，目光也被那段视频完全锁定住了。

眼泪还是不争气地流了下来，虽然她知道这样子的无济于事，出了神地盯着那块不大的屏幕，可是悲哀却早已被放大到了极限。

旁边的一个同事走过来，看见陈楠的这副样子，关切地问道："陈律师，你这是怎么啦？"

陈楠这才从那让自己失了神的屏幕上抽离，偏过头的同时将手机屏幕一翻转，反扣在了桌上。右手快速地抹去溢出眼角的泪水，"哦……没事……"

陈楠站起来，抓过桌上的手机便往外面跑，她穿着高跟鞋奔跑在公司的走廊里，高跟鞋在走廊里碰撞出一下下突兀尖锐的声响，然而陈楠现在耳朵里所能听见的却只有一种声音，那便是视频中女儿刺耳的哭声。

此时紫涵也已经醒了过来，偏头却发现高健早已经不在了这休息室内。一件外套平平整整地盖在自己身上，而高健很显然是离开了的。紫涵立马急了起来，她不安地起了身，这时才发现身边的一张仓促的字条，很显然，是高健临走时留下的。

　　字条里高健只说临时有急事走了，叫紫涵先回去。这是高健的又一次不辞而别。

　　另一边，高健快步走在路上，眼睛不时盯着那手机屏幕。但此时他的眼神从完全地被小雪吸引演变为了视频的背景。发现异样的时候还是在休息室里，高健想起紫涵当初破解照片墙上照片拍摄地点的过程，然后又下意识地瞄了一眼手中的视频，突然间就发现了令人吃惊的东西！

　　对，正是那窗外的建筑物，出卖了这幢建筑。虽然高健如今还没办法确定这段视频拍摄的具体地点，但他认得那个风格的建筑群，由窗外的惊鸿一瞥。

　　即使是一栋一栋地比照，高健发誓也要将那个房间给揪出来。在路上疾步走着的时候，他肯定想不到，自己并不是唯一一个参与"救人游戏"的人。"夏志军"显然比他们所想的要更残忍，也有着更大的野心。有时候高健怀疑这出残酷但又到处留线索的解密游戏根本就是一场别开生面的复仇，而夏志军就是想在背后冷眼旁观着他们的心急，悲哀甚至绝望。

5. 对，就是这里

　　任何一场游戏的制定者都没办法预测好所有情况，比如说，两人都破解了那个也许连布置者都忽略了的线索。

起先陈楠一个人躲在公司的卫生间里无助地哭着，心情也失落到了极点，虽然劝阻过自己很多次不要去看那段扎得人心疼的视频，但作为一个母亲，她的本能驱使着她一遍遍盯着那段视频无法释怀。视频中的小雪是被一双黑暗中的无形之手玩弄摆布着的，可是陈楠心中却清楚，那绑着小雪的不是别人，正是她的生身父亲！

那样的悲哀才是真正让人痛彻心扉的悲哀。所有人都没有幸免，包括也许认为自己胜利了的夏志军。而陈楠却唯独是那个要额外承担一份真相的人。整个事件中只有陈楠知道一切，然而她却是如此地无能为力。

哭声大过几次，但随后又回落了下去。旁边隔间的人或许是听得有些害怕了，出来时都不禁要往陈楠那边看上几眼。陈楠放任着自己的情绪，可那悲伤却一直挥之不去。

也许是后知后觉了点儿，当陈楠终于从那视频中发现了什么的时候，她觉得真不应该现在才意识到——那间拍摄地所在的房子竟是陈楠十分熟悉的！不过，那也谈不上奇怪，毕竟过去了这么久，陈楠心中虽如此想，但仍旧免不了讶异。对，确实是个很普通的房间，在那年代不算少见，可是这个虽看上去没什么特别的地方却是陈楠万分熟悉的地方。这样说并非无凭无据，往昔的记忆开始出现并一次次验证着她的辨别。对，就是那儿！当年夏志军租给自己住的地方！

陈楠起先为自己的想法吓了一跳，但经过再三的辨别确认，她锁定了这个结论。对！就是这里！甚至还有窗外的建筑做辅证——想不到几年的时间过去了，这个角落的视野还是没什么变化。陈楠想着夏志军居然会在这种地方绑架自己的女儿，心中不免掠过一丝沉重的悲哀。讽刺似的生活走向将夏志军推到了一个最为尴尬的位置。重回那个地方，却只是为了报复自己一家而绑架了小雪。而倘若他得知小雪便是他的亲生女儿时，这出闹剧又会被加上怎样的讽刺注脚呢？陈楠不敢想，假使这个秘密可以瞒上一辈子，陈楠一定愿意。

径直去了那里，故地重游，谈不上走得多从容，但陈楠心中有别的事，也便没时间感慨往事怀古伤今了。最惊喜的是到达的时候居然发现里面似乎没人，陈楠进了房间，那往事便如洪流般将她彻底吞没了。

这边竟没有丝毫的变化！一切还是多年前自己离开时候的样子，甚至连门上的锁都没有被换掉。陈楠如此轻松地进入这个房间内，居然是没有耗费半点儿心力的，轻松得好像是一场有预谋的陷阱。不得不如此形容，陈楠心中想。她的嘴因为惊讶微微地张开，眼睛瞪得大大的，"夏志军……"她发出连自己都没有察觉的轻微呼唤……

这房子在那时的自己看来已经是很不错的了。志军在警院的时候很少有机会回来陪自己，陈楠一个人在外也养成了自力更生的自强性格。那时候没地方住，志军便帮自己在这里租了房，而只要志军一回来陪着陈楠住，陈楠总是十分高兴地忙这忙那，让志军好好休息，那样的青春岁月是这一生中最难忘的一段时光。陈楠目光游走在这房间的每一寸角落，不禁潸然。夏志军很显然精心布置过此处，每一个地方都是与那些年前自己的记忆完全相合的。她手指触到这记忆中熟悉却正在逐渐变得陌生的一切，很是感慨，志军并没有忘记自己,却采取了这样的一种犯罪方式来回溯。

陈楠默默来到窗前,看着那个角度所能拍出来的风景,一时间入了神。好熟悉好亲切的味道,虽然在今天看来这里过分简陋了些,但陈楠知道,这里承载了自己的青春。与相爱过的人曾在一起的地方,本是不应该变味的,可陈楠却流着痛苦的泪。就是在自己所站的这扇窗前,夏志军绑着他们的孩子,绑着他自己的亲骨肉在这里拍下了一段罪恶的视频……

原来一切都已经变了。陈楠很清醒,再次回到这里,却绝不会再是童话了。

她沿着墙壁走着,一个相框映入了她的眼帘之中。"还真是有心呢。"陈楠苦涩地想着,一边凑过身去审视着墙上的那张照片。

是年轻的时候自己和夏志军的合影。记忆依稀还有些存留,那时候夏志军从警院休假回来,正值是七夕的时候。"我们去青岛看看好不好?"陈楠无比憧憬那书中的浪漫。"好好好……"夏志军满口答应着,顺便摸了摸她的头。两人第二天便来到了青岛,两人合影,嬉戏,像其他情侣那般在海边拥抱,甚至约定着每年的七夕都过来一趟。

陈楠的脑海中像播放幻灯片似的开始一幅幅重现当时的场景,恍如隔世。她也还记得两人回到家时,自己执拗着要将合照挂到墙上时的欢呼雀跃和满脸幸福。夏志军开着玩笑说:"那多难为情呀。"陈楠笑着讽刺他:"全世界就属你的脸皮最厚了,哪里会难为情?"然后认认真真地观察摆正了没有,有没有瑕疵,位置怎么样。

照片的背景是辽阔的水,蓝色的,与天空融成了一色。而镜头前夏志军一手搂着有些羞赧的陈楠,露出一个阳光的笑容来。

陈楠不禁用手轻轻抚摸起那张有些显老但保存得很好的照片。心事很多，但痛苦是唯一不能掩藏的情绪。对啊，一切都过去了……

这时候，门外的一阵敲门声却将陈楠的注意力给牵扯了过去。几乎是出于一种习惯性的开门，那种本应存在于记忆过往处的习惯。

陈楠看见高健的脸出现在自己面前时几乎怔了一两秒，随后两人异口同声："你怎么来了？"

第 19 章

找到旧居

1. 没想到高健也出现在这里

陈楠无论如何也想不到,高健会突然出现在此处。表情瞬间凝滞,两个人同是如此。高健亦困惑着为自己开门的居然是自己的妻子。这是一场蓄谋已久的阴谋,陈楠这才意识到。

"呃……我向夏阿姨打听到了这个地方。"她赶忙解释。

高健往里面张望着,很普通的格局,看不出有什么特别。

"嗯……夏阿姨说夏志军曾经住在这里。"陈楠很紧张地掩饰着。其实高健只要稍加留意,便能看出陈楠的异样,可是他此时此刻心思中全是小雪,只是想入屋一探究竟。陈楠身体挡在门前,见高健有要进来的意思,十分不安,于是后退着将高健往另一个方向引。

"对!就是这儿!"高健忽然惊呼道。他透过窗户看着外面的建筑,立马发现这个房间正是自己要找的视频拍摄地。

然而发现不一定意味着惊喜。高健知道此时此刻夏志军早已经不知去向了,但他相信房间里一定还会有线索。

一旁的陈楠全神贯注在保护那墙上的照片不被丈夫看见，幸而高健一进门便被窗外的景象所吸引了，使得陈楠有了隐藏那个"秘密"的机会。她身体背靠着那相框所在的位置，然后趁着高健不注意的间隙将其取下并放入了包中。还好，整个过程虽然惊险但足够顺利，高健并没有发现什么。

寻遍了所有角落，高健依旧没发现什么新的线索，甚至连小雪遗落的一点点小小的物什也没看见。高健有些灰心丧气。

"你有什么发现吗？"他转而问陈楠。

"没有……"陈楠脸偏向一侧，像是一副失落的样子。

高健以为她是因为失望而这样，于是走过去拍拍她的肩膀安慰她："没事的，小雪一定会找到的。现在先回去吧。"高健在找到这处地方时心中就另有了打算，虽然兵行险招，但至少心中有底。首先要把妻子支开，因为那样的策略显然是不适合"女流之辈"的。

陈楠早就想离开这里，虽然和高健一样，除了一些零星的记忆，自己什么都没能找到，但和自己的丈夫处于这样的环境里总不能叫人安心。满目都是不堪言的往事，如今却被夏志军用作报复的道具了。她答应道："嗯，好。"然后与高健一同走出了房间。

"真奇怪，居然没有住人。"高健出来的时候不禁嘟囔，"夏阿姨有说过什么吗？"

"没有。他们也不知道。"陈楠应付着高健，一只手紧紧地捂在包的外面，感受着那相框的棱角，下楼的时候她对高健说，"我还得回公司。"

高健其实对陈楠的出现是有疑问的，这个巧合看起来并不寻常，但眼下他也来不及去仔细揣摩那些细节了。如今的首要任务是找到夏志军和救出小雪，特别是上次的报警事件可能已经惹怒夏志军了，这让高健很不安。

和陈楠在楼下分别。高健也想着得回公司一趟，毕竟自己很久没回，一些事关重大的公务都等着他去审理和批示。如此想定，便也不做停留，一边想着被自己落下的紫涵不知道现在怎么样了，觉得先前的做法还是有失妥当的，于是一边想事情，一边往公司赶。

2. 夏志军到底在哪里呢？

高健未曾料到的是紫涵原来一直就在公司等着自己。她料定高健还会回公司，居然就这样候了他半天。两人再见时自然有些难为情，高健有些尴尬地面对紫涵义正言辞的指责："怎么又一声不吭地走了，太不够意思了……"说着装出一副佯怒状，显得很是委屈。

高健见她这样却没来由地想笑，明明只是事外人却偏偏显得比谁都积极，但温暖和感动是掩饰不了的。他也打趣道："这不是回来了吗？看你急的，像我妈似的……"

紫涵脸都红了，也不敢正眼瞧高健，于是脑袋偏向一旁的墙壁："谁像你妈了……"她声音嘟囔着，像个孩子。

高健不由得觉得好笑，但小雪的视频又突兀地蹦入他的脑海之中，让他即将出现的笑意再次凝滞，脸色又变得难看起来。

紫涵看出了他的异样，赶忙走过去："怎么啦？"她知道高健应该是遇到什么了，而且显然不是什么值得高兴的事——也许又是一次不小的打击。

高健想了想，低着头叹了口气，并没有直接回应她。但他是无心瞒着紫涵的，毕竟对方是自己最忠诚和得力的盟友。

"待会儿再说吧，走，去我办公室。"高健吩咐着。

于是两人往高健的办公室去了。高健有事情要处理，一时半会儿还不能和紫涵继续调查，他的想法是将一切办妥再继续下去。

积累下的工作量并不是很多，助手小王包办了大多数无关紧要的琐务。高健一边埋头工作着，一边吩咐着小王什么，显得很是成熟老练。紫涵在一边的沙发上静静坐着，不时偏过头来望一眼高健，心中却充满了满足——能帮着自己喜欢的人做一件重要的事，这于她来说已经是一种莫大的幸福了。高健很专注，事实上重要的事也并没有太多，最近是特殊时期，他也只好尽量将接下来的工作分配到下属手中了。

小王点了点头，高健吩咐道："去吧。"于是小王便抱着一叠文件出了办公室。

高健身子往椅子的后靠背上一躺，自嘲道："这下就有不少假期了。"

紫涵见高健闲了下来，于是走了过去，"现在可以告诉我了吧。"

高健的表情再次沉重起来。紫涵自然猜不到有什么事能让他如此地不能释怀，但她的预感很不好。

高健缓缓地掏出手机，翻开了那段视频，但并没有马上递过去。他默默看着那面残忍的屏幕，眉头紧锁，眼神中是显而易见的悲戚。终于，他再次望向紫涵，并将那手机递了过来，想强行挤出一个笑来，却在脸上形成一种扭曲的表情。紫涵看得心疼，迫不及待却又万分忐忑地接过来，才看了几眼，便陷入了震惊与愤怒之中。

"简直不是人！"紫涵几乎要叫出来了。然而眼前高健却显得很平静，他克制得出人意料，经历了那么多，他知道自己的急切与愤怒永远都是于事无补的。与其沉沦在愤怒与盲目中正中敌人下怀，强迫自己保持冷静也许才是更好的办法。

"我找到了这段视频的拍摄地。"高健告诉紫涵。

紫涵又再看了那段视频，想起自己曾经也通过这样的线索而找到过"夏志军以前的藏身之地"，于是对着高健点点头，"有什么计划吗？"

"不，现在最重要的是把一些疑点弄清楚。"高健说。

紫涵回想着这些天来的遭遇，觉得确实是有很多地方不明不白。

"那么重点是，小雪和夏志军现在应该在哪里呢？"紫涵提出了疑问，"是留在了A城，还是已经回来了？"这段视频的拍摄时间并不清楚，所以根本无从断定。

"即使回来，也应该是转移了的。"高健答道，"我去过这出租屋了，里面没有人……但很显然那边是有人在常住的，因为灰尘都很少，很整洁，装饰都是几年前的老样式了。"

高健回忆着那出租屋内的场景，分析道："所以即使转移，那也应该是不久前的事……"

紫涵不得不说高健分析得很有道理。那么现在最大的问题是夏志军到底在哪里呢？很显然小雪依旧在他手上，而他与那个人贩团伙又是什么关系呢？在A城的时候高健与那伙绑匪交了几次手，但也始终没能见到夏志军，这就更令人疑惑了。每每行走在真相的边缘，却就是探不到那隐藏的真相，这实在让人沮丧。

"我们分头行动吧。"紫涵建议道，"我去联系那个之前向我们提供照片的街拍者，你再设法去找找有关那出租屋的信息。"

这也是个不错的选择。高健承认自己都快把那个帮了大忙的街拍者给忘记了。那时候小雪确实是在 A 城无疑的，假若能联系到他，兴许能找到更多有关于小雪的信息。高健点了点头："拜托你了。"

紫涵心中清楚希望其实挺渺茫的，在自己的网站上会有很多志愿者将他们随手拍的乞讨儿童放在上面，但大多数人并没有冒险跟进的勇气。然而也不是一点儿希望都没有，紫涵点点头："放心，我们一定能找出小雪的。"

高健十分感激："谢谢……"他知道紫涵帮自己做的这些，早已不是一句谢谢所能概括的了，他也早已将紫涵当成了真正可以信赖的朋友。

3. 墙上一块白色区域让人起疑……

天色渐暗，高健也不嫌累。起先是从 A 城连夜赶回来一宿没睡，再是全神贯注地投入一场谈判中几乎无从喘息，收到照片之后却仍旧像个疯子般到处寻找拍摄地。而现在高健又再次驱车出现在被如墨夜色笼罩的旧街区上，他不是不知道累，而是实在没能力抵御那致命的急切与担忧。

高健泊了车，然后往那房子赶。这附近已经很少人烟了，这样的地方早已经被边缘化，住的大抵是些民工和家庭贫苦的大学生，外面一片黑灯瞎火，几乎都看不到人。高健来到那房子的门外，才意识到门已经锁上了。听陈楠的描述，似乎她到的时候这房子是没有上锁的，高健有些疑惑这是为什么，但眼下的问题却是如何进去。高健试着敲了敲门，半响，没人回应。没办法，只好翻窗户了。

对高健这种特种兵出身的人，翻窗对他来说简直就是小儿科。

找到照明开关，高健环视着这屋里，无论是装饰还是摆设都是几年前的风格了，但显然这房子没有空置很久，因为不只是没有蛛网，甚至床上的灰都难以见到。高健心中思考着，这究竟是临时的布置还是一直如此，真的无从得知。夏志军什么时候有了这种"复古癖"？高健的视线一一掠过房间里的各种物什，依旧毫无头绪。看来要在房中找线索是没辙的了。正心灰意冷间，忽然视线在墙上停下来了。

吸引高健注意的是那墙上极不协调的一块白色区域。对！四周都是黄色的旧样，但唯独那一块地方，却是白色的！高健凑过去观察那块区域，发现那形状竟有些奇特，想到一定是某个物件曾经挂在此处过所导致的。这块白色区域让人起疑……到底是挂的什么东西呢？似乎是个相框。对！这样的尺寸高健只能想到一种最有可能的解释：相框。那么……究竟出于什么原因，这个相框要被撤走呢？

很显然，从这片太过突兀的白色痕迹来看，相框应该是刚刚被取下没多久。高健之前并没有注意到这墙上的异样，所以并不好推断。但他哪里知道事实上陈楠背着他拿下这块相框的时候时间才是今天中午罢了。高健心中想的是那相框中的相片兴许有重要的线索，所以夏志军事先将其拆了下来，倘若是这样的话，高健只好承认，自己的追踪又断掉了。

事实上，高健一开始也没把太多的希望放在这房子本身，他只想尽快调查出这房子的主人是谁。如此想定，高健走出了房间，出门时还是把那房间门给关上了，毕竟自己不能保证来这里的人都是入室却不盗窃的"别有用心者",倘若这里损失了什么东西,恐怕就不是那主人一个人的悲剧了。再次回头注视了一眼那紧闭的房门,高健回身往楼下走去,楼道里并没有灯,黑灯瞎火的,什么都看不见,高健摸着扶手小心翼翼地往楼下走,生怕一不留神便会踩空。

4. 陈母发现了女儿的行为诡异

陈楠吃过了晚餐,不时地望望门外,心想高健为什么还不回家,毕竟都到了家门口了。去 A 城也去了那么久,但高健也没对自己说起过去那边的原因,想着这次他回来自己一定得好好问问。

思绪又被那相框所吸引,那往日自己所珍视的甜蜜,现如今却成了一个梦魇。这是个本应被埋葬的记忆,陈楠回来时本想着要将它彻底毁掉,但那个时刻心中居然还是会有不忍。陈楠不知道自己这是怎么了,难道时间依旧没将夏志军从自己的脑海中抹去?但毕竟还是怕相框会被高健发现,于是陈楠将其用自己的衣服裹住,并放在了床底。然而一直是会有些心神不宁的,陈楠最后决定将那照片撕去一半。夏志军,早应该淡出自己的记忆之中了。可是下手的那一刻居然会那样迟疑,陈楠几乎是颤抖着,将自己身旁的那个身影撕下,那一刻,心居然如在滴血一般的疼痛难忍。

此时陈楠坐在餐桌旁发着呆,陈母早已经将餐桌收拾妥当了,见着女儿这样一副失神的样子,心中很是奇怪。有些担心,但又不知说什么好,最近似乎一直是自己在扮演着添乱的角色,虽然心中不承认,但她很清楚,自己一旦表露自己的"心里话",便会遭到女儿和老伴两个人的反感。这些日子她收敛了许多,虽然想法未变,但她学会了克制，特别是自从高母走后，无论自己是怎样的理直气壮，总还是会有些内疚的。于是此时面对满脑子心事的女儿时，陈母确实也不知自己该说什么，只好收拾妥帖后兀自坐在沙发上心不在焉地看着电视。

陈楠依旧对那照片牵肠挂肚着，此时又有些按捺不住想看了。带着相框回来的时候便第一时间藏好了它，但后来自己又回了公司，心中记挂着那相框，煞是想再看上一眼，也不知这情绪是出于不安还是不舍，终于陈楠从餐桌前起了身，往卧室走了过去。

见着女儿一言不发的样子，陈母着实有些慌乱了。从下午女儿一次短暂的回来之后，就一直是这副心神不宁的样子，陈母自然是很担心的。然而唐突地做任何事都显得那么不合时宜，她如今在家中亦显得有些无所适从。小雪依旧不知所踪，这让陈母从来没有放心过，于是只有每日的家务成了她唯一的活计。不想终日郁郁着待在家中什么事都不做，于是自高母走后便包揽了家中所有的家务活儿。这时，她心中想着今日女儿的奇怪样子，却突然联想到今日早些时候的另一个奇怪发现。

事情发生在陈楠那次短暂的归家之后。先是见着女儿一声不吭地进了自己的房间，面容上还透着几分若有若无的紧张神色，但那时候还在厨房忙活着的陈母并没有注意太多。

"怎么今天这么早就回来了？"陈母朝着回来的陈楠问道。然而陈楠并没有答话，而是进了自己的房间，甚至把门都给关上了。过了半响，陈楠才重新出来，这时陈母刚将中午剩下的盘盆给清洗干净，开始收拾起房间，在客厅里看见女儿走出来，想着再问女儿是怎么了，可是女儿率先说话了："妈，我回公司了，晚些再回来。"

陈母答应了一声,陈楠便开了门下去了。

陈母进女儿房间收拾。映入眼帘的应该是女儿刚才从衣柜中翻出来的几件衣服,胡乱地躺在床上,看来是刚刚拿出来的,也没收拾。陈母将那几件衣服放入了衣柜中,又继续打扫起来。并没有多少灰尘和杂物,但陈母打扫得很细致。很显然,这一点也是陈楠所忽略了的。

打扫床底的时候突然接触到一个物体,陈母起先没反应过来。但据印象,昨天自己收拾的时候床底都是没这东西的,于是她探身去取,发现竟是一件衣服,而且很显然,里面有东西,可怜陈楠百般小心,却不料自己母亲会如此"轻易"地发现自己的秘密。

打开来看,见是一只卡通造型的相框。陈母将其翻到正面,然后疑惑地看着这张并不完整的照片,不知道哪来的这东西,更不知道怎么会出现在床底下。

照片中年轻时代的女儿在阳光下灿烂地笑着,背景是青岛蔚蓝广袤的水,衬着她姣好的面容与甜美的笑意。然而这照片却只有半截,另一半是被谁撕去了似的,这不能不让陈母感到奇怪。好端端的一张纪念照怎么会被糟蹋成这样?陈母感觉奇怪,思考着这照片的出处。

"莫不是和小雪的合影?"陈母盯着那卡通式的相框思考着,"可是为什么会少了半截呢?"

陈母心中疑惑,但也并没有多想,只是起了身,将这相框放到了小雪的床头。自从小雪失踪以后,这房间就没住人了,但陈母每天都会过来清扫,可谓思恋至深了。她看着那少了半截的照片,睹物思人,"现在就是照片都少了我外孙女……"陈母伤心地想着。

而此时陈母坐在沙发上,看见女儿走进房间,又反手关了门,只想着女儿今天着实是太奇怪了,进个房间居然都得关上门。

5. 觉得两个人现在似乎正在脱离那条"统一战线"

陈楠满怀心事地踱到床沿儿,然后俯身。一种强烈的情绪迫使着她去再看看那照片,也许是不安,也许是不舍,但那些此刻都不那么重要了,因为她已俯身、探手,然而下一个瞬间,惊讶感牢牢地抓紧了她。

"怎么没有?"原本缓慢的动作突然变得急切与躁动起来,又摸了几遭,却仍旧是没有的!陈楠想着自己是不是记错了,相框根本没被自己放在此处?可是不可能呀!

陈楠开始在房间的每一个角落处寻找起来,但所有角落都没有那相框的踪影。她哪里知道相框是被母亲转移到了其他地方了的。本来放在床底就是自己认定的"万无一失"的打算了,除非它自己长了脚,不然怎么可能不见?就在这时候,客厅的门外响起了敲门声。

"高健?"陈楠脑中闪现出丈夫的名字,于是她慌忙停止了寻找。

果然是高健回来了。开门的是陈母,"妈!"高健打了声招呼,然后便进了屋。陈母轻轻答应了声,并没有对这离家多日的女婿有什么过多的热情。反倒是一直待在卧室的岳父,见着高健回来,急忙迎了出来。"高健啊,吃饭了没有?"高健回答说已经吃过了,向着自己的老丈人递出一个憨厚的笑容。然后问:"楠楠没回来吗?"

"在卧室呢。"陈母漫不经心地回答道。

看来高健还是没能带回来小雪嘛,那时候还显得那么的信誓旦旦,可现在呢?陈母心中很是不满,却又不好明说,所以表现得爱理不理漫不经心的。不过,高健并不在意,陈母一直对高健有所偏见,这已经是这个家里公开的秘密了。

高健敲着卧室的门:"能进来吗?"

"进来吧。"其实陈楠刚准备迎出去的,想不到高健就已经要进来了。

高健开了门,往房间里走去。陈楠就在门口,"回来了呀?"

"嗯。"高健一边说着,一边已经拖着疲惫的身子摆了个"大"字躺在了床上。"好困……"高健像是在自言自语。

陈楠见丈夫这个样子,不禁摇起头来,"看你,最近都累成什么样了!"

陈楠知道高健这几日下来,确实吃了不少苦。在A城受伤住院,伤病尚未痊愈,立马回来进入一场重要谈判,紧接着有点儿莫名其妙地出现在那处出租屋里,似乎一直未曾停下过。高健从来就是个拼命的人,谁都不可否认,他因此取得了今日的成绩。但拼命不见得永远都是优点,用身体透支追求永远谈不上明智,陈楠也想过,倘若自己告诉高健那个秘密的话,也许能使得高健少走很多弯路吧,可是她没勇气。

"谈判怎么样?顺利吗?"陈楠试图避开那些令人不悦的话题。

"嗯,还好。"高健的声音有些懒散。毕竟是在家里,永远都显得更能令人轻松些。

陈楠走过来,坐在高健身旁。

高健脑中正想着那处出租屋,似乎能算作现今唯一的突破口了吧。高健不仅是对那墙上所见的一片突兀的白色耿耿于怀,更是对接下来要做的事苦苦思索。

　　"哦,对了。"陈楠想起另一件事来,"你急急忙忙去 A 城,能告诉我是为什么吗?"

　　高健的注意力此时被陈楠的这个问题给抓了回来。显然,自己当初之所以不说"小雪可能在人贩子手中"就是怕影响妻子的心情,所以现在的高健也是不打算告诉妻子实情的,只说:"那边可能会有线索。"

　　陈楠对这话却是将信将疑,老是感觉丈夫对自己隐瞒了很多事。然而此时要让高健说出所有的事情显然是不可能的。高健有着自己的打算,不会那么轻易妥协。只是觉得两个人现在似乎正在脱离那条"统一战线",各自为战。陈楠觉得很无奈:"那你调查出了什么?"

　　"夏志军可能是带着小雪到过 A 城。"高健如实回答着。

　　高健努力将那场与人贩团伙的争锋描述成一场意外,殊不知那样更暴露了那场微妙的事故。可是陈楠和高健不同,她对夏志军的了解是更深层次的,她确信小雪是在夏志军手中,而不是什么人贩子。两个人对彼此各有隐瞒,虽说都在想是为了对方好,但这实际上却阻碍了整个调查过程的推进。

　　高健唯独是和紫涵心照不宣的,两人是并肩作战的盟友,而且这些天来也取得了很大的进展。高健没敢把那发卡给陈楠看,他怕原本心情就不好的妻子承受不了这番打击。

　　两人渐渐地都不再发问不再说话了,高健很快就沉睡过去,可是陈楠在他旁边,却无论如何都睡不着。

也许是这些天来睡得最好的一觉了,高健醒来的时候,陈楠甚至都已经出了门。他从卧室出来的时候被岳父叫住:"高健,早餐在厨房里给你留着的,趁着没凉快吃吧。楠楠吩咐我们不要去吵你,所以吃饭的时候也没叫你起来。"

高健点了点头,妻子果然是个很细心体贴的女子,知道自己需要睡眠。他将厨房里为自己留下的早餐端到餐桌上,然后坐下来大口大口地吃了起来。

这些天也不知饿了多少回肚子,没在家的日子里就是容易忽略自己的胃,今日开始饱餐,却觉得越吃越饿,原来是饿了太久的缘故。可是高健却不敢慢慢享受这桌前的美食,毕竟自己今天有更重要的事要做。

三下五除二吃过了早餐,高健也不准备休息一下,径直开了门准备走了。目的地自然是那出租房所属的街道办事处,高健觉得这次可能是自己离真相最近的时候了。

驱车赶到这边,向人询问了半天,总算找到了那难找的街道办。由于是老街的缘故,这街道办也"入乡随俗"地显得陈旧而俗气。然而高健对这地方长得如何并无兴趣,见着里面刚好就有一名大妈在当班,高健便毫不迟疑地走了进去。

两人打过招呼,那大妈显得很随和,问高健有什么事。高健如实回答着:"我想查久远街七〇八号房的户主是谁。您可以帮我吗?真的是急事。"高健原本以为这事会很简单,但马上他便意识到自己错了。那大妈很耿直,听了高健的来意便皱起了眉:"不好意思小伙子,我们有规定,私人是不可以查户主信息的,这会侵权。"说着摆出一个"很遗憾"的姿势来。

高健一听这话就急了，"可是我是真的有急事，您就通融一下吧。"心想这车到山前了，却依旧没看见路，不由十分急切。

"那不行，小伙子，我看你还是走吧。要真的有啥事的话可以报警的嘛。"

高健听了这话哭笑不得，这时目光却瞟见一沓单据。

后面有个工作人员叫了这大妈一声，而这大妈亦转身答应。高健脑中闪过一个念头，且被瞬时抓住——只有出此下策了！高健伸手一探，拿了那沓物业收费单子，拔腿便跑，后面那大妈此时也反应了过来，"诶！"她大声喊着，可是无济于事。高健疯了似的逃离了此处，驱车在路上狂奔起来。

找到一个没人打扰的地方，高健将车泊在了路边，然后手颤抖着，开始翻动那沓单子。久远街……一号，二号……七零零号，七〇一号……七〇七号。高健大气都不敢出，紧张得满手是汗，几乎翻不动那沓单子。他再次翻了一页……

咦？怎么被人撕去了一页？高健惶惑着盯着那撕裂得并不整齐的断页，一瞬间心都凉了。

七〇七，断页，七〇九……唯独没有第七〇八号！

等等！几乎已经绝望的高健此时拼命盯着那张第七〇九号房的单据，上面有隐隐约约的墨痕，这单据显然是一起打印的，而喷墨有一定程度地下沁。

高健找来一支铅笔，然后对着那模糊的墨痕开始进行描粗。

似乎是个名字……再然后……似乎是个电话号码！

第 20 章

帮凶脱身

1. 还是只能跟到这个地步啊……

张紫涵回到家,也开始了自己的调查计划。从大量的信息中筛选出有用的部分显然不是什么容易的工作,那照片已经发布了不少时间,所以再找起来的时候着实是显得有些吃力的。"迷路天使"的活跃度很大,每天都会有很大的更新量,紫涵瞪着屏幕鼠标一点点地下拖。

终于,那张小雪在街上乞讨的照片重新进入了视野之中。紫涵很兴奋地点击了详情———一般很多志愿者都会将一些个人信息放在自己所发布照片的详情页上。紫涵在那详情页上找了几遍,那个 ID 叫"木鱼"的志愿者只留下了一个 QQ 号。

紫涵是香港人,平时没有用 QQ 的习惯,但这次她毫不犹豫,快速申请了一个 QQ,然后向那人发出了加好友申请,接下来的就是漫无目的的等了。

紫涵很想知道高健那边的调查进展如何,但又怕打扰到他。"马上就会再见的。"紫涵自我安慰着。其实对这种不合时宜的想念,紫涵是抗拒的，明知道不会有结果，但有时候就是控制不住自己。紫涵摇摇头，躺在书桌旁的床上，一闭眼，居然就睡着了。

再醒来的时候是半夜十分，迷迷糊糊中，紫涵下意识看了一眼电脑，屏幕右下角一个广播状的提示瞬间冲跑了她的困意，紫涵惊坐而起，很快开始与对方发起了会话。

"您好，我是'迷路天使'的创始人，想向您咨询一些有关上次你所发照片的相关信息，请问您现在方便吗？"

对方是位年轻人，网名叫"木鱼"，同大多数同龄人一样，习惯昼伏夜出，总在深夜里活跃在网络上。添加这个请求只是出于随意，但对方说自己是"迷路天使"的创办者，这还是让他吃了一惊，多少有些"受宠若惊"，心中很是激动。

当紫涵问到那张照片，"木鱼"回复："具体信息我也不了解。我是在A城拍摄的那张照片，不过，当时小女孩儿状态不算太差，至少没像身旁个别同伴那样有残疾。""木鱼"努力回忆着，他不知道这能帮到什么，可是紫涵坚持让他说出哪怕是最为普通的细节。"当时我没做太多的停留，怕被人盯上。"

紫涵很疑惑，为何夏志军要带着小雪去A城，难道他手中绑架的小孩儿不止小雪，因为迫于警方压力而转移了？可是没道理呀，从高健那边了解到的情况，夏志军之所以绑架小雪应该只是出于复仇而已。除非夏志军将小雪卖给了人贩子？然而倘使是这样的话，他又从何处得知她与高健两人在A城的行动并发来恐吓照片呢？而且高健说照片中的那个屋子是有人在住的，按理说住在那的极有可能就是夏志军，可是越来越多的疑问盘踞在紫涵脑海中挥之不散。

2. 此人一定与夏志军有所牵连的……

高健带着那沓偷来的单据在车上仔细找寻着那间出租屋的线索，虽然中途遭遇了意外，但终于还是功夫不负有心人，靠着一点儿印记，高健成功破译出了那个房子的户主信息。

"于……亮？"高健有些怀疑地看着那上面显示的姓名，并一字一顿地轻声读了出来，觉得很是意外。

"为什么不是夏志军？"高健潜意识里早已将那出租屋与夏志军联系起来了，可事实却与他的想法有所出入。

"于亮是谁？"他希图在脑海中搜索出这个名字，然而很遗憾，一无所获。可是高健敢断定这人是一定与夏志军有所牵连的，无论他是谁，一定都有自己想要的信息。高健沉思着对策，直接报警让警方对这人彻查？不行，那会打草惊蛇。此时此刻在毫无把握的情况下，惊动夏志军显然是极不明智之举。直接打电话问他？那更不可能了，虽然有现成的电话号码，可是高健知道只要自己提及夏志军便会引起对方的警惕。

真正可行的办法是先将那叫于亮的家伙给制伏，然后通过拷问他的方式来获取情报。只要自己的猜想正确，那人确实同夏志军有所牵连的话，那他就不怕找不到夏志军了。如此想定，高健决定弄一个"万全之策"，让那人难逃自己的抓捕。

高健心不在焉地驱车行驶在小路上，目的地是战友老黄家。老黄退役后混得不算太坏，在城郊边缘一带开了家还挺大的批发部，过得倒也是小康生活了。当时开店的钱高健也帮他筹集了不少，两人关系很铁。这次去找他自然还是为了手头的这件事。自从手里拽着那户主信息后高健就一直心神不宁的,生怕慢一步的话,这好不容易得到的线索又要生变。

高健不允许这次行动出现丝毫闪失,所以光靠自己一人的话显然还是不够保险的。虽然他很自信,但那于亮毕竟是夏志军身边的人,想必也不会是什么省油的灯。总之,经历了这么多次挫折,高健早就学会了慎行之道,毕竟现在自己迈出的每一步,都关乎自己女儿的安危,他错不起了。

老黄一见高健到来,便猜到他肯定是需要帮忙了,"战友就应该这样,有难同当,这才是好兄弟的真血性!"老黄很乐意高健在如今这样麻烦的时刻求助于自己,虽然前面帮到的忙都不太大,但他确乎是拼命去做了的——"义不容辞",倘若要说到战友间的相互帮助的话。

高健也不向老黄遮掩什么,实话实说:"我找到大线索了,我需要你们的帮助……"

老黄甚至都没有询问什么,便点起了头。

随后他问高健道:"到底是怎么了?小雪有下落了吗?"

高健也不瞒老黄:"我找到一个很可疑的家伙,那人叫于亮,应该是和夏志军有所联系的。昨日我潜入了他的家中,但没能找到什么线索,我想把他先给逮到。"高健说出了心中的计划。

"私闯民宅?窃取隐私?还要来一个限制人身自由……"老黄心中暗笑,好家伙!这高健现在是玩儿得越来越刺激了。"好!抓!"老黄充满士气地大叫了声,然后爽朗地笑了起来。他知道高健心情阴郁,于是想让自己表现得活泼热情一点儿。

高健也笑了起来:"得再找几个战友,这场仗一定不能输……"

之后高健便载着老黄一同前去附近几个战友家中求助，包括老黄在内总共拉来了三人，倘若高健需要更多人手的话当然也是能找到的，战友间的情谊很深，一人有难自然其他人也十分愿意帮忙。

"可是车坐不下。"高健向三个兄弟解释着，调侃味的言语让大家都笑起来。高健其实仍旧心情压抑，太多的问题需要得到解答了，可是同他们坐在一起共事总会让人将心情放松不少。高健心中有些安慰，这辈子能有他们这群兄弟，此生也无憾了。

3. 设计抓住于亮

醒来后的紫涵第一时间给高健打去了电话，虽然得到的并不是什么好消息，但她觉得高健应该要有知道的权利，她告诉高健："那个人也没有什么有用的线索……不过，你别急，事情一定会有进展的。"

高健坐在车内，听着那个原本就是意料之中的答复，"嗯，知道了……"然后悻悻地挂掉了电话。

紫涵也不知道该说什么好，只能在心中表示遗憾。

老黄问高健："怎么了？"

高健回答他说是一条线索断掉了，然后不再作声，逼上绝路的形势让高健只能孤注一掷。车里也陷入了沉默之中，大家多少知道了高健此刻的处境，也感同身受地担忧起来。

"接下来的打算是什么？"老黄问高健，"我是说，怎么抓？"

事已至此，老黄早就决定要真正毫不保留地随着高健放手一搏了，高健如今面临的形势尚不明朗，但凡是任何一点儿机会都万万不能放过。

"我自有办法。"高健答道,"我们先去埋伏,拿下他,一切事情就都能解决了。"高健显得很有自信,他也不能没有自信,毕竟现在的情况是胜负未知,自己的丝毫泄气都有可能带来严重的负面效应。

几人一商量妥当,直奔那处出租屋。高健驶进那条巷子的时候特地留了个心眼,将车子停得远远的,并没有靠近那屋,以免引起怀疑。几人一同下了车,高健打了个手势,示意几人先留在原地等自己。他得先行去看看那屋子此时是否有人,虽然多半是没有人的,但毕竟小心为好。

一人独自上了楼,敲门,无人应他。他走到楼梯间的一扇窗前,开始向楼下招手。楼下三人立马心领神会,马上分散开,占据了三处隐蔽的角落。接下来就是守株待兔地工作了,这样的任务他们从军期间不知道经历了多少次,很多时候都是要一天一夜地蹲守在环境极为恶劣的乱草丛、灌木林等地方,显然是难不倒他们的。而高健见三个战友都已经就绪了,自己也便翻窗进了房间——这便是高健自己的埋伏地和"钓鱼"地,手中握有对方的电话号码,接下来就是诱敌深入的工作了。

高健早已想好要如何行动了。深思熟虑一番,实际上是在心底好好地预演了几遍该说的"谎言",这是高健并不擅长的领域之一,然而今日今时,自己是绝对不能失败的。他调整了下气息,让自己努力地变得自然一些。手机已经拿在了手上,另一只手里拿着的则是一张纸片,上面有自己记下的名字和电话号码。确定已经准备好了,于是高健便拨通了那个号码。

电话接通的提示音在寂静中被无限放大着往耳膜上敲击，震得人心神不宁。即使是面对台下众百人发言，高健也从不曾这样。

"喂？谁呀？"那边一个男人说话了。听起来并不像是有戒备的样子，那么接下来的事便是骗他往陷阱中跳了。高健的这个陷阱不可谓不妙，他确信自己准备良久的谎能将他顺利地蒙骗过去。

"请问是于亮吗？"高健并不急于发难，慢慢来，这样的成功率会更高些。

"嗯，对，你是哪位？"于亮显然没意识到这个莫名其妙的电话打来的真正意图。

"是这样的，我是街道办的工作人员，有人向我们投诉你……"高健适时止住话锋，让于亮自动落网。

"投诉？怎么啦？"果不其然，于亮显得很是疑惑。

"你家的房子有漏水现象，楼下的居民反映的，但是说没能找到你。那户反应很大，说是再不解决就要报警了。你现在方便配合我们的工作回来一趟吗？等我们确认问题了才好联系物业方面的人解决问题。"高健尽量让自己的语气显得很"官腔"，虽然额上已经是冒了一层汗，但他竭力保持着镇静，让声音听起来"像那么回事"。

那边沉默了一会儿，接着问道："怎么可能会漏水呢？"

"也许是水管坏了吧，你一定出去了有一段时间了，不过，这边确实得户主亲自前来解决问题呀。麻烦你配合下好吗？"高健心情更紧张了起来，对方似乎有些抗拒"回来"，虽然不知道原因，但那可不是什么好事，无论如何都得把他给骗回来！高健继续努力："要是闹到报警那一步就没必要了。"

第 20 章　帮凶脱身　　313

"哦……"于亮心中虽顾虑,但摊上了这事也没辙,只好答应道,"行吧,我马上回来。"对方似乎并没有什么可疑之处,这让于亮多少放松了些警惕。他随即挂上了电话,披上了一件外套,准备出门了。

可是毕竟有些顾虑吴明的安排,自己暂时的离开都是吴明的吩咐,似乎就在几天前,吴明忽然打来电话说让他出去避一避,虽然不知道发生什么了,但他还是很遵从老板的意思离开了那边。然而这才没几天,家里就爆了水管,真让人烦心。

出了临时的住处,于亮打了趟出租车,路上的时候想了想还是给吴明发了条短信,虽然他认为这样做并没有什么必要。

"被告知家中漏水,需处理,很快离开。"

于亮见着那短信刚发出去,手机居然就没电了,着实让人郁闷。他将手机放入上衣口袋之中,双手叉着放在后脑勺儿,身体懒懒地靠在车后靠垫上。

"师傅快点儿。"他漫不经心地吩咐着,然后干脆闭上眼睛小憩起来。那出租车加足马力奔跑在这小道之上,向那等待着他的方向驶去。

4. 于亮上当

吴明坐在办公室内,手里端着一杯喝了一半的咖啡。一向以工作狂著称的他能取得今日的成就,不仅是靠着内心那份令人难以想象的复仇心,也是靠着自己无坚不摧的韧性与执着。心中的怨恨让他强大,而这不依不饶的努力让他富有。

314　　一定找到你

"好，这里没有你的事了，你出去吧。"吴明头也不抬地朝着身前的女秘书说。女秘书早已习惯，自己的老板一直都是无比冷漠的人。秘书应了一声，然后往外走去。

也就在此时，吴明的手机响了。他没有即时看手机的习惯，将手机随手往旁边一扔，然后继续处理着手头的事情。约莫是过了十来分钟，等眼下的事都处理得差不多了，吴明才拿起手机读到那条短信。

此时出租车已经临近了那条巷子。

"师傅，就在这儿下。"于亮吩咐道。于是车停了下来。于亮付过钱之后转身便走进了巷子之中。

高健挂了电话之后也是一直担心着于亮到底会不会出现，显然对方的离开是蓄意的，那么这次他是否会察觉到什么呢？高健自己也说不准。

可是很快，那巷口出现了一个人，高健不知道，但也许那就是自己的猎物也说不定。这边一般都很少人经过，所以终于有人出现之时，自己立马高度紧张了起来。

将身体隐匿着，只探着头往外看，那男人显得很普通，根本无从分辨长得什么样，但高健沉得住气，他的视线死死地锁定那个突然出现的男人身上，像盯着猎物的狮子。

刚开始的时候于亮根本就没意识到自己正逐步地往陷阱靠拢。然而再走几步之后，他便感觉这周遭气氛有些不对了。不知道是不是自己太紧张了的缘故，总之，随着步伐的深入他开始有些不祥的预感，也许是错觉吧？他摇摇头，觉得自己也被那吴明的谨慎给弄得神经紧张了。大白天的,也不知道自己害怕什么,于亮叹了叹气,继续埋头往家里赶。

当初吴明也没多说什么,只是叫他先离开这个地方一阵子,另找住处住下。于亮不知道吴明有什么理由,但他只能遵从,毕竟就这住处都是老板给他的。

潜伏在周围的战友并不确定这个人便是他们要找的人,一切还得等高健的指示。他们按兵不动,继续监视着这个朝楼上缓缓走去的男人。

高健静静地伏在门后,希望这门能快些被打开。军人的素质让他此刻很镇静,他知道只要对方不设防地开门,就一定会被自己逮住。豆大的汗珠还在继续淌着,而他却像静止了般一动不动,此时的高健就像一个训练有素的猎杀者,随时准备对自己的猎物展开致命一击。

终于,脚步声开始闯入耳际。高健屏住呼吸。然而那脚步声又戛然而止,对!高健辨得分明,就是在这扇门外面,脚步声停止了!

吴明在路上驱车疯狂地疾驰着,心中还在大骂于亮的自作主张,愚昧至极。他将手机扔在一旁的副驾驶位上,心烦意乱。那家伙电话始终打不通,吴明不再试了。此刻他唯一的想法便是将于亮那家伙给救出来,不然自己蓄谋已久的计划可能就都暴露了!

坏事的混蛋!

于亮此时也感觉到了一些微妙的不寻常气息,他手中拿着钥匙,站在门前,却犹豫住了。到底该不该开门呢?这样的紧张与纠结来得看似毫无道理,可就是实实在在地让他彻底失了方寸。他心中一紧,换了个手势。拿着钥匙的手给缩了回来,取而代之的,他用另一只手敲起了门。

"这家伙没带钥匙？"高健在那一刻也愣住了，他一时间也没想好该怎么办，难道帮他开门？这未免也太滑稽了，明明自己是"贼"而对方是主。这样的情境着实让人尴尬。

屋里没人响应。于亮好歹松了口气，刚准备拿着钥匙继续开门，可不巧，就在这个时候，高健犯了一个致命的错误。

他终于没沉住气，毕竟自己要抓的人就和自己隔了一扇门而已，他猛地起身旋开了门把手，然后朝门外那人扑了过去。

显然，高健低估了对方，于亮几乎是在开门的瞬间反应过来，没多余的动作，拔腿便往楼下跑。这家伙居然反应如此之快，这让高健委实吃了一惊，他也疯狂追了上去。

到了楼下空旷的地方，高健一声招呼，埋伏在附近的两个战友也赶忙跳了出来。老黄守在稍远的地方，此时也听到了动静，正在此处候着。

于亮见后面三人马上要追上来了，丝毫不敢停下。三人中他唯一认得的就是那个高健，那是老板的目标。当时于亮也参与了劫持小雪的行动，自然对此人有印象，但不知他是如何盯上了自己。于亮不敢和他们硬碰，虽然自己当初也是混混儿中的一个好打手，但吴明说过高健的身手甚至和他差不多，想想就让人不寒而栗。他仗着年轻体力好拼命地与那三人比腿力，但依旧很快被拉近了距离。于亮几乎都要放弃了，自己一人如何逃得过三人的围追堵截？但恐惧感迫使他负隅顽抗，依旧没有要束手就擒的意思。

老黄跳上了一堵低矮的围墙，只待他过来，便能一身子扑下去将其制伏。但看这形势也不用自己出马了，这个叫于亮的家伙显然就快撑不住，自己只需看着好戏。

然而就在众人都以为这次必定手到擒来的时候，一辆黑色的无牌轿车驶了进来。当时高健三人与于亮正隔着一个小街口的距离，眼看着就追上了，那辆车却硬生生地从侧面的街道插过来填补了那个街口，而后迅速转弯，向着于亮鸣了声笛。副驾驶位旁的门被人从里面打开了，于亮身手十分敏捷地一跃而入。

几人都被这突发情况惊了一跳，这是什么情况？高健首先意识到是于亮的同伙来救他了，于是也不停，乘着那车还没加速的间隙拼命冲了上去追赶。几乎已经赶上了半个车身，但还是开始被那轿车一点点地抛在了身后。

"站住！"高健拼命叫嚷着，可是没能得到回应，他依旧不停地狂奔着，因为不甘心，隐约能看见车中的驾驶者，似乎是一张很熟悉的脸孔……吴明？高健心中闪现出一个念头，但很快又被自己否决，怎么可能呢。

那边一直在蹲候着的老黄一见这架势，心中也暗暗叫起苦来，怎么半路杀出个程咬金？他恶狠狠地盯着那辆朝自己驶来的车，准备豁出去了。

那车很快到了老黄所守围墙的下面，他也不多想，毫不犹豫地跳了下去。他死死地趴在那车的车顶上，稳了稳，想探着身子从车窗外进去。这番动作着实吓了高健等人一跳。"老黄！"战友们在他身后担心地呼喊着，也继续向前赶。虽说这次行动对高健来说很重要，但战友如此玩命却不是高健的本意，他原本还想着刚才驾驶室的面孔，此时却只有被这番景象惊呆的份儿了。

前面再走走就进公路了，老黄还在努力，而吴明表情淡定地驶着车，却没再加速车了。这个速度正好，即使摔下去凭着老黄的身手大概也不会出什么事，所以他还想再坚持一会儿。可是就在这时，吴明突然来了一个急转，竟硬生生地将来不及反应的老黄给甩了出去。

战友都跑了上来，老黄似乎并没有什么大碍，落地时的姿势正确让他避免了受到更多的伤害。只是脚被狠狠崴了一下，现在连站着都有些困难了，战友们都过去扶他，而高健看着扬长而去的黑色轿车，心中充满了复杂的情绪。

那人，怎么那么像吴明？

5. 发现相框的秘密

"送老黄去医院看看！"高健边向着自己的车跑边吩咐着："我马上回来找你们！"

高健心中疑惑，越想越不对劲。开始出于谨慎的考量，高健将车停到了较远的地方，不想这举动却让自己吃了亏。他驾驶上路的时候那辆车都已经不见了踪影，但是高健并没有想要去追那车的意思，他有别的计划。

似乎已经脱了险，但于亮仍旧心有余悸："多亏你了，吴总。"而这时吴明却猛地刹住车，然后愤怒地摘下自己头上戴着的墨镜，一巴掌扇在了于亮的脸上。

于亮敢怒不敢言，虽然平日里这老板待自己不薄，但一直是个怪脾气，自己也不敢得罪。他捂着脸有些狠狈。

"下车！"吴明冷冷地说。

"吴总，我真不是故意的，我哪知道……"于亮还想辩解什么。

"下车！"吴明暴躁地打断他，此时他对这家伙很是不耐烦，毕竟于亮差点儿就坏了自己的大事。此时心有余悸的不只是于亮，吴明想着刚才那幕也是后怕不已。幸好没出什么事，但这场仗远不是结束的时候。于亮悻悻地下了车，站在路边像丧家之犬，而吴明驱车扬长而去。

高健在车中一直回忆着刚才那个隐约看见的面孔，心情很是复杂。

"怎么可能是吴明，不，不可能……"可是心底有种奇怪的力量驱使着他前去一探究竟。对，看看不就知道了吗？

高健驱车径直来到了吴明家楼下，他迅速下了车来到吴明家门前，然后果断地敲响了门。一下，两下……不知不觉地，高健的心变得无比紧张起来。

终于有人开门了。吴明站在门口面带微笑，看着门外有些仓皇的高健，打招呼道："高健啊，怎么有空儿来了？"

高健心中松了一口气，看来确是自己多虑了。那开门的，正是吴明本人。

"呃……你没去上班？"高健随便找问题搪塞着。

"嗯，今天休假。"吴明笑着说，"快进来坐吧。"

高健却连连摆手推辞道："不必了，我还有些事，得先告辞了。"

"什么事那么急呀？来了就要走？"吴明故意做出一副毫不知情的样子。他的演技很成功，高健此时已经对他几乎没了怀疑。

"走了，回见。"高健招了招手，然后离开了高健家门口，下了楼，又重新往战友那边赶。

320　　一定找到你

吴明意味深长地看着高健的背影，冷笑了一声。

高健的心情又跌至了低谷，眼看着案子出现豁口，却无奈自己抓不住。他脑子里很乱，却实在什么头绪都没有，仓皇地再次在残酷的事实面前败下阵来，不禁又要暗暗骂着自己的无用了。

送战友回去的途中高健一句话也没有，他知道他们都已经尽力了，但这样的事实着实对他打击不小。幸好，老黄经检查没什么大碍。

高健回到家中，情绪十分沮丧。看着小雪紧紧闭着的房间门，不由得感觉一阵阵的悲伤。

他缓步走入那房间内，自责、担心与想念都同时灌入了他的脑海。"真没用！"他一遍遍指责自己，然后陷入了巨大的悲戚之中。他躺倒在女儿的床上，想闭上眼让自己放空一会儿，但仍旧心神不宁。他烦躁地睁开眼睛，无意间却发现了摆在床头的一个东西。

窗外的光碎碎地照进房间中，高健看见剪影下那东西的轮廓——一个奇形怪状的相框？像是得到了某种启示般的，他从小雪的床上一下子惊坐而起。他眼睛死死地盯上那个卡通相框，不规则的边缘与棱角，大小，形状……这些高健都太熟悉，可是为什么？

那上面有一张被撕成两半的照片，另一半不见了，剩下的一半是自己的妻子陈楠年轻时的样子。

"这是什么时候的照片？"高健觉得疑惑，他从来不知道妻子有这张照片，然而更让他不解，甚至感到惶恐的是那照片外的相框，那样的形状。

高健夺门而出，无视岳父岳母奇怪疑惑的眼神。

"就吃饭了，还去哪儿？"

第 20 章　帮凶脱身　　321

高健不应。陈母嘟囔了一句,"个个像中邪了一样。"

高健驱车又来到了出租屋,今日这短短一天,此处却着实是发生了太多事情的。他不及细细回顾,又是一个翻身,跃入了那房间之中。

起身后,高健看见了那块白色的印记,又看了一眼手中的相框,心中却是不知所谓的忐忑。他拿着那刚刚取来的相框,手几乎是在发着抖,将那相框往墙上的印记上贴。下一个瞬间,他站在原地目瞪口呆。对!就是这只相框!可是,为什么上面却是妻子陈楠的照片?另一半呢?

高健满心疑虑地回到家中,在沙发坐下,内心焦灼地等待着。妻子也快回来了吧?

第 21 章

事出有因

1. 她所认为自己能够阻挡的，实际上却都阻挡不了

高健说不出自己此刻的心情，失望？困惑？恐惧？很显然妻子对自己隐瞒了什么，她的照片为何会出现在出租屋？而且看样子是已经被放了很久了的。而为何后来又被"转移"到了小雪的房间？……这些只有听陈楠向自己当面解释了。高健静静地等待着，等妻子回来。

终于，门被叩响了。陈母应了声"来了"，要去开门，而高健则也起了身，走上前去用身体挡住了陈母，说"让我来吧"，一边已经旋开了门把手。

陈楠正要往里走，却被高健拦住，"我们去外面走走吧。"他轻声说，眼睛盯着陈楠，却有些别样的成分在里头。

陈楠惊愕了片刻——今天丈夫与往常不同。她支吾着："嗯……好……"随即又向着高健转了身，她知道丈夫一定是有话想对自己单独说。

陈母不知这会儿是什么情况，女儿刚回来却又被女婿叫下去，

令人费解。"这么晚了下去走什么走嘛?"

高健一副心事重重的样子,顺手将门给关上了,然后同妻子一前一后地往楼下走,进了夜幕……

依稀还有些在晚间散步的人,老人或是一家三口……高健一言不发地随着陈楠往楼下的那片花园走过去,这边倒是没什么人。陈楠找了处石凳坐下,而高健也停在了她的跟前。

"知道你有事想说,说吧,怎么了?是不是关于小雪的?"

陈楠心想,许是高健又遭遇什么挫折了,于是静静等待着丈夫说话……

"我们今天又去了那间出租屋,就上次我们去过的那个……还是没能找到线索。"

高健先是向陈楠讲述起今天的经历,虽然这不是此番谈话的重点,但高健需要一个话题来引入……说实在的,高健觉得自己并没有准备好去"怀疑"自己的妻子。

"哦……这样吗?"

听到那间出租屋,陈楠的表情立马变得有些不自然。其实上次两人一同出现在那儿的时候陈楠有过同样的表情变化,只是高健当时并没怎么注意,可这次高健却看得清清楚楚,虽然周围光线差了很多。

"那间出租屋,你知道的要比我更多吧?"高健表情一沉,突然如此问道。

陈楠被惊了一跳,她不知道高健是不是查到了什么,不然为何会突然问这种问题?陈楠一瞬间有些失了方寸,"为什么这么说?"

高健叹了口气,他缓缓拿出那只相框,卡通的造型陈旧了,但依然透着几分原本的风貌。当年的小女生们都会喜欢的可爱玩物吧……此时被高健拿在手中,却又竟然显得如此扎眼。

陈楠愣愣地看着高健手中的相框,明白了。可笑,自己还曾妄图瞒着什么,其实现在以这种方式让丈夫知道事情真相,还不如当初勇敢点儿自己说出来吧……

"你是怎么找到这个的?"陈楠记得这东西后来是莫名其妙地不见了的。

"在小雪房间……后来我拿去与那出租屋内的白色印记对照,发现这相框原本应是那房间里的东西,对吧?"

高健如实说着自己的发现。他感觉自己像是个一直活在故事和真相之外的好事者,终于挤进了故事,才发现这里面原来自己什么都看不懂……

"白色印记……"陈楠自言自语,"难怪了。"她朝向高健:"对,这相框确实是我那天从那带回来的。很多事,本不想让你知道,怕伤害到你,更怕伤害到我现在拥有的这个家庭……可是到了现在,我想你是有权知道那些事的。对不起,我瞒了你很多……"

陈楠表情落寞,她知道,世上没有不透风的墙。她甚至一度以为自己将能永远地埋葬那个秘密,那些过往……可是她此时此刻却不得不承认,一切的苦心经营都要破灭了。

"居然是在小雪房中,天意啊!……"

在讲述那段被自己刻意尘封的往事之前,首先得允许自己接受记忆的洗礼。那些忽明忽暗的时刻与记忆都在脑海中泛滥开来,让人抵御不得。陈楠忽然感到一阵释然。终于,那些事情都将不再是秘密了,纵使等待着自己的会是一场暴风骤雨,那也没什么可谓。

第 21 章 事出有因

"那是一段很长的故事,要听吗?"

陈楠的声音很细,眼神飘忽,竟是有一种万分悲戚的情愫在这其中的。

"嗯。我想知道。"

高健如今脑子里一片混乱,他不确定自己即将听到的是什么,对自己和这个家庭来说,是涅槃抑或毁灭?

2. 结缘夏志军

事情得从陈楠第一次来这座城市上大学的时候说起了。那是她第一次一个人出远门。远离家乡的陈楠从火车的窗口一直往外望着,这便是"外面的世界"……即将奔向的大城市让人兴奋,也让人胆怯。

火车进了站,陈楠提着大包小包在人流的裹挟下一点点地往外挪着,显得极为吃力。周遭都是行色匆匆的旅客,并没有人愿意为这陌生人搭上一把手。此时夏志军正在不远处,他回家探亲,也坐在这列火车上。注意到了前面步履蹒跚的陈楠,本想着去帮她一下,但也就在这个时候,一个彪形大汉出现了……那人一把夺过陈楠手中的一件行李,转身就往人流中钻,陈楠急得大叫起来……

又一个身影从自己旁边掠过,就在陈楠自己都没有看清的一个瞬间。那人往那彪形大汉逃跑的方向快步追了过去。"站住!"他大叫着,可那大汉头也不回地跑着。然而夏志军依旧很快追上了他,伸手便要夺那大汉手中抢的东西。大汉猛地回头,伸出手来要抓夏志军的衣领,"你他妈的找死啊!"他的吼声很大,很多旅客的注意力都被这两个人给吸引住了。

"我倒想看看，是谁找死……"夏志军冷哼一声，不再客气。

结果可想而知，那大汉被身为特种兵的夏志军好好地教训了一番。陈楠的行李被他夺了回来。而陈楠此时也反应过来，跑上前去，看着夏志军，青涩的眼中有些惧意，但还是开口："这是我的……"

"知道，给你。"夏志军露出一个微笑来，"女孩子一个人出远门可要小心点儿，这地方乱得很。"他好心告诫着。

陈楠依旧一副心有余悸的样子。不得不说这次是多亏了夏志军的拔刀相助，她感激地看着眼前这个英武的男子，两人也因此留下了彼此的联系方式。

接下来的故事就未免顺理成章了，情窦初开的两人渐渐地互生情愫。

在陈楠刚入校的那段时间里，夏志军天天往陈楠的学校跑，搞得陈楠的闺蜜们都问他是哪个学院的。陈楠浅然一笑说自己男朋友是特警队的，"哇！好厉害，居然是特警！"那时候的陈楠真的太幸福了。

终于，夏志军马上要回队了。在那之前的七夕，他带她去青岛玩儿，他们快乐地嬉闹，拍照，笑着……夏志军抱着她说以后每年的七夕都要带她过来，陈楠点点头，然后哭了。"不管你离我多远，我都爱你。"这是两个年轻人对爱情的和对彼此的承诺。

夏志军归队，但两人的联系却从未断过。他们邮件往来，彼此在键盘上倾诉着无尽的思念。温柔而甜蜜的时光让遥远的距离也变得万分美好。时间就这样一点点过去……每次志军回来的时候就是两人最快乐的时刻，短暂的甜蜜，无限延伸支撑着分别的日子。

终于到了陈楠快毕业的日子了，志军再次回来，得知陈楠想要在这座城市找工作安顿下来，他二话不说开始为她寻找合适的住处。陈楠在为毕业的事忙碌的时候，夏志军也没有闲下来过，一直在为找房子奔忙。

搬进出租屋的那个晚上，陈楠给了夏志军自己的第一次……

然而志军现在还有一个十分顾虑的问题……他的父亲是个老军人，秉性固执，照夏志军自己的话来说，甚至堪称迂腐。他和父亲的意见总是不合，父子两人关系也十分的紧张，志军心中隐约担心着自己和陈楠的关系会遭到父亲的阻挠。父亲希望他在队里好好待着，要好好表现，努力上进，但自从志军爱上了陈楠的那刻起，便已决心早些退伍陪着心爱的女人过日子了。曾经也向父亲说起过自己退伍的事，结果换回了父子两的一顿恶吵。

志军始终没和父亲透露他和陈楠的事，他打算先和陈楠结婚，到时候木已成舟，就不怕再往家里带了。心中自是很坚定的，无论遭遇多大的阻挠，志军都决定要将陈楠娶回来……

陈楠对志军的家庭知之甚少，当然也不知道男友是有什么打算。陈楠唯一一次与"婆家人"见面也是出于偶然……

那天志军带着陈楠在公园里闲逛着，清晨的公园里有很多老人在散步和锻炼，他们牵着手走在这静谧的空间里，戏说着老去后的光阴……忽然身后有人在呼喊着志军，两人不约而同地转过身去，陈楠看见的是一个精神不错的老妇人，而志军则显得有些吃惊："妈，你怎么在这儿……"

那是陈楠第一次见志军的家人，仓促而不正式。陈楠挺直了身子想给未来婆婆留下一个好印象，但心中竟然是如此紧张的。

夏母是个很温和慈祥的老人，见着陈楠，也知道了这就是儿子的女朋友，心中奇怪他一直没在家中提起过，但也猜到志军很显然是顾忌他父亲……

"阿姨您好！我叫陈楠。"她像所有乖巧懂事的小女孩子那样向夏母打着招呼。

"哦，陈楠，你好！"夏母看着眼前这乖巧漂亮的女孩子，印象倒也还不错。

只是夏志军却紧张起来了，这会儿母亲知道了自己有女朋友的事，要是传到父亲那的话……他不免心事重重。

夏母很显然看出了儿子的顾虑，她不是不知道自己家那老头子的脾气。然而作为一个母亲，她只想看着自己儿子过得开心就行，至于做什么工作都不打紧。夏母叹了口气，低声对志军说："放心，我不会告诉你爸的。"

志军朝着母亲点了点头，而陈楠这时才知道志军心中的顾虑……

3. 现在要堕胎的话，太晚了

终于又到了志军回队的日子，两人在车站分别。陈楠的眼泪不争气，还是一颗一颗地往下掉。志军不断安慰着说自己很快就会回来的，陈楠勉强让自己笑出来，拭去脸颊的泪水，抱着志军轻轻说，"我等你回来！"

半年一会，本都已经成了惯常。陈楠毕业后，新的生活也正渐渐地步上了新的轨道。只是有时会有无法排解的思恋，经常在出租屋内盯着墙上的照片发着呆半天……然而真正的变故发生在志军回警院两个月后，她发现自己怀孕了。

陈楠这时候比任何时候都渴望志军能娶她。立即，马上……

从没想过自己可以不要这肚子里的孩子，虽然他知道两人都没有准备好，但她心中只有一个信念……这是他和志军的孩子。陈楠将自己怀孕的事在邮件中一遍遍地提及，希望志军能在下一秒突然出现在自己面前，然后像个勇士般的牵着自己的手说："走！我们去登记结婚！"可是希望却一直得不到回应……

志军似乎忙得连回邮件的工夫都没有……

眼看着肚子一天天大起来，陈楠越发地觉得无助，她不确定自己还能撑多久……一直等着回信，可是志军那边却再也没有过信件了。陈楠不知道发生了什么，但焦虑感却与日俱增。想过联系志军的家人，可是她根本没有联系方式，如今的她只能是毫无办法地等待，只有等着……

原本想着探亲假的时候志军总会回来的，这也是陈楠苦苦独自支撑的唯一信念了。一个人的时候在夜里总是难以入睡，想着志军在的日子就会想哭。但是志军的探亲假终归是快要到了的，她如此安慰着自己。虽然心情并不会因此好转多少，但她相信……

从日子上推断，应该是已经到了的吧……

可是志军仍旧未露面。陈楠望穿秋水，越发觉得一定是发生了什么变故……是志军不要自己了吗？是因为孩子的事吗？是他的家里阻挠而他妥协了吗？陈楠止不住自己的胡思乱想，每每她决意说服自己：志军绝对不会是个负心汉！可是心底的焦虑与惶恐却摆脱不了……到底发生了什么？志军为何不和她联系，现在应当是探亲假的时候了吧……

痛苦与日俱增，压得陈楠喘不过气来……旁人的指指点点，更让她难堪。

可是……医生说，现在要堕胎的话，已经太晚了。

陈楠回到家，坐在床头抱头痛哭着。没有比这更黑暗的日子了吧。她以为自己早已经足够坚强了，可是不够……对，她不够坚强……

七夕那天，一封邮件姗姗来迟。陈楠打开，仓皇地读着。

"楠楠，对不起，我现在碰到了些不太好的事……别担心，我发誓会快些好起来的，为了你。可是婚期也许得往后推一些。没有人比我更难过，我不是说现在我所遇见的麻烦，我是说我现在对你做的……对不起。我爱你。等我回来。"

陈楠的眼泪一颗一颗地往下掉……什么事会比他的亲骨肉重要呢？等了这么久，却等来了这么个答复……可这能算是个答复吗？陈楠痴痴地望着自己的肚子。他不知道自己现在的处境？他不知道她需要他？陈楠越想越愤怒，越等越悲哀……不行！"我得去找他……"

不算是什么好办法，但确实是她所能想到的最为直接的办法了。陈楠不再犹豫，第二天一早便动了身。带着焦急的心情，陈楠行李也没带，便匆匆上了路。

她不能接受那番"搪塞"式的回复，这么久了，居然自己等来的就是那个，陈楠很不甘。看来被动对自己没有任何好处，不是她想"咄咄逼人"。再等下去，就是对自己的不负责了。她安静地看着车驶在郊区的路上，看着窗外更迭的风景，心中有的不是平静，而是躁动，是惶恐……

第 21 章　事出有因　　331

好不容易花了大工夫找到了那边管事的人，但问起夏志军这个人时，对方却皱起了眉头。

"我是他的妻子……"陈楠没敢说自己未婚先孕的事，这多少有些不光彩。"同志，你看我这样子，真的很需要他……"她有些害羞，在一个外人面前说这种话，自己却是无论如何也释然不了的。

那人打量了一下这个年轻的女孩儿，然后疑惑地说了句："我不知道小夏结婚了呀。"

陈楠一时语塞，"只是……只是还没办婚礼。"她的脸羞耻地红了，不知怎的，说那个谎让她感觉自己的经历竟像是很不堪似的。

那人不置可否地点点头，然后语带歉意地说："夏志军已经不在这边了，他之前已经被转移了……呃……他没告诉你们这些家属吗？"

"转移？"陈楠惊讶地叫起来。确实，志军从未透露过半句。她不知道发生了什么，即使是在那封邮件中，志军也并没有向自己说起过他已经不在这里的事实，而且……有些令人难以忍受的是，他对自己的怀孕一事不着一词……

"他转移到哪儿了？"陈楠急得快要哭出来了。

"不知道……这是上级的事了。那是秘密转移，似乎是有什么任务还是怎样……"那人一边挠着头一边向陈楠解释着，显得很无奈。

陈楠背过脸去，不想让旁人看见自己哭泣的表情。

心灰意冷……

大老远地跑来，结果连面都见不上。这让陈楠一下子看不见光了……绝望，黏稠的绝望包裹着她，让她不能呼吸了，让她心痛欲裂了……她行尸走肉般的踏上了回程之路，哀莫大于心死……她遇上了此生最难熬的日子。

确实是如此的。如今的陈楠什么都似乎做不了了，夏志军就这样断了联系。"他还会出现吗？"陈楠忍不住想。要是以前，她定会为这种不信任的想法而感觉可耻，然而现在不同了，接二连三的打击让这个女人变得敏感和多疑起来，腹中的身孕让她十分脆弱。她还能怎样呢？这是个问题……

自己都不知道自己是怎么上了车，同样的环境同样的气息，但心境却是绝然不同了的。现在的她是欲哭无泪，心中的积郁无处排解，成了一道跨不过的坎儿。她几次都以为自己睡着了般，但事实上只是走神很远而已……脑子里一片空白，倒是腹中的疼痛叫醒了她。

那小家伙……带来大麻烦的小家伙。

然而让陈楠猝不及防的是，腹中的疼痛居然越来越剧烈了。"明明才三四个月啊……"陈楠心中惶恐和不解。然而肚子里的疼痛却再也无法消停了。她捂着肚子，满头大汗……倒在车里的时候，全车人都炸开了锅……真是祸不单行啊……

4. 小雪就是夏志军的女儿！

月光皎皎，偶有凉风吹过。回忆往事的时候人容易变得惆怅，陈楠和高健也不例外……他们坐在这深夜的石凳之上，三三两两的散步者也悄然地不见了。陈楠盯着前面的小灌木丛，一边娓娓道来着当年的事。

"接下来的事,你便都知道了吧……"她偏过头来,看着高健。

高健叹息一声,仰起头,想努力摆脱这奇怪情绪的困扰。是啊,接下来,自己才终于成了主角。这一刻,他的记忆泉涌……

那次的探亲假放得有些迟了,高健百无聊赖地坐在长途汽车前排的座位上,显得很无所事事。手中的报纸被自己翻了好几遍了,开始时还能打发下时间,但此时只剩下几个广告可看了。高健也不知道自己回去能干吗,无非是陪陪他妈散散步聊聊天罢了,高健无奈地想着……突然,车里的躁动搅扰了他的遐思,"怎么回事?"他一探身往后边望去,看见那边的乘客都起了身围作一团,偶尔有女性的呻吟声传出。他立马知道大事不好,于是马上也起了身跟了过去……

"怎么了?"高健挤进人群中,看着在地上挣扎着的女人,想询问到底是什么情况,倒是旁边一个中年女人回答了他:"不会是要生了吧?"

高健暗叫不好,这地方地处郊区,要是真的快生了可怎么得了……他转过身来大吼道:"师傅!往最近的医院开!"

其他人都七嘴八舌地议论开了,想这孕妇怎么独自一人出远门。司机也不含糊,改了道就往市里冲,因为走的是小路,路上未免颠簸。高健将自己的外套脱下,帮陈楠垫着,然后将她抱向车最后一排座位上去让她躺下,一边在旁边稳着她。

"说起来,那时候你真是救了我的命啊。"陈楠露出一个释然的笑容来,抬起头,看着月亮。

"不,是你很坚强。"高健轻声回答着,"遇到了那样的事,都还能一个人扛下来。"

"所以那时候你是可怜我才留下来照顾我,才要娶我的吗?"陈楠将头偏向高健。

"不,我爱你。"高健的嘴角轻微地上扬,"我不知道为什么,也许是看你第一眼的时候吧,我就发觉,我爱你。"

"那时候我可是有了身孕的。"陈楠眼神有些飘移,"不是每个男人都能像你这样。"

"那又怎样……你告诉我,你还没嫁人。"高健认真地说,"那时候,我一直告诉自己,我可以比那个抛弃你的家伙做得更好……"

"是的,你做得很好了,好到我无法拒绝,好到我终于找到了最后的依靠……可是还有些事,你叫我怎么告诉你……"陈楠渐渐地变得激动起来。

"是啊……"高健眼神悲戚,"假若你告诉我那个男人是志军,我也不知道自己是否还会有勇气……"

"那一个月,你是我唯一的希望。你知道吗,虽然很难启齿,但我始终没勇气叫你离开……我怕,但是只要你在我旁边我就不怕,一个月,足足一个月。很庆幸你是我的丈夫……"

"因为我爱你……"高健叹叹气,"是不是一直都很傻呀,而你却瞒着我那些事那么久。"

"不!我也爱你!也许一开始时并不是……但后来的日子里我也发现自己再也离不开你了,我需要安全感,我需要真正的爱。你知道我是多么的庆幸能遇到你吗?相信我,我不是想瞒你,我害怕……我怕失去。"

高健低着头,支吾着……

夫妻间的这种谈话着实显得悲怆,危机是嗅得见的。两人叹息的频率也渐次多了起来。高健显然很不愿面对这样的情形,他低下头,甚至不愿意看着陈楠。"这么说,小雪是夏志军的女儿……"

5. 夏志军知道绑架了自己的女儿?!

"对,小雪是他的女儿。"陈楠平静地说。事已至此,她已经没什么好向丈夫隐瞒的了。

"我从来都把小雪当自己的女儿看待,楠楠,好多时候我都已经错觉自己才是她的生身父亲了。我看着她降生,陪着她长大……我像你那样爱她。"高健捂住脸,此时的痛苦陈楠却是能想见的,但她早已无能为力。这一天,终究还是来了呀……

"你才是小雪的父亲,小雪只有一个父亲,那个人就是你。"陈楠吐露着自己的心声。在她心中夏志军是背叛者,他什么义务都没尽过,甚至都不知道自己抓走了自己的女儿。他以为自己有足够的理由复仇,可是事实上他才是不折不扣的混蛋。

陈楠回忆起,那时候高健在病榻旁鼓励着她:"孩子是无辜的,生下来吧,我们一起养。"高健陪她度过了那段最为黑暗的时候,他也说了同样的一句话:"等我回来就娶你。"

不同的是,后来高健真的回来了,只是那时候是高健情绪最为低落的时候,无论问他什么他也不答,只兀自扛着痛苦,一个人在暗处流泪……陈楠默默陪着他。事情都会过去的,不是吗?

"我还是不懂。"高健突然又打破了沉寂,"我们婚礼的时候,夏阿姨也来了的,为什么你们都没说你和夏志军之间的关系?"

陈楠沉默了半晌,缓缓回答:"夏阿姨是个好人……"

眼泪终于奔溃,"我怕失去你!我怕突然不要我!……"

所以,她们用共同的沉默换回了陈楠这些年来的幸福,对,夏阿姨确实是个好人。于是高健和陈楠有了让所有人都羡慕的家庭生活。高健是个负责而顾家的男人,而陈楠亦是个好女人,三口之家一直其乐融融……

然而现在,夏志军来找他们"复仇"来了吗?他所要毁灭的,却正是"原本应该属于他的东西"。

该承认很自私吧。高健手中的相框不知何时已掉落在地上,那照片中年轻的面孔在月色下微微笑着,显得很是甜蜜和幸福。

然而一切的一切,都变得如此残忍了般。月色也好,微风也好,人也好……夜已经深了,有些凉意。

高健忽而发觉原来自己所做的那么多努力都是多余的,想起来,真讽刺。现在唯一值得庆幸的是,小雪大概不会有事了。

后半夜,躺在客厅的沙发上的高健,隐约听见卧室里传来的啜泣声……高健有了最后的打算。

第二日,高健拿起黄昌炎的手机,拨通了夏志军的号码,但听到的是一个"已停机"的提示音。高健没觉得这事有多么令人丧气……现在他所要做的只是传递一个信息而已。他决定去一趟夏家。

只要将小雪是夏志军亲生女儿的消息告知他,那么小雪自然也就脱险了吧,夏志军甚至可能会跑到陈楠面前忏悔一番,然后求陈楠原谅?他恻然地笑了笑,接下来的一切,该是他们自己的故事了。

敲响了夏家的门,心情有些复杂地在门口站着,他不知道等会儿该如何向夏家的二老通报那个消息。"会很尴尬吧……但无所谓了。"

门开了，可是里面站着的是一个陌生面孔。

"你是？"高健疑惑地问道。

"哦，我是新来的小时工，姓梁。"这比自己年长的女人解释着，但似乎并没有让高健进门的意思。

"嗯，梁姐，我来找夏家的二老的，他们在吗？"

"那可真不巧了，二老都已经出去好一阵子了，说是要……哦，对！说是要见儿子去！"梁姐脸上堆着笑，心里却是并不欢迎这位不速之客的。

高健落寞地转过身。有那么一瞬间，他全身的无力感都逃脱了自己苦心的藏匿，肆无忌惮地冲撞着他的魂魄……

第 22 章

如此沮丧

1. 有些东西是不能释怀的

想联系夏志军居然还无门。高健心中积郁无处排解，让他很是郁闷。高健苦苦想着能联系到夏志军的方法，脑子里突然蹦出来一个念头。为什么不问陈楠呢？说实话，她才是从始至终都通晓一切的人啊……话虽讽刺，但高健在回来的路上依旧拨通了陈楠的手机。

"能出来下吗？"高健问道。

"嗯，在哪儿？"那边的声音同样苍凉。

"楼下花园吧，我马上到。"高健说完这句便挂了电话，他想不到自己还有什么好说的。

车在路上寂寞地走着，每每想到过去，疑惑和不甘便会找上门来。高健觉得自己仿佛走到了陌路，实在没理由坚持，但他想走完最后这一程。小雪是无辜的，也只有她是无辜的……

来到了那片花园里，看见陈楠正在石凳上坐着，双手都放在膝上，坐得很端正淑女，眼神中却明显是有着其他东西的，彷徨？无奈？高健走了过去，而陈楠似乎出了神似的，居然没发现。

"嘿。"高健小声地打了个招呼。

"嗯?来了啊。"陈楠眼神偏过来,看着高健。然后身体往旁边移了些,给高健空出了些地方。

高健也坐下,"我刚刚去了夏家。"他的话题直奔此次的主题。

"哦。有什么发现吗?"陈楠应着,表情却不是像她所问的那样关心似的。

"没人。他们都不在。"高健连说话的语气都不太自然。

"哦……"陈楠此时也不知道自己该说什么好。是的,她也担心小雪,但如今看来,何必要如此担心呢?小雪就在她生身父亲手里,而照顾了小雪六年的"父亲",还一直努力着想要把她救出来。想起来,真讽刺……这局棋,注定所有人都是败者。

"你知道,小雪本不应该承担那些痛苦的,如今的一切对她而言都太残酷了。你有没有……好的建议?"

"你是指什么?"陈楠听出了高健的弦外之音。他的话好像在说自己根本就是个知情者。"建议……"她语气中带着悲哀。自己的丈夫,如今居然用这种口吻向自己说话了。需要含蓄什么呢?她心情悲悯。

"比如说,他也许会去的地方。"高健继续道。

"我去找过了,没有。"陈楠回答说。

然而这个回答却着实让高健吃惊了一番。去找过了?高健显得难以接受。对陈楠的动作高健几乎一无所知,妻子一直瞒着自己吗?她从来没有跟高健提起过任何。

"你是什么时候开始调查的?"高健显得有些难以释怀。

"一开始的时候。"事到如今,似乎也没什么好对高健隐瞒的了,她如实说道，"从那串数字开始。"

"数字……"思绪被拉扯回不久前的那天。夏志军向自己提供了第一条讯息，那是一串数字，当时自己以为那代表的是一个普通的电话号码，可陈楠却破解出"夏志军"这个名字。那就像一场宣战，夏志军用一种极端的方式来宣告游戏开始，并表露他的身份……当时陈楠说灵感来源于一部日本电影，她说得没错，那场电影，正是她和夏志军一起看的。

夏志军似乎很早就表明了他的复仇意图，不是因为高健给的伤害，而是陈楠给的"背叛"。那个数字是夏志军与陈楠之间的"暗号"，示意他回来了，而且绝不会善罢甘休。

"所以，你一早就知道了一切。并且，一直瞒着我……"高健显然很难接受这一事实。

陈楠藏得多好啊。高健一直在外面奔走，为了女儿，他浑然不知地苦苦坚持，像个傻子一般被夏志军玩弄于股掌之间。

陈楠曾经苦苦隐藏和保护的那些，此刻都变得如此单薄起来。现在还有隐瞒的必要吗？显然没了……虽然事情变得渐渐明朗了起来，可这是以牺牲家庭为代价的。陈楠显然不愿面对。她所承受的一点儿不会比高健轻，一方面是对女儿的担心，一方面是对失去丈夫的恐惧……当然，她知道高健永远不会离她而去，即便是现在的处境之中。她知道，高健一直都是个负责人的男人……她恨，恨自己最先遇见的为何不是高健。

"听我说……不是那样的。"陈楠低声说道。抬头看天，夕阳在西边挣扎，却难挽颓势。黄昏，好悲壮。

高健却不再说话。他脑子里一直在弹出一句话：陈楠骗了他。

第22章 如此沮丧

对，而且还骗了这么久。陈楠的本意如何他早已不想探究。为了这个家，他能隐忍，他能原谅，可是此时真的难以释怀。也许时间久了慢慢就会好的，只是现在，他感觉很无力。

"没关系。"高健口是心非。他爱陈楠，可是如今他却怀疑陈楠是否爱他……其实他冷静想一下便能知道陈楠瞒着他的用意：她也是怕失去他或者伤害到他呀……然而此时的高健早已被心底的悲哀与不甘蒙蔽，他只看见自己的妻子瞒了他。他的情绪十分低落。

两人都不再说话，相顾无言，看着橙色的西边的天。

终于，高健起了身。"我去走走，你也快回去吧，天晚了，外面冷。"高健转了身，那样一个简单的动作，在陈楠眼里，竟又是如此决绝的。她想挽留。"我陪你！"那一声她叫得很大声，像最后的孤注一掷。那一刻她害怕极了。

高健偏过头来："让我一个人走走吧……我会早些回来的。"

陈楠坐在原地，看着高健的背影消失在了花园的尽头。

忽然间，感觉真是有些冷了……

2. 突然间，想找个人聊聊

高健不知道自己此时还能去哪儿，这样的时刻总感觉这个城市是如此冰冷，在家里都是如此，还能祈求什么呢？不！也许不是……高健突然想到，不知道老黄的脚伤好了没，那家伙，真拼命……

高健想找个人陪他聊聊天喝喝酒，老黄是不错的人选。那家伙酒量很好，这是高健知道的。

驱车在路上行驶着，不紧不慢。车窗打开，偶有即将入晚的风往车中灌，凉爽而轻松。高健似乎很享受现在这个样子，没什么好怨的，事已至此。

老黄家在城郊结合处，是一座仿欧式平房，装修得典雅而斯文，比城中的那些钢筋水泥森林要来得有艺术感得多。高健曾经也不无羡慕地说老黄过的才叫生活呢，虽然并不富有，但足够安逸。

高健远远地泊了车，没有再继续往前。看着远处那房子里透着一屋子的温暖灯光，高健没有勇气去面对。原本，自己也像他们那样，如此幸福的。然而如今的自己只剩下羡慕嫉妒恨的份儿了……依稀能够看见，老黄那胖嘟嘟的儿子搂着他的肩，父子俩一直开心笑着，旁边老黄的妻子许是见着这两人顽皮，脸上露着嗔怪的笑容，但高健却能辨认出她的幸福神色来。这就是生活吧，高健心想。天色渐渐暗了，外面的风吹得人挺冷的。

高健将车停在了公司楼下，一个人默默地走到自己的办公室中，他拿出一罐啤酒，脚放在办公桌上，一边喝着，一边发着呆。好消息是小雪的安全总算是得到了些保障了的，然而那算是好消息吗……她也许将不得不面对那样的一个事实：自己的父亲竟是她眼前的恶魔……真讽刺。

高健猛地起身，然后将啤酒罐往旁边的墙壁上一砸，那没喝完的液体立马溅得到处都是。他擦了擦手上的啤酒沫，然后手撑在额头，显得郁闷极了。他想也许他该回去睡觉，他需要休息。毕竟，是累了太久了的。

高健一个人落寞地下楼，楼梯间的感应灯在他脚步声的刺激下堂而皇之地睁大了眼睛。他的步履有些摇晃，不是因为喝醉了，而

第 22 章 如此沮丧　　343

是因为心不在焉。空洞的眼神被楼道的灯光衬得昏沉。高健现在只感觉自己走进了一条死胡同里,但又走不出来。此番的情状是着实让人不快的,他没什么地方可去,想找个人说说话也找不到。也许回去比较好吧。

3. 紫涵觉察到高健的颓丧

辗转又到了自家的楼下,高健抬头望去,灯还亮着。他不知道是不是陈楠在等着自己,其实他只要稍微细心些就能发现……其实妻子一直都在那片小花园中,然而他匆匆地经过了那里,并没有走进去看。陈楠在石凳上发着呆,已经过了一两个小时了。高健兀自往楼上走,正准备敲门,但伸出去的手终究还是停住了。他叹着气,有些不知所措……

高健终于转了身,然后继续往上走。楼顶是一块空旷的天台,晚风很凉,高健手中拿着酒瓶,就地坐了下来,一边喝酒,一边发呆。他在角落里,像个落魄的流浪汉一样。

忽而想起了张紫涵,高健嘴角撇了撇,露出一个似笑非笑的表情来。"那时候她就被我困在这个地方呢……一天一夜。今天该轮到我自己了。"他想起自己过去的拼命与执着,竟觉得有些讽刺起来。有什么办法呢……

然而就在这个时候,高健的手机响了起来,来电人提示居然恰巧就是紫涵……真是有默契啊。

高健有些慵懒地按下了接听键。"喂,紫涵啊。"他的声音就像刚刚才从酩酊大醉中清醒过来的人一样。

紫涵听这声音还迟疑了一下，"这是高健吗？"她心想。然而对方是谁她怎么可能弄错，毕竟自己手机里的这个号码就是高健给存进去的。"你……你怎么啦？语气听起来怪怪的。"

　　"哦，没事。"高健想找个理由搪塞，"我刚睡醒。"

　　"哦……"紫涵将信将疑。可现在明明才刚入夜，高健却说自己刚睡醒，这未免也太颠倒黑白了吧。

　　"有事吗？"高健将话题给扯了回来。

　　"呃……也没什么事。"紫涵会说"就是想跟你说说话"这样的话吗？当然还没到那地步。"夏志军那边的情况查得怎么样了呀？那个出租屋里有线索吗？"紫涵问道。

　　然后是一阵沉默……高健半天没说话，看来线索是又断了的，紫涵心中有些急，她怕高健这样的沉默与郁闷，连忙安慰道："没事的啦，小雪一定能找到的，你别太气馁了。"

　　高健颓然应着："没必要再找下去了……"

　　紫涵在想自己是不是听错了，这是高健能说出来的话吗？不像……但明明是他。即使是遇上了些挫折也不该这样的吧，先前经历的失败还少吗？可是哪一次不是高健一边安慰着他的妻子，一边继续站在那片残忍的战场上？他有倒下去过吗？可是为什么，紫涵感觉他的口吻却是那么认真和决绝的……

　　那个坚强不屈的，甚至堪称疯狂的高健出现在记忆的视野里。他咆哮着的样子很酷，他愤怒时的样子很酷……只因他是如此的有担当和不言弃。而现在的高健还是高健吗，她当然不知道这个原本应当打不倒的男人遭遇了什么，她突然很怕……

　　"你在哪儿？"紫涵觉得这样的时刻，不应该让高健一个人孤

第 22 章　如此沮丧　　345

单着。她想为他做些什么,哪怕只是陪着聊聊天,陪着喝瓶酒。

"我在哪儿?哦……在天台上。"高健漫不经心地回答,然后酒瓶又贴到嘴唇边,饮下了一大口酒。

月亮侵占了一小块天空,不知是否因为天气的缘故,居然显得有些发红。然而高健并不在乎,一个人的清闲时刻很难得,虽然心情抑郁,但那又能怎样?背靠的铁门已经锈迹斑斑了,靠在背上,便能挂出很多黄色的锈印,偶尔会有些带着棱角的铁锈刺过衣服,抵在皮肤上,让人觉得痒痒的,但只需稍微挪动一下身体又便化为粉末。酒瓶眼看着就要见空了,可是仍旧是这么无聊彷徨……

紫涵终于出现了。来的时候满脸的急切神色,她朝向高健:"到底发生什么事了呀?"

高健依旧坐在地上,也没起身,最后的几滴酒也缓缓地滴入嘴里,酒瓶空掉了。他露出一个苦涩的笑容来,并竖起食指摆出一个"1"的手势。"1个电话,就给夏志军打一个电话就行了。什么问题都能解决。"高健的声音似醉非醉。细听时,能察觉到他语气中的郁闷。

紫涵听不懂……可是她很担心高健此时的这副样子。然而高健却不再说话,任紫涵如何急切,高健都用沉默来回应她。喝空的酒瓶滴溜溜地往天台的边缘滚去,发出与水泥地面接触时的轻响……如今的高健像变了一个人,颓废而失落。

4. 而另一边,不好过的人还得算陈楠一个

陈楠依旧坐在花园的石凳上发着呆,不知不觉天都黑了呢,她时而想想高健刚才离开时的背影,时而想想过去的岁月,突然就想

感慨起来……

　　吴明此时趴在家中的窗口，远远地看着一个角度。同陈楠一样，他也如此很久了。然而心情却是大不相同的。他很容易嗅到了一种令人畅快的气氛，似乎高健已经知道了"夏志军"同他的妻子的纠葛了呢，那么，他们也就应该觉悟了，这些痛苦本就是他们所应当承担的。

　　然而看着陈楠一个人失神坐在花园里，吴明却怎么都高兴不起来。不知是出于一种怎样的心态，这样的自己他感觉讨厌。吴明有些痛恨自己的所谓"善良"，那让他无法下狠心去摧毁。然而事实如此，却改变不了……

　　陈楠此时怔怔地望着突然出现在自己身旁的吴明，不知该说什么好，她表情有些仓皇狼狈。

　　"怎么是你？"

　　"看你心情不好呗。"吴明笑着说，"怎么啦？"

　　"没怎么……"陈楠将脸偏向一边，隐于暗处。

　　吴明见状也不再追问了，轻轻地拍了下她的肩膀，"走，我们去吃路边摊儿。"然后不由分说地拉起她的手。

　　陈楠无奈地从石凳上站了起来，有些抗拒，"你去吧，我不想去了。"显然，她还沉浸在失落当中。

　　可是吴明却很坚持，"好嘛，就当帮个忙呗，好久没吃了，怪想的。"吴明故意露出一副很欠扁的萌样来。

　　陈楠终于还是被这良苦用心的讨好给说服了，实在她也需要放松一下。

　　来到了之前去过的那处小街市，拥挤的街道上烟熏火燎，但到处

第22章　如此沮丧　　347

都是开心着的人群。陈楠很羡慕那些看起来很市井甚至会让自己觉得庸俗的人们,他们的一切都显得如此美好。这里嘈杂拥挤,不那么高档,甚至不那么干净,却能给人一种实实在在的生活的味道,如此真实……这样的气氛总是很能感染人,无论你是多么的自持矜贵。

"我终于知道像你这样的大老板为什么还会喜欢这种地方了,确实,这里有种其他地方都给不了的魅力……"陈楠喃喃地说。

"嗯,这里有真正的生活。"吴明笑起来,"我曾经有个女朋友,我带她吃过一两次,次数不多,但每次都能带来让人铭记的快乐。"

陈楠突然想起曾经的曾经,夏志军带她来这种地方的时候。那时他们没那么多钱去高档餐厅,但是这样的地方却能带给他们两个人满满的幸福……后来陈楠结婚了,高健总说这样的地方不卫生,他们也就从没吃过路边摊。

"我想晓晨跟着你一定会很幸福吧。"

吴明露出一个无奈的笑容来,"我给不了她什么,事实上……我这辈子只爱一个女人。"

陈楠愕然地转过头来:"可是晓晨那么爱你……"

"嗯,所以,我要好好地对她。"

"爱不是商品……"陈楠落寞地说,这话也许该用在自己身上。那时候,自己也不过是那样子对高健的吧。一开始只是为了报答高健的照顾和所付出的一切,日久生情是后来的事了,但她无法否认那是个略显荒谬的开始……

吴明沉默了会儿,然后深吸了一口气,"走!吃东西去!"

喧哗的夜色中,灯火摇晃的街头……这样的时刻,兴许能暂时安静吧……

5. 你是小雪的父亲！别想逃避！

高健一直不肯说话。紫涵知道，他没醉，他只是不愿醒着。于是紫涵也不再继续追问，也面对着高健坐下来，高健垂着头看地下，手盘在膝盖，无精打采。而紫涵就在他对面看着他，目光不曾离开一瞬。

"生身父亲带走他的亲生女儿，我凭什么去找人家要孩子呢？"

沉默了许久的高健，突然冒出一句如此不着边际的话来。

紫涵愕然地看着他，一时没弄明白高健在说什么。她盯着高健悲戚的面容，"你什么意思？"

高健却再次垂下头，不愿搭理急切的紫涵。

"说啊，什么生身父亲带走女儿……高健！你今天是怎么了！"紫涵看着高健这副样子偏偏又毫无办法。

"我说夏志军是小雪的生身父亲！"

高健突然咆哮起来，一双眼睁得大大的，显然很抗拒这样的时刻。

紫涵愣在原地，被这突如其来的状况弄得不知所措，前些天她还和高健"兵分两路"寻找小雪的线索，可如今却为何……

"高健你疯了吧！小雪……小雪是你的女儿啊！"紫涵站起身来，俯着身子质问高健。

高健捂着脸，显得非常痛苦，表情扭曲着，紫涵看得出高健是在强忍着泪水……

"我不是小雪的生身父亲……当年小雪的父亲不见了踪影，我不过是个顶替货罢了！"

紫涵处在巨大的惊讶之中,夏志军才是小雪的父亲……

紫涵不肯相信这是真的,这样的话高健得承受多大的痛苦啊。她摇着头,依旧不敢接受这样的事实。

可是从高健的表情便可以看得出来,他没有说谎……谁犯得着去说这样的谎话呢?然而这样的事实纵然是像她这样的外人也无法接受的,更何况是置身事中的高健?紫涵感觉一阵彻骨的悲哀,为小雪,为高健,为置身事中的所有人……

也难怪,换了谁都会这样的吧,紫涵懂得了高健此刻的心情,也感觉到了他的低落与沮丧——原来之前做的那么大的努力都只是白费的啊,毕竟,就像高健所说的,其实只需要一个电话,所有的事情就都能解决了。

"你……确定吗?"

紫涵怯怯地问着,高健面临这样的打击,这种事放谁身上都是无法接受的。

"陈楠亲口说的。"高健回答。

紫涵能想象一个被自己的至亲瞒了这么久的人的心情,她能感受到高健心里的痛苦,但她能做什么?

"你准备怎么办?"紫涵看向高健的眼神多了几分哀怜的神色。

"还能怎么办……我没权利叫孩子的生身父亲怎么做。"

高健想缓缓起身,可是腿酸得不行,试了两遭,终于没能站起来。他这个样子像躺倒在路边的醉汉,像个无家可归的流浪者。

然而紫涵却不认同:"小雪呢?你不管了,她怎么办?"

她像在指责亦像是在质问,但不得不说,她戳中了高健的伤疤。高健此时很犹豫自己到底该如何,他知道,小雪真正需要的是自己这个陪伴了她六年的爸爸，而不是那个一直失踪出现时却掳走她的父亲……更何况，夏志军很明显是和人贩子有瓜葛的，即使让夏志军知道一切从而停止对小雪的伤害，但将给小雪带来的阴影也是无法抹除的。这样的结局该如何让小雪这样的孩子接受？高健自然有足够的理由撒手不管，但首先，他自己就不能接受。该怎么办呢？高健是这场闹剧里活得最憋屈的人之一，得到的却是这样的结果。

"我不知道，我不知道……"高健的双手深深地插进蓬乱的头发之中，他感觉自己就快要崩溃了。

早已想过用一个电话来解决所有问题，以高健的性格，接下来怎么办他会让他们自己来决定。至于陈楠要如何选择，那似乎已经不是他所能干涉的了。真正的问题是：他不甘。他爱陈楠，他甚至可以为了陈楠接受她肚子里的孩子，而且真正地视如己出。他为了陈楠，将秘密锁在心中，他以为自己做得很好了，简直天衣无缝，可是，可是那个人为什么要是夏志军！

高健所迟迟觉悟的事实，竟是如此残忍。他一直以为秘密是两个人守着，却不知道，更多的秘密，只存在陈楠一个人心中。她对所有人都设了防。

紫涵见高健这副样子，心中很是不忍，但她保持着理智，她知道小雪是需要她的爸爸的。紫涵走到高健跟前，然后手放在高健的肩膀上，"振作些，小雪需要你。"

"不！"高健忽而有些恼怒，"小雪需要她的生身父母！"高健眼睛睁得大大的，盯着紫涵，"我，算什么？"

"你怎么能说这样的话！是，这些事你掌控不了，可是小雪是

第 22 章 如此沮丧 351

无辜的啊!她需要的人是你!在她眼里,你才是唯一的父亲!谁都取代不了……你知道一个失去父亲的小女孩儿是有多可怜吗?"紫涵的语气像是自己能读懂小雪的心似的。

"可我能怎么办……现在唯一的办法就是告诉夏志军真相,可是那样一来,一切也就都随之结束了吧。"

紫涵越发地受不了高健这副样子了,这简直是懦夫。对,过去的事无法逆转,但人不都得朝前看吗?大人的过失,凭什么要让一个小女孩儿来承担痛苦?

"不行,你一定要去救小雪……以一个父亲的姿态!"紫涵的语气不容人商量。

高健开始烦起来了,"为什么你对这些事如此上心呀,你懂我的感受吗?"他的表情显得很不耐烦,"你还是早些回去吧,你做的这些我都很感谢,但再也不必了。"

紫涵简直不敢相信高健居然会对自己说出这种话,"高健,我一直觉得你是个很与众不同的男人,你有担当有责任感,可现在你是怎么了?"紫涵委屈得想哭。

"我没有怎样,只是事已至此,没有必要再执着些什么了。你知道的,我们对事实无能为力。"

无能为力?……紫涵突然爆发了似的,"说什么无能为力!她是小雪啊!你是她的父亲!别想逃避!"

高健情绪也有些激动:"你回香港不是很好吗?内地有什么好的?值得你这么操心?你高尚你伟大那是你的事,我不需要!"

高健话说得决绝,没有留半点儿退路。在他眼里,紫涵真的是个很好的女人,但是如今只因自己心事太重,根本没可能去接受什么建议。高健觉得自己唯一要做的就是将真相告诉夏志军。他想不出对小雪来说更合适的办法了。

"不！那当然不是最好的办法……我有一个故事,你要听吗？"紫涵表情落寞。

高健沉默,低着头,不说话。腿不像早些时候那么酸疼了,可是仍旧不想站起来。这时候应该要有一瓶酒的,他坐在地上,感觉很没力气。

"曾经有个女孩儿,她的家也在这个城市。没什么特别的,像很多同龄人一样,有疼她的爸爸妈妈。家里没什么钱,大人会在白天的时候去摆摆地摊儿干干零工什么的,日子过得清贫,但是倒也宁静。小女孩儿放了学就在爸爸的地摊儿边玩儿,她很懂事,从来不乱跑,不惹爸爸烦心……但是有一天意外还是发生了,女孩儿在玩耍的中途遭遇了坏人。当时她离爸爸那么近……可是坏人堵住她的嘴不让她叫,爸爸在不远的地方忙着没注意到……后来女孩儿就在一个个恐怖的地方转移迁徙着,随着那些会打人的坏人。她好怕,可是她一直觉得爸爸有一天一定会出现在门口……然后将她接回去。但是……但是直到小女孩儿被送到香港的一户人家,爸爸也始终没有出现……新的'家人'对她很好,供她念好的学校,供他过好的生活,可是她不快乐……你知道吗？她从来都不快乐！"

紫涵开始哭了起来,眼泪顺着脸颊流到嘴里,咸咸的,不舒服……

高健怔怔地看着她,像是意识到了什么,"对不起！我不知道……"

"对！我说的是自己的故事……这些年来我以为自己能在打拐

第22章 如此沮丧　353

这事上做出点儿什么成绩来,可是……事实上我也很无力……可是我至少没放弃过。每当我动摇的时候我都会想起当年的那个小女孩儿,那个当年的我自己……我知道那种痛苦。在黑屋子里的孤立无援,被打骂时的痛苦无助。"

紫涵背过身去,想拭去眼角的泪,但眼泪还在不止地流着,"我希望你知道,小雪需要你。"

高健陷入了震惊之中,他面前的这个女子竟有过这种经历。

"也许你认为时间最终能抚平一切,但是你错了!这些年来我一直在内地寻找我本来的家……我真正的家!虽然至今都没消息,但我会继续下去……"

小雪也会的,对吗?也许都应当明白,逃避是无用的。

高健从没像此刻这样感觉秋夜寒冷……

第 23 章

紫涵寻亲

1. 小雪还没有脱险，暂时不能倒下

高健想都没想过，像紫涵这样的女子，会有着这样苦难的经历。看得出紫涵对找到原来家庭的渴望，高健忽而有了些别的想法，一直是紫涵在帮着自己，也许自己也该为她做些什么，在完成自己这边的一堆烂摊子之后。

"你还记得更多的事吗？"

不知什么时候，高健已经偷偷改变了话题，将主角从自己身上迁移到了紫涵身上，而紫涵恰恰刚进入记忆的悲惨洪流中没有脱身，此时仍旧十分感慨伤心。

"不记得，唯一的几个画面就是刚刚跟你说的那些……当时太小了。"

高健叹了口气，他的表情如今变得十分平静，紫涵不知道这是不是好事，然而她仍旧十分担心高健。

"我们都不要放弃好不好？"紫涵含着泪，对高健说，语气更像是一种恳切的央求。

高健突然无力拒绝,他点了点头,"都不放弃……"

然而这能算是承诺吗?他不知道自己是否兑现得了。

"谢谢你,紫涵。之前说的话,对不起……"高健从地上起了身,缓缓走到那个刚才被自己遗弃的空酒瓶旁,捡起,想待会儿将它带到垃圾桶中。

"要死,也得先回光返照一回吧……小雪还没有脱险,我不能倒下。"这是高健心里真实的想法。

紫涵擦了擦眼角的泪,勉强挤出一个微笑来:"这才是我认识的高健呢……"

高健也勉强朝他笑了笑:"先回去吧,明天见。"

"明天见?"紫涵心中有些窃喜,但并不知道高健的用意。

"嗯,我带你去老城区转转,兴许能找到些线索……我对这里熟。"高健轻声说。

紫涵有种很安慰的感觉,对,这是高健才能给她的吧。如此一个让人充满安全感的男人,一定能履行好作为一个父亲的职责的。

"好,明天见……"紫涵笑着说。

两人一同下了楼,夜色很温柔,月亮红的不正常,不知道接下来会是什么天气。

2. 醉了身,岂能醉了心

在嘈杂的集市里,陈楠也有些微醺了。酒精总能勾起伤感,特别是在这样的环境下——不用掩藏自己的情绪,不用刻意规避其他人的目光,没人会注意到他们的。

"你醉了，别喝了。"吴明已经把剩了一半的酒瓶给移走了。

陈楠好像不情愿似的，眼神直勾勾地，但其实不过是在发着呆罢了。

"为什么……为什么……"

有那么一瞬间，陈楠好想就那样任着自己号啕大哭一番，但她甚至没有那种勇气。

"走，我送你回去。"吴明扯着陈楠的手，似乎是有些不忍看她这样子。

陈楠有些抗拒，"回去？我能回哪儿去……"

吴明摇摇头，依旧不由分说地将她扶了起来，结过账，然后搀着陈楠上了车。

陈楠在车上有些沉默，她没有那么容易醉，她只是想找一个适合发泄的契机罢了。可是即便如此，她仍旧没勇气将自己放空。暂时地忘记虽说很好，但她发现自己也许是做不到的。

门被敲响的时候，高健正坐在沙发上看着一张过期的报纸，心不在焉。开门的是陈母。

"阿姨，陈楠她好像有些醉了，您好好照看她。"

吴明一手扶着陈楠，而陈楠呆呆地杵在门口没插嘴。她很清醒，她却不想太清醒。

"哎哟你看看你像什么样子嘛？"陈母开始对着女儿絮叨起来，然后朝向一旁的吴明，"小吴啊，谢谢你了哈！"

"没事。"吴明转过身，便往楼下走了。楼道的灯在皮鞋踩出的脚步声中亮起，陈母顺手关了门。

第 23 章　紫涵寻亲　　357

"怎么样啊？头晕不？女孩子家的喝什么酒啊？"陈母继续指责着。

而陈楠一把推过母亲，然后径直往自己房间走去。陈母若是能细心些的话便能发现，自己的女儿压根就没有脚步不稳走路摇晃的症状。但她确乎是感觉到了：一定有什么事发生。

"两口子是不是吵架了？"陈母回到卧室同老伴儿说着。

一直坐在卧室床上聚精会神听收音机中京剧的陈父此时也反应了过来。确乎是有些不对劲的，楠楠进门连看都不看高健一眼，两人也没招呼，以前不是这样的啊。

"我看像。"陈父点点头。

"一定是高健又犯了什么毛病了。"陈母一副确切肯定的样子。

"你别在这瞎嚷嚷，成天说女婿这不好那不好，咱女婿招你惹你啦？"陈父鄙夷地驳斥着。

陈母不跟他纠缠了，一个人起身便往女儿房间里走去，经过客厅里时看了一眼半卧在沙发上看报的高健，眼神自然不会很温和，只是高健并没有察觉到。

其实，高健心中何尝不是波涛汹涌呢？妻子出去喝了酒？和吴明一起？不知道为什么，他心中竟萌生了一种醋意。真荒谬，他对自己这想法嗤之以鼻。对夏志军这名字望而生畏了之后，竟然还对别的男人也风声鹤唳了吗？他摇摇头，"陈楠不是那样的女人。"

可是就连陈楠自己都不清楚，为什么自己会在吴明面前那样的不设防，只是没来由地觉得那个男人身上有种微妙的熟悉感和亲切感。

门被推开了，沉浸在纷杂思绪中的陈楠被吓了一跳。进来的人是母亲。

"妈？有事吗？"原本斜躺在床上的陈楠问道。

陈母反身轻轻将门关上，然后走到女儿跟前。

"跟妈说，你们是不是吵架了？"陈母直入主题，倒是显得十分直白。

陈楠这才知道是发生什么事了。原来是二老看出了两人的不正常。也难怪，他们即使想顾全"大局"，在家中摆出一副没事发生的样子也是不现实的，毕竟连他们自己也释怀不了。

"说啊，不吭声是怎么回事嘛？"陈母显得有些焦虑。

"妈！别瞎想了……"陈楠很是不耐烦，家里的大人似乎只会给自己添堵，真是怕什么来什么，本来就够烦的了，偏偏还不得清净。陈楠想今晚就应该在外面待上一宿的。

"是不是高健又欺负你了？他也真是，小雪找不到，还尽惹些是非不快……"

陈楠抓过一个枕头，将之蒙着头，表示抗议。但想不到陈母却像停不下来似的继续说了一遍。陈楠好几次就要朝着母亲吼出来了，但到底还是忍着。"说吧说吧继续说吧说完了快走……"陈楠默默念着。

女儿这个样子却让陈母更肯定了自己的猜想，"铁定是吵架了……那个高健。"她几乎都要咬牙切齿起来了，叹着气，看着陈楠这副样子，却又是无可奈何。

与此同时，陈父终于也忍不住了，于是也跑到客厅，在高健的旁边坐了下来。

"高健啊。"陈父不像陈母，他是一直很满意这个既孝顺又能干的女婿的，不管女儿女婿是出于什么原因吵架，他希望自己能劝解两人快些和好，尤其是在这样的关键时期。

"嗯？爸，还没睡？"高健也放下了手中的报纸，在岳父面前将身体坐直。

"跟爸说，昨晚干吗要睡沙发上呀？要是着凉了多不好……"陈父采取的是"迂回打法"，并不直接说出对问题的真正担忧，而是旁敲侧击。

"哦……也没事啦。昨天……不知怎的就在沙发上睡着了。"高健搪塞着。他自然不愿意家中的老人知道那样的消息，倘若老人知道了……那个打击也不会太轻吧。至少对岳父来说是这样，毕竟他心脏又不好。

明明知道高健是不肯承认，但作为长辈，有些话还是要说的，"现在家里是有困难，但只要夫妻间团结，没什么困难是化解不了的……我知道你和楠楠都是懂事的孩子，有你们的解决方式……高健啊，爸爸知道你辛苦了！"说完，陈父叹了口气，欲言又止，最后拍了拍高健的肩膀，往自己房间走了。

高健重新拿起放在一旁的报纸，不是为了读，只是为了在这纠结又痛苦的间隙中找些事做罢了。

陈母终于离开了，陈楠始终睡不着，在床上翻来覆去，无所适从。

高健在沙发上保持那姿势很久了，报纸被翻了又翻，实在百无聊赖。很想进房间去跟妻子说说话，却总是有股奇怪的力量拖着他不让他过去似的。是没勇气吗？是不敢吗？高健没准备好应该如何去面对妻子，不是没劝过自己，也不是没下决心，但往往都是到了最后那一刻泄了气。他终于不挣扎了，只任由自己的身体平铺在那沙发上，卸了力气，然后立马觉得困倦起来。

"不要瞎搅和了。"陈父这边正规劝着陈母，"把他们的事交给他们自己。相信他俩。"

"相信？你叫我怎么相信？从我来时起，这高健做过什么让我舒心的事？先是仇人找上门从他手中偷走了孩子，再是莫名其妙地次次都找不到小雪，现在还在家里惹楠楠生气……他到底什么时候干得出一件像样的事来呀？"陈母满嘴不饶人。

"你小声点儿！"陈父显得很尴尬，"叫你消停你就别管了！有什么好管的啊……"

3. 陪紫涵寻亲

第二天一早，高健是第一个出门的人。昨夜隔壁岳母的话其实他听得一清二楚。"无所谓了。"高健从来不会去计较这些，他不是那样的人。

只是心中还是会有些苦涩的感觉，"有苦，难言……"高健自嘲地笑起来，深吸了一口气，然后抬头看天。朝霞开得很绚烂，太阳已经从最近的那片云后面探出了脑袋，看来，今天又是个好天气呢！

陈父先发现高健已经出去了，他看着沙发上凌乱的被子，不禁叹了口气，似乎这俩孩子碰到的，还真不是那么的简单的事呢。虽然很想追问女儿女婿到底咋回事，但他很清楚，既然孩子们选择了隐瞒，那么一再追问只能是添乱罢了。

高健驱车往紫涵所住的地方赶了过去。现在小雪的事倒是急也没用了，反正出路也就剩那仅有的一条。他很关心紫涵的遭遇，毕竟她都已经承受那痛苦如此之久了。

当高健敲响紫涵的房门的时候，紫涵甚至还穿着睡衣。

"这么早？"她有些惊讶，"你家里的事还没处理好，真的现在就要帮我？"

"我以为你会比我更急呢？"高健露出一个安静的笑来。今天的高健变了好多似的，变得安静而儒雅了，或者说变得比以前成熟了些。这是经历过太多事情了的标记吧，紫涵心想，然而这样的高健却始终让自己有一些不习惯。

"快进来吧，不过，你可得等我一下了。"紫涵将高健往房中引。

高健进了门，在文件堆叠的小客厅里找了个空位置坐下，然后打量起这房间来。果真是一个人住的风格，即使是像紫涵这种"闺秀"的住处，也是透着凌乱的。靠墙角有套办公桌椅，桌子上正放着一台电脑，而旁边是个文件固定架，几本厚厚的文件就放在那里，但桌子上还散布着一些零落的文件，似乎是刚刚用过的，显得很散乱，甚至连椅子的上都是一小堆 A4 纸，用"杂乱无章"用来形容当前的风格是再好不过的了。

"怎么样？看够没呀。"紫涵从卧室出来，身上已经换好了衣服，头发散着，来到客厅的落地镜前，"没看出来吧，哈哈，这就是我的真正风格了。"她心中想着倘若会知道高健要这么早来，就应该先整理一下了。

"哦，不错。"高健应着，却显得不是很在乎，他起了身，然后同紫涵一同下了楼。

"你仔细回忆一下，你所能记得的场景……"高健提示着。

"确实已经记不起来了,只是隐约还有些记得爸爸摆摊儿的地方。青石板路,巷子很窄……墙很高。不对,那好像是有个坡似的,上面还有路。那时候我总爱往那上面爬,我爸拦都拦不住。"

高健仔细琢磨着紫涵的描述,并没觉得有特别显眼的线索。在记忆中苦苦搜索过了,但也未能找到像这样的地方。假如这种地方还在的话,那也只能是在老城区了。没什么特别的目标,他们得在老城区里面先转着,碰碰运气吧,也许碰巧便唤起了紫涵的记忆也说不定。

高健开着车带着紫涵又径直开到了老城区一带。这里还是有很多人住的,但大抵是些老人了,年轻人有能力的都会选择在新城买房。高健对这一带也算是熟悉的,自己家曾经就在这儿,后来搬走了,但高健的童年就是在这同夏志军和其他的一群小玩伴一起度过的,夏家就在不远处。

高健对紫涵说:"慢慢找吧,看能不能记起来。"

两人开始在老城区里面转悠。高健一直很平静,面无表情,却是一副很认真的样子。高健的这副样子是紫涵所不能看透的,现在的高健就像一汪水,深不可测。

"你没事吧?"紫涵终于还是忍不住问高健。

高健偏过头来,并没有发现有什么不合适的,"呃?为什么这么问?"他目光游移着,甚至不觉得自己有什么奇怪的。是啊,既然一个人的心态已变,还有什么是值得让自己嗔怪与不解的呢?倒是紫涵这个局外人看得清楚些。

"哦,没什么,没事就好。"紫涵回应着。

两人在这里漫无目的地游荡着,或者是有目的——但像他们这样找显然是希望很渺茫的,毕竟年代久远,连紫涵自己也不抱什么希望。

"对了!"就在这时,沉默了很久的紫涵突然叫出声来,"我还记得一个人!"

高健被她的反应给吓了一跳,立马也振奋了起来。

"说。"他停下来看着紫涵,隐约间他感觉这一定会是一条重要的线索。

事实也正是如此。紫涵说出了一条真正有用的线索来。

"当年也算是我运气好,碰到了一个有良心的人贩子。我被拐不久就生了重病,后来那个人贩子可能是看我生病的样子太可怜了,将我单独提了出来并照顾我……后来我病好了,他还向管事的人请求把我列为'贩卖儿'而不是'乞讨儿',不然的话,我可能早就被虐残放街边去乞讨了。要说能有今天的我,他是最重要的一个'意外'。"紫涵努力搜索着脑海里关于那个人贩子的记忆,但实在想不起更多了。

高健沉思了一下说道:"找高康!他在公安局也许能查得到!"

紫涵对高康也不过是有着一面之缘,她自然是不知道人家暗地里对她有偏见。

在公安局工作的高康一直就有着很强的法律意识和专业精神,这也是高健一直不肯将小雪失踪的事实告诉弟弟的原因。他怕弟弟擅作主张出动警力,结果会逼得夏志军一伙太急了。

一直以来高健都看在往日情分上不愿意将夏志军推上绝路,也不想让小雪冒一点点的危险。所以弟弟高康一直是不知情,被瞒得最深的一个。

4. 就是他！赵大龙！

两人马不停蹄地赶到公安局。看着哥哥来的时候本是笑脸相迎，但很快发现哥哥后面还跟着那个女人，高康的脸色立马有了些不易察觉的不悦。

"哥！"他还是迎了上去并打着招呼。

"走，我有事求你帮忙。"高健并不停下，不由分说地拉着高康往公安局办公室里面走。

"现在在上班呢。哥……"高康被弄得莫名其妙，只能小声向高健求起饶来。

"就是上班的时候要找你办，现在你是为人民服务，懂吗？"高健也不松手。

高康只能苦笑，"好好好……"高康只得无奈地将两人往自己的办公室引。

高健一口气都不带停的，进来了就开始说事，"紫涵小时候有被拐的经历……"

"啊！她……"高康惊讶地打断了高健。

"听我说完！"高健命令似的，"后来紫涵在被拐路上生病了，一个人贩子照顾过她。现在紫涵想找到自己的家人，弄清楚自己的身世，那么就必须找到那个人。你们这应该有很多人贩子的备案记录吧？"

高康听明白了，原来哥哥是过来帮这女人寻亲来着。他不禁又想起上次在A城哥哥受伤，也是说帮紫涵忙，哥哥对这女人的事也太上心了些吧。

不过，眼下既然有这等事，自己能帮的还是尽量帮吧。他将二人引向了自己办公室的一台电脑前，然后输入了一连串的指令，源源不断的"匹配信息"便出现在了三人面前。

"这么多年了，备案也挺多的。但不排除他未被抓获过，反正你慢慢找吧。"高康对紫涵说，然后一边将哥哥拉到较远的一个角落里。

"你老实说，和嫂子之间到底是怎么了？"

高健这才意识到，原来弟弟还一直觉得自己是和陈楠在闹着矛盾来着。

"没事了啊，以前就一些小矛盾而已。"高健有些心虚，干脆避开弟弟，然后往紫涵那边走了过去。

"怎么样？"高健一手撑在办公桌上，一边也将目光投向电脑屏幕。一张张或陈或新的照片不断地闪过，紫涵并没有反应。

看来正像高康所预言的那样，要找到目标的希望还是挺渺茫的。时间一点儿一点儿过去。

就在高健即将不抱希望了的时候，紫涵忽然兴奋地欢呼了起来，"找到了！对！就是他！"

两个人此时又都将头凑拢了过来。"赵大龙……"他们一齐念出了那个名字。

紫涵虽然早已忘记了当年的很多事，但当她看见这照片的第一眼时还是激动不已。对！她想了起来！就是他！

高健也由衷地为紫涵感到高兴，终于努力还是有所回报的，紫涵是对的，不放弃，才有了如今的收获。他忽而有些感慨，很多事，其实都是这个女流之辈教给自己的啊。

高康立马调出了那张照片中人所属的详细资料，"此人曾经入狱六年，出狱后被安排往一个纸箱厂工作……"

紫涵显得有些激动，自己查过这么久未果的信息，如今终于找到了。

"我们走。"高健吩咐了一声，然后准备离开了。

"这就走？"两个人雷急火急地过来说有事，结果查了条消息后立马又要走，这让高康有点儿反应不过来。

紫涵倒是与他配合默契，两人不由分说地离开了办公室。

"诶，哥！"高康莫名其妙地想留住哥哥，那种事干吗非得两个人去呢？他心中的担忧却是不言而喻的。

高健并不理会，依旧伴着紫涵一同出了这公安局。

两人风尘仆仆就往纸箱厂赶。

紫涵心中急切倒是情有可原的，奇怪的是高健，为了这事也一直一副急不可耐紧张兮兮的样子。其实他心中着实是想帮紫涵的，算是报答吧，毕竟之前她为自己付出了那么多，一直以为不幸只发生在了自己身上，可事实上她过得也不容易。这也是高健的心愿，在自己的惨败来临之前，好歹做出点儿成功的事来。

紫涵也很急切于等一下的场景，盘算了很久的重逢。她从来没恨过那个人贩子，毕竟人家曾经实实在在地帮过自己。想想这大概就是人们常说的"斯德哥尔摩综合征"吧。明明是"坏人"，只因为对方给了一些坏人不应赋予的善意，便能让人觉得感激。但不得不承认的是，他从一个侧面创造了如今的自己。他甚至为自己考察了最好的买家——一个香港的殷实家庭。

两人到了纸箱厂，偌大的工厂里让人难辨方向，他们好不容易找到了负责人,却被告知了一个不那么好的消息:赵大龙这个人是来过,不过,人员流动登记上显示他十年前就已经离开了。

结果还是一场空吗?

高健比紫涵更显沮丧,毕竟紫涵早已是做好了心理准备的,可是高健不同,他以为自己真的可以帮到紫涵的。

"没事的。"首先说这话的,是紫涵自己。"这么多年了……"她微笑着,"我没放弃,便是最大的成功。我不怕失败……"她眼睛却恰到时机地望向高健,似乎是想要传达什么信息似的。

"当然!哪有那么容易失败的,这么大个厂子,难道找不出个前员工?"高健像是突然间受鼓舞了般,重新变得抖擞起来。"现在还不到放弃的时候!这里有赵大龙的资料,也一定会有认得他的老工人,一定会有如今他的下落!哪怕只是一点点线索!"高健又迈着坚定的步子,往人群密集处走去。

日已中天了。这样的天气,真热啊。可是紫涵的心却恍恍惚惚的时而冰冷。高健这是怎么了?困兽之斗?放手一搏?还是真的乐观起来了呢?

5. 被邀请"冒充女友"

一边是高健和紫涵马不停蹄地追踪着有关于紫涵的身世与家庭的线索,而另一边,陈楠正在上班。其实如今没案子,即使她想要休假也是可以的。明眼人都看得出她有心事。确实,上班对此时的陈楠来说并非目的。她就是想借此调节一下心情而已。有事做的时候,能够更顺利地找到开脱郁闷心情的理由。

这样的选择从某种程度上而言是和高健不谋而合的，让自己忙起来，在心灵最困惑的时候，迷失方向是最为危险的。倘若真的到了灵魂没着落偏偏还没事做的时候，那才叫"哀莫大于心死"。

原本觉得以这样的状态坐在办公室里只是自欺欺人地度下时光而已，可陈楠没想到自己的工作竟出乎意料地来了效率，想想也对，毕竟只有完全沉浸在工作中，才能暂时忘却纷繁的忧愁烦恼。对，也许这样的状态于陈楠来说是宝贵的，无论是不是逃避，但至少能让疲乏的心灵得到片刻的安宁吧。

这时候的陈楠应当是最忌讳人打扰的，好不容易得来的状态能帮她高效地工作，亦能让她暂时游离于痛苦之外，看起来再好不过了。但偏偏不巧的是，正是刚刚进入了状态的时候，就有人这时候找上了自己。

这次特别，陈楠没有拒绝或者推辞的理由。因为来的人是吴明，而且是吴明有事向自己相求。

当然是毫不犹豫地答应下来，陈楠觉得自己欠吴明太多了，她得找机会补偿。

"事情是这样的。我妈要从国外过来，挺头疼的，老人家偏说要给我安排什么相亲，我可不想去……所以我跟她说我交了女朋友了。她还不相信，偏说还是要回来检查。哎，我实在没辙了，这不，来找你帮忙来了……"

吴明露出一个尴尬的笑容来，手摸了摸后脑勺儿，显得有些无奈。

"哦……这样啊。我能帮的话肯定得帮了，可是……不是有晓晨在吗？"

陈楠觉得奇怪，吴明本身就是有对象的人，虽然他说自己并不是太爱晓晨，但人家好歹是他名正言顺的女友呀，再怎样也没必要找自己吧……况且，倘若，倘若晓晨知道自己帮这种忙，保不准会怎么看自己。陈楠显得很是犹豫。

"哎，我也希望晓晨能帮我解围啊。你不知道我那老母亲有多固执，好歹是在国外生活了那么久的，可思想还是传统的迂腐的那一套东西。晓晨这两天回香港做毕业答辩去了，一时半会儿还回不来，她是指望不上了。我得找个人冒充我的女友。"

"可是……"陈楠显然还是挺顾虑的，"我真的合适吗？"

"当然！我可是见识过你的能言巧辩和魄力的啊。我妈见了一定会没话说的，再说了……假若你不同意，那叫我如何再在这么短的时间里面找一个像你这么优秀的女孩子出来呀？所以你就帮帮我吧。"吴明的表情真是一副十分急切的样子。

"优秀？"不得不说，吴明这家伙嘴真甜。

可是陈楠自问自己哪有那状态的呀，心情本来就郁闷，保不准就帮吴明砸了场子了。

但吴明却显得十分坚持，"我也知道你现在的处境，可是我也是长期在外，回来的时候不多，在这边除了你也根本就没有其他的女性朋友了，倘若你再不帮我，我就真的不知道该怎么办才好了。"

吴明的请求显得十分诚恳，让人不忍心拒绝，"况且，我妈只回来待两天，两天以后我的问题也就解决了。这个难关我真的需要你帮助我渡过……请帮一帮我好吗？"话说到最后，吴明简直是在央求了。

"呃……这样的话……那好吧。"陈楠支吾着，算是勉强答应了。

她觉得这个忙，自己理应帮一下。之前一直都是吴明在帮着自己，无论是生活中还是业务上。

吴明做出个欢呼雀跃的动作来，然后轻快地说："明天我来接你，不见不散。"说着他笑着招了招手，出了陈楠的办公室。

陈楠呆呆地想着这个新的"麻烦"，有些无语地笑了。

吴明望着身后这栋自己刚刚走出来的大楼，心情却是十足的畅快。很显然，游戏的操控权，一直都在自己这里。

一阵燥热的风吹过，勾勒出一丝嘲讽的气氛。太阳很大，在这个季节，实属热得不正常了。

第 24 章

瞒无可瞒

1. 寻找知情人

　　自从小雪的出身真相被自己发现之后，高健一直情绪低落，但此时他却充满了干劲。也许只是想暂时转移一些注意力吧，毕竟那边的事早就让他心力交瘁。想要一味地释怀是决计做不到的，也许专注于别的事可以更好地缓解情绪。

　　只是紫涵有些担心高健的状态，他太累了，把自己绷得太紧了。

　　高健在工人群中穿梭，当说到赵大龙这个人时，大部分都摇着头说"不知道"。

　　紫涵深知这样做的希望很渺茫，十年时间足以发生很多事了。她默默地跟在高健的背后，看着那有些熟悉的"狂热"的执着。

　　偶尔她也向经过的人询问，但心中大抵是不抱什么希望的了。

　　有人甚至是不耐烦地想匆匆走过，可高健愣是不放过任何一个人。这多少让紫涵有些尴尬。照高健的话说，任何一个人都可能是那个知道实情的唯一一人，所以，无论如何，不应该如此放弃。

　　其实高健说得很有道理，似乎是被他影响了，紫涵也开始放着胆子"不那么礼貌"地抓人就问。时间一点点推移,高健甚至没为两人留下一秒钟喘息和感慨的机会。

有时候希望与绝望只是一步之遥。事情真的竟然出现了转机。

那是在一个车间角落里整理废纸盒的花甲老人,在高健"一个车间也不放过"的原则下进入到了二人的视野之中。两人原本是抱着"试一试"的态度说出了"赵大龙"这个名字,想不到对方竟回应了自己。

"赵大龙啊?我认识。"

高健和紫涵虽然一直在等着这个收获,但显然他们是没有准备好的。突如其来的线索横亘在二人面前,倒让他们当下有点儿措手不及。

"那您知道他现在的下落吗?"紫涵此刻也激动了起来,迫不及待地想打听有关赵大龙的事。

"当然知道啰,我们是玩儿得好的朋友啊。"那老人用带着乡土方言味的普通话回答紫涵。

"是这样的,老先生,我找他有急事,所以得知道他的住处,您能告诉我吗?"这突如其来的惊喜让紫涵很是兴奋。

从老人徐徐道来的话来看,这人是与赵大龙相识很多年的老友了,当时赵大龙从牢里出来,很多人都看不起他,可是这老人却对他很好,两人成了朋友。十年前赵大龙突然离开了工厂,但两人一直有联系。老人自然是知道故友住处的。

"你们往工厂出去的那条路一直往下走,到了一个村子,然后问问就知道了。那里的人都认识赵大龙。"

"谢谢!"紫涵的声音里充满了感激,高健也感觉欣慰,看来今天的任务要比两人预计的要顺利些。两人再次谢过了提供了线索的老人，然后出了工厂。

"走吧。"高健对紫涵说，"我们去那边问。"他知道紫涵心中此刻的迫切心情，于是建议立即就去见当年的"故人"，也好为接下来的调查铺平道路。

紫涵寻找多年的答案现在就近在咫尺，两人即刻上了车，然后风尘仆仆地径直往老人所指点的方向开。

2. 市场，菜市场……

来到的地方是一处偏僻的农村，居民不是很多，往往车开了几分钟才能再经过一个屋子。前面有个路人，高健将车慢下来，然后摇下车窗，"请问赵大龙住在哪里？"

那人一指前面的房子，高健和紫涵双双朝着那人所指的方向望去。

车在往目的地靠近，可是紫涵却陷入了沉默之中。她沦陷在了仓皇的记忆里不能自拔。当看见这所老旧的房子之时，第一眼，她便记起了那儿时的记忆，这房子她记得很清楚的，对！就是这里，绝对没错。

两人在屋前的晒坪上下了车，屋子门没关，似乎没人。他们心想大概是赵大龙出去了，也许很快就会回来。紫涵忍不住四处打量着这渐渐清晰起来的熟悉的环境。

"当时我就是在这里生了重病，那段日子，赵大龙带着我在此处养病。他很温和，不像是坏人，每天都悉心照顾我……对！我想起来了。"

紫涵一边说一边进了屋子里面。高健见状，于是也跟了进去。

看着很陈旧的布置，紫涵的心情很复杂。高健也看出来了，这个家很穷，不过，从布置上来看赵大龙应当是独居的。想着他现在已经年过花甲了，却还要忍受这种寂寞伶仃，紫涵忽而有点儿莫名其妙的心酸。

"谁啊？"门外突然传来了人声。两人不约而同地回过身去看，见是一个老人进来了。

"您是……赵大龙吗？"紫涵怯生生地问了一句。虽然过去这么多年，但紫涵却还能依稀分辨出他的样貌。先前在高康办公室里看到的是他早些年的照片，所以紫涵很容易地分辨了出来，可是现在不同，面前的这人太苍老了，紫涵有些不敢确定。

那人在门口怔了怔，"是啊……你们是谁？"

紫涵一步靠近过去，"您还记得当年的那个被你照顾过的被拐女孩儿吗？"

赵大龙开始有些不明所以，但一听到紫涵这话脸色立马就变了。

"你们想干什么？我不知道什么女孩儿……"他苍老布满沟壑的脸上立马充满了戒备。

"不是的。"紫涵有些心急，"我不是来找麻烦的，当年我被拐到这儿，是一个伯伯照顾生了病的我，不然我早就死了。我知道那个人就是您，别怕，我们真的没有恶意的。"

赵大龙好像依稀记起了那个女孩儿，他还没完全没缓过神来，眼睛直勾勾地盯着面前的紫涵。当年他确实是救了一个生了病的女孩儿……

"嗯。伯伯,我没怪过您,您跟那些人不一样,我反倒得感谢您!"紫涵话语里充满了诚挚。

而赵大龙却低下了头,叹着气:"哎,当年糊涂啊……穷疯了,居然跟着亲戚去干那么伤天害理的事。我是罪人啊,有什么好感谢的。"被勾起了痛处,赵大龙显得很是悲怆。

紫涵一把握住他枯槁瘦削的手,然后轻声道:"伯伯,您别自责了。我这次来是为了向你打听个事。"

赵大龙哪能不自责,关在监狱六年,他天天睡不好觉。

虽说他并没有直接参与偷孩子,但他却做了帮凶。这样的罪愆足以让他内疚一辈子了。因为情节较轻,他只被判了六年,但他那亲戚却是再也回不来了的。

"作孽哦!"这是他平日里最常说的一句话,他知道自己年轻时做的事太缺德了,所以活该一个人孤独寂寞的过完余生。

"什么事?"赵大龙想,倘若是自己知道的,肯定不能瞒面前的这个女孩儿。也当是一种赎罪吧。

"我在找我被拐之前的家,可是那时候我太小了,根本不记得什么。您知道我是在哪里被拐的吗?"紫涵希望自己能得到一个有用的线索。

赵大龙一听这问题便有些为难了,说实话他在当年的团伙中,也就是一个在据点管管孩子、打打杂儿的小喽啰。他最多只能从同伙的闲谈中略知一二。

赵大龙沉思了半天,"好像……好像记得是在一个菜市场,听他们说起过。嗯,好像是的……"很明显,赵大龙对当时的记忆也很模糊了,加之只是听说而已,所以语气显得很不确定。

"菜市场……"紫涵喃喃着。这时候沉默了半天的高健,终于也过来问她,"有印象了吗?"

紫涵努力回忆和拼接那些记忆里破碎的片段,良久,终于开了口:"我父亲有个流动摊子,卖菜卖水果之类的,去过很多地方……我也不是很确定自己是不是就是在菜市场被拐的。"

高健一听便回答道:"很有可能!一般菜市场门口都有很多流动摊贩……而且那里的特点是人多眼杂,人贩子要出手的话,那里确实是个好地方。"

"菜市场,菜市场……"紫涵沉默了,她陷入了沉思之中。

3. 会见未来的"婆婆"

"走吧,我妈的飞机快要降落了。这次……真的拜托你了!"吴明显得很着急忐忑。

"嗯。"陈楠将手中的文件夹好,然后随着吴明走出了办公室。现在是下午,大概等会儿还要陪吴明的母亲吃晚餐,那时候是最需要好好表现的时候,既然决定了要帮忙,就一定得好好帮。

吴明驱车,给坐在副驾驶位上的陈楠详细叙说母亲的秉性。

"她是一个演员,在国外的小圈子里面还小有名气。这些年也很少回来,这次回来本来是好事,可是情况你也知道了……她不是一个好交往的人,有些刻薄挑剔。总之,这次是真的要为难你了。"吴明有些不好意思地说。

陈楠大抵明白了吴明母亲的情况,可是她远不及吴明所表现得那么焦虑,毕竟是非亲非故的外人罢了,纵使演戏也方便发挥。

不知不觉间，两人已经来到了机场。吴明带着陈楠在人群中穿行着，然后来到了接机大厅。吴明抬头看了看大屏上显示的各航班起降信息，很认真地对陈楠说，"还剩几分钟，加油！"一场"戏"在吴明的精心策划下即将上演了。

陈楠又怎会晓得，吴明的所谓母亲不过是他事先请来的演员罢了，这局布得天衣无缝。吴明暗笑，看来无论是什么时候，陈楠都没有在自己面前设防的能力呢。

大厅的提示语音响起，又一班航班抵达了。吴明赶忙随着人群涌了上去，陈楠则尾随着他。很快那航班中的人开始陆续往飞机下走，然后朝着出口这边过来了。陈楠看着那一群陌生的面孔，并不知道哪个是自己的临时"婆婆"。吴明也在翘首望着，然后终于发现了似的，"妈！"他一边喊一边招手。

一个衣着时尚的女人朝这边走了过来，远看时陈楠甚至都要以为那是哪个年轻姑娘了，化着浓妆的脸上最大限度地将皱纹给隐藏了起来，只有近看时才能发现她若有若无的岁月痕迹。

"那是你妈？"陈楠显得有些不敢相信，从吴明的年纪推算，她的母亲至少也和自己的母亲同样大小才是……可是……

吴明笑着回答她："我妈比较在意。哈哈，毕竟是演员嘛。"

陈楠点了点头。

吴母已经朝这边走了过来，显然是已经发现了儿子，开始拼命挥手。陈楠也很快反应过来，连忙在脸上挤出笑容迎接。

"这就是你说的对象啊？"吴母从她说的第一句话开始便展开了攻势。她朝向陈楠，像是要故意找茬儿似的，两只眼睛炯炯地能发出光来。

"嗯，长得还算不错。"这样的开场白是难免让人尴尬的，陈楠突然间觉得自己是像商场里被展示的商品似的。

陈楠心一沉："果然是狠角色。"然而她依旧保持着微笑："阿姨好！"

"嗯，你好。"然后目光却故意偏向了一旁，"儿子，妈饿了。"

吴明显得有些为难，"我们订的是晚些时候的餐，要不待会儿再过去？"

吴母却一把否决了这样的提议："那有什么的，走，我们先去那儿坐着，吃饭前聊聊天不是也很好？"

陈楠听明白了这意思，敢情吴母这是要对自己发起"考核"了啊？

在吴母的坚持下，吴明驱车带着二人便往自己订餐的酒店去了。陈楠的心情倒没有很紧张，在谈判桌上，自己曾遇到过数不清的刁钻对手。陈楠充满信心，决定好好地完成自己的任务。也算是对吴明的一次小小报答吧。

三人进了一个装修豪华的酒店内，看起来吴母对儿子花的这番心思还算是满意："太铺张就不必了，但必须得有品位。"这似乎是吴母的口头禅。陈楠自己很少来这种地方，虽然她和高健也挺能挣钱的，但家里的勤俭朴素传统还是在的。这番看来吴母的来历就像电视剧中的"豪门"，其实此时吴明心中也有些担忧，这演员会不会装得太过了呀。

吴明之前也向这临时"母亲"介绍了自己的情况，对方一听吴明是企业老板就乐开了花似的连连说"包在我身上"，看来早知道得先彩排下的。不过陈楠似乎并没有察觉出什么不对劲的地方，因为不熟悉，所以即使对方真的不正常，那感觉也是无凭无据的。

三人坐定，然后开始聊了起来。吴明借机向母亲好好介绍了一番自己的"对象"。

"这是陈楠，我女朋友，一个民事律师，很能干的一女孩儿。"

陈楠也随之点了点头，职业化的笑容里透着不卑不亢的自信。

吴母点点头："国外的女人出去都特别注意形象，妆化得很细致，可我觉得你的是不是马虎了点儿……最近没睡好吗？"她充分发挥完毒舌风范，然后还不忘掩藏自己的咄咄逼人，朝向吴明："是不是你欺负人家了啊？"

陈楠抿嘴一笑："我倒是觉得，有事业心的女人才是最美的。"她不失时宜地看向吴明。

这番表演很到位，陈楠在对手面前一副很知性的样子，几乎无懈可击。

吴母也不禁微微地点了点头。吴明见陈楠竟然如此轻松地化解了危机，也不由一笑道："你未来儿媳可是个能干的女人啊，我都有压力了。"

吴母也随着笑起来："瞧你这没出息的样子。"

吴明不再吭声了，端起桌前的一杯茶，酌了一口，然后起了身。

"你们先聊着吧，我把上餐预约改一下，妈，要不给你弄些点心先填填肚子？"

吴母摆了摆手，说不用，然后又朝向陈楠，露出一个友好但又总觉得有内容的微笑。

"我家吴明缺点啊，真是太多了，你可要包容点儿……对了！你们，同居了吗？"

吴母突然又提了个犀利的问题，但仔细想想就会觉得那问题确实也没什么不妥的，毕竟一个长辈问自己儿子和"准儿媳"间的关系进展无可厚非，只是这问题着实让陈楠有些噎。

"嗯……我们是一起生活。平常的时候能相互照顾一下，这样比较好点儿。"陈楠想着晓晨和吴明间的样子，便如此回答道。

吴母点了点头："那经济方面呢……哦，你别误会，阿姨不是在乎钱的人……但我希望你们这一辈对钱这种事……能有个正确的态度……"吴母努力措辞，让带刺儿的话显得不是那么伤人。

陈楠心中不免想：倘若这真是自己的未来婆婆，自己也定会受不了的吧。可是如今她却不用去顾虑什么，好好表现，反正日后是没机会见了的。她如此想着，心情淡定了很多。

"挣钱是两个人的事，正如生活是两个人的一样。吴明是个很能干的人，执掌那么大的企业，但如果我因此而不思进取在家里坐享其成，即便是我自己也看不起那样的自己，我有自己的事业，完全可以经济独立。"陈楠对吴母说。其实这倒是陈楠心态的真实写照，她本来就是个要强的女子。

吴母满意地点点头，这时候吴明也重新回来了，见两人聊得正欢，也发觉了吴母对陈楠的称赞，心中暗暗佩服。自己之前就跟这个临时的"吴母"交代过，尽量演得难缠一点儿，显现刁钻刻薄的一面，此时来看是卓有成效的。吴明心中暗笑，看来两个人都正在努力呢。

"马上就上菜了。"吴明笑着对二人说。

吴母笑吟吟地说自己真的饿坏了，然后谈话也变得轻松起来，看来陈楠是顺利过关了的。两人又继续谈了很久，但吴母的语气显然是越来越温和了,开始和陈楠说笑起来。但陈楠可不含糊,即使说笑间也还是把握着分寸,不卑不亢的态度让吴母很是赞赏。

似乎做得还可以呢,陈楠心中想着,倒是有种如释重负的轻松感了,自己好歹也帮朋友做了件"正事",心中无论如何都是有些许欣慰的。陈楠的笑容也渐渐变得愈发自然了,她望向吴明,吴明朝她会心地点点头,示意她做得很棒。

陈楠也渐渐轻松,心想自己好歹是蒙混过关了。

4. 怎么能住宾馆呢?

三人慢慢吃完,吴明付了钱,然后对吴母说:"妈,我帮你在酒店订好了房间,要不现在送你过去?"

吴母一边在跟自己的"未来儿媳"继续聊着,显得挺开心的,听了儿子的话后却立马转过身来:"酒店?我没打算住酒店啊。"吴母竟显露出不容商量的神色:"母亲来看儿子哪有住酒店的?你又不是没房子。"

陈楠心中大惊,照这剧情发展下去,莫非自己今晚还得跟吴明共处一室?原本自己只是想帮帮应付上的忙,哪能料到此处。

"妈,这不方便吧……我那住处挺小的。"吴明脸上显露为难的神色。陈楠心中一遍遍祈祷着:"老太太,您就别固执己见,安心住酒店吧……"

可是吴母的性格哪是他们这些小辈能驾驭得了的?"不成!小能小到哪里去?连两个房间都没有?我可不信……快快把那什么酒店给退了。常年住酒店早住烦了,还是家里舒服。"

吴明无奈地看了看陈楠，陈楠也不想让吴明太为难了，虽然心中极不情愿，但没办法……她点头向吴明致意了一下。吴明转头偏向这难缠的母亲，不情愿地说："好吧……"

吴明和陈楠趁着还没入夜，陪着老人在附近散步。三人聊得越来越投机，有那么一瞬间，陈楠感觉，这似乎才是家人的感觉。想想自己家的那堆烂摊子……

终于入夜了，吴母伸着懒腰说自己有些困。

"那我们回去吧……"吴明提议道。两人都不反对，于是吴明又驱车载着两人来到了自己的住处。

其实吴明家的住处与陈楠自己家的相隔很近，甚至是可以说"隔窗相望"。陈楠站在那扇窗前瞄了一眼自己家的房子，想看看不知道高健回来了没有。家中灯火通明，却看不到人影儿晃动。

吴母似乎看出了陈楠有心事，走上前去问："楠楠，在看什么呢？"

陈楠转过身，不好意思地笑了笑，"没什么呀。"

吴母将信将疑地朝外面瞟了两眼，没什么特别的，"时候也不早了，洗洗睡吧。"

其实现在时间还并非很晚，只不过吴母似乎习惯了早睡，又旅途奔波，所以困了也是必然的。吴母转身自己走进了一个小些的房间。

"呃……今天的事，真的太谢谢你了。"吴明和陈楠共处一室，气氛总显得有一丝的尴尬。

"不用谢啦，你以前帮了我这么多，现在举手之劳的事，当然义不容辞。"陈楠坐在床旁的凳子上，这样的气氛让她也很是拘谨和尴尬。

"怎么能是举手之劳……"吴明笑笑,"你也看见了我那母亲有多难缠。如果换成是晓晨的话,恐怕她早就受不了了。"

陈楠也会心地微笑起来,也是,自己今日的表现要让自己评价也是令人满意的。因为心态不错,对吴母也没什么敬畏感,自然发挥得出来。

"可能是因为不是自己的婆婆的原因吧,没有哪个儿媳能在婆婆面前保持着十足的淡定的,多少都会有些敬畏,要是来的人是高健他妈那我可就没那么硬气了。"

两人相视而笑,吴明说,"不管怎么说,谢谢你了。"

陈楠看着他,觉得这样的时刻才是最好的时候吧。可是两人同处一室多少让人尴尬,陈楠更多的是苦笑,看来今天是没法休息了的,她想。

"你睡床上吧,我在地上打地铺就行了。"吴明显然看出了她的顾虑,说着从一旁的衣柜里抱出了一床被子,在地上草草铺就,然后坐了上去。

"那怎么行?怎么能让你睡地上?"陈楠急忙阻拦。

"总比我俩睡一起要好吧。"吴明露出了一个笑容来,他以一种玩笑的口吻说道。

陈楠本来提议本是自己睡地下的,可是吴明的语气似乎不容商量,想想也罢,不过一宿而已。

陈楠拘谨地躺在了床上,两人都是和衣而睡的。吴明说这是晓晨的房间,叫她放心,晓晨的床很干净。陈楠点点头,眼睛望着天花板,仍旧是有着极度不适应的。吴明已经停止了说话,躺在刚铺好的被子上睡了。房间里挺安静，灯也并没关，她不习惯。

　　陈楠虽然极力睁着自己的眼睛，但疲倦感却在她沾着被子的刹那爆发了，终于还是昏昏沉沉地睡着了过去。真正没睡着的是吴明，他侧过身来，心中想着计划只差一点点了呢。看着熟睡的陈楠，不知为何，一种熟悉的感觉从心底冒了出来，让人伤感，惹人愁思。

　　第二天醒得很早，陈楠甚至都不知道自己是何时睡着了的，像是刚一睁眼天就亮了，她起身，此时吴明也听见动静，从地上翻身过来，"醒了啊？"陈楠点点头，"不行，我得回去一下。"她忽而有了这样的想法，自己昨夜一夜未归，家人可能正在担心。吴明也从地上爬了起来，"嗯，好，免得家人担心……我妈这边我会跟她说你是上班去了的。"说着随着陈楠出了房间，"我送你吧。"吴明说。

　　"不用了。"陈楠回答道，"家里那么近，自己走回去就行了。"

　　吴明点点头，叮嘱路上注意安全。

　　他目送陈楠的背影消失，然后转过身来，这时"吴母"也从自己房间里走了出来。

　　"吴总，你看我表现得还行吗？"她一脸堆笑，卸下伪装，便全然不再是昨日那个刻薄犀利的时尚老女人了。

　　"事情还没完呢，别得意得太早了。保持这个状态，挺好的。但记住，一旦露馅儿，你一分钱都拿不到。"

　　"那是！我们做演员的，这点觉悟还是有的，自己演砸了自己负担损失，哪还敢要钱不是。""吴母"一边又忙着赔笑，俨然是个二流演员的风范。

　　吴明不置可否地点点头，"你就待在这儿，我去买早餐。"陈楠她家就在附近,我不想你在下面和她碰见。"

那"吴母"接连着说"是,是……"目送吴明离开。她在独自一人的房中大舒了一口气,想想伺候这有钱人还真是难。

5. 陈父和陈母在那一瞬间都陷入了巨大的惊异之中……

陈楠回到家才发现原来昨天高健也没回来。自己母亲是一副很生气的样子,"小雪还没找到,两个居然都不回家,干的这叫什么事嘛!"

陈楠无言以对,只能任着母亲数落,心中却正在烦闷不堪。陈父过来一边劝住正在发作的老伴儿,一边问陈楠:"楠楠,昨天你们都不回,我和你妈挺担心的,是不是遇见什么事了啊?"

陈楠不肯说,陈父也不好追问,心中想着这人岁数大了就是没用处,孩子的事自己是一点儿忙都帮不上。也就在这个时候,门被敲响了。

回来的是高健。其实高健刚刚走近门口时,就已经听到了屋里传来岳母的叫嚷声,心中不免又烦躁起来。他正在犹豫干脆就现在转身走掉得了,然而这时候门也开了,开门的是陈母。

"知道回来了啊?"正在气头上的陈母也不管女婿面子不面子的,朝着他就开始一通大骂。高健闷头走进屋里,想不理会那耳畔的指责与噪声,但陈母不依不饶,像是积蓄已久的怨气需要发泄似的,一开了口就停不下来,而且音调是越来越高了。

这次陈父也不知道该怎么劝了,女儿女婿的一夜不归,他猜想一定是发生了很严重的事情,他心里也很是着急,想要知道怎么回事。

陈母还在继续着对高健的指责，她对高健一直都不满意，现在有了宣泄点，自然是想停都停不下来了。

没想到，最先爆发的却是陈楠。"你们都别吵了！"她看起来有些抓狂，这喊叫很大声，让所有人都吓了一跳，包括陈母，包括高健。陈楠看起来快要哭了，她停顿了几秒，努力将自己的情绪给压抑下去，"你们要知道真相，我就告诉你们真相。"

一瞬间，房子里安静得诡异。高健的额上冒出了一层细密的汗珠来，他不知道自己是不是应该阻止妻子说出那个事实，但他最终还是没动。

"小雪她……是夏志军的女儿。"陈楠终于哭了出来，声音哽咽，低着头，表情显得十分痛苦。同样痛苦的还有高健，同样低着头，同样再也不知道该说什么了。

陈父和陈母在那一瞬间都陷入了巨大的惊异之中……

陈楠继续道："其实认识高健的时候，我已经怀孕好几个月了。我们一起瞒着所有人，但有件事我连高健都没有告诉——小雪她……是夏志军的女儿。"

一个巴掌，狠狠地扇在了陈楠的脸上，陈父张着惊讶的嘴，说不出话，手还在半空悬着。陈母眼神中是同样的惊诧，她彻底蒙掉了。

四个人，于是就这样相顾无言……

"爸，妈。这事你们就别管了，回去吧……"过了许久，高健打破了沉默。

偌大的房间里透着令人窒息的古怪味道，所有人都在这一刻被真相的怪兽吞噬，无人幸免。

第24章 瞒无可瞒

第 25 章

一记惊雷

1. 那个秘密就像是一记惊雷

那个秘密就像是一记惊雷，在一瞬间，便将一个家庭彻底击碎了。

此时陈父陈母坐在回去的大巴上，他们万万没想到等来的竟是这样的结果，自然是有些难以接受的。可是还能怎样呢？高健顾着他们的面子，甚至在陈母那样无理的指责面前一声不吭地隐忍着，他承受得足够多了。

还记得走之前的情景，陈父走到高健跟前，拍了拍女婿的肩膀，十分坚定地说："无论小雪的生父是谁，他就只有你这一个父亲。我也只认你这一个女婿！"陈父的话像一个坚定的承诺和肯定，他不知道他还能为高健做些什么，他心中认可的只有高健，更为陈楠她妈这些天的所作所为感到羞愧。

陈父越想越难过，心脏处又是一紧似的疼痛了下。他连忙深呼吸着，让那疼痛缓解下来。可是这车的颠簸着实让人难受，收拾东西的时候高健说要送他们，可是陈父陈母都不肯。

再看陈母，手倚在半开的车窗前，眼神愣愣地盯着窗外。她再也没权利泼辣和指责了，自己之前做的，原来都那么可恶。她只是觉得伤心，想不到女儿会有那么让人伤心的遭遇，想不到女婿竟然牺牲了那么多，她感到羞愧难当。

"爸妈他们……也应该到家了吧。"陈楠心想，此时的她眼睛直勾勾地盯着天花板。现在的房间里气氛是难得的静谧，老人们都离开了，家里终于安静下来了。这样真好。

两个人的家却有着逼仄而压抑的窒息感，其实自然是有很多要说，可是都撕不开那层薄如蝉翼的隔膜。

高健在客厅的沙发上继续待着。"清闲"下来的客厅，罕有的寂静。高健突然觉得周围的一切都突然变得好陌生。

是啊，好陌生……陈楠又何尝不这么觉得呢？不久前还是一家三口其乐融融的景象，可是转眼间就变了色，变得让人再也轻松不起来了。她呆呆地望着天花板，却不知道该做什么，睡觉？睡不着……

2. 陈母向高母道歉

翌日清晨，一宿没休息好的陈母作了一个重要的决定，她要去一趟高家。没有告诉老伴儿，事实上那时候陈父还没睡醒，昨日的奔波让他很是疲惫，所以昨夜睡得很沉。陈母失眠了，因为愧疚？也许吧。想起之前不明就里地嘲讽和数落着高健和高母，她就无地自容，陈母无声叹息着，直到天亮。

于是就这样，陈母独自一人去了高家。

是想去道歉的。在路上的时候陈母一直在考虑该说些什么,到底是个爱面子的人,拉下脸道歉赔罪的话,她心中多少还是有些抗拒。算了,到了再说吧,陈母自言自语着。

到高家的时候高母正在吃早餐,看见突然出现的亲家母,她很是疑惑,"什么风把你给吹来了?"高母的语气多少有些暗示陈母是不速之客的意思,也难怪,毕竟在高健家的时候陈母对高母就处处发难。

陈母虽有些尴尬,但此时此刻也只有赔笑的份,"哎哟,亲家间本来就是应该常串门嘛,看你说的。"一边说一边迎了上来。

真奇怪,今天的亲家母倒是没什么敌意似的,高母不由得松了一口气。

高母见势态度便也缓了一缓,"亲家母,来找我,莫非是有什么事?"高母试探性地问道。无事不登三宝殿,而陈母今天又一反常态,也不知道是出了什么事……

"呃……没……也没什么事啦,就是想过来看看你。"陈母一时没敢把那个秘密说出来。

高母见状先是疑惑地注视了陈母几眼,然后"哦"了一声,偏过身子,"快进来吧,老是站在外面干什么。"

陈母于是满脸堆着笑容进了屋子。

无论以前有过多少矛盾,但基本的礼节还是不能丢的。高母待陈母坐定,又是端茶又是送点心的,一下子便忙开了。

陈母倒没有忘记自己此番来的目的,她是来道歉的,不是什么"客人"。见高母这么不计前嫌的热情款待,她的自责感又加重了几分。

"别，别……别弄了亲家母，搞这么客气干吗，我们是亲家嘛，讲那么多礼数干什么？"

虽说陈母以前说话刻薄确实让人反感，但现在看她这样，过去的就过去了吧。高母搬来一把板凳，同陈母面对面地坐下，问道："亲家母你就直说了吧，到底是什么事？"

陈母哪里好意思说出她此番来的实情，她有些支吾，答不上来。高母一双疑惑的眼神盯着她，让她好生不自在。

陈母突然起身："亲家母，你碗还没洗吧？"然后又不由分说地走近了灶台，敢情是要洗碗？

高母急忙拦住她，"这怎么行呢？你是客，哪有干这种事的道理？你这不是折杀我吗？"她有些无奈，今天的陈母确实太"诡异"了，简直不正常，却又不肯说到底是怎么一回事，实在让高母毫无头绪了起来。

"这有什么的，反正是一家人嘛。"说着还要过去，高母见状一把抢过碗碟，"我来洗，亲家母你坐着休息去。"

陈母见状也只好有些落寞地走开了，不过，她很快找到了新的事做。墙角的扫帚倒是个不错的选择。"总之来了就该做点儿什么。"她想法坚定。然后像是闲不下来似的拿着扫帚开始扫地。高母发现自己要拦也拦不住，只好叹息着任由陈母去。高母在想对方是不是有事相求，毕竟无事会献什么殷勤呢？她问陈母："是不是有什么要我帮忙的呀？"

陈母一听便回答说："哪里的话？这都是应该做的，亲家母你不用想多了。"她一边说一边自己都感觉心虚，什么叫"不用多想"？要是对方知道了那个秘密，她还能不多想吗？

"那到底是什么事？是不是关于小雪的？亲家母你就别瞒着我了，快说吧！"高母显得着急起来。

陈母支吾着："其实就想说句对不起的，那段日子确实太刻薄了些，对你对高健都是，真是失礼了。"她垂下脑袋，"对不起了，亲家母。"

真是太阳打西边出来了，陈母居然会对自己说这种话，还专程过来道歉？高母断然不相信是这么简单。

"是不是小雪出什么事了？"高母的心一下子提到了嗓子眼儿。

"这……亲家母，这个你就别那么担心了，小雪很安全的。"陈母心中暗自想着，绑架小雪的就是小雪的生身父亲，她又能出什么事呢？

这让高母更加不解了，"她怎么知道小雪就很安全？不对啊……这决计是有问题的。"高母心中想着，疑惑更大了。

"我怎么能不担心，小雪可是咱高家的孙女啊……"高母的焦虑被彻底引了出来。

"就是因为小雪不是高家的孙女，小雪才安全，亲家母，你就放心吧。"

"什么？"高母怀疑自己是不是听错了，"你刚说小雪什么啊？"

陈母这才意识到自己的失言，"糟了。"她一身冷汗地转过身去，捂住嘴，想掩饰，"没……没说什么。"

"我听见了，你说小雪不是高家孙女？这怎么可能？你什么意思啊？"高母控制不住地激动起来。

陈母心中大骂自己没脑子，尽惹麻烦，但事已至此，隐瞒似乎也没什么用了，只是那种事总是很难启齿的……

"其实，其实那也不怪高健，不怪那俩孩子……他们有他们自己的苦衷，我们这些做大人的不添乱就是做好事了。小雪不是高健的亲生女儿，可是……"

"我不要什么可是，你给我把话说清楚。"高母眼睛一下子都透出了血色来。

空气变得生硬起来，陈母很是懊丧。自己这是在做什么蠢事啊。

高母逼问陈母，陈母没辙，事到如今只能实话实说了。

高母手中还拿着的一个碟子重重地摔在了地上，目光中是难以置信的神色和恐惧愤怒的光。陈母看着眼前激动成这样的高母，心中不免有些怯了，是啊，最大的受害者，其实恰恰是自己之前骂得最多的高家啊……

3. 小雪被送人

高健和紫涵在一起，两人继续着那条线索。其实前天从赵大龙提出的那条线索来看，那处所谓的菜市场就已经是锁定了位置了的。可是高健和紫涵之后赶到那儿，却没有在那里找到菜市场。后来两人又到别处去找，可这样线索就断了。难道是赵大龙搞错了？高健原本想是不是因为年代久远所以赵大龙都忘记了，这时候一道灵光一闪……对！年代久远！那么也许不是因为赵大龙不记得，而是因为那地方变了！怎么一开始就没注意呢。

果然，现在已经是一处大型超市的那地方，经一打听，从前确实就是一处菜市场！对了，就是这里，可是难题是：物非人亦非的今天，两人要从何找起呢？

但即便如此，紫涵这几日也是显得十分兴奋的，毕竟这是自己第一次离当年的自己如此之近的时候。她显得并不是很着急，毕竟自己都长得这么大了，对于寻找与收获，自己权都当惊喜好了。

倒是高健很上心，他的心态与紫涵又是有所区别的。紫涵只是十分希望能找到当年的家庭，但这么多年过去，她所抱的希望却并不大，所以遇到挫折时会遗憾，但至少不会焦虑。高健不同，对于小雪的失踪，他什么线索都没有，什么都做不了，现在自然是想要努力地完成一些事的，不然他会觉得自己太失败了。

高健不准备放弃，似乎总在这样的时候他都会比紫涵更加主动，也正是因为这份态度，所以在这么短的时间里取得了如此之大的进展了吧。紫涵无法想象倘若自己没得到高健的帮助的话，自己的调查还停留在哪个阶段。总之，绝不会容人乐观的，她想。

高健最近遇到的太多了，她既怜悯，却又崇拜。

也就在此时的另一座城市，一场悲剧正在酝酿，同紫涵当年的遭遇相似的悲剧。紫涵的幸运在于她至少遇到了一个有良心的贩子，将自己转到了一个殷实而良好的家庭中去了，而小雪将要面对的是什么，却不得而知。

人贩子赵梅最近心情不错，自己手头的"一批货"终于又联系上了财大气粗的买家了。并不是直接卖到穷乡僻壤或者香港台湾之类的偏远地带，而是联系上了一个类似中介的人贩集团。他们找得到最愿意出钱的买主，所以对他们的下家而言，自然也是利润丰厚的，而且风险要小很多。赵梅心中打着如意算盘，一边哄骗着小女孩儿乖乖地，"阿姨把事情办好了就带小雪回家好不好啊？"小雪哭闹的时候总会在听到这句话时安静下来,她十分想念爸爸妈妈,然而她却不知道正等待着她的是什么。可怜的小女孩儿就这样被哄骗着,不知道危机已经临近。

对方终于打来了电话约定了地点见面。赵梅带上小雪来到了指定的地点。这地方自然十分偏僻,小雪有些害怕,即使身边就站着那位阿姨,可她仍旧是十分害怕的。

"来这种地方干什么?"内心单纯的小雪当然无从知晓,但显然,她恐惧。"阿姨,你要带我去哪里呀?"小雪怯怯地问道。

"别吵!再吵不带你回去见爸妈了。"赵梅显得有些不耐烦,她四处搜寻着对方的身影……再走了几步路,总算是看见了。

对方来了三个人,都是普普通通的打扮,其中一个算正常,穿得整齐,这个人的角色就是"押送主力军"了,因为在带走小孩儿的时候会被其他人误以为他就是孩子的父亲,从而避免怀疑。另外两人都穿着花衬衫,一副吊儿郎当的样子,一看就觉得不是什么好人,顶多就是街上的小混混儿,他们只是中间那人助手而已。赵梅对这一套已经很熟悉,毕竟不是第一次跟他们做生意了。

"就是她了。"赵梅推了一把小雪,然后低头对她小声说,"快叫叔叔。"

小孩子不懂事,哪里知道现在自己面临的危险?"叔叔!"她叫得有些怯,但显得十分可爱。赵梅见中间那男人脸上露出了微笑,心中窃喜:看来事已经成了。

那男人也没有过多的表示,只是对着赵梅点了点头,然后与旁边一个花衬衫男往一边灌木林的那边走去,并示意赵梅跟上。

拿到钱了,这天杀的人贩子赵梅如今正拿着钱笑得合不拢嘴,然后哪里还管小雪的死活,一个人走掉便是了。小雪还是没能察觉到发生了什么,大人的世界好复杂,坏人的世界就更复杂了……

"跟叔叔走吧。"那中间的男子一把牵起小雪的手。

"去哪里?"小雪回头想看看阿姨的踪影,可是没找着,她慌了。

"去找爸爸。"那男人露出一个职业化的伪装笑容来。

4. 晓晨回来了

晓晨做完了毕业答辩,已经从香港回来了。有吴明的地方才是她的家,这是她一贯的想法。其实她何尝不知道吴明并没有真的把自己当成恋人,可是她没办法,吴明这么久以来从来没碰过自己,她知道一定还有着什么阻隔着,那是一堵在吴明心中高高立起的心墙吧,但无论如何,晓晨下定决心要翻过去。

所以刚一做完毕业答辩,她便只想着往家里赶,甚至没在香港流连片刻。她爱吴明,只想待在吴明所在的城市。

出了机场,她并没有想麻烦吴明来接她。虽然行李很多,但是她更想给吴明一个惊喜。

晓晨一个人提着大包小包往外面走,突然一个旅客行色匆匆地从晓晨身旁走过,也许是被那人的行李给绊了一下,晓晨失去了重心,摔在了地上。

心中多少是有些不悦的,可是那人已经走远了。晓晨自认倒霉,想从地上自己爬起来,可是她这时候才发现,自己的脚似乎已经被扭伤了。

说不疼自然是假的,晓晨那一下看来扭得有些严重了,居然一时都站不起来。她强忍着疼痛，勉强从地上坐了起来，然后无助地坐在行李之上，心情很是郁闷。

想了想，自己这副样子一个人肯定是走不回去了的，她掏出手机，几经犹豫，"还是要让吴明来接自己吗？"然后拨出了那个她能够倒背如流的号码。

晓晨拿着手机，眼前依旧是熙熙攘攘的人群。可是电话那边为什么没人接呢？

再打一个，依旧是无人接听。先前的犹豫变为了此时的急切，"到底是怎么了？"晓晨心里有点儿忐忑不安。

然而此时的处境却是变得尤为尴尬了，自己一个人如此无助地坐在偌大而拥挤的机场，看着一个个行色匆匆的旅人在自己旁边走过，汗水的味道在弥漫，晓晨越来越烦闷起来。

无奈之下，晓晨终于拨通了另一个电话。

"喂？晓晨？"电话那边的男子显得有些意外。

"嗯，是我，我在机场，你有空儿来接我一下吗？"

"有空儿，等着我，我就到。"那人答着，甚至没待晓晨说明原因。

挂了电话，两边的人都在发呆，晓晨还在为吴明不接自己电话耿耿于怀，而另一边的男人，正是于亮，此时也陷入了一个为难的境地。

自从发生了上次的事情之后，于亮就再没出门过，老板吴明也一再告诫他让他别出去找事，于亮经历过那番意外之后，自己也是心有余悸，自然很遵从老板的意思。可是唯独晓晨的请求，他是不设防的，甚至没有任何犹豫的意思，几乎是出于潜意识的便答应下来。无论怎样，晓晨是自己无论如何都拒绝不了的，他也曾想过，

第 25 章 一记惊雷

倘若自己才是晓晨身边的人,那该多好。然而造化弄人,晓晨偏偏是自己老板的女朋友。

不再多想,于亮从暂住的地方出来,然后驾着自己的小面包车,往机场赶了过去。

此时,晓晨盼望想念着的吴明却和陈楠在一起。手机被放在了车里。

为了感谢陈楠帮了自己的大忙,他们正在一家典雅的小餐厅中用餐,吴明特地准备了很多这个小店的特色菜,显得十分用心。

"麻烦总算是过去了,真的还是要再次谢谢你啊。"吴明举起手中的酒杯。

"哪儿的话,你帮了我那么多,现在回过头来报答下是应该的。"陈楠也举起自己手中的酒同吴明碰了碰杯,两人很是聊得来。特别是陈楠,经历了那么多之后,现在她对吴明愈发的信任和依赖了。

两人聊得很投机,大抵是最近各自的进展或是琐事什么的。陈楠的心情没有显得像先前那样低落了,吴明心中清楚,这全得数他的功劳。

只是得意之时,吴明想必是无论如何也想不到,于亮再一次违逆了自己的意思。他又出了门。而且与上次不同,他甚至没打电话通告吴明,彻底的一次擅自行动。

于亮的想法是自己办完这事就回去,自然是不必太较真儿的,毕竟这么一会儿能出什么大事呢?

吴明阴谋算尽,到底无法顾及所有细节。于亮如今就是百密中的那一疏吧,虽然正如于亮所想的那样,毕竟碰见麻烦的概率是小之又小的。他愿意为了晓晨冒这个险，也算得上是一种狂热吧。

到了机场，老远就从一大堆人中分辨出了晓晨。她戴着一个太阳帽，扎成马尾的头发露在外面，显得阳光而自然。晓晨此时坐在自己带着的拉杆箱上面，眼神很是无助，一边揉着自己受了伤的脚踝，显得很可怜。

于亮压低了头上黑色帽子的帽檐，然后快步朝着晓晨走了过去。

"晓晨！"隔了老远，于亮就向她打起了招呼。她回眸一看，总算是像看见了希望似的，欢快地招起手来了，"于亮！"

虽然更希望这种时候出现在自己面前的人是吴明，但在这种时候，自己好歹能从这样的窘境里脱身，也算是可喜可贺。

"怎么了？脚伤了吗？"于亮在晓晨面前蹲了下来，起先他在电话中并不知道晓晨受伤了，只顾着第一时间赶来，要是事先知道这样的话，自己应当带些药过来的。

"嗯，刚摔了一跤，崴到脚了。不过，应该只是暂时的，没多大事的。"

"摔了一跤？"于亮有些担忧，望了望她身前的这么多行李，有些不舒服地说："这么多东西，就该事先告诉我来接机的啊。一个人怎么背得动……"

晓晨说没事，"那我们走吧。"

"嗯。"于亮开始帮晓晨扛行李，只恨自己没有三头六臂，不然就可以背着受伤的晓晨了。晓晨在于亮的搀扶下一点点慢慢勉强走着，显得有些吃力，幸而车就停在不远的地方，不然真为难了。

于亮问晓晨去哪儿，晓晨说去吴明家。于亮心中还是会有些不甘的，只是无从说出口罢了。现在的情形是自己连表白的权利都没有。晓晨是自己老板的女友，这是不可改变的事实……于亮默不作声地将车往吴明家开，有些失落。

到了吴明家的小区外面，于亮把车停了下来，然后下车打开车门，将行走不便的晓晨给扶了下来。两人慢悠悠地往吴明家方向走，马上就要到了。

5. 果然，吴明这人没自己想的那么简单

高健最终也还是没能查出什么来。那个菜市场确实已经"消失了"，只能说这里的线索似乎并不起作用，看来得想其他法子。两人分别后高健准备回家，紫涵也先行走了。慢慢来吧，正如紫涵所说的，这种事，急不得。

可是此次回来，只能叹时机正好，自己竟然发现了一个重要的线索，一个让高健做梦都想得到的线索——于亮。

高健刚刚走进小区，便看见了那个身影，让自己无论如何都能记得样子的身影，虽然那人戴着帽子，但高健还是分辨得清清楚楚。对，正是于亮没错！

那一瞬间是有过要冲上去的冲动，但终于高健压抑住了自己的情绪。如今这样只能打草惊蛇。他随便找了个掩体，继续观察着。

旁边那个女人是吴明的女友晓晨……吴明！高健惊讶地发现了这一令人震惊的事实。当时自己看见的，也许不是错觉。他们二人去的方向也正是往吴明家的方向。高健意识到了一切，夏志军背后的人不只是这个来历不明的于亮，还有自己原本觉得投机的好友——吴明！

此时的高健最想做的一件事便是冲上去将于亮摁倒在地，然后好好盘问一番，将所有事弄清楚，但高健知道这样做是很不保险的，他没选择那样的冲动，而是留在了原地，并没有现身。

"不如就吴明的背景好好调查一番。"高健心里想，那才是最为理智的策略吧。

其实这也是有了两次教训后而得到的经验。鲁莽行事永远都帮不上任何忙，他已经受够失败了，而小雪却仍旧在承受痛苦……

这两日同紫涵一同打听她的身世时，高健就逐渐明白，是的，小雪需要他这个"父亲"。他的责任不仅仅是救出小雪，还要让小雪所承受的伤害最小化。

见着两人慢慢上楼去了，高健也抽身离开。临转身的时候再望了一眼那处房子。果然，吴明这人没自己想的那么简单。

晚上了，又是一个寂静的夜晚，只不过……也许无论是高健还是陈楠，都在渐渐习惯，他们不怀疑在某个时间点两人就会重新打开话题，像往常那样和好如初。但也许并不是今天这个夜晚，其实高健想了很久要不要把自己白天的发现告诉给陈楠，但最后还是作罢了。电视开着，可是两人都无心去看。明明也就是一两天不曾说话，却给人感觉像是一个世纪那么长似的。

可就当两人都觉得今天的这个夜晚又注定寂静而平凡的时候，沉默却被外力硬生生地给拉扯破了。

门被粗暴地砸响了，高健和陈楠都被这突然响起的噪音给吓了一跳，再定睛一看进来的人，居然是高母！

"你们给我说清楚！"高母一点儿不含糊，进来就激动地质问二人。高健和陈楠都没弄明白过来自己母亲这是在演哪一出，毕竟高母是很早些时候就已经回去了的，对于后来的麻烦事又怎么能有知道的机会？可他们实在想不通还有其他什么事能让她知情那些别的……

高母朝向陈楠："你妈告诉我小雪不是咱高家的孙女，还说什么小雪的生身父亲是夏志军……我要你自己亲口告诉我！"

高母显得有些"气急败坏"，实在没什么词好用来形容此刻的她了，她迫切地想知道真相，又恨不得把那真相给吞下去。

倒是高健发声了："妈，你干什么？"他显得很无奈，岳父岳母前脚刚走，自己这一点不好对付的老母亲却又跟着来凑热闹，真是惹人心烦的乱麻事。

"我干什么？出了这么大事我能不问清楚吗？"高母坐向沙发，看起来十分生气，心中的愤怒让她很有"讨伐"的干劲。

"事情都过去了……"高健小声嘟囔着，这样的情景让高健很是为难。

"过去？怎么过去的了啊？"高母如今的情绪之恶劣，不亚于高健当初刚刚知晓这个秘密时的样子。也许高母还要更胜一筹，毕竟高健不在乎小雪是不是自己的女儿，他真正不能在乎的是小雪居然是夏志军的女儿……

一旁沉默了许久的陈楠终于发出了自己的声音。她显得很悲哀："这么多年来，我一直想跟高健生个孩子……我知道，我欠高家太多太多了，无法偿还得清。"

"可是这么多年了，你生出来过吗？"高母依旧十分愤怒。这样的结果哪里是她这个老人所能接受得了的……"我看啊，你就是不想给我们高家生。"

陈楠有口难辩，有苦难言……

"高健在你心里是不是就一备胎的作用啊？高健哪点不比她夏志军强，一个夏志军让你这么不能忘吗？"

陈楠想争辩，但憋了好久也没能说出什么来，只道："我爱的人是高健。"

高母抛出一个鄙夷和愤怒的眼神。

高健终于还是按捺不住心底澎湃着的那个声音——"交代吧，高健……"，他不忍心看着陈楠被自己的母亲责难，事情发展到了这一步，自己继续隐瞒那个事实，只会伤到更多的人。

"其实是我没有生育能力！"高健鼓足勇气吼出了这句话。

然后……无论是高母还是陈楠，都陷入了巨大的震惊之中。

"什么？"两个女人不约而同地叫出来。

"在警院的那场事故，活下来的人都没逃得掉，大家都丧失了生育能力，甚至性功能……我算是运气比较好的了。"

陈楠不敢相信这是真的，她只觉得心底十分悲哀："所以，你一直都瞒着我，这么多年……"

原来看似甜蜜温馨的家庭背后，竟有着这么多的谎话和隐瞒。

陈楠一声不吭，开始整理起自己的东西。她绝望了，她再也不想在这里待下去了。

高母一声不吭，盯着高健，张大嘴，却说不出一句话。

而高健终于也反应过来，他缓缓地起身，头垂着，眼神里尽是灰暗，"你留下吧，我走。"

第 26 章

与狼为邻

1. 委托紫涵查吴明

从家中出来，天色这么暗了，高母还是一副很受打击的样子。

接二连三的充满了悲剧意味的事实一个一个被暴露出来，自己一时间显然是无法承受的。

可是又能如何呢。高母突然很担心，一个好端端的家庭如今眼看着就要支离破碎。说实话，高母并不希望高健和陈楠之间出现分道扬镳的景况。

高健坚持要先将母亲给送回去，高母一开始时不肯，说越是这样的时候自己越不能离开儿子。高母是护犊心切，可高健却认为母亲这样也帮不上什么忙，最后总算是劝服了母亲，同意先回去了。

高健开着车，把高母径直送回去。交谈中，高健知道今日确实是陈母去找过她，无意间说起的这事。也罢，高健心想，既然事已至此，也不必去深究谁对谁错了。

然而这一堆烂摊子，说不烦心自然是假的。加之今天才发现一直被自己视为好友的吴明居然也是夏志军的帮凶之一，心情更是沮丧。这些日子小雪的失踪牵扯出了很多事,让人没办法心平气和地去面对。可是又能怎样呢?现在的高健一筹莫展,只想着先将最应该做的先做好——救出小雪,也帮帮紫涵。

到了高母家已经是晚上七八点了,高母想让高健留下来。高健还是推托了:"我明天还要上班的,得回去。"高母知道儿子是找的借口,但是也没办法。在门口目送高健驱车驶远时,心中不禁为他这些年的隐忍而感到难过。

事情的突然转向,让所有人无所适从。不只高母忧心忡忡,陈父陈母在家同样不好过,特别是陈父,当听闻陈母去找过高母并吐露了实情,他便不由自主地激动了起来:"你,你这不是纯粹的添乱吗!无知妇人……"

确实是纯粹的添乱。陈母何尝不后悔呢。

高健一路开得不快,僻静的夜道上鲜有其他车辆,高健忍不住去想起刚刚发生的种种:紫涵的线索跟丢了,自己以为的好友居然是对手的人,而且很显然是在自己身边做了一个类似"卧底"的角色。他想想就不寒而栗:自己居然还曾经将家人托给他照料……可是高健始终是猜不到,在整场事件中,吴明到底扮演的是一个什么样的角色。

心事重重的高健回了城。和妻子的关系破裂尤其是让人伤心的事,高健不得不承认自己此时的狼狈。有家不能归,真成了丧家之犬了啊,他自嘲般想着,心情却总是好不起来。

来到酒店,高健做登记的时候,抬眼看了看酒店入口挂着的时钟,时间已经很晚了。

第 26 章 与狼为邻

不是家的住处虽然显得陌生而僵硬，但起码没有如今家里的冰冷窒息。高健拿了钥匙上了楼，在经过昏暗的走道时，困意便一刻不耽误地袭来了。很疲倦，是那种身心都有的疲倦。高健也吃惊自己这是怎么了，怎么就累成这样了吗？走进房间，高健整个身子就扑在床上了，闭上了眼睛。

然而那让人无法淡定的一幕幕却如同默剧般的上演了，轰击着他早就已经疲惫不堪的头脑。辗转几次后，高健便清楚自己现在是根本不可能睡着的。

夏志军早些时候是在香港，那么他和吴明的相识大概也是在香港吧……高健翻身坐起，拨通紫涵电话，他一点儿都没考虑到，这么晚了，是不是会打扰紫涵休息。这不像平时他对朋友的态度。

"高健吗？"紫涵的声音显得有些慵懒，似乎是刚睡不久的。

"嗯，是我。紫涵……"高健使劲摇摇头，努力让自己清醒一点儿，"有些事想要找你帮忙。"

紫涵是已经睡了的，听了高健这话却立马来了精神。听起来是件重要的事，不然他也不会这么晚的时候打来电话。

高健却只说："我要在香港方面调查一个人，希望你能帮我。"

"调查？"紫涵心中觉得奇怪，"夏志军不是已经查过了吗……"她不懂高健的意思，于是问道，"要调查谁呀？"

"吴明。"高健说到这个名字的时候，连语气都变得阴冷了起来。

紫涵立马意识到高健那边一定是发生了什么事，她急于知道真相，连忙问高健："查吴明做什么？"在紫涵的眼里，吴明是一个挺绅士的男人，高健关系不是一直和他不错吗？

"他跟夏志军有关。"高健的语气肯定而冰冷，不给人质疑的机会。

"什么？"紫涵觉得自己是不是听错了，"吴明怎么会和夏志军有关呢？"

"可以吗？我要他在香港方面的背景。"高健知道这样的事实让人难以接受，但是他足够肯定。

"嗯，好吧，我会尽量去查的。"紫涵终于也不再追问什么，她选择无条件相信高健。

高健在电话里道了谢，然后挂了电话。

躺在床上，困意不再像刚才那么浓烈了。高健盯着酒店里装饰精致的天花吊顶，发起呆来。

他不知道此时陈楠在做些什么，也许她还在气头上吧。高健不再想这些，他唯一需要考虑的是小雪的下落和安全，至于接下来妻子要怎样做，她会有自己的选择和理由，他只能支持和执行。

想起妻子当时的愤怒和诧异，高健感觉自己的心都要碎了。以往那些幸福的时光里，高健曾经妄想着，就这样，瞒上一辈子也不错，可最终事实证明这只能是自己的一厢情愿，谎言注定是要被揭穿的。

他爱陈楠，一直都爱着。但此刻，他不确定陈楠爱不爱他？是不是真如母亲所怀疑的，她不过是将自己当作了救命稻草？倘若不是未婚有孕，陈楠还会不会跟他在一起？

也许自己才是自作多情的那个吧？高健不敢去想明天之后的事，这一切的不确定性不是自己能做主决定的。虽然现在心里像是被戳了一个大黑洞，但高健更明白，事实上小雪才是悲剧的最直接承受者。有些话，高健认为自己是必须应该和夏志军说清楚的。

第 26 章　与狼为邻　　407

2. 夫妻俩各怀心思

事实上，自高健前脚踏出家门，陈楠也是十分郁闷的，一个人坐在沙发上，电视也还开着，但没去看。她想着刚刚高健说的话，很难过。那种事，居然自己现在才知道。

两人各怀心事的彼此隐瞒，这就是夫妻俩想要的结果吗？陈楠很迷茫。当年的自己无论如何都不会猜到现在这种景况的，很显然。她在这场命运的游戏中遭遇了真正的惨败吧。

突然好想找一个人来聊聊天，陈楠犹豫了很久，但最后还是给吴明打去了电话。

"有时间吗？"陈楠的语气中是不经掩饰的伤感。

"怎么啦？"吴明明显听出了异样，不由十分疑惑。

"想找你出来坐坐……"陈楠声音很细，也不隐藏自己的来意。平日时都是吴明在约心情并不好的陈楠，而此次陈楠主动找吴明，着实让人有些意外。听得出陈楠现在的状态很糟糕，吴明虽不知道发生了什么，但也能推测出一二来。肯定是和高健之间的矛盾进一步升级了吧，这让吴明有些得意。

"可是，现在有些不方便诶。"吴明的回答带着歉意，"晓晨摔伤了，需要人照顾，我现在走不开。"说着，他望了望正躺在床上休息的晓晨。晓晨回吴明一个微笑。

还想说几句无关痛痒的安慰话，刚准备出口，却发现陈楠已经挂了电话了。

"是谁啊？"晓晨问吴明，吴明此时还将手机贴在耳边，刚要出口的话被他硬生生地给噎了回去。

"一朋友。"吴明耸耸肩,然后问晓晨道,"脚好些了吗?"

晓晨点点头。这样的甜蜜时刻在她和吴明之间是不多见的,总要在自己受了伤之时,吴明好像才会记起自己作为一个男友的责任来。晓晨有些无奈,但见到此时的吴明对自己如此照料有加,心中却不禁油然生出一丝丝小幸福来。

陈楠很难过,倒不是因为吴明,而是因为自己,因为这个显得已经有些荒谬的家庭。她不知道自己该何去何从,也没敢想过,很多个瞬间她都怀疑起自己是不是真的爱高健,不可否认一开始的时候她只是想找个依靠,被夏志军抛弃之后,陈楠曾经一度觉得爱情是不可靠的,可是后来,她发现自己越来越离不开高健了,她觉得自己是已经真正爱上了那个如此在乎自己的男子,可是现在呢?她重新开始怀疑起来。对高健的感觉,还是真正的爱吗?她不再确定。

3. 又出来买醉

陈楠出了门,这样在家独自发呆,简直是件令人窒息的事情。她想去吃路边摊儿,不是因为怀念味道,而是因为怀念那份治愈的力量。每每心情不好的时候来这边都能暂时放空下自己,即使是短暂的。她很享受同吴明的交谈,很享受那充满了油烟味的别样生活气息。

然而这次却只能是一个人,坐在原来的地方,连老板如今也能认出她来了。这个女顾客每次来都是一副愁容满面的样子,这令他很费解,但他并不在乎,因为他们每次都会消费很多,这对一个小小的移动摊主来说已经算是令人高兴的事了。只不过这次好像缺了个人,"她那慷慨的男朋友呢?"这摊主忍不住想。

叫了几瓶酒,然后点些辛辣的食物,陈楠开始不顾形象地像其他那些人吃起来。可是心情并没有像陈楠以为的那样有所好转,相反,看着周遭充满市井味道的"和谐",她一个人显得别样的格格不入。旁边略显粗俗的三五好友相聚一起猜拳拼酒,不远处是爸爸带着儿子吃烧烤而小孩子的吃相总显得有些邋遢。可是看起来大家都显得那么开心。只有自己,一个人,孤独且失落。

夜渐深,周遭的人陆续少了很多,陈楠甚至第一瓶酒都没有喝完,盘中的菜也都凉了。自己来对了地方,却应错了景吧,一个人的时候,原来想喝醉都不容易。那一刻她突然很想念吴明,怀念两人一起在这种地方说笑时的场景。此时陈楠才终于醒悟过来,那些时候,治愈自己并非这路边摊儿,而是吴明的陪伴与安慰。

吴明像是有种与生俱来的亲切魔力,这种感觉陈楠好像很熟悉,似乎有点儿似曾相识——对!陈楠心中一颤,他竟然是那么像当年的夏志军!

想到此处,陈楠才终于发觉自己还是没办法忘记夏志军。她以为她忘了,甚至以为自己有着足够的理由去恨他,但事实上她不能。于是,碰见一个与夏志军如此相似的男人时,陈楠便变得如此不设防了。她自然知道这不是什么好的想法,事实上之前每当夏志军这个名字被提及时,她的心中就会闪现出对高健的愧疚,可是现在不同了,高健身上的秘密同样对她隐瞒多年,这样也好,这样他们就算两不相欠了!

也就是在这个时候,陈楠不经意间看见了一个身影。真是想曹操曹操到啊,是吴明。

他怎么过来了？陈楠心中正纳闷，但吴明已经在笑着向她招手了。

"果然在这里啊。"

陈楠有点儿惊讶，但吴明的出现，她心中却生出几分欣慰。吴明对自己太了解了，这点让陈楠很佩服。倘若……当年的夏志军能在自己最需要的时候出现，那么，现在的局面也会大不相同吧。

"你怎么来了？"陈楠还是要问，"晓晨怎么办？"

吴明在陈楠的身旁坐下，"她睡着了。我知道你这边有事，然后就赶了过来，说吧，看我能不能帮上忙。"

陈楠苦笑起来，拿过一瓶啤酒，"既然要帮忙，那就陪我喝酒……"

吴明知道陈楠一定是遭遇了什么的，但见到此番状况，居然也不追问。

"好！今天就陪你喝！"他用牙齿咬掉瓶盖，同陈楠手中举起的酒瓶一碰，然后喝了一大口。陈楠也不矜持，大口喝了起来，架势一点儿不输吴明。

陈楠此番是因为心中有事，一旦找到了宣泄口，自然愿意好好发泄一通，她没有半点儿要停下的意思，吴明又让老板加了些烧烤，继续吃起来。辛辣感在味蕾中爆炸，陈楠满头大汗，这一时的畅快暂时遮掩了她心中的失落，不知不觉间她开始爽朗地大笑，就像旁边那些有几分醉意的汉子。

盘中的东西已经被吃得差不多，陈楠和吴明却没有半分要停下来的意思。陈楠再唤来摊主，说还要加，摊主有些为难："你看都这么晚了，我也该收摊回去了……要不你们明天再来吧？"

第 26 章　与狼为邻　　411

"真扫兴！"陈楠借着酒劲数落着，觉得很是不爽。这时候吴明干脆起身结了账，然后对陈楠说："走！去酒吧喝！"吴明今日倒是很顺着陈楠的意思。亦不劝阻，只是陪伴。

陈楠点点头，然后随着吴明起了身。今天，她只想要一醉方休。

在车上的时候陈楠还是自己说出了实情，"是不是觉得我今天很奇怪？"她喃喃地说。吴明一边开着车一边回答她："你不是一直都很特别吗？"语气看似不经意，却蕴含丰富。"我……和高健分居了。"陈楠告诉吴明，但她并没有说是什么原因，吴明亦没去追问，毕竟他觉得自己是猜到了的。

两人沉默了一会儿，其实吴明心中是在暗暗高兴着的，这不就是他想看到的结局吗？

"走！好好去发泄一下！"吴明打破沉默，他望见如今的陈楠，心中的感觉有些不容察觉的异常。

两人来到了一处酒吧之中。被悲哀包裹的陈楠此时无处容身，只有在酒精里寻找到一些安慰。

陈楠终于醉了。她趴在桌子上说起胡话来，酒杯被撞翻在地上，没喝完的啤酒流淌开来，而她也没曾察觉。

吴明放下自己手中的酒瓶，看着陈楠酩酊大醉的样子，他的心情却不知怎的，有些复杂。

"走，我送你回家。"吴明起了身。

陈楠好像很抗拒："回去做什么！没意思！"她想推开准备扶起自己的吴明，却不想整条手臂却是软绵绵的一副样子。

吴明一把拉着她，将她从坐的地方一把拉了起来。然后将一条手臂环在自己的肩头，一边扶着她往外走。在柜台上想结个账，可陈楠身体便瘫软了下去。吴明索性将陈楠抱了起来走。

好不容易将车开到了楼下，陈楠已经睡着了。吴明将车泊稳，然后自己也下了车，一边走到另一旁的车门旁，开了门，陈楠醉得不省人事，只任着吴明将自己从车上抱了下来。

"陈楠，我们到你家了。"吴明对自己手中抱着的陈楠轻声说。

陈楠只是发出了几句含糊不清的回应，便又停止了吭声。吴明只好继续问："陈楠，醒醒，你钥匙在哪里？"他很无奈。明明那么不胜酒力，却还真那么拼命。他一时间亦有些后悔，觉得不该让她喝那么多酒的。

两人在门口就这样僵持了很久，终于，陈楠似乎清醒了一些，缓缓地从包里开始拿钥匙。掏出钥匙，然后又将之递给了吴明，吴明顺利地将门打开，然后将陈楠往里面抱。

好不容易将她安置在沙发上，吴明又找了杯子倒上了茶，将她的头垫高一些，然后喂她喝。陈楠此时的酒劲是退了一些的，不过，依旧不清醒。喝过一口浓茶过后，脑子里就是一紧，思维似乎回来了些。她眼神有些迷离地看着吴明，口中喊了一声。在浴室正准备毛巾的吴明此时听见，于是赶紧走了出来。

"怎么啦？"吴明为人醒酒这事并不拿手，此时忙前忙后显得有些狼狈。

"今天……谢谢你。"并不十分清醒的陈楠嘴中有些含糊地表达着自己对吴明的感谢。

吴明笑着说了句"应该的。"然后将毛巾凑过去给她擦脸。陈楠很少醉过，这次恐怕是醉得最严重的一次了。吴明为自己忙前忙后，并不十分清醒的陈楠居然感觉面前的这个男人，似乎是有了更为温暖的背影了。

忙到凌晨三点左右的样子，陈楠终于在沙发上睡着了。吴明也松了口气，想自己也做得差不多了，而陈楠却是和自己更近了些的。这也是自己的目的吗？他重新抱起陈楠，然后轻轻地走到她的卧室中，并小心翼翼地将她放回了床上。看着她睡得正香的样子，吴明长舒了一口气，差不多也是回去的时候了。

吴明最后还是忍不住地俯下身子，轻轻吻了熟睡中的陈楠的额头一下。场景如故呢……他的眼神中忽然流露出一种伤感，仿佛猝不及防地。吴明轻轻叹了一口气，转身准备离去。

"不要走……留下来，陪着我。"陈楠突然醒了过来，虽然语气依旧是含含糊糊的样子，但吴明却听得分明。

还是不由自主地停下了脚步，吴明回到陈楠床边，温柔地看着她。

"抱抱我……"陈楠一把拉住他的手，她有些失常，声音中带着哭腔，然后伸手要搂吴明的脖子。

吴明一开始本能地想要后退的，一时间他有种错觉，分辨不清自己面前的究竟是陈楠还是晓晨，可是马上他清醒过来。

自己面前的人，可是陈楠啊……自己不是渴望多时了吗？自己不就是想报复高健的夺妻之痛的吗？当然，此刻看着陈楠，他依旧毫无抵挡这番诱惑的意志。

痛……真正的痛是你所魂牵梦萦的，是你所能得到的，却永远都没办法再得到……

吴明最后终于还是把陈楠轻轻推开了，他的痛苦谁都不懂。自己想拥有的一切，此刻却是绝无能力拥有的。因为他早已失去做男人的权利。

不知不觉间，天都已经亮了。陈楠的酒醒了不少，如今也终于意识到了自己的失态。她承认自己兴许是对吴明有一些好感，但也绝对没到那种地步，昨天心中郁闷，又兼醉酒，自己是完全是被本能地欲望给左右了。此时的她虽然头还疼得厉害，但已经清醒了不少，一时间不知道该如何去面对在自己身旁的吴明。

"我先走了，你好好休息。"吴明起了身，然后往门外走，这次，陈楠并没有拦。

4. 高健心里有了阴影

一大清早，高健也在往家里赶。昨日出来得太匆忙，居然连必要的生活用品都没带。

其实他更希望自己回来的时候陈楠是去上班了的，毕竟自己此时此刻还是没想好该怎么面对妻子。

刚从电梯里出来，竟碰到刚从自己家里出来的吴明。

高健一时之间反应不过来，有点儿发蒙。而吴明看起来脸色也不好，只冷冷地对高健说了句，"她喝醉了"，然后偏头与高健擦身而过，走了。

高健没有拦他，他觉得应该先向陈楠了解一下，于是任由吴明进了电梯。拿出钥匙，他打开家门。

陈楠还在床上躺着。高健不由得皱紧了眉头。

"你昨天干吗去了？醉成这副样子……"高健还是忍不住要去询问。他见着陈楠这副憔悴模样，很是揪心。

第 26 章　与狼为邻　　415

"喝酒。"陈楠有些漫不经心地答着。

"喝酒喝成这样？你也太胡闹了吧……"高健的声音里透着担忧和心疼。

但陈楠却全然不在乎，"不关你的事。"

高健被陈楠的话给噎着了，半天说不出来话，最后提醒了一句："小心吴明。"然后转身去收拾东西。

许是本来就心虚，高健这话一出，陈楠腾地从床上坐起来就对着高健吵："你在怀疑我？你凭什么怀疑我！……"

高健本没有那个意思，他知道陈楠不是那种轻浮的女人，但此时陈楠的反应却恰恰让他疑心起来。他相信陈楠，但是不相信吴明啊。

高健没有要辩驳的意思，不再吭声，只兀自清理着自己的东西。陈楠则继续在床上生着闷气，整个房间中重新陷入了沉寂。收拾好东西的高健没有任何表情，再次出了门。

又是一场不欢而散，真惹人烦啊。高健边走边想，直接告诉她自己发现吴明靠近他们家是有预谋的，现在的陈楠想必也只会认为是自己在吃醋诬蔑什么的吧，她估计是什么话都听不进去了，不说也罢。

吴明仓皇跑回家里，他此刻的痛苦真的无人能懂。他恨，他恨自己，也恨高健，恨所有对不起自己的人……是巨大的悲剧造就了今日的他。他承受的是所有人都难以想象的痛苦。

吴明走到晓晨的房间，这时候晓晨还在熟睡着，他步履很轻，走到床前，然后爬上晓晨的床，紧紧地拥抱着她，像一个无助的孩子。晓晨被惊醒了，可是吴明仍不放手……

那一刻，晓晨感觉自己很幸福。虽然不知道发生了什么，但她也不在乎，她在乎的，只是此刻的温暖罢了，这是她魂牵梦萦的一个拥抱吧，平日里总是对旁边的人从不敞开心扉的吴明，终于在此刻，与自己的灵魂紧密相连。

回到酒店，高健一直就刚才在家门口的遇见耿耿于怀，他不能不去揣测吴明的阴谋，他接近自己接近妻子，究竟要干什么？在夏志军的计划里，吴明到底扮演的是哪种角色呢？难道他的作用是为了勾引陈楠，以破坏她和高健之间的关系吗？

没道理呀！夏志军怎么可能会容忍其他男人接近陈楠？他越想越不明白。事已至此，高健知道是时候摊牌了。他定了定神，果断决定前往吴明的公司。

5. 你有证据吗？！

办公室里，晓晨也在。

"高健啊？你怎么有空儿来这里？"吴明对着突然出现的高健，有点儿明知故问。

"自然是找你有事。"高健此次的表情和往日大不相同了，显得有些冷冰。他冷冷的转向一旁不明所以的晓晨："我能和他单独谈谈吗？"晓晨望了一眼吴明，吴明微笑着冲她点点头，她很识趣地走开了。

"你有什么事呢？"吴明依旧保持着绅士的微笑，坐在自己的办公转椅上。

"前一阵子,你的那朋友,黄昌炎,差点儿被我们给抓到,可是最后还是让他给跑了。"高健开始有条理地叙述起和吴明有关联的事,"他起先向我说了谎,误导了我。我不知道他为何要那样,但我知道他一定还知道什么信息。他向我们隐瞒了关键的线索。"

"是么……"吴明脸上的笑意渐渐褪去了,他原本以为高健只是来追究自己早上从他家出去的事情。

高健继续说着:"我由此觉得他跟夏志军是有联系的,所以我带了以前的队友去调查他。那家伙藏了很久,但最终还是被我们在火车站给抓到了。"高健停顿了一下,眼睛偷偷看了下吴明的反应。吴明一副面无表情的样子,这正在高健的预料之中,他能够用心接近自己——一个退役的特警队长,足以看出心里有多强大:"可是后来很不幸,被黄昌炎给跑了。跳楼,跳楼跑的。当时我很不解,难不成这家伙是不要命的疯子吗?落在我们手里,我们又不能拿他怎么样……可是后来想想就明白了。我们确实是不会伤害他,但倘若他对我们说了什么不该说的话,可能只会死得更惨吧。由此可见,他的老板是个多么可怕的人……"

"为什么跟我说这个?黄昌炎只是我的一个普通朋友而已,难道因为他你就怀疑上我了?"吴明脸上又露出了笑容来,只是有区别的是,此时他的笑容是戏谑嘲笑般的。

"不是因为黄昌炎而怀疑你。"高健回答道,"而是因为另外一个人。"

吴明不说话了。

"于亮……这个名字你熟悉吧。上次我们差一点儿就抓住他了,然后来救他的人，就是你吧。"高健双目死死地扣住吴明。

吴明却冷笑道："你有证据吗？"

高健不说话了，可是吴明却实在地感觉到了寒意。他不知道高健居然已经察觉了他在这场"游戏"中的存在。两人很有默契地都停止了言语，这样的时刻，大家其实都已经心照不宣。

"我不管你和夏志军是什么关系，也不管你在这场事件中扮演着怎样的角色，我只说一句：离我家人远点儿！"高健一字一顿地对吴明说出这句话。

冷寂的背后，一场对峙已经势在必行了。

吴明终于也站了起来，徐徐走到高健身边，头靠向高健，"我如果要和陈楠在一起，你，阻止得了吗？"说完，他露出一个挑衅的笑容来。

高健瞬间怒火喷溅，再也控制不住自己，他猛地一下子扯住了吴明的衣领，看架势，像是要打人。吴明却仍旧嬉笑着，任由身体在高健手中任意地垂着，并没有要反抗的意思。外边的晓晨却已经看见了这番状况，立刻冲进来说，"住手！"

她迟了一步，一记拳头正砸在吴明的脑门上，吴明顺势往后摔了出去。这一击，高健没任何保留。

瞬间，晓晨的哭喊，众人的吵嚷，四处的喧哗……丧钟一般，为这幕冲突添上完美的背景音。高健脑中一片空白，只看倒在地上的吴明向自己递过来一个嘲讽般的笑。

第 26 章 与狼为邻　　419

第 27 章

追根溯源

1. 必须再到香港去

高健觉得自己无法再冷静了，都被这样子挑衅了，还要保持冷静，还算是男人吗？被重拳击中的吴明倒在地上，额上已经浮出一大块青肿来。晓晨大叫着，众人也已经聚拢。高健被公司的保安给轰了出去，显得有些狼狈。

高健倒不是很在乎在众人的驱逐下自己是不是显得很没面子。让他恼火的是吴明最后的那句话，难不成那真是他的预谋？高健好多次还想突破保安将吴明从地上拎起来然后将话问个清楚，但对方人太多，他也不能不分青红皂白随便动粗，在众人的推搡驱逐中，高健只得走出了吴明公司的门。

来到外面时，想着这短短一个上午发生的事，心里极不是滋味。

这番打草惊蛇的举动不知道算不算合适，毕竟小雪还在那帮人手里。其实高健知道还有一个更加快速便捷的方法，那就是，让吴明告诉给夏志军，小雪是他的亲生女儿，一切就都可以解决了。

但高健不愿意用这样的方式。那秘密哪怕多一个知情人，都是他不可接受的，他只想亲口对夏志军说出来。

此时紫涵联系高健，高健告知紫涵自己所住的酒店之后，两人约定了时间碰头。高健此时要盯着吴明也不是办法，用强硬的手段根本就撬不开他的口，高健决定回去从长计议。

回到酒店，稍事休息，情绪平静下来之后，高健有些后悔刚才自己的过激行为，应该先继续调查，等到结果明朗些再出击。不过，事已至此，也没什么好后悔的了，自己先亮出底牌，虽然失去了进一步深入调查的机会，但起码能让吴明收敛一点儿。

高健这样想着，心情平静了不少。唯一有些担心的是陈楠，她的状态看起来并不是太好。不过，现在的自己也没理由贸然去"打搅"人家，那样只会增加她的厌烦情绪吧。高健不知道怎样做才能把自己的家从泥潭中救赎出来，没有办法的最好办法，就是顺其自然吧。

紫涵终于到了，看起来是赶着过来的，敲门的时候甚至都还在喘着粗气。

"你怎么住酒店了？"其实她并不是因为手头的事急，而是紫涵听说高健住在酒店，担心他，于是马上赶过来了。

高健一副心事重重的样子，"哦……和陈楠闹了些矛盾……不谈这个了，那个查的东西带来了吗？"

紫涵点了点头，那句简短显得并不在乎的回答显然不是真实的答案，紫涵能感觉到，高健现在状态非常不好。

但目前细谈那些事情也确实无益，伤心情的同时也解决不了任何问题。紫涵话锋一转："给，这是有关他的资料。"说着便将手中的文件给高健递了过去。

高健接过，开始翻阅了起来。上面的信息并不是特别详细，但这也是紫涵所能办到的最大限度了。看着有关吴明名下公司企业的信息，高健慢慢地变得疑惑起来。

"我也觉得奇怪，吴明两年前创办了公司，但在那之前，吴明的信息是查不到的……就好像……他之前没存在过。"紫涵看出了高健表情的变化，知道他是在疑惑什么。

"不存在……"高健喃喃着。

"对，在他的公司成立之前，他的资料一无所有。你知道，即使是最不被人关注的边缘人也不可能完全将自己的痕迹抹除的，但吴明却做到了。更早的事，我的人也查不出来了。"紫涵的疑惑完全不亚于高健。

高健陷入了沉思之中。看来吴明这个人比自己想象的要有背景得多。细想一下才发现，其实自己对吴明可以说是一无所知。虽然之前都发展到以"朋友"相称的地步了，但两人的话题却始终是以高健所碰到的麻烦为中心的，吴明十分老练地掩藏着自己，并且还不让人感觉不自然。这人当真不简单。

"必须要再去一趟香港。"高健低着头，憋出一句话来。紫涵看着他，这可能也确实是唯一可行的办法了，于是也点点头："我们一起去。"高健知道与其在内地保守地调查，倒不如将目光放得更广一些。而且重要的是，自己此时再没有什么好顾虑的了，甚至都不用顾虑妻子的担忧。高健想到此处，苦笑起来。

2. 关键人叶超

翌日两人便上了去香港的航班。跟着高健永远都是过着行色匆匆的日子，紫涵有些无奈地笑笑。

出了机场，紫涵建议高健先跟着自己去找香港的朋友，毕竟他们能有更多的线索。高健点头同意。来了香港，接下来就得靠紫涵了，自己在这边人生地不熟的，毫无头绪。两人打了车找到一个在政府部门任职的朋友，将现在的困惑描述出来："一个从香港'凭空出现'的人，需要调查他的真正身份，但资料掌握有限，不知从何做起。"

紫涵那朋友托着下巴思考，然后慢悠悠地回答道："你们说的这种情况……我看……很有可能是有人帮他做假证啊。"

"做假证？"高健显得有些诧异，不过，很显然，这确实是一个挺合理的解释。

"对，而且可能还是政府内部的人员做的。"他补充道，"只要查到当时为那个人做证明的人，大概便能查到真相了……"其实他也不是特别肯定，在香港，这种情况是很少见的，自己只是听说，却没真正碰到过。要凭空捏造出一个人，那其背后的背景肯定是很强大的。

紫涵的朋友开始努力调资料，希望能查到那个叫"吴明"的人的身份备案信息。结果这一步进行得还算顺利，总算是查到了，那个证明人名字叫"叶超"，甚至知晓了他的工作单位信息，其余的资料就属于个人隐私部分了，他们没权限再查，不过，现在的线索已经足够高健和紫涵开始下一步了。

两人马不停蹄地往叶超的单位赶，紫涵接下来的顾虑是凭什么让人家坦白自己当年做了假证。其实这也正是高健所担心的。到达地方后，他让紫涵在外面等自己。

紫涵心中疑惑："你要一个人去？"

高健点点头:"我一个人去套话更方便,别担心,我很快回来。"

紫涵拿他没办法,只得顺从,心中暗暗捏了一把汗,只希望他别在里面闹出事就行。

高健一个人走进了大楼,向旁人打听叶超在哪里。那人向他指点了方向,于是高健便顺着所指走了过去。

"请问是叶超先生吗?"高健故意做出一副失魂落魄的样子,表情苍白地发问。

那人视线从自己的电脑屏幕前抬起来,看着来的这个陌生人,问道:"你是?"

高健确认了这人便是那个做假证者,于是接着说:"我有话想跟您谈谈,这里说话不方便。"

叶超被这不速之客弄得不知所以似的,心中还有些抗拒来人的莫名要求,于是只是继续敷衍着:"你也看到了,我正在工作。"

"这事不只是关乎我,对您来说也是很重要。"高健的表情显得很认真,让叶超渐渐有些信了。到底是什么事呢?倘若真如他所说,是关乎自己的重要事,自己便没有任何拒绝的理由了。他起了身,"跟我来。"

高健尾随着他,然后两人都进了一个休息室中。"说吧,什么事?"叶超看起来并不怎么耐烦。

"我女儿出事了。"高健进了表演的状态,"她才六岁,凶手你可能认得,他叫吴明。"

果然,第一句说出口,那叶超的表情就已经变了。吴明这个名字他当然记得,这个人就是自己一手缔造出来的……可是,怎么会……

"这个案件肯定和你没关系,现在他在内地,也很难牵扯到你。但他的真正身份,我需要向你了解一下。"高健装出一副很哀伤的样子,又透着十足的坚定,让叶超马上意识到:自己碰上了不好打发的主。

"那……那跟我有什么关系……"叶超的声音都已经变了,其实他是知道的,倘若那吴明真的犯法了,追查到最后,当年的事他肯定也是逃脱不了的。他有些紧张起来。

"既然我能找到你,想必你自己也清楚其中缘故了。如果换作警方来让你协助调查,你也知道对你产生什么样的影响,对吧?我不想为难你,你只需要告诉我关于吴明之前的事情,其他的我不感兴趣,也不会跟警方举报你。"高健说完,静静地看着叶超。

叶超迅速在心底思量了一番,且不说对方说的是不是真的,就透露秘密本身,就可能给自己招来麻烦。但是诚如高健所言,倘若对方真的要认真起来,自己确实前途堪忧,而且看来高健也已经是掌握了他的把柄了的。叶超低下头,陷入了沉默。

"看来你是有决定,也罢。但是你别低估了一个失去女儿的父亲所能创造出的破坏力,我们很快会再见的。"说着高健转身就准备走人。就在即将踏出休息室的那刻,叶超突然喊住他:"等等!"高健心中窃喜,看来自己的"恐吓战术"已经成功了。

果不其然,叶超在一声无奈的叹息之后,交代了自己所知道的情况……

3. 翔哥是真正知道吴明身份的人之一

紫涵看高健走出来，急忙迎了上去。

高健向她点点头，示意自己知道接下来的线索了。

原来，这个叶超也不过是受人之托罢了。高健开始以为"托"的那人很有可能是夏志军，但自己却想错了。叶超告诉他那是个很有实力的家伙，人唤"翔哥"，在中缅边境做玉石翡翠生意的这么个人，势力很大，黑白通吃。为吴明凭空创造出一个身份便是他的意思。

高健还想打探到其他的信息，但叶超表示自己只知道这么多，自己也不认识那个"吴明"。真正知道吴明以前身份的恐怕也只有翔哥一人了。

紫涵听得很认真，待高健把话说完，她便问道："那接下来该做什么？"

高健不假思索地说："去会会那个'翔哥'。"他望向紫涵，"累不累？"

"不累。"紫涵坚定地说。

"好，即刻启程。"

两人又风尘仆仆地上了路。他们这干劲着实是令人惊讶的，但高健并不觉得有什么不妥，而紫涵却是早已习惯。奔波，伴随着的则是收获。

真正找到那个中缅边境小镇已经是第二日晚上的事了。这边的地理位置尤其偏僻，却偏偏还没什么人烟，能找到这里来着实不像想象中那么容易。不过，小镇里倒是热闹，而且民风淳朴，有点儿世外桃源的感觉。

两人的首要任务是找家靠谱儿些的旅馆,休息一宿,隔天再做打算。这一夜,两人都放下背了许久的疲乏,睡得很沉很沉。这个边陲小镇的夜晚来得尤其宁静,真是难得的好觉。

第二天,高健和紫涵二人便来到了翔哥的别墅外,这一步倒是不难,毕竟像翔哥这样的大人物,周边是没几人不知道的。门外有保镖,问明了他们的来意后,却没有要让他们进去的意思,只说翔哥不在,谁来拜访都不让进。

紫涵和高健知道这不过是借口罢了,但门外的三个保镖都十分坚持,表明了确实不让进的意思,让高健和紫涵很没办法。

"真的是有急事。"紫涵还在央求,"麻烦你们去帮忙叫下翔哥吧。"

"说了不让就是不让,你们还是回吧,每天求翔哥帮忙的那么多,他哪里顾得上来?"保镖们依旧将身体挡在门口。

高健这时在紫涵耳边耳语道:"在这里拖着他们一下,我马上回来。"

紫涵立马会意,点了点头。她知道高健是要偷偷翻进这大院。紫涵对高健的身手还是信心的,而且这也不是高健第一次"作案"了,她心想。

紫涵继续央求着那三个大汉,显得一副急不可耐的样子,在门前纠缠着。这会儿高健已经一个人悄悄地绕开,他找了个合适的地方,没人看守的高墙前,纵身一跃,便抓到了那上面,十分轻松地翻过了那堵围墙。

高健稍作整理,然后大模大样地走进院子里,佣人们也没有丝毫怀疑这个陌生来人。高健随便问一个路过的佣人,"翔哥在哪边？"

那人看着他,有些莫名其妙,"翔哥不是出去了吗？"

高健心中一闷神,难道门口的那三个保镖并没有骗他们？他再走几步,又找了个人求证,可是那人也给出了同样的答案。高健默默点了点头,看来是自己来得不巧呀。

高健原路返回,又走到门前。三个保镖面对着紫涵的不依不饶已经很是不耐烦了,只不过因为她是个女人,才强忍着怒火。看见方才不见了的高健又重新朝这边走来,三人心中都暗想着这男人倘若还要纠缠,就要发作了。

可是出乎他们的意料,高健向紫涵招呼了一声:"我们走吧。"紫涵看着高健一个人回来,猜到是没找到翔哥,于是也哑然地点了点头,不再与那三人纠缠,跟着高健走了。

"他们没说谎,翔哥确实不在。"高健说。

紫涵望向他,"那怎么办？接下来干吗？"

高健耸了耸肩,心想还能干吗,翔哥是个大目标,也是他们唯一可选的目标,现在急也没有,只好先暂时回到旅馆了。既然都已经到了这里,也不怕翔哥会跑掉,所以再等等就是。

紫涵表示同意。眼下也没有更好的办法。

4. 不打不相识

他们住的旅馆是个很有地方特色的住宅,前面有当地盛产的漂亮花草,而后面则是一个院落,显得古朴而舒适。两人随手搬了板凳坐在后院里,本是想着要好好讨论下接下来的行动计划,但不远处却有人吵嚷。

打搅他们的原来是两个正在下棋的人，高健发现下棋的是一个大人和一个小孩儿，大声嚷嚷的不是那小孩儿，而是大人的声音。那大人似乎正是为走错了一步棋而无比懊恼，而小孩儿却一脸的得意模样，让人感觉甚是怪异。

高健本身就是个象棋爱好者，见到这么有趣的状况，好奇心驱使，此时自然是按捺不住了的。

高健走近驻足观看，那棋局此时正在胶着，大人小孩儿的棋风很不同，大人是步步紧逼，咄咄逼人，而小孩儿却是不紧不慢，以静制动。大人下得很急，高健觉得无论是就现在的战况来看还是从场面的排兵布局来看，小孩儿都是要占了上风的。

大人看起来很孩子气的样子，丢了子就忍不住要嚷嚷。高健看得不禁想笑，这么大个人了，还跟个小孩子较真。

不过，那孩子确实棋艺高超，很有天赋，就连高健都忍不住要赞叹，这大人看来是要输定了的。

果然不出高健所料，很快棋盘上的战况一下子分明了起来，小孩儿占据了绝对的优势，一路压制着大人。大人的攻势凶猛有余，凌厉不足，眼看是要输了。

高健忍不住要帮那"气急败坏"的大人支招："你得这样，不然三步之内就要死棋了。"说着竟然还自作主张地帮那大人动了一步。那大人先是看了看棋局，皱起眉头。很显然，高健说得确实有道理，而刚才自己甚至都没发现。

可是高健的"救急"似乎并没有引起这大人的好感。他偏过头来斜视着高健："你谁呀？在旁边指指点点的。"

第 27 章 追根溯源 429

高健听着这大人并不友好的回应，知道自己刚才确实是失态了，感到有些尴尬，只好连声对他说着对不起，悻悻地想要转身离开。

"别想走！事情还没弄清楚呢！"那人似乎还准备胡搅蛮缠，"你不懂什么叫观棋不语啊？什么人啊你！"

这话说得有些重了，换平常碰见此等"得理不饶人"之徒，自己定会立马回击的，但此次鉴于是自己失礼在先，高健只劝自己忍着好了，还是没有作声。

可是那大人仍旧不肯罢休，这时候都已经从木板凳上站了起来："大人欺负小孩子……你知不知道羞耻呀？"那家伙仿佛越说还越气了似的，声音也渐次大了起来。

高健实在有些受不了了："这位大哥，我刚才插手棋局是不对，但你也犯不着这么不饶人吧？"

紫涵此时也跑了过来，这边高健莫名其妙地和人家起了冲突，心中自然急切。

"你！你！你还有理了是吧！"那个大人一手指着高健，这下是真正的"气急败坏"了。

高健无奈，心想从来就没碰到过这么乖张奇怪且不讲理的成年人。他回击道："我是没理，那我都道歉了，是你得理不饶人，……"

"道歉不顶事！我要和你打一架！"那个大人开始挽起了袖子。高健无奈，这家伙未免也太孩子气了点儿吧？"你别想跑！"说着便往高健这边气势汹汹地来了。高健摇摇头，自己哪里需要跑，他这副样子，自己一只手都干得过。

可是紫涵却害怕起来，"别别……有话好好说！"她倒不是害怕高健受伤，高健的身手她是知道的，一定不会吃亏，但在这人生地不熟的地方惹事总是不好的，特别是这个时候结怨更不合适。

"你走开！"那大人朝紫涵吼道，然后再次朝向高健，"别以为有女人护着我就不打你了，今天这事，反正我们得打一架。"

高健有些怀疑起这家伙的智商来了，这到底是该叫作"率性"呢，还是应该叫作"无知"呢？高健偏向紫涵，"别过来。"紫涵应声停住了步子。看来一场冲突要开始了。

当然这是一场毫无看点的压倒性胜利，那大人的出招十分幼稚，三两下便被高健给制伏了，如今高健将其反手压制在地上。

此时，这小院子里突然冲出来了七八个人，个个都是彪形大汉，瞬间便把几个门给堵住了，剩下的都围拢过来。高健紫涵正在纳闷着，突然为首的一人朝高健吼道："小子你不要命了？翔哥你都敢动？"

紫涵和高健同时陷入了震惊之中。这时候先前那孩子也过来，摇着高健的手喊着"叔叔"，眼神可怜巴巴的，分明是在央求高健放人。高健正有些不知所措。

"这下玩儿大了。"他想。紫涵也是同样的惊恐。想不到这一招惹便招惹上地头蛇了啊！不说调查什么，现在自身都难保了。

然而此时还被高健压着的翔哥却发话了："谁都别给我动！"高健手一松，在想是不是自己听错了，没道理啊，这人先前还为了一局棋要将自己生吞活剥的样子，这又唱的是哪一出戏？

翔哥一发话，所有人都待在原地，一动也不敢动。

翔哥从地上起来，骂骂咧咧道，"你们这些人，就知道以多欺少，没一个能有他能打的。"

紫涵被这突然的转折给惊得目瞪口呆。

第27章　追根溯源

翔哥说完,背着身一摆手,所有人便都散了,唯留下翔哥和高健、紫涵三人。

"翔哥,刚才的事对不起,我不知道……"高健有些不好意思地向翔哥道歉。

而翔哥手一摆,打断了他的致歉,"我就是欣赏你这种身手好的!哈哈!不打不相识嘛。"翔哥欢快地同高健交谈着,却把紫涵甩在了一旁。

紫涵有些尴尬地发觉自己插不上话。

"好久没看到过像你这么能打的了。"他拉起高健的手,不由分说:"走,去我家坐坐!我们交个朋友。"

高健回过头来朝着紫涵点头致意了一下,被翔哥看见,"哦,那是你媳妇儿吧。走,你们都来!"

紫涵的脸上显出绯红。

不管怎么说,也算是机缘巧合,高健紫涵这一趟算是走得值了。想不到这么顺利,他们心中暗暗高兴着,接下来的事,就好办了。

来到门口时紫涵故意在那三个大汉面前昂起了头,显得得意极了。那三人自然有些心虚,想日间幸好没对他俩做什么,不然不得被翔哥弄死?

翔哥带着两人到了自己的别墅,心情显得极好。

5. 操纵与被操纵者位置互易

独守空闺的陈楠这几日心情也见好了些。平日里依旧是努力工作,想以此来填补自己的失落。高健的出行她是知道的,虽说高健认为陈楠并不会在乎自己要去哪里，但走之后还是给陈楠发去了一条短信。陈楠这几日想了很多，当愤怒平息之后，她发现真正能充盈记忆并能给她带去快乐和安慰的，还是从前与高健小雪三人的家庭记忆。她曾经对高健说自己从来都没后悔过遇见他，"但慢慢地我发现自己爱上了你。"这句话，陈楠说得发自肺腑。

前日的怀疑，陈楠感觉那是自己不可饶恕的罪愆。对，她不该怀疑自己对高健的爱，可现在真正的问题是，他们真的还回得到从前吗？从前那些不设防，彼此相依的岁月？陈楠自己都不敢确定。她知道他和高健需要有一次坦诚的沟通，可是不知道，他们有没有勇气迈出那一步。

在沙发上看着无聊而冗长的电视广告，无所事事，闲得发慌。这时候总盼望会有人敲起门来，然后走进来的是高健，陈楠想着，也就是这个时候，敲门声真的很应景地响了起来。

只不过进来的人，是晓晨。

陈楠显得有些惊讶，晓晨与自己从来没有过交集，这次却像是刻意来找自己的，莫非是有什么事？

"我可以进来吗？"晓晨显得十分拘谨。脸上透露着忧郁，似乎状态并不很好。是遭遇什么事了吗？陈楠心中暗想着，然后一个名字蹦入了脑海之中——吴明。

对，只有可能是为了吴明而来的吧。陈楠心里想。

"快进来吧。"陈楠赶忙招呼，然后要去倒水。

"不用了。"晓晨却阻止她，"我来就是想跟你说说话的。"

陈楠听闻后便也止住步子，然后走回来，在晓晨旁边坐下，并关了电视。她愿闻其详。

第 27 章 追根溯源

"我可以给你讲一些我自己的事吗？"晓晨脸上也没有笑容，有的只是掩藏不了的失落和悲戚。

"嗯，我听着呢。"陈楠轻声说。晓晨此刻的情绪显得很差，陈楠希望自己能让她稍微放松一点儿。

然后晓晨开始讲述……

"家里穷，当初我高中毕了业，也没想着要上大学，就想早些挣钱，所以就去了香港打工。在那里也没有熟人，也没有人愿意帮我，毕竟是自己什么都不会。要工作经验没工作经验，要学历也没有学历，在那样的大城市里真的是很难生存……而且一个女孩子独自在外，很受人欺负，同厂的几个男青年也越来越过分……后来有一天他们三四个人下了夜班后在巷子里拦住我……我很害怕，拼命叫拼命跑，可是还是跑不过他们……就在我即将受到侵害的时候吴明出现了。他身手很好，几下便打倒了那几个男青年，打得他们在地上求饶。当时我觉得他真的好帅……也许是从那时候起我就爱上了他吧……最后也顺理成章地成了他的女朋友。他不让我打工，供我念大学，对我很好。他是我一辈子都要爱的男人……"

晓晨越说越动情。陈楠听着，偶尔点下头，看着晓晨，也并不插话。

"我没有什么远大的目标，我只想永远待在爱人身边。"晓晨的眼圈红了。

陈楠安慰她："相信你可以的。"

然而此时晓晨显得有些激动起来："不！吴明他现在就要把我送走了。他叫我去美国读硕士。我知道，我什么都知道……他是因为你，才要把我送走的。"两滴饱满的泪滴安静地躺下来，晓晨立马擦了擦眼角,"我知道,他喜欢的人是你……"

陈楠一时间不知道自己究竟该如何反应了,表情也渐渐地变得僵硬。

"我求你……"晓晨的眼泪再也止不住,一颗一颗往下掉着,"我求你……把吴明还给我。"

陈楠叹息了声,"我不会和你抢吴明的。"然后她看见晓晨抬起了头来。她继续道:"我爱的人只有一个,他叫高健……"

总有些事实,需要面对,需要昭告,需要庆幸……陈楠现在坚信的,是和高健之间那永远不可分割的情……

晓晨回去之后,陈楠想了很多,她觉得现在也许是到了把某些话说清楚的时候了。陈楠去了吴明的公司,想同吴明谈谈。

吴明额上的伤还没好,正是上次被高健打的。现在的剧情似乎是在一点点失控,他原本以为他是操纵者,但不知不觉地,自己却变成了一个参与者。

陈楠出现的时候,他吓了一跳。怎么办?此时的他居然有点儿心虚的感觉。自己不是一直不甘心,想重新夺回来的吗?现在却是在怕什么呢?

陈楠说话了:"吴明,我们能谈谈吗?"她的表情,为何看起来带着一层冷漠呢?

"也许不行……"吴明表情掩饰得很好,"面无表情",这样谁都看不出来自己究竟在想什么吧……"我现在抽不出时间呢!"

陈楠坚持:"不会耽误你太久的,拜托了。"她显得急切。

吴明没回应,他不再说话,埋头干着自己的事,像是忽略了眼前的人。

可是哪里能忽略得了。虽然不想承认,但他不得不承认——自己,是在逃避。

第 28 章

去意彷徨

1. 翔哥是如何认识夏志军的……

对高健和紫涵来说，此番真的是"踏破铁鞋无觅处，得来全不费工夫"了，高健心中还暗暗庆幸，刚刚那一架"打得好"。

翔哥的别墅里，没有什么"现代"的装潢，倒是显得有几分古朴，每间屋子里都摆放着几件瓷器，几套檀木雕，足以显现主人的品位。

高健和紫涵对翔哥的看法也发生了很大的逆转。这翔哥为人低调，不像那种暴发户那么张牙舞爪，看起来好像还是个不错的人。他俩对视了一眼，都相信接下来的事情一定会很顺利。

落座之后，翔哥非常热情地款待他俩。喝过几口茶之后，翔哥不无高兴地说："你真像我的一朋友。"

"哦？"高健这时候知道，敢情是自己让他想到故人了？于是才如此客气。

翔哥点点头："你们身手都很好，我就欣赏像你们这类人。"

身手很好？高健埋头一想，这翔哥说的人莫非就是夏志军？夏志军和高健是战友，两人的身手都是在特警队里一起练的。而夏志军肯定是与这翔哥有某种联系的，只是高健一时还不敢肯定。

高健试探性地答道："我在特警队待过。那时候和一个叫夏志军的队友平时喜欢相互切磋，所以打架这方面倒挺在行的。"

果然，夏志军这个名字一出来，翔哥表情便怔了一下。

"你和夏志军是队友？"他显得很惊讶。

高健见状大喜，看来翔哥确实是知道夏志军的消息，"不过，还是得慢慢来"，高健心中暗想，但已有了很几分把握。

"对。其实这次过来，我也是为了打听夏志军的事。翔哥，我得找到他。"高健早就已经想好了借口，"他失踪了，我们都找不到他。"

翔哥眉头皱起来，显得有些担忧，"志军他没出什么事吧？"

"那得先找到他才能确认了。"高健作坦白状，"很久都没他的消息了，我们和他的家人都非常担心他。"他见时机差不多合适，便问道："翔哥，您可以告诉我您所知道的夏志军的消息吗？越详细越好。"

翔哥叹了口气，低下头来似乎是在回忆，片刻后，他开始讲述他与夏志军的那段交集……

原来，翔哥和夏志军的相遇也是完全出于偶然的。五年前，他去夜总会，无意间看见一个毁了容的保安，当时喝了点儿酒，有些兴奋过头的翔哥直接就对着那人开始嘲笑，说他"有碍观瞻"。"那时候是纯粹为了好玩儿才那样的，我并没有什么恶意。"翔哥不忘补充一句。"旁边的保镖也跟着笑起来，我们人多，自然不怕事，而且那里也是我的势力范围，想着根本不用担心什么。当时那保安眼神狠狠地盯着我，我从来没看见过那么凶狠的眼神……"翔哥这话倒不是夸张，高健也依稀记得夏志军执行任务时的凶狠，当年协助地方警方一同去捣毁一个贩毒团伙，碰到对方抵抗，夏志军开枪的时候眼都没眨一下，那时候他的眼神也是能吃人似的凶狠。

翔哥见那保安一直那么盯着自己，心中不免瘆的慌，于是大吼："看什么看，你这丑八怪！"翔哥也自嘲没有对人客气的习惯，其实这事翔哥能让个步也就那么完了，可是翔哥哪里肯放让，仗着自己人多拳头大，一点儿不服软，况且翔哥知道夜总会绝不会因为一个小小的保安而得罪自己的，除非这小子是不要命了，敢跟他对着干。只是他没想到的是，这次自己是真碰上了不要命的主。那保安也就是夏志军居然怒气冲冲地朝自己这边过来了！

几个保镖见状急忙去挡，其中一个伸手要去推搡，结果手刚碰到夏志军，就被扣住，一个漂亮的背投，那大汉已砸向了最近的一张桌子，酒杯什么的散了一地。狂躁的乐浪还在继续轰鸣，在舞池摇晃的男女似乎并不在意这边发生的一切。人很多，那几个保镖有些施展不开，但周围的人已经在开始躲避了。

夏志军动作真堪迅猛，起先是两个保镖近了身，一人抱身体，一人出拳要来击他的面门。他身体一侧，避过了那拳，顺着这惯性让抱着自己身体的那大汉瞬间了平衡，然后两手反制，居然硬生生将那大汉从自己的脑门上给掷了出去！他也停下，摆起拳头，先是闪过向自己飞来的啤酒瓶子，然后顺着身体的冲力将那拳头全力送了出去，那一下，悲剧的保镖横翻在地上，差点儿没给打晕过去。翔哥在一旁看得目瞪口呆，不知道这小小的保安居然有这么厉害。

翔哥身边的六个保镖，眨眼工夫就被那夏志军解决掉了四个。

第 28 章　去意彷徨　　439

他的表情像是要吃人般，搞得翔哥此时也有点儿慌张了起来，这夏志军明显是冲着自己来的。

最后两个保镖此时也冲了上去，他们是翔哥身前的最后一道屏障了，都拿出铁棍子来，准备对着这不要命的小子的脑袋上敲。夏志军一点儿退避的样子都没有，居然迎身而上。

夏志军以一个幅度极大的后仰先避开了当头一棒的横扫，那保镖一棒子没砸中，自己的身体反而失去平衡了。夏志军瞄准机会擒住那家伙手腕，只一扭，那保镖便发出一声痛苦的狂嚎来了。棒子脱了手，夏志军当空接过，对着保镖的后背便是一棍子。此时耳际一道凌厉的风甩过，夏志军分辨得来那是又一棍子削过来了，他横棍挡了一下，那棍子力度极大，简直是下了狠手的。夏志军只觉得手腕一震，而身前的那人却后跌了几步，拿着棍子的手也松了松。夏志军瞅准机会，当即扑了上去。也不再考量是不是要采取有效率的招式，现在需要讲究的只有克敌制胜，而夏志军亦早已愤怒到了极点。

2. 夏志军的身手着实了得

一棍子再扑了上去，那可怜的保镖被这架势惊得不小，自知大势已去，赶忙拿了手中的铁棒隔在自己的胸口前。两根铁棍再次砸在一起，那保镖只感觉胸腔激荡了一下，然后有腥味上涌，不知觉间，已经翻在了地上。

电光石火间，六个五大三粗的汉子都横在了地上，再无抵抗之力。

一旁的翔哥被深深震撼了,想不到这里还有如此身手不俗的保安,心中既是赞赏,也有些心慌。看来自己惹到了不好惹的人,免不得遭一番痛揍了。

果不其然,夏志军揪住他,不管三七二十一就开始不留情面地打起来。不过,他的分寸掌握得很好,力度用得不算大,但拳脚极密,这样既能让对方感觉到痛,又能避免惹出什么事来。

翔哥竟然被打了!很快,夜总会的保安几乎倾巢出动,包围住了夏志军和翔哥。"住手!"喊话的人是夜总会的老总。

夏志军抬头望了望周围,所有人都看鬼一样看着他,充满了敌意,仿佛一声令下便要扑上前去将他撕咬殆尽一般。夏志军这回心中也有些怯了,想着自己是不是过分了一些,自己拳下的这人,看样子可能是个厉害人物。

旁边的保镖爬起来两个,见这疯子停了手,连忙跑过去将他给拉开了,但还是不敢对他贸然动手,心有余悸。

倒是夜总会的老总看到站起来狼狈得不行的翔哥,心中暗暗叫着不好,自己哪里得罪得起这号人物?

保全之道,唯有将矛头对准夏志军了。当初他见夏志军身手不俗,也不计较他毁容,收他做了保安,想不到才这么几天就给自己惹出了这么大的麻烦,心中也是很气。他跑过去,对着夏志军就是一脚。

不是不顾虑夏志军可能会还手,但是周围现在全都是自己的人,除非这家伙有三头六臂不怕死在这里。他一边权衡着,又是一脚下去了。

果然不出所料,夏志军没有还手。他在地上任人踢着,心中只是悲愤。

"住手!"一声呼喝突然传来。只见翔哥气冲冲地走过来,却不是针对夏志军,而是针对那夜总会老总的。

"你这垃圾就会仗着人多欺负人,有本事少几个人,再去跟他打打看,你是不是就是欠抽啊!"说着一把推开了那跛扈的老总,然后将手伸向了躺在地上的夏志军。

夏志军有些疑惑,何止是他,所有人都在疑惑。翔哥这是要干什么?现在他就是抓起一个碎酒瓶插自己脑袋上,也没人敢吭声,可是翔哥却对他表示出了友好?

夏志军愣了一下,还是把手伸了出去。翔哥一把拉住他,将他从地上拉起来。

"小子,这么好的身手做保安多屈才,来当我的保镖吧。"

翔哥的脸上刚被夏志军打出来的伤还很明显,眼角甚至有些浮肿。可他似乎这么快就忘记了方才的"耻辱"。

翔哥看着夏志军,仿佛看到了当年的自己,想当初,自己何尝不是这样忍辱负重,所以他想拉夏志军一把。

夏志军迟疑了一下,他不是不愿意,而是不敢相信。但是这翔哥能给他的显然会比这夜总会老板多,他深知自己得找机会"站起来",要把自己所失去的都赢回来。

"好。"夏志军小声回答道。

翔哥十分高兴,拍着他的肩膀笑得合不拢嘴,说自己又多了一个得力干将。夏志军面无表情地杵在原地,不过,他也对这个翔哥生出了几分好感。

"我们走吧!"翔哥一副"伤疤没好就忘了疼"的样子。他拍拍夏志军的背，看都不看一眼那在一旁无语的老总。保镖都随着翔哥转过身，准备离开。

夏志军缓缓走到那老总跟前，老总正疑惑间，却见夏志军已经跳了起来，头往前一撞，直直地砸向了自己的鼻子。

"哎呦……"一声凄厉的惨叫从背后响起，翔哥微微笑了笑："活该！"

3. 很快成为翔哥的左膀右臂

夏志军在翔哥身边干活儿很卖力。翔哥也很提携他，在众多保镖之中，翔哥最为欣赏的就是夏志军了，常常在生意上的事对他委以重任。翔哥待人其实很好，只是脾气有些古怪，慢慢地夏志军和众人也越来越处得来了。不过，在这个时候夏志军和翔哥都还只是单纯的雇佣关系，直到后来，一场意外改变了这一切。

玉石翡翠交易在中缅边境不是什么人都能干的，因为有很多人都不是那么讲信义道德，这也是这个行业很少人做的原因，风险太大，如果没有一定的实力和背景的话，很容易吃亏。

那一次是让翔哥头疼的交易。其实对方出价很高，即使是翔哥这样的大鳄，也不得不心动，但对方的不守信义是众人皆知的，只是因为这次对方表现得很有诚意，翔哥便觉得不妨一试了。

但最终还是遇到了危险，对方简直下了狠手，打死了他们一个人，翔哥这才意识到对方真的是亡命之徒。当过特警的夏志军知道，在缅甸的边境治安之乱也不算什么新闻了，想不到此次居然还真被自己碰上。他也不多想，趁乱跳上了那辆运玉石翡翠的越野车，也管不了那么多,只来得及带着翔哥一人走了。

翔哥劫后余生,后来和夏志军成了生死之交,十分要好。翔哥感谢夏志军的救命之恩,夏志军也同样感谢翔哥的知遇之恩。

夏志军很快成为翔哥的左膀右臂,翔哥几乎去哪里都会带上夏志军,包括香港之行。

那次,翔哥是专程跑到香港去赌马的,这样的大鳄总会为了一点点乐子绞尽脑汁。

一行人来到了目的地,很是兴奋,也包括志军。他从来没见过这么快的"生财之道",心中跃跃欲试。

他很想向翔哥借点儿钱来博一把,可是那种话要说出来还是有些困难的,夏志军不是那种厚脸皮的人。

几次犹豫几次彷徨,他眼神中的渴望终于被翔哥发现,翔哥问他:"是不是想玩儿一下?"夏志军见状也不隐瞒了,带着希冀地向翔哥说:"翔哥可不可以先借我五万?"翔哥拍拍他的肩膀,豪爽地说:"翔哥借你十万!"

第一笔,夏志军将十万块全都投了进去,兴许是出于新手的运气吧,第一笔居然赢了三十多万……这战绩让夏志军备受鼓舞,像是只嗅见了血的蚊子,变得十分兴奋且紧张。翔哥见他这高兴的样子心里也挺乐的,告诉他慢慢玩儿,别心急。

没想到,夏志军居然拿着刚到手的钱,一次性全投了进去。"你疯了吧!"翔哥忍不住替他捏了一把汗。可是夏志军却一声不吭,全神贯注地盯着屏幕。那时候他告诉自己,一定会赢,一定要翻身,自己绝对不能再这样活下去了。

翔哥本想着接下来看看这小子赔得血本无归的沮丧样子,可没想到的是夏志军居然又赢了一把！翔哥开始饶有兴趣地看着他玩儿。

赢了便全部再买、再赢再买……也许是上天觉得亏欠他太多，这次给了他最大的眷顾。连翔哥没见过这么玩儿的，也没见过运气这么好的，一时间，他竟目瞪口呆，这小子已经赚到几百万了！

"收手吧，志军，天黑了。"翔哥劝夏志军道。现在这些钱，足以供他自立门户了。

上面的故事，就是翔哥与夏志军之间的渊源了。翔哥也没向高健二人隐瞒什么，说起这段经历时也只像是好玩儿一般，可高健却听得很像有心事。

"想不到夏志军经历了那么多……"高健想起自己退伍之后的生活，不说风生水起，至少还顺风顺水，而夏志军呢？不仅毁容，还经历了那么多的苦难。

"后来呢？"高健继续问道。

"后来，志军带着那几百万自立门户去了……我早就看出来，他是个干大事的人。"翔哥竟说得有些动情了。没想到这一别便是五年，这让翔哥多少有些感触。

4. 陈楠说服吴明挽留晓晨

吴明的漠然让陈楠毫无办法。自从和晓晨谈过之后，陈楠就知道自己不应该袖手旁观，她也看得出吴明对自己的意思，但陈楠在这些日子里已经越来越坚定：自己爱的人，只有高健一个。

第28章　去意彷徨　　445

她不甘心，在吴明那吃了一次闭门羹之后，她决定再去找吴明。这次她决定直接去吴明的家中。要说服吴明追回晓晨，陈楠觉得，这是自己的责任。

而再过几个小时，晓晨便要上飞机了。不及多想，陈楠径直去了吴明家中。开门的正是吴明，陈楠看见他，也不等他说话，直接要求道："你不能让晓晨走！"吴明一愣，表情有些失落，却仍旧保持着沉默，不去理睬陈楠，门也没关，直接坐到沙发上去了。

他此时的内心才是真正痛苦的，他心机算尽，以为自己已经成功了，以为自己重新虏获了陈楠的心，以为陈楠对高健的爱不是真的……可是，现在她三番五次劝自己不要放弃晓晨，难道她不懂自己的心吗？

计划开始的时候他只想报复，报复高健也报复陈楠，可是从接近陈楠的那刻起，他发现自己对陈楠是那么的无力阻挡，他还爱着陈楠，他抵抗不了。

此时的陈楠多么希望吴明能珍惜晓晨。可是吴明仍旧和上次一样，好像完全没听到陈楠的苦口婆心一样，只兀自做着手头的事，刻意地、不停地找事做。

"我相信你会是个负责的男人。你是个好男人，配得上晓晨那么炽烈的爱。你不能逃！"陈楠语气显得十分着急。吴明揉了揉太阳穴，显得十分疲惫，但仍是固执地保持着沉默。

"可能是最近我的所作所为让你产生误会了，我很抱歉！但是吴明，我爱的是高健。而真正配得上你去爱的只有一个人，那就是晓晨！你怎么忍心把她给送走？"陈楠越说越激动，恨不能把吴明从沙发上给拽起来，然后命令他一定要将晓晨给接回来。但是吴明在沙发上，只是无动于衷。

陈楠没办法，开始说起晓晨来找她的事："晓晨来找我谈过，她告诉我她有多爱你……她说她没什么远大的理想，只想一辈子陪着你，不离不弃。你以为她稀罕什么留学吗？你以为她稀罕什么钱吗？不！她唯一在乎的只有你啊！这么爱你的女人再不去珍惜就晚了……"陈楠很着急，看着时间，晓晨的航班起飞时间正在逐步地靠近。

吴明何尝不知道晓晨对他的一片痴情，但他没办法接受。他可以花心思去保护她，像保护妹妹一样，可是他没办法说服自己去爱她。他不敢。不敢面对爱情面对晓晨，更不敢面对自己的生理缺陷。他能给晓晨什么？什么都给不了……

他仍旧沉默着，时间能在这份寂静中滴出水来，但他无动于衷。坐在沙发上的身体像是被石化了般。

"我不知道你此刻是怎么想的，但我知道如果今天晓晨走了，你和她可能都会遗憾一辈子……"陈楠终于不能忍受，说完这句话，再也不顾吴明，一个人转身出了房间，往楼下跑去。高跟鞋在楼道里砸得砰砰作响，她知道自己必须得快一些。她得将晓晨从机场接回来！

出门想打个车，但很显然这边的车并不好打。陈楠张望了半天，过了许久，才看到一辆出租车老远地过来了。

她怕被其他人抢先，于是在路上奔跑起来。一边跑一边挥手，示意车停下，真不容易，总算是打到一辆了。

陈楠打开车后座的门，刚准备钻进去，就感觉自己手被人一拉，差点儿一个跟跄没摔倒，可是那拉她的人很快扶稳了她，陈楠定睛一看，竟是吴明。她以为吴明甚至要阻止自己去追晓晨，心中十分愤怒，但吴明另一只手关了车门，一边对陈楠说："坐我的车。"

"你……要去机场？"陈楠心中有些高兴，看样子似乎是自己的一番话奏效了。吴明没有过多的表示，只"嗯"了一声，然后带着陈楠出发了。

5.晓晨以为他会挽留自己，谁知道……

晓晨在机场失神地坐着。自己回来的时候吴明没在，现在要走了吴明还是不在。连最后一面也觉得不重要吗？晓晨呆呆地看着前方墙上悬挂的大钟，很快，便要离开了。

这样的结局让人心碎，可这真的就是结局了吗？她不甘心，自己就这样输了，竟然输给了一个他才认识了几天的已婚女人。为什么呢？她不明白自己究竟哪里不如陈楠。

然而当晓晨看到吴明出现在机场的时候，那种喜出望外的情态，却仍旧是不可遮掩的。在熙熙攘攘的人群中，唯独那个身影，她只看到那个身影……吴明！晓晨死去的心似乎看到了希望。

吴明身后还跟着陈楠。他们一同穿过人潮，然后走近了晓晨。第一个想法是在陈楠的劝说下，吴明终于回心转意了。晓晨这时候大概要庆幸陈楠爱的不是吴明，那一瞬间，她放下了对陈楠的敌意。

陈楠停了下来，吴明走了上去。两个女人点头致意了一下，陈楠在那一刻感觉十分欣慰，终于，他们还在一起。下一刻，吴明该对晓晨说"我们回家"吧。陈楠期望自己所能见的，是属于他俩的幸福。

吴明紧紧地抱住了晓晨。晓晨突然想起吴明上一次这样抱着自己时的场景。那个早晨,晓晨也曾经感受到同样的温暖。她期待着吴明说出那句话来——"跟我回家"。对,只要那一句话,晓晨唯一在乎的一句话。她不要自己孤单地踏上这冰冷的旅途。

终于,吴明的嘴贴着晓晨的耳,她感觉得到那有些濡湿的唇音,吴明开口了——"在那边,好好照顾自己。"

……

这一刻,天黑了……

晓晨简直不敢相信吴明说的是什么,她想挣脱吴明的怀抱,瞪大眼睛看着他,让他对自己说清楚:突然地出现,难道只是为了向自己说一句这样的话?她不能接受这样的打击,绝对不能!自己做错了什么吴明要这样对自己?她的眼神望向仍旧在远处看着他们并微笑的陈楠,心中竟萌生了恨意,"这,就是你为我做的?"晓晨悲怆地想着。

可是任凭晓晨如何挣扎,吴明却依旧紧紧地抱着她。她开始觉得,也终于觉得,原来,他的怀抱是如此冷冰的。自己身前的这个深爱着的男人,却并不爱她啊。虽然很不愿意接受,但事实如此,谁都无力回天。

终于,还是放手了的。晓晨心如死灰,"终于放手了吗?"

两行泪肆意淌下,晓晨也不擦,妆花了就花了吧,心死了就死了吧……也许这就是终点了。有些绝望的感觉,那么淡,也那么深。

陈楠有些错愕,"怎么了?"她看见了晓晨眼神中的异样,看见松开来的怀抱,也看见了晓晨的泪水。

晓晨转过身去，然后一点一点地挪动着步子，心死了，什么都没了，而吴明只是在她身后注视着她，一动也不动。

陈楠惊愕地杵在原地，失去了任何反应。吴明在干什么？她不明白，直到晓晨也消失在了人流的尽头，她才终于肯相信，一切都结束了。吴明来这里，只是为了送别，不是为了挽留。

心中有一阵的痉挛，想喊，却没喊出来。陈楠懂得，现在说什么也无济于事了，那一刻，她的心中也平添出了一丝悲哀，为晓晨，但也为吴明。

情绪在那一刻终于爆发了，吴明的形象在她的心中变得不那么健全，她现在一肚子怒意，想不到自己劝导了那么久的结果竟是如此！很讽刺，很自责，很失落。她脑海中想着的是晓晨转身时的表情，如此无助，而自己却无能为力。

跟着吴明走出来，出了机场大厅陈楠还是在忍不住地指责他。可是吴明并不应声，面色阴沉着，不知道在想些什么，可是陈楠并不在乎，她在乎的是吴明刚才的态度。她在乎的是亲眼所见的那场悲剧。

那是场彻头彻尾的悲剧，所以陈楠停不下来，她数落着吴明，虽然那根本也毫无用处。

到了停车的地方。吴明打开了车门，整个路途上他始终一声不吭，以沉默回应着陈楠的声讨。也许他是有些伤心的，但那种伤心又怎可能与晓晨所经历的一切相比。陈楠觉得吴明此时是没有丝毫理由在这里"作势"的。这样的他显得有些令人不满。

可是陈楠也无可奈何，吴明只是不应自己，而且即使应了也于事无补了吧，毕竟，晓晨已经走了。

可是就在这时，吴明却突然翻过身来，然后一把抱住了陈楠。

陈楠当然反应不过来，这下发生得实在是太突然了，她根本毫无防备。等反应过来，她才记起挣扎。

可是吴明根本不放手，陈楠挣脱不开。这时候，吴明竟然开始强吻起陈楠来了，陈楠很是抗拒，但吴明力气很大，她根本无从脱身，可是就在那一个瞬间，陈楠似乎发现一个人的影子。

"夏志军？"陈楠喃喃出一句，不是因为她看见了夏志军，是因为那个瞬间，她突然觉得眼前的吴明身上有夏志军的影子。那句喃喃只是她那瞬间的疑惑，可是吴明却条件反射地停了下来，不由分说地上了车，自己开着车往前面的路上狂奔起来……

"他怎么了？"陈楠此时怔怔地站在原地。其实从见吴明的第一眼，她便觉得吴明是那么似曾相识，甚至有一种天然的亲切感和熟悉感，一时间思绪很乱，她说不出话来。

6. 吴明就是整容后的夏志军！

高健此时还在和翔哥交谈着，翔哥将夏志军发迹之前的事明明白白、事无巨细地回忆了一遍，给高健提供了很多线索。但高健还是有很多疑问，比如说，吴明和夏志军的牵连……他记起此行的目的便是来调查吴明的背景的，却无意中从得到了夏志军"消失后"的消息。香港方面的结论显示"吴明"这人的身份也是翔哥一手创造的……高健心中突然生出了一种猜想，关于夏志军和吴明二人的牵连。

"那夏志军离开后，有说去哪里吗？"高健抱着希望，继续问道。

翔哥回忆着:"最后……他整容了。最后一次求我,是希望我帮他弄一个新的身份……可是后来他去了哪里,我也不知道。"

高健只觉得自己的心颤抖了一下,"整容?新身份?离开……"他从手机中翻出了一张照片,上面是当时自己和吴明一起喝酒的照片,"旁边的这个人,你认识吗?"

翔哥接过手机,凑到眼前仔细端详着。虽然照片中的光线并不很好,但翔哥还是给出了一个坚定的答案:"认识。夏志军……"

第 29 章

晴天霹雳

1. 知晓真相的吴明崩溃了……

陈楠不能释怀，当日的事在她的心中投下了阴影。那个时刻她几度以为自己眼前的人就是夏志军，但她说不清楚那是为什么。她此时的想法是，也许自己该找吴明谈谈。

电话约了吴明，吴明居然也答应了。心中本以为吴明会抗拒这番请求的，但显然那只是自己的多虑而已。

吴明心中何尝是不担心的，那次陈楠似乎是察觉出了什么的，虽然事后想想，觉得那并不可能。也许自己该试探一下，此次陈楠主动约自己，倒也省去了他的麻烦。现在晓晨也已经离开了，他不就是想再次从高健手中夺回陈楠吗？往昔的一幕幕温存还历历在目，他真的不甘心。

陈楠带着吴明去了一个地方，这个地方吴明比任何人都要更熟悉。他一直很不情愿回到这个地方，怕触景生情，怕想起太多的往事。

陈楠将吴明引进来，然后轻声地说："这是我曾经一个朋友家里。"

"是吗？"吴明的回答有些没底气。自从上次的事之后，他发觉自己更难面对陈楠了。

而重新和陈楠一起站在这曾经幸福的小家，那时的美好时光展现脑海，当年的他们是多么幸福的一对，而如今，却什么都没有了，连夏志军这个人都没有了，他感到不甘、感到愤恨，不由得暗暗捏紧了双手。

陈楠当然看出了吴明的表情变化。这样再次近距离的观察让她知道自己上次的所感并非错觉。将吴明联想到夏志军，陈楠越看越觉得像了。

"曾经，有这样的一对恋人，他们很恩爱。"陈楠开始像讲别人故事般娓娓道来，"男孩儿是个特警队员，而他们认识的时候，女孩儿还在上大学。因为工作关系，男孩儿半年才能回来一趟，这对恋人们来说也许并不容易，但女孩儿却不在乎。剩下的分别时间里两人只能用邮件互诉衷肠，可是女孩儿一点儿都不在意，她觉得已经很幸福了，虽然爱人与自己远隔，但她却觉得离他那么近……就这样，四年的时间很快过去了，女孩儿从学校毕业后，终于等来了男孩儿的求婚，也就是在那个夜里，他们发生了关系。"

吴明低下了头，这些记忆，何尝不是他的甜蜜回忆和痛苦呢？这是自己曾经拥有却又失去了的一切。他努力掩饰着自己的痛苦表情，而陈楠还在继续……

"尽管只有那一次，但是却让那女孩儿怀孕了。男孩儿已经回到队里，女孩儿只好通过发电子邮件来告诉他这个消息，但遗憾的是，男孩儿却未曾回信。不知为何，他不再给女孩儿写邮件了。女孩儿继续写，一封封地写，写了不计其数的电子邮件，但全部都石沉大海了。可是随着时间的推移，她的肚子再也没有办法掩饰。一个人的孤独无助，让她每每入夜都感觉悲怆，甚至绝望……她只能将希望寄托于男孩儿的探亲假，她等着他回来实现自己的承诺——娶她。可是，女孩儿只等到了一封推迟婚期的邮件……她终于忍受不了了，去男孩儿工作的地方找，却被告知男孩儿已经离开驻地。她绝望了，心如死灰……她明白那个男孩儿已经抛弃了她，不然怎会在她最需要的时刻一走了之？她一个人回去，却在路上碰到了意外，肚子疼得厉害……幸好她遇见了高健……"

陈楠说到此处就没再说了，她看着吴明，在期许着一个反应。

吴明怎么可能继续掩饰下去？"小雪是我的女儿？小雪是我的女儿……"他的嘴里一直喃喃着这样一句话，小声却透着令人窒息的绝望，陈楠听不见。后面的话吴明再也听不下去了。陈楠最后补充了一句，"对，如你所听到的，小雪，是夏志军的女儿……"

吴明夺门而出。

吴明，不，抑或说是夏志军，此刻情绪濒临崩溃了。他以为自己在完成一场自我救赎的复仇，可是小雪，居然会是自己的女儿？他一度痛恨他们一家三口那么和谐快乐，没想到小雪不是高健的女儿，她是自己的亲生女儿！他以为自己这辈子是不可能有孩子了，但绝然想不到小雪竟然就是自己和陈楠的孩子。而高健，这么多年，替自己履行着作为一个父亲的责任——他比自己更像是一个父亲，而自己，不过是个无耻的罪犯罢了！

他夺门而出的那刻，如此仓皇，如此狼狈，如此不堪一击……

"夏志军！"陈楠的这声叫喊，歇斯底里。她终于知道了，吴明果然就是夏志军，难怪自己会感觉如此的熟悉，原来，这便是自己昔日最为深爱的一个人。她忽而觉得讽刺，机关算尽的他，到头来，算计到了他自己的头上。

吴明并没有再应她，他不在乎，他现在只关心小雪的下落。他满脑子都是那一句话，"小雪是我的女儿！……"

此刻他对自己的恨，已经远远超越了这么多年积攒起来的对高健一家的恨。原本计划的报复被抛诸脑后，现在他不再恨高健，不再恨陈楠，他恨自己，如果小雪有什么好歹……吴明不敢再往下想了，突然他好后悔自己所做的一切……

2. 小雪再次落入了人贩子的手中

陈楠跟着他。如今，吴明终于知道了那个消息，如高健所言，只要夏志军得知那个秘密，小雪就不会有事了。

吴明上了车，发动引擎，在路上疯狂奔驰。而陈楠也心中急切，开着自家的车，跟着他。两人一前一后，心情是同样的急切。但陈楠好歹是看到了希望的，夏志军心中，更多的是自责与悔恨……

吴明马上拨通了于亮的电话。他急需小雪的行踪，他得亲自把小雪给接回来。

电话通了，于亮起先并不知道吴明来电话的用意，但知道一定是又有什么事发生了。于亮一直是吴明的左膀右臂，至少那些"并不光鲜"的事，于亮几乎都是作为一个主力军来为吴明效劳的。

"小雪在哪里？"吴明的第一句话便直指于亮的心病。于亮一下慌了。上次吴明随口问起这个问题时，便已经让他胆战心惊了，现在想不到老板又旧事重提。

于亮支吾着，答不出来，抑或说，他根本不敢答。听着电话那边老板焦急的语气，他隐隐地，这次有麻烦了，自己做的那些也许会惹老板不高兴了。

吴明烦躁地将手机扔到了一旁，然后往于亮的住处奔去。他现在等不起，一想到对自己亲骨肉所做的那些事，他一刻也等不起。

于亮在电话中的反应让他不安，似乎那家伙有什么事在瞒着自己，虽然不知道那是什么事，但他是没来由地觉得心烦意乱。想着自己居然会将亲生女儿交给一个外人来处理，他后悔不已，恨不得打自己几巴掌。

陈楠驾车在后面紧紧跟随着吴明，她在想等会儿见到小雪，要怎么跟孩子解释这一切？隐瞒才是对孩子最好的办法吧。陈楠有些疑虑，她不确定吴明到时候会不会固执地要与小雪相认？但假如他是男人，是真正负责任的父亲，他应当隐瞒。

很快，吴明一个急刹车，停在了一个房子前面，吴明下了车，然后神色匆忙地往门上敲击起来。陈楠见状，赶紧下车。

门开了，于亮站在门口，神色有些慌张。看着突然造访的吴明，他心脏骤然紧了一下。他刚想问："吴总？您怎么来了……"可是吴明没给他说话的机会。只见吴明一把扯住他胸口的衣服，只粗暴地一拉，于亮便跌了出来。

于亮隐隐觉得事情可能不好了。他虽然知道吴明脾气不好，但这样的着急真要数头一遭。难道是因为那个小女孩儿？

"那小女孩呢？"吴明几乎是在咆哮。

于亮不知道该说什么，他支吾着，犹豫着要如何将事实说出口。吴明实在不耐烦了，双手抓着于亮的衣服领子，几乎要把他给提起来。"说！小雪在哪里？"

于亮恍惚间看到了吴明身后的那个女子，那个女子他是认得的，自己原来的住处就有一张她的照片。他感觉有些慌了，当初吴明叫自己绑架的就是这个女人的女儿啊！

他终于意识到，自己真的闯祸了。

吴明依旧提着他。

"送去了哪户人家？你要是再不吭声，我会让你死得很惨。"

于亮惊恐地看着吴明，"送……送到了王大志手里……"

"谁他妈的是王大志？"吴明的耐心在一点点地丧失。

于亮知道事已至此，再想瞒是不可能的了，只好实话实说："王大志……是一个人贩子……我把那孩子拿去还债了……"于亮想要辩解，但他的机会早在他说出那句话的时候就已经荡然无存了。

此时惊愕的不只是吴明，他身后的陈楠，此时也陷入了绝望之中……

他说什么？小雪在人贩子手中？她终于知道以前紫涵带给他们的消息是真的，她终于知道为何当初高健要独自去 A 城追击那个人贩团伙……高健怕自己担心，一直瞒着自己一个人深入虎穴，然而现在她才知道……

吴明只感觉一股血气蒙蔽了脑子，胸中的怒意已经沸腾了，于亮很害怕，也许应该说是极度的恐惧。

绅士风度肯定是没有了的，吴明此时像是疯了一般，全然不顾于亮的求饶，对准他便是一顿拳打脚踢，于亮蜷缩在地上，承受着吴明疯狂的怒意。吴明心中充斥着那个残酷的事实：小雪，在人贩子手里。

于亮痛苦地呻吟着，他不敢有丝毫的反抗，他的胸口很闷，像是有股腥味在上蹿，他的头很重，大概是已经在流血了。

陈楠从惊愕与愤怒中醒了过来的，"打死他又有什么用？他是唯一可能联系上人贩子的人，而且，真正的罪人是你，是你……"她拼命地想拉开吴明。

可是吴明此时像是疯了一般，依旧不肯停下。于亮抱着头，呻吟声渐渐显得有些含糊了。

陈楠很愤怒，不只是对于亮，更是对吴明。于亮只是帮吴明办事的小喽啰而已，而吴明才是罪魁祸首……

她突然也像疯了一般，开始捶打起吴明来，口中在疯狂咆哮着："卖掉女儿的那个人是你！……"她的眼泪像洪水一样，一串串从脸颊滑落，她好恨眼前的这个男人。

"卖掉女儿的那个人是你……"吴明的拳头突然悬空停住了，地上的于亮还在不住地颤抖着。陈楠的话让吴明醒了过来，是啊……女儿此时的受苦，罪魁祸首不正是自己吗？他有什么权利去责备别人，自己才是那个最愚蠢的人啊！

一直以来，高健都在代替自己作为一个父亲的责任，而他呢？竟然他妈的用"绑架女儿"来回报。他停顿了片刻的手再次伸出去，提起瘫在地上的于亮，然后将他往屋外拖。

陈楠紧紧跟上去，她大声质问着吴明现在要干什么，她早已失去了主见，可是吴明根本就像是忽略了自己的。吴明提着受了伤的于亮上了车，然后扬长而去。陈楠不知道此时自己能做的是什么……她十分的彷徨慌张，眼睁睁看着吴明驾车离去，她知道他是去找小雪的。

于亮还想说什么,吴明只是冷冷地告诉他,"最好祈求小雪没事,不然,我不会放过你的。"于亮没做声,咳嗽了一下,从口中吐出了一口血来。

3. 高健也知道了小雪被拐卖的消息

陈楠终于想起要将"吴明就是夏志军"的事实告诉给高健,一直以来,高健的担当早已使陈楠离不开他,现在看着扬长而去的吴明,无助的她急需高健的心理支撑。想到高健此时还在为了小雪四处奔波调查,现在要马上告诉他,告诉他事情的走向,她拨通了高健的电话……

对接到陈楠的电话,高健是有些吃惊的,他一直觉得妻子一定还在生自己的气,也不知道此番的来电有什么用意,但他还是第一时间接听了。

"高健!"电话那头的陈楠声音似乎在颤抖。

高健霎时紧张了起来,"怎么了?出什么事了?"他问道。

"吴明他……就是夏志军!"陈楠已经准备好听见高健惊讶的叹声了,可是与预期不同,高健显得很有准备似的,停了片刻,高健才说:"我已经知道了……"

高健此时的心情是复杂的,如今妻子知道了这个消息,那么,她会怎么选择呢?会不会回到夏志军身边,然后真正的一家三口团聚?

可是陈楠想的根本不是这个,她惊诧于高健的消息之灵通,忍不住要问:"你知道了?"

"我找到了夏志军当初离开驻地之后去的地方,已经打听到了他的一切……"高健顿了顿,"那么,你准备将小雪的事告诉他了吗?"

高健已经很明白为何吴明要接近自己的妻子?原来是这样,他就是夏志军。那么等到小雪被救出来了之后,自己,也就没什么用处了吧?

可是陈楠好像没听到似的,"高健!你在哪里?我现在需要你!"

高健觉得纳闷,一切,不都应该是已经结束了吗?

陈楠声音里带着哭腔:"小雪现在在人贩子手里……吴明,不,夏志军他已经去追了。高健,一切都失控了,你快回来!"陈楠现在好无助,她多么希望高健此刻就在自己面前,看着自己,对自己说"没关系",现在的局面让她感觉可怕。倘若她之前是相信夏志军还没有泯灭良知去伤害一个小女孩儿的话,那么此时的她是彻底慌了的。

高健冒出了一身冷汗。其实他早已知道小雪是在人贩子手里,但他一直以为夏志军就是那个人贩团伙的成员,只要让他得知那个消息,他完全能够将小雪给送回来。可是现在高健才知道自己想错了,"夏志军将小雪给卖了?"他简直不敢相信,倘若是这样的话,当初自己不报警的决定就显得愚蠢至极了。

"不是夏志军把小雪卖了。"陈楠流着眼泪,她心中说的却是"那也差不多"。她告诉高健整个事件的经过:"夏志军将小雪交给一个叫于亮的男人处理,于亮为了还债,将小雪给了人贩子。"

"于亮?"高健终于将自己查到的所有线索都弄明白了。难怪于亮看到自己便要逃,果然是有鬼的。于亮是夏志军的帮凶,那对小雪做的一系列虐待肯定也是出自他的手了。高健想起那一张张的照片,恨得咬牙切齿。

"他们去 A 城救小雪去了。于亮说人贩子搬去了 A 城……"陈楠哽咽了一下,她想起自己所见过的被拐儿童的遭遇,有被卖入深山老林中去的,有被打成残疾放到街上去乞讨的……小雪现在怎么样了?她不敢想。

"A 城……"高健惊呆了,"我们到过 A 城,找到过那个团伙,但小雪被事先给转走了……"他显得十分悔恨:"我只以为小雪一直在夏志军手里,以为夏志军是团伙成员,所以没沿着那条线一直走下去,我以为只要找到夏志军就能找到小雪……"

但这确实是不能怪高健的,一切的缘由都是夏志军的杰作。他牢牢地抓住高健的注意力,伪装得几乎无懈可击,混淆了高健的视听。

陈楠知道多说无益,现在的问题是小雪还没有脱险,甚至是正一步步地深入危险,现在若不能救小雪,那么之后可能会变得更加麻烦,毕竟,谁都不知道人贩子会将她怎样。

高健何尝不知道这一点,他回了陈楠一句:"我马上赶去 A 城追夏志军……"然后挂断了电话。

4. 战友们重新聚拢

现在的时间,经不起丝毫的浪费了。高健马上向紫涵说了这个消息。

"什么？夏志军不是人贩团伙的成员？"她知道那意味着什么，这已经不是一起简简单单的复仇案件，这是一起真实的拐卖儿童案！

翔哥也在旁边，突然有人将志军和人贩团伙联系在一起，感觉十分奇怪，忙问缘由。

"我女儿小雪被人贩团伙绑架了。"高健告诉他，这次他并没有提及夏志军，但翔哥已经隐隐地猜到了一些，他低下头来思考着。

"翔哥，谢谢你的帮助，高健感激不尽。"说着就准备带着紫涵离开了。

翔哥从身后叫住他们，"兄弟！有什么事能帮得上忙的，只管跟我说！我等着你回来和我下棋！"翔哥也是爽朗之人，看着新交的朋友遇上了麻烦，也摆出一副仗义相助的架势来。

高健默默点了点头，当即回到旅馆，收拾了东西，然后马不停蹄地往回赶了。

他得救出小雪，也得阻止夏志军。他知道夏志军是什么性子的人，同他一起执行过任务，这家伙可是个狠角色，特别是对待那一类人，他绝对不会手软。高健忽而有些担心，他担心夏志军会做出极端的事来。现在的高健明白了，夏志军也是一个受害者，也许他比自己更痛苦焦急吧。虽然高健很爱小雪，但夏志军才是她的生身父亲啊！

可是现在绝然不是想那些的时候，无论以后陈楠如何选择，他知道此刻唯一要做的事只有一件：那就是救出小雪。其他事都可以先放下，现在的小雪正处在危险之中，他们一刻也耽误不起。

陈楠还在原地发着呆,她手里还捏着手机,那一瞬间,好害怕……她怕小雪出事,她也怕高健出事……她也恨自己。没来由地,就是好恨自己。恨自己没用帮不了高健,恨自己惹了这么多的事成了闹剧的源头,恨自己之前那么对待高健,恨自己什么都做不了。她痛苦地蹲下身子,面朝着脚下仓皇的沙土,泪珠一颗一颗地往下砸。

高健知道自己需要更多的人手。他知道这一行将有避不了的危险,倘若没有足够的势力与之抗衡,自己这边别说小雪救不出,可能还要搭进去大代价。他必须要寻求更多的支援。当然,高健能为自己满足这一条件。他需要队友们,现在绝不能是自己一个人孤军奋战的时刻,虽然不想牵连不想麻烦他们,但他得为这次行动负责,得为小雪负责……高健别无选择。

高健在风尘仆仆赶去 A 城的路上给老黄打去了电话。

"我需要帮助。"高健很直白。

"好。在哪儿?"老黄几乎是不假思索地答应了高健,虽然甚至不知道要干什么,去哪里,但他绝不会让高健孤军奋战。

"我需要人手……老黄,我还是得告诉你,这次不像其他那些那么简单,这次,我们要面对的是一个团伙,人贩团伙。"高健努力让自己保持冷静,将情况交代清楚。

不得不说,当听到这句话时,老黄心中是有一分顾虑的。他望了望旁边玩耍的孩子,然后将注意力又送回电话听筒,"那事成之后是不是得发勋章……你知道,我的勋章一直比你拿得少,给我个机会,打败你。"

高健听着电话那边传来的笑声,心中突然好感动,老黄这种家伙，总不免让人小小温暖一笔呢。

"谢谢……"

"说吧，在哪里？"老黄声音严肃起来。他知道，这一次可不是好玩儿的。在特警队的时候他们曾一起捣毁过一个贩毒团伙，当时他们有精良的装备，但还是有人受了重伤。这次，他们又将一同作战，为了好兄弟。

"A城……"

高健挂掉电话，心事重重。他不知道在前方等待着自己的会是什么，但他不容许自己失败——小雪还等着爸爸去救呢……

老黄一个电话一个电话地拨打着，已经快要入夜了，但他此刻绝不能怠慢一刻。老婆在旁边看着，显得有些忧心，老黄放下了电话，与她拥抱。

"没关系的，我们人多，而且又能打……"说着他捶了捶自己的胸口，表现自己的"结实"。"照顾好咱孩子，我办完事马上就回来。""这次可不能再扭到脚了！""遵命！"老黄做出一个敬礼的军人姿势，恍惚间，自己当初的英气又回来了。

门外有人敲门。是哪个来得这么快？他走过去打开门，却看见了陈楠。陈楠一副失神的落魄样子，显得很忧郁，看得出她的心情沉重。老黄自然是知道他们一家如今的处境，心中很同情。

"老黄，我知道高健已经跟你说了。把我也带去，好不好？"她的眼神里充满了乞求。老黄不知道陈楠和高健之间发生的小意外，只是很疑心为何她不和高健一起走而要同自己一同过去，他有些顾虑陈楠的请求。

陈楠只好将实情告诉给了老黄。

老黄做梦也不会想到，中间的过程竟是这样的。首先是夏志军改头换面生活在高健周围并不时地破坏着高健两人的生活，再是劫走的小雪竟然在夏志军都不知道的情况下落到了人贩子手里。

"我就知道上次那个什么于亮不是什么好东西！"老黄想起当日于亮在四人手中逃脱的情景，心情很是郁闷。但最让他痛心的却是夏志军和高健之间的恩恩怨怨，"兄弟阋墙"。

5. 快速形成了营救方案

紫涵和高健几乎前脚刚到 A 城，老黄一行就出现了，大家等待着高健的差遣，似乎又重新回到了那段峥嵘岁月，那时候高健也是带着这一批兄弟，完成一项又一项棘手的任务。

高健注意到，就是平时似乎一直对自己耿耿于怀的秦立敏，此时也在队伍之中。高健点点头，他们回以一个坚定的眼神。

现在，当年幸存的战友中，差的只是夏志军一个了，但他会回来的，高健相信。

人杰站了出来，有什么话要说似的，却欲言又止。高健过去拍了拍他的肩膀。"都过去了，我们永远都是战友……"

永远都是最要好的战友。

最先要做的，就是搜索夏志军和于亮的行踪了。高健深知现在要是夏志军以一人之力去挑战整个人贩集团的话，那将是毫无胜算可言的。但此时的夏志军全然被愤怒与急切冲昏了头脑，干出什么事来都有可能。他们必须先找到夏志军。

最有可能的地方却恰恰是公安局，那里关押着当初犯罪团伙的成员，夏志军要想知道此时小雪的下落的话，只有他们那些人有可能提供得了线索。高健和众人也不做停留，径直往那边赶，越快些找到夏志军，对事情便越有利。他们必须要阻止所有的悲剧发生。

高健的车走在前头，却在半路上停了下来。是陈楠在那边的草地里发现了一个身影，一个狼狈的让她痛恨的身影……于亮！

此时的于亮连站起来都格外吃力。高健将他扶了起来，大吼道："吴明去了哪里？"他感觉事情不妙，半路将于亮抛下，他一个人还能去哪里呢？一个恐怖的猜想浮现在高健脑海之中，但高健也再想不到其余可能了。

于亮浑身是伤，连话都说不清楚。此刻，所有人都已经围了过来。

待于亮好好喘息了一番，于亮终于是开口了。但他的表情显得很无奈："吴总他……刚刚走了。"

"走了？"高健的心脏有种被揪紧的感觉，看来，最不希望看到的事，到底还是发生了啊。

"说详细点儿！"旁边老黄凑上来，逼问道。

"我们去了公安局，是去找一个人贩子，但是去了之后，我们发现在上次警方的行动中他漏网了。那人叫王大志，是这个团伙的高层，在团伙覆灭之后便销声匿迹了，不过，我知道他在哪里，我们有生意上的往来……我带着吴总去找他，吴总打了他，打得很凶……王大志最终还是招了，原来小雪已经被事先给带走了，那个女人叫赵梅，专门负责将一些看起来更好的小孩儿转手给一个上游的国际人贩集团。据供认，小雪现在已经被转手了。那个团伙在边境有个据点，这也是他们所知道的了……吴总很愤怒，抓着那男的打，女的给吓跑了，男的被打昏了过去，满脸是血……后来半路上他把我给扔了下来,叫我自己'爬'回去。"

于亮将事情的经过详细地叙述了一遍,然后补充了一句:"吴总弄到了枪,他现在已经去追那伙人贩子去了。求求你们……阻止他干傻事……"

一边的紫涵小声答:"高健他们就是要去阻止他的。不过,想不到,你这样的人也有忠诚的一面……"

于亮躺在草地上苦笑,他的体力早已经透支了。"吴总要是出事了,晓晨怎么办……"他绝望而痛苦地望着夜空,突然也好想不那么男人地哭一场……

夏志军带了枪?所有人都陷入了沉默之中,他是去玩儿命的,他已经失去理智了。留下来的时间不多了,高健知道,他们必须得报警,但也必须在警察赶到之前阻止夏志军,不然,夏志军这一辈子就真的毁了。

高健快速地分配了任务:由紫涵去通知高康,让弟弟带着一队警察过来支援,而陈楠留在 A 城,等着和高康一行人会合,其余战友跟着高健,不做停留,赶到人贩子的据点,阻止夏志军,争取救出小雪……

高健还有一步棋。既然是在边境小城,那么委托翔哥帮忙,也许动作会更快一些……

第 30 章

诸因有果

1. 今天，他们一个也不能放过！

高健一行马不停蹄地开始往边境小城赶，另一边，收到高健消息的翔哥此时也开始忙碌了起来。他出动了很多手下，为了帮助高健寻找那个所谓的"人贩据点"，着实还花了些功夫。仔细调查才发现，发这种"缺德财"的团伙还真有几个，规模大到能以"国际"称的人贩集团倒是好锁定。

按高健的意思，翔哥并没有轻举妄动，而是在约定地点等着他过来。一方面是听说高健要带来他的特警队兄弟，自己挺想见识；另一方面是怕让孤军作战的夏志军吃亏，他需要亲自交代高健一些事宜。

高健一行人风尘仆仆地赶到，翔哥一行已经等候多时了，下了车，高健忙和翔哥碰了头，细细商讨行动计划。

翔哥第一时间将人贩团伙的地理位置悉数告知给了高健，高健立即问："志军也能查到那个地方吗？"翔哥点点头："志军在这边待过很长时间，对这一带，他可能是要比我熟得多的，毕竟，我的事具体都是交给他来做的……"

高健沉默了,他怀疑志军已经到那里了。倘若是这样的话,那高健所剩的时间就真的不多了。他们一定要阻止志军。志军冲动之下,不只会害了自己,也会让人贩们警惕,从而逃脱。

"志军到底怎么了?"翔哥显得有些忧心忡忡的,对他来说志军是自己的救命恩人和好朋友,他绝不想看见志军出什么事。

高健他们又何尝希望看到志军出事,眼下的气氛十分紧张,没有人能等得起,每个人都提起了精神。接下来,将会是一场残酷的恶战。

不多做停留,高健等人立马准备出发,希望能在志军之前找到那伙人。因为警方将会参与,所以高健建议翔哥不要插手这场风波,翔哥也点点头不再坚持。

"把夏志军那小子给带回来。"翔哥在他们临行前说道。高健点点头,当然,这是最重要的任务之一,而自己,也有好多话要对他说。

此时的夏志军同样急不可耐,才一天,他的心境已经有了翻天覆地的变化。那个真相对他来说简直就是一个晴天霹雳。作为整场事件的始作俑者,却无力掌控事情的发展动向,这让他无比沮丧。

夏志军未在路上停下片刻,总算是有了一点儿眉目。遮蔽人心的焦虑、愤怒与恐慌感完完全全地夺走了他的理智。他不可能去细想此番行动的可行性,那只会让他停下来,可是夏志军已经不能允许自己停下了,他很怕,很担忧,很悔恨……

倘若这就是自己最终所能得到的结果的话,那么先前的努力,忍辱负重，苦心经营，又有什么意义呢？

他很快找到了那处据点，依他的性格，也是不容许自己失败的。夏志军用他无懈可击的身手潜入了人贩子老巢的内部去了，甚至没被发现。但他已经隐约感觉到了危险的逼近，即使他逼迫自己不去想。

透过窗子，夏志军看见了很多孩子，一个个面黄肌瘦，邋遢不堪。旁边守着的是七八个看守的人贩子，不时走动，警惕性很高。夏志军努力搜索着小雪的身影，希望能看到那个稚嫩可爱的面孔。确实，他看到了，但脸上早已不是第一次见到时的稚嫩可爱，而是惊恐，唯一的表情，便是惊恐不安。

小雪很怕，虽然来这里已经几天了，但她眼神中的害怕从未消退过半分。她不知道为什么爸爸还没有来，她不知道将要等待着她的命运是什么，她只是害怕，被恐惧占据的幼小心灵早已受到了伤害，这是再也弥补不了也改变不了的了。窗外的夏志军分明是窥见了女孩儿心中比黑夜更浓的黑色的恐怖，黏稠，细腻，无孔不入。

夏志军只是觉得胸口好闷，血一股脑儿往上蹿着，他的眼睛死死地盯着那几个人贩，愤怒发酵到了极点。

"那个，就是我的女儿……"他简直是要失控了。

血灌瞳仁，夏志军拔出随身带着的手枪，将子弹上了膛，今天，他们一个也不能放过！

边地燥热的风一阵一阵地刮着，吹得人心神不宁。高健一行人已经在全速前进了，他们目光直直地盯着前面的路，担忧，但是坚定。

似乎很久没有这样一起行动过了，但勇气还在，这是军旅生涯为他们留下的不可磨灭的财富。他们曾经为了荣誉，为了国家，为了各自的信仰浴血奋战，那么今天，他们也将缔造一次光荣！

高健一直心事重重的样子，老黄自然知道他是在想什么的。这场危机关乎他女儿的安危，也关系到他们共同的战友。虽说志军消失了那么久，虽说志军做了那么多的错事，但他们有什么理由放弃呢？曾经是兄弟，一辈子也是兄弟！

另一边，紫涵带着高康与一帮警察在路上狂奔着。高康终于知道了一切，他叹息，为什么这种事哥哥一直都不肯向他提及。终于他也是理解哥哥的用心了，高健那家伙，从来都是个讲义气的血性汉子，也难怪自己只有永远佩服他的份儿了。

他们同在 A 城等待着的陈楠会和之后，一行人开始往"战场"奔去了。无论是陈楠还是紫涵，此时的心情都是一样的：高健千万别出事，其他人，也千万要好好的。高康心中也暗暗打起了鼓来，"无论如何，一定要挺住，我们马上就到了……"

他们的车开着警笛，在路上疯狂奔驰着，一队人马，所到之处，真给人那么几分战争的架势。

高健恨不得现在能飞着过去，赶在夏志军面前，捣毁那个团伙，然后紧紧地抱着小雪，跟她说："爸爸来了。"但事实上无论兄弟们有多坚定，明刀明枪的对峙都让他有所顾虑。经历过了那次意外，高健再也不想让队友们冒任何的生命危险了，他怕，他怕过程中会出现什么纰漏，倘若有子弹，他一定会扑上去用自己的身体阻挡。

心情有些恍惚，不知道夏志军到哪里了，希望他不要那么快，希望他迷路，希望他意识到自己的势单力薄，最终的希望是：他和小雪，都不能有任何闪失。任何人，都不能有任何闪失。

一定找到你

2. 夏志军豁出去了

在窗外的夏志军，此时情绪处在失控的边缘，作为一名曾经的特警队员的基本素养，他快速地丈量了一下此刻的形势。首先，屋内有七八个人贩子，空间不大，要避免伤到孩子，那么打击他们的过程就不能使用太大的动作。不能贸然开枪，首先要绝对保证孩子们的安全。

夏志军萌生一个"不那么理智"的办法：自己先尽量往墙角退避，然后将众人贩引过来，使孩子们能暂时有地方躲避，然后自己再同他们较量。

夏志军谋划好之后，心中也有了这么几分把握，自己平日里以一敌七不是做不到，只是尚不知道这七个人贩的实力深浅，依旧不敢掉以轻心。另一边，是顾虑他们的援兵。自己是孤立无援的境地，但人贩子们不同，此处就是他们的大本营，倘若要全身而退，带着这么多孩子肯定是不现实的，他如今已经没有办法了，无论如何，先要把小雪给救出来。

想到此处，夏志军也不再等待了，孤身潜了进去。他踢开门的刹那所有目光都投向了他，没有人认识这个不速之客，除了小雪。

小雪自然是认识这个"坏叔叔"的，就是他和另外一个坏叔叔把自己抓走的。小雪望向他的眼神更加的惊恐，还有一丝仇恨……

夏志军被这个眼神深深地刺痛了。咎由自取，作茧自缚……他不能原谅自己。

"你他妈的谁呀？"其中一个人贩十分不客气地朝夏志军吼道，动作里充满了敌意。

"你他妈管我是谁!"夏志军咆哮起来,一跃跃了出去,跳到最近的一个人贩跟前,一拳下去,将那家伙直直地打在了地上。

小小的房间里,所有孩子都在尖叫。他们自然不明白发生了什么,甚至分辨不出谁是好人。也许都不是吧,只是这一刻,屋子里在已经乱作了一团。

夏志军最为担心的事发生了。他下意识地想往人少的角落钻,可是这时候为首的那个看守却首先嚷叫了起来:"把这些小孩儿都赶出去!"

夏志军愣了一下,心说这样正好,看来这些人贩还有几分良心,会避免伤到孩子们。其中一个看守开始轰人,孩子们哭喊着尖叫着往门外跑,一个个显得害怕极了。

夏志军哪里知道,这些看守只是将孩子们当作了值钱的"瓷器",这些孩子都挺光鲜,卖出去的话每一个都是大价钱,但倘若伤到了那就像是残缺的瓷器,再也"不值钱"了。看守的人贩子更怕伤到这些孩子,他们赔不起这个钱,得罪不起团伙的高层。

但无论如何,夏志军的顾虑是去掉了的。此番孩子们一走,自己的拳脚空间立马大了起来。

眼下的状况是绝不容人乐观的,给自己留下的时间并不多,他怕对方的援军一旦赶来,更不好办了,所以他必须快速解决,带小雪离开。

对方有七个人,但个个都不那么好对付,怎么也不可能像当初打翔哥的保镖时那么轻松。思考间,对方一个满脸恶相的人,已经朝自己扑了过来。居然是赤手空拳,虽然有些愚昧,但也绝对显得出他的自信来。他的攻势十分凌厉,虽有些粗犷,但志军感觉得到正面迎击的不妙,"好一记重拳!"他心中暗暗叹道,当初警院里的人,也只有老黄能有这番作为吧。他一个闪身避过,突然发现又扑来一个人!

对方的配合很巧妙,虽然谈不上有多默契,有多专业,但也足以威胁到只身一人的志军了。第二人速度很快,就瞄准自己躲避第一人攻击的时候出击,想让志军防不胜防。但志军哪里容易这么轻易地就范,也是那些人贩子低估了志军,其实志军根本就没打算要避让,闪身不过是为了更好地出击罢了。那人拳头打着了空气,自然来不及做防守的反应。夏志军一手擒住他来不及收回的拳头,然后利用身体的惯性再加力一送,将那人甩了出去,不偏不倚正砸向另一个靠近自己的人贩,两人摔倒了地上。这一击,干净利落!

可是危险远远没到结束的时候。那些家伙个个都身强力壮,刚刚摔倒的两人显然极不甘心,此时又扑了上来。志军虽然在刚才的较量中占了一些优势,但那不足以让他有丝毫的得意。此时人贩子个个都"一级戒备",不再犹豫,都一齐冲了上来。

不妙……志军心中叫苦,这样肉搏的话对方车轮战也能将自己拖死了。他绞尽脑汁想着办法,但确乎是没什么法子的。这样的缠斗不快些结束那他和小雪的安全就都得不到任何保障了。这样想着,他的心中苦闷起来。不行!一定得找机会脱身。

迟疑间,自己的背上已经挨了重重一棍子,志军没有防备,这下差点儿就让自己跌出去了。他稳了稳身子,在第二棒砸下来的时候抓住了那根棒子,然后朝着对方的下体便踢了过去。总算,解决掉了一个。

这样的滥招数,自己还是第一次用,不过,也顾不得这么多了。

第30章 诸因有果　　475

剩下的六个人将自己团团围住,自己目前虽然没吃什么亏,但也实在没占到什么便宜。现在个个手里都拿了武器,这下,真是到了搏命的时候了。

志军已经豁出去了,愤怒浇熄了他的顾虑,他知道自己再没时间考虑太多,要么杀出去,要么死在这里。夏志军想起小雪那个痛苦的表情,那个恐惧的眼神,忘了痛意,也忘了害怕。

他杀入人群中,狂躁地挥舞起木棒,对方有一人被击中脑袋,竟然直接晕了过去。此番志军是用了蛮力了的。可是也就在那一刻,夏志军的肩膀上也多了一条刀痕。

对方的攻势凶猛,自己这边占不到丝毫优势,但是志军不能放弃,他没有理由也没有权利放弃,即使是倒在地上,战斗到身体千疮百孔的那一刻。

人贩子这边还剩下四人,他们拼了全力群殴志军。在这种情形下,夏志军也伤得很重,但他好像一点儿都不在乎,不要命一样。他们四个没人敢先上前。志军手中的棍子又被抢起来,砸向了其余四人……

在这个时刻,不远处传来了一阵骚动。人贩子都还以为是支援来了,但仔细一听便能发现不对。有打斗声?怎么回事?

来者,正是高健一行。

3. 犯罪团伙彻底瓦解

虽然这个建筑群修得十分低调,但方圆都是偏僻的地方,没什么人烟,此处依旧是显得十分显眼的。高健一行下了车,也不走偏道，径直往正门闯，现在正与守门的人贩子冲突着。周围的建筑很分散，显然全是人贩的据点，不修在一处，也是为了保险起见，毕竟这样便不会"城门失火，殃及池鱼"。但这为高健他们提供了一时的便利，人贩相互之间没那么好照应，守门的那几个怎么可能是高健一行人的对手？高健已然看到院子里站着的仓皇害怕的孩子们了，更重要的，他看见了小雪，阔别已久的重逢，他看见了这么久以来，自己日思夜想的那个小小身影！

高健扑倒面前的一人，然后径直地朝着院子中间跑去。

此时，在小屋子中的夏志军，也看见了朝这边跑来的高健，但他不确定高健是敌是友？他不敢肯定，只是他已经不在乎了。毕竟，小雪可以得救了。他重新提起棍子，从错愕中转身，然后杀气腾腾地朝向了那四人。

四个人贩子也意识到了此时的情况，现在，他们也必须以命相搏了。自己这边的形势完全不见好，现在他们容不得有丝毫闪失，只追求速战速决解决对方。现在，那四人也拼尽了全力。

高健紧紧地抱住小雪，几乎要哭出来，小雪在怀中死死地搂住高健的脖子，一遍遍叫着"爸爸，爸爸……"啜泣得十分可怜。她就知道爸爸一定会来救自己的，她压抑了很久的恐惧感此时一次性地像全要宣泄出来似的，再也停不下。

战争还在继续，高健蹲在地上，抱着小雪，只有这样的时刻，他才会觉得由衷的踏实，虽然现在并不安全。他知道自己对小雪的爱早已是发自内心的，小雪实实在在地存在于高健的心中，存在于他对这个家庭热爱的态度里面，不容任何人侵犯。

夏志军无意瞥到了这一幕，这堪称完美的幸福一幕。他不知道

第30章 诸因有果　477

自己该用一个怎样的心态来看待这样的场景。作为孩子的生身父亲，自己所做的，只是对孩子无休止地伤害罢了，而高健呢？他为小雪付出了自己的所有精力，他几乎被自己夺去了一切，但他却从来没有放弃过！小雪对他而言，标志的不仅仅是一个家庭那么简单。他突然觉得，也许小雪真正需要的，不是他这个什么"生身父亲"，而是高健，那个真正的父亲。这一刻，心中莫名的哀愁感占据了他的心扉。

然而也就是这几乎刹那的出神，为他带去了危险。重重的一击砸到他的背部，让他终于失去了重心，跌倒在了地上，那巨大的痛感差点儿让他失去知觉。

高健抬头时，竟是看见了这样的一幕，志军倒在了地上，而对方还剩三个人，眼看着又要扑上来了。志军用尽最后的力气喊一声：带小雪走！

可是高健怎么可能袖手旁观？情形仿佛回到了当年，战友身陷危机，而自己咫尺之隔。高健向着志军周围的那三人处冲杀了过去。

三人早已被志军拖得筋疲力尽，现在虽然还剩些力气，但早就不是高健的对手，高健毫不留情，抓着他们一个一个地掀翻在地，下手很重，同志军一样，都有那么几分"心狠手辣"的意思。"对敌人仁慈就是对自己残忍"，这是当初特警队教给他们的真理。

此时门口的战友也都会集了过来，高健扶起志军，只是轻轻地说了句："欢迎归队。"志军突然觉得，心底的那块坚冰就如此容易地被瓦解了。

原来，自己从来没有当什么坏人的潜质啊……

一笑泯恩仇的桥段虽然让人快意，但此时的危机并没有解除，留给他们的只是片刻的空闲。当年的队伍重新回到了战场之上,高健迅速与大家讨论出了一套作战方案。

首先要注意周围能用的掩体,现在还不知道对方有没有枪支弹药,倘若有的话,那么就迅速地变攻为守,等待警方支援。

再者是关于队形的考量,不能聚集太紧,以防意外情况发生。一旦有人开枪,较充沛的活动空间能满足他们躲入掩体的需要。但也不能各自为战,毕竟对方要玩儿的可是人海战术。最好的战术是三人一组,每个队伍间隔一定距离,但也要满足必要时刻便于相互照应的需要。最后最要紧的一点,高健重申了一次:安全第一。

冲突开始了。

高健不相信对方一把枪都没有,但一般的这些打手似乎都只有冷兵器。枪可能在头目手中,不能掉以轻心,重要的是如今谁都不敢贸然开枪。现在的敌我势力区分看似并不明显,而开枪的话,无非是为自己揽更多的危险而已。

杀人总是大忌,这无论在多恶劣的行当中都是准则。

时间推移,战局马上出现了分化。人贩子们显然是没有想到这一个个同自己肉搏的家伙,居然都是这等好身手的强人。他们当然不可能是作战严谨,个人实力突出,配合默契的特种兵团队的对手。很快,局势被高健一方控制了。

胜利在望。

倒下的越来越多,无一例外,全都是对方的人。自己这边虽有负了伤的,但依旧还在继续战斗,眼看着,这场架,是要打完了的。人贩团伙基本已经被制伏了,其实这场"战役"在高健一行来的时候,便已经是有了注定了的结果。

第 30 章 诸因有果

小孩儿中间突然爆发出又一阵哭喊出来。众人只顾着眼下的打斗，都忽略了那边，可是现在他们却惊呆了……只见一个惊慌失措的男人抱起了一个女孩儿，而他另一只手拿着的，是一把手枪！

困兽犹斗。

他知道自己大势已去，早已不作他想，只求自保。他和团伙的其他成员不同，他是这个团伙的头目，倘若被抓，下场会很惨，他不是不知道，被抓，即犹如现在被他们这一行人打死。

"你们是什么人？警察吗？"他朝着高健一行人怒吼着。自己的一切都被他们给毁之殆尽了。

小雪在他手中被吓得大哭，使劲挣扎着，但那头目显然抱得很紧，小雪几乎连动一下都有些困难，明显是被勒疼了的。高健和志军看到这一幕，心要滴出血来。

他们以前有专门训练过营救人质的方法，但即便如此，现在的人质可是小雪啊！志军显得很是冲动，虽然他的伤比谁都重，但他依旧是最不愿躺下的那个。他看着小雪在人贩头目手中挣扎时的样子，心都碎了。

但痛苦地又何止他一个？高健拉了一下夏志军，向他使了个眼色。夏志军立马明白了高健的意思。对，这个简单的动作，他们之间曾配合过很多次了，尤其在营救人质的时候。夏志军点了点头。

"我们不是警察，我只是来救我女儿的。你只要把我女儿放了，我们不为难你。"高健开始努力抚慰起头目的情绪。

"放屁！你以为我会信你们？做梦去吧！"头目显得很激动，不停挥舞着手中的手枪，动作间小雪显然是被弄得更疼了，又开始大声哭了起来。

这一幕让高健看得咬牙切齿,可是他知道自己必须得先压抑自己的情感。

"你现在别无选择了,听我们的,放了你手中的孩子,然后我们不会伤害你的。不然,你要做什么傻事,我们也帮不了你了。"高健说话的时候眼睛还是死死地盯着小雪,小雪在头目手中不住地哽咽着"爸爸"。

头目的情绪显然已经是失控了的,他大声朝着高健吼叫道:"老子不要你们帮,老子有枪,谁敢轻举妄动我毙了谁,也让这小妹妹活不成!"他放下狠话,高健知道自己此时不能去刺激他。

"我什么都不要,我只要你放过手中的那孩子,我们立马走!"高健试图稳下他的情绪,不让他一时冲动,他偏头看了看一边,很好,夏志军已经准备就绪了。

"你再他妈给我说话我一枪毙了你!给我安排车!"说着,那头目又举起了手中的枪,也就是这个时候,志军从一旁快速地绕到了他的身后,然后一把抱住了激动的头目。高健见状一个箭步冲了过去,将小雪拉向了自己。

头目惊慌失措,手中的枪响了……

志军愣住了。而高健身体一侧,刚好挡住那个方向!

血在高健左肩白衬衫上渲染开来。高健中弹了。一时间,所有人都涌了过来,孩子们都被他们带到了后边安顿好,而剩下的人都守在高健旁边。

"救护车!"不知谁大吼了一句,然后有人开始为他止血。

志军看着这突如其来的一切,眼睛红了,如一个恶魔般,恐怖地盯着被自己锁着喉的头目,一把上过膛的枪,此时正抵在他的脑

第30章 诸因有果 481

门之上。

"不要……志军,别杀人……"传来的是高健虚弱的声音,兄弟们看着被愤怒埋葬的志军,"志军!冷静些!你不能毁了你自己呀……"

一阵急促的脚步声出现,众人往那门口望去,原来是高康陈楠他们……

陈楠看见受了伤的高健,赶忙冲了过去,但很快她的视线也被志军手中的枪所吸引,一种恐怖的情绪瞬间填满了她的意识。

"放下枪!"喊话的人是高康,"把他交给警方处理!"

"啊……"志军突然发出一声痛苦的,悲哀的仰天长啸。那样的痛苦,是任何哀戚的声音都比拟不了的。

从来没体验过这么真实的绝望吧,自己早已是无路可退了的,不是吗?枪里面不止两颗子弹,但事实上只需要两颗,便能让一切结束了。一颗送给眼前的这只头颅,换来他伤害小雪的代价;一颗送给自己,让一切尘埃落定。陈楠和小雪需要的是高健,而自己,作的孽太多了……

"夏志军你是不是男人!你有没有一点点担当?"陈楠哭着喊起来。志军那即将要扣下的扳机,又重新放松了一下。

"你要是死了,你爸你妈怎么办?晓晨怎么办?小雪怎么办……"陈楠蹲在高健旁边,泣不成声。她的手紧紧地握着高健的手,那一刻,高健脸上浮出一个温暖的微笑来,他终于知道,自己从来不是什么替代品,他感觉得到,陈楠是爱着自己的。

"志军……一切都会好起来的……放下枪。"高健的声音显得虚弱,但无比坚定。

志军将头缓缓地低了下来。手中的枪慢慢地垂下，最终掉在了地上。锁住人贩头目喉咙的那只手也放松了下来，那家伙在地上不住地捂着喉咙咳嗽。

警察们都冲了过去，制伏了两人。志军的眼睛始终盯着脸上还泪迹斑驳的小雪，不曾放开过半刻。

"总是觉得上帝夺去了我所有的东西，但教徒们都说，上帝不会抛弃任何一个人……我似乎知道了，小雪，便是他给我的礼物吧……"

高健被抬上了救护车，他紧紧抓住陈楠的手，眼睛里饱含着温柔。他们相视而笑，那笑容里有出离尘嚣的力量。是该好好休息一下了。

经历了这么多，才终于发现，原来彼此如此相爱……

紫涵在后面，看着救护车渐行渐远，她似乎懂得了什么……不是也挺好的吗，自己爱的人此刻终于又找到了本属于他的幸福。她站在原地，嘴角上扬了一下，眼中噙着些泪水。

"这些天来，谢谢你了……"走过来的，是高康。

紫涵终于将视线从救护车上抽离了回来。"没事，我的责任……"

高康显得有些不好意思，"之前有些误会……"他解嘲似的笑了笑，"可以请你吃饭吗？"

4. 尾声

几年之后……

终于到了出狱的日子了，似乎过了很久，似乎过得很快，谁知道呢？

　　志军坐在床上，背靠着墙，读着刚刚寄来的明信片。落款是"晓晨"，背景是那个显得有些俗套的"自由女神像"。

　　"庆祝你的自由，亲爱的。"志军闭着眼睛也能想象到晓晨此时的欢快，他的嘴角不自觉地勾勒出一个温暖的弧度来。

　　"夏志军！"狱警点名道。

　　"在！"

　　"可以出狱了，收拾一下吧。"一贯严肃的狱警也向他点头致意了一下，"恭喜你自由了。"

　　志军也向他递过一个微笑。"我的东西都在这儿。"他眼神示意，那是一沓明信片，以及几个毛绒玩具。

　　所以，终于出来了啊……

　　远远地有人向自己招着手，高健一家，以及自己的战友们。今天的阳光真灿烂，他也忍不住地挥起手来……

2013 年 6 月第一稿

2016 年 2 月修订

2020 年 12 月修订

2023 年 6 月修订